R

Bombenterror und Attentate in London – der IRA ist es gelungen, den Bürgerkriegsschrecken ins Herz der englischen Hauptstadt zu tragen.

Verwirrung und hektische Suche im Bahnhof Paddington, nachdem dort ein Zünder entdeckt wurde. Die britische Polizei greift eine junge Frau auf, die sich hartnäckig weigert, eine Aussage zu machen. Colette McGraw ist eine junge, attraktive Frau, Mutter zweier kleiner Kinder in Belfast. Ihr Vater und ihr Mann sind für die IRA gestorben, ihr Bruder ist einer der radikalsten Kämpfer. Die Briten lassen ihr praktisch keine Wahl und schicken sie nach Nordirland zurück. Ihr Deckname: *Shadow Dancer* – Schattentänzer.

Tom Bradby schildert mit meisterhafter Psychologie und Spannung das todernste Spiel von Spionage und Gegenspionage, Attentatsplanung bei den Iren, Terrorabwehr bei den Briten, von Überwachung und Lenkung Colettes durch David Ryan von MI5 bis an das unausweichliche Ende.

Ein atemberaubender Roman über eine junge Frau im Zentrum der IRA und die Alternativen, die Politik, Geschichte und Familienbindungen ihr lassen. Ein hervorragend recherchiertes Buch über die Hintergründe dieses tragischen Konflikts.

Tom Bradby ist politischer Korrespondent des englischen Nachrichtensenders ITN. Er war von 1991 bis 1995 in Belfast und kennt alle Seiten. Dies ist sein erster Roman.

Unsere Adresse im Internet: www.fischer-tb.de

TOM BRADBY

SCHATTENTÄNZER

ROMAN

Aus dem Englischen von
Barbara Christ

FISCHER
TASCHENBUCH
VERLAG

Ungekürzte Ausgabe
Veröffentlicht im Fischer Taschenbuch Verlag GmbH,
Frankfurt am Main, September 2000

Lizenzausgabe mit Genehmigung
des Alibaba Verlags, Frankfurt am Main
Die englische Originalausgabe erschien 1998
unter dem Titel ›Shadow Dancer‹
bei Bantam Press, Transworld Publishers

Gesamtherstellung: Clausen & Bosse, Leck
Printed in Germany
ISBN 3-596-14372-1

PROLOG

Die Leiber vor ihm hoben und senkten sich regelmäßig. Die Männer waren müde und durchnäßt. Er sah zu, wie sie mühsam Halt in der nassen Erde suchten und die Grube weiter vergrößerten. Er wußte, daß sie diese Übung für sinnlos hielten, und er hätte sich gewünscht, es nicht besser zu wissen.

Er hörte das Geräusch der Spaten, die in die dunkle Erde getrieben wurden, und ihn schauderte. Er wußte mit einiger Sicherheit, was sie finden würden.

Es war eiskalt auf dem Berg, und es hatte stundenlang geregnet. Er steckte seine Hände tief in die Taschen, und auch dort spürte er die Feuchtigkeit.

Es war ein fürchterlicher Ort.

Er wandte sich um und schaute zurück zur Einfahrt in den Steinbruch. Die Frau war immer noch da. Sie trug nur einen dünnen Mantel, hielt den Kopf gesenkt und verbarg ihr Gesicht in einem Umschlagtuch. Er konnte das nicht verstehen. Warum sollte jemand sehen wollen, wie man sein Kind aus der Erde zog?

Er hörte die Rufe und lief den schlammigen Pfad hinunter. Er bemühte sich, nicht zu fallen.

Als er ankam, schrie der jüngste Constable wie ein aufgeregtes Kind. »Wir haben es gefunden, Sir. Ich glaube, wir haben es gefunden.«

Allen spürte, wie der Zorn in ihm aufstieg. »Halten Sie das Maul, Hawkins. Herrgott noch mal.« Er stieg in die Grube hinunter und murmelte leise: »Gut gemacht. Gut gemacht.«

Der Schlamm war zäh, und zwei der Männer zerrten am Ende eines Plastiksacks, um ihn aus seinem Grab zu befreien. Am oberen Ende war er säuberlich verschnürt, und Allen sah zu, wie sie die Erde abwischten. Der Sack war schwarz, und er konnte die Umrisse eines Körpers erahnen. Er wandte sich ab, kletterte aus der Grube und kämpfte gegen die Übelkeit. Eine Weile starrte er in den Schlamm und sah zu, wie der Regen in kleinen Bächen den Hang hinunterlief. Finstere Verzweiflung überkam ihn, und er hörte sich selbst murmeln: »Mein Gott. Mein Gott.«

Er versuchte, sich zusammenzunehmen. Er schaute zum Rand des Steinbruchs hinauf. Die Frau war verschwunden, die Straße leer.

ERSTES KAPITEL

Die Tasche stand im Flur, die Zeitung lag aufgeschlagen auf dem Küchentisch, und die Zeit lief.

Colette hatte das Gewicht auf ihr linkes Bein verlagert, beugte sich über die Zeitung und kaute an den Fingernägeln.

»Ich war es nicht, du blöde Kuh! Ich war es nicht«, hätte sie gerne geschrien.

Sie setzte sich, vergrub die Stirn in ihrer Hand und versuchte, sich zu beruhigen. Wieder wurde ihr Blick von der Zeitungsseite angezogen, die vor ihr lag. Heute morgen hatte sie nicht widerstehen können, die Zeitung zu kaufen, und jetzt konnte sie nicht widerstehen, sie zu lesen.

Die Schlagzeile auf der ersten Seite lautete AUF DER SPUR DER IRA-BOMBER VON BRIGHTON. Der Artikel auf der Sonderseite bestand aus einem Interview mit der Frau eines hohen Tory-Politikers. Es war ihr erstes Interview, und wie sie betonte, hatte sie nur zugestimmt, um ein neues Ausbildungsprogramm für die Betreuer von Behinderten zu fördern. Colette konnte ihre Augen nicht von dem Foto wenden. Diese verdammte Frau saß im Rollstuhl, und ihre Hand, an der man immer noch einen Ehering sah, ruhte gelassen auf dem Rad.

»Wir Tetraplegiker«, las sie und lachte auf, »beneiden die Paraplegiker, die nur von der Taille abwärts gelähmt sind« – nur! – »weil sie sich selbst anziehen und sogar stehen können ...«

Colette legte die Hände auf ihre Augen und drückte fest zu. Der Schmerz ließ das Bild verschwimmen.

Es klingelte, und sie schreckte auf. Als sie an der Tasche vorbeikam, versuchte sie, nicht hinzusehen. Unvermittelt öffnete sie die Tür und schrie den jungen Mann draußen beinahe an. »Sie kommen zu früh.«

Er sah sie verwirrt an, und von ihrer plötzlichen und unerwarteten Feindseligkeit verunsichert, stotterte er. »Ich ... äh ... glaube nicht ... Diese Zeit hat man mir gesagt.«

»Warten Sie hier.«

Sie schloß die Haustür, ging zurück in die Küche, lehnte sich an die Wand und schloß die Augen. Sie versuchte, tief zu atmen, und zwang sich, sich zu entspannen. Wieder sagte sie sich: »Noch ein Tag. Nur noch ein Tag.«

Nach ein paar Minuten hatte sie sich soweit wie irgend möglich gesammelt. Eilig nahm sie ihre kleine Reisetasche vom Küchentisch (zwei saubere Slips, ihre Zahnbürste, Zigaretten und Make-up) und bückte sich dann, um die Tasche im Flur aufzuheben. Sie ging vorsichtig damit um und achtete darauf, nicht an die Tür zu stoßen, als sie die Tasche behutsam auf den Rücksitz des Wagens stellte.

Als sie St. Swithun's Street verließen, schaute sie kurz zurück, um einen letzten Blick auf das Haus zu werfen. Dann löste sie sich davon und versuchte, ruhig zu bleiben.

Sie sagte sich, daß es das letzte Mal war, daß alles bald vorbei war. Sie versuchte, an ein neues Kapitel zu denken und sich vorzustellen, was sie mit ihrem Leben anfangen würde. Sie würde öfter schwimmen gehen, beschloß sie. In der Schule hatte sie Sport geliebt, und sie wollte wieder leistungsfähig werden. Sie würde nähen und stricken lernen und Kleider für die Kinder machen. Vielleicht würde sie sich einen Job suchen, dachte sie, aber sie war nicht sicher, als was, weil sie keinerlei Abschluß hatte. Sie fragte sich, ob sie eine Lehrerausbildung machen könnte; diesen Beruf hatte sie vor vielen Jahren schon einmal in Betracht gezogen.

Sie dachte daran, wie sehr ihre Mutter sich freuen würde. Es würde kein angespanntes Schweigen mehr geben, keine spitzen Bemerkungen über die Anhänglichkeit und die Unsicherheit des kleinen Mark, keine vorwurfsvollen Abschiedsworte.

Sie öffnete die Augen wieder. Gerade verließen sie die Autobahn, und der junge Mann schien sich sehr zu konzentrieren. Als sie in die Einfahrt des Southampton-Parkway-Bahnhofs einbogen, fühlte Colette, wie eine plötzliche und unkontrollierbare Panik in ihr aufstieg. Sie griff nach dem Arm des jungen Mannes, so daß ihre Fingerkuppen sich in die Muskeln seines Unterarmes bohrten. »Fahren Sie noch mal herum! Fahren Sie noch mal drum herum!«

Er sah sie verwirrt an.

Sie packte ihn an der Schulter. »Fahren Sie noch mal herum! Herrgott noch mal.«

Sie deutete durch die Windschutzscheibe geradeaus. Er tat, was sie verlangte, und legte eilig den ersten Gang ein. Der Wagen fuhr stotternd wieder an. Colette schaute über die Schulter zurück, der junge Mann bog wieder in die Hauptstraße ein und fuhr in Richtung Kreisverkehr.

»Was war denn? Was haben Sie gesehen?«

Sie konnte ihm nicht in die Augen schauen. »Es tut mir leid ... Ich dachte, ich hätte etwas gesehen. Ich meine ...«

»Sollen wir noch mal rumfahren?« Seine Stimme klang sanft und beruhigend.

Sie zögerte einen Moment, ehe sie antwortete. »Ja. Ja. Lassen Sie mich vorne an der Hauptstraße aussteigen. Das ist besser.«

Er verließ den Kreisverkehr, hielt an der Straßenseite an und schaltete das Warnblinklicht ein. Für sein Alter handelte er mit erstaunlicher Reife und Ruhe.

»Geht es Ihnen gut? Geht es Ihnen *wirklich* gut?«

Sie nickte schweigend, und er legte ihr die Hand auf die Schulter. »Haben Sie Ihre Fahrkarte noch?«

Sie wagte nicht zu sprechen und nickte wieder.

Der junge Mann wandte sich wieder dem Lenkrad zu und schaltete das Warnblinklicht aus. »Okay. Ich habe die Autobahn genommen, damit ich sehen kann, daß uns niemand folgt. Ich habe aufgepaßt. Es ist alles in Ordnung. Alles ist ganz genau geplant.«

Vorsichtig nahm sie die Tasche vom Rücksitz. Sie versuchte, sie so zu halten, daß sie beim Gehen nicht ihr Bein streifte. Sie verabschiedete sich nicht, denn sie hatte ihre Gedanken schon von ihm abgewandt.

Durch den Seiteneingang ging sie zum Bahnsteig, ohne Einzelheiten im Bahnhof und das Alter, die Figur oder die Größe der anderen Reisenden wahrzunehmen. Sie sah Gestalten. Sie spürte sie. Links von ihr ein Paar, rechts ein Mann. Sie war überzeugt, daß sie sie beobachteten, und sie erstarrte, wenn ihre Blicke sich in sie bohrten. Sie wagte nicht aufzuschauen, um ihnen nicht in die Augen sehen zu müssen. Ihr war klar, daß sie es sofort *wissen* würden – wenn sie es nicht ohnehin schon wußten.

Der Zug war eingefahren, ohne daß sie ihn bemerkt hatte. Sie versuchte, die Tasche zu vergessen und etwas Zorn auf diese verdammte Frau und all die anderen aufzubringen, die ihre Leute betrogen, und zwar seit Jahren. Der Zug war ziemlich leer. Sie fand einen Platz und ließ sich vorsichtig nieder, wobei sie die Tasche behutsam zwischen ihre Füße stellte. Sie schloß die Augen und seufzte tief, und jetzt erst bemerkte sie den Schweiß auf ihrer Stirn.

Sie spürte, wie die Pistole auf ihrer Brust lastete.

Nach ein paar Minuten ließ sie die Tasche los und lehnte sich in ihrem Sitz zurück. Es war eine lange Nacht ohne Schlaf gewesen, und sie war sehr müde. Sie spürte, wie eine Art Ruhe über sie kam. Sie schaute an sich herunter, um zu prüfen, ob ihre Kleider noch sauber, ordentlich und glatt waren.

Sie hatte sich mit ihrer Erscheinung große Mühe gegeben, und es hatte sich gelohnt. Sie trug eine dunkelbraune Wildlederjacke, ein weißes Hemd und eine schwarze Hose. Sie hatte kein Make-up benutzt, denn daß sie hübsch war, wußte sie, und sie wollte keine überflüssigen Blicke auf sich ziehen. Aus diesem Grund trug sie auch einen schwarzen Wildlederhut, den sie tief in die Stirn gezogen hatte.

Sie schloß die Augen und dachte kurz daran, wie sie die Bombe scharfmachen würde. Das war eine Sache von wenigen Sekunden im Damenklo des Waterloo-Bahnhofs, und dann würde sie weg sein. Sie würde einmal in Dublin anrufen, und die würden dann die Warnung an die Polizei durchgeben. Die Polizei würde vielleicht mit dem Leben der Menschen dumme Spielchen treiben und die Medien belügen, aber was ging sie das an? Nicht ihr Problem, wenn die Leute sterben sehen wollten. Aber es würde niemand getötet werden, sagte sie sich. Das war nicht vorgesehen.

Sie nahm die lokale Abendzeitung und versuchte, sich auf die Worte zu konzentrieren, die sie las. Schließlich langweilte sie sich, ließ die Zeitung langsam sinken und sah sich im Waggon um.

Er war fast leer. Zum ersten Mal bemerkte sie, daß die alte Frau auf dem Platz gegenüber sie durchdringend ansah. Schnell hielt sie sich die Zeitung wieder vor das Gesicht. Aber es war zu spät. Die Frau hatte ihre Chance erkannt. »Schrecklich heiß hier drin, nicht wahr?« sagte sie. »Immer stellen sie die Heizung falsch ein.«

Colette ließ eine Seite der Zeitung ein wenig sinken und lächelte über den Rand hinweg. Es war ein gezwungenes Lächeln und eher höflich als interessiert, aber die alte Frau lächelte zurück und redete weiter. »Kommen Sie aus London?«

Colette schüttelte den Kopf und hätte am liebsten nicht geantwortet, aber die Frau sah aus, als würde sie nicht lockerlassen. »Ich bin nur heute abend hier – Freunde besuchen«, sagte sie und hielt die Zeitung höher, um zu zeigen, daß die Unterhaltung beendet war.

Die Neugier der Frau beunruhigte sie. Wenn das hier der Anfang einer Kampagne gewesen wäre, hätte sie keinen Gedanken daran verschwendet. Aber die Sache lief schon seit zwei Monaten, und die Leute wurden mißtrauisch. In den letzten Tagen war sie besonders vorsichtig gewesen, um nicht in ein Gespräch mit irgend jemandem verwickelt zu werden.

Sie griff nach der Tasche und hielt sie fest. Es war nicht mehr weit. Die adretten Doppelhäuser und die sorgfältig gepflegten Gärten der Vorstadt waren tristen Büroblocks gewichen. Waterloo war nur noch wenige Minuten entfernt.

Sie war nervöser als jemals zuvor. Sie wollte sich einreden, daß das dumm war, denn es dürfte nicht schwer werden, die Tasche unter einer Bank stehenzulassen und unauffällig zu verschwinden. Dann würde das alles ein Ende haben, und sie könnte in der Wohnung in Clapham ein heißes Bad nehmen und sich sauberschrubben.

Der Zug wurde langsamer, und die Passagiere standen auf. Colette blieb sitzen, aber die alte Frau ebenfalls. Jetzt fühlte sie, wie die Panik wuchs; sie wollte aufspringen und schreien. Sie kämpfte um ihre Selbstkontrolle. Beinahe hätte sie sich selbst angeschrien, ruhig zu bleiben. Sie sagte sich, daß außer einer aufdringlichen Rentnerin nichts da war, wovor sie sich fürchten müßte. Sie wartete, bis die alte Frau aufgestanden und ausgestiegen war, ehe sie ihre Tasche nahm, langsam zum Ende des Waggons ging und an der Tür für zwanzig oder dreißig Sekunden stehenblieb.

Als sie ihren Fuß auf den Bahnsteig setzte, wußte sie, daß sie einen Fehler gemacht hatte. Sie waren nahe am Ausgang, und die anderen Passagiere waren schon gegangen. Nur die alte Frau war noch da und redete mit einem Schaffner. Er hatte sich zu ihr hinuntergebeugt, um ihre leise Stimme über den Lärm des Zuges hinweg hören zu können.

Sie ging weiter, aber die Panik begann, sie in Wellen zu überrollen. Sie redete sich ein, daß alles in Ordnung war, daß es genauso sein würde wie viele Male zuvor. Sie sah den Polizisten und hörte die Stimme. Vielleicht hatte er ›Entschuldigen Sie‹ gesagt, sie war sich nicht sicher, aber er wirkte erschrocken, als sie an ihm vorbei in das Gedränge der Eingangshalle stürzte.

Sie hörte jemanden rufen, aber jetzt rannte sie, ihr Herz raste, und ihr Kopf schien zu platzen.

Der Bahnsteig endete in der Mitte der Eingangshalle, und sie rannte an W.H. Smith vorbei nach links.

Wieder rief jemand. Sie sah nur undeutliche Gesichter. Sie verlor ihren Hut.

Sie kam an einer Reihe von Leuten vorbei, die nach oben auf den Fahrplan starrten, dann sah sie einen Ausgang und rannte erleichtert darauf zu.

Sie stürzte durch die Glastür, sprang von der obersten Stufe herunter nach draußen und krachte mit dem Kopf voran gegen eine Frau, die ihre Einkäufe nach Hause trug. Sie fand ihr Gleichgewicht wieder und rannte nach links. Der Gehweg war voller Pendler, sie stürzte auf die Fahrbahn, rannte mit dem Verkehr und schließlich quer über die Fahrspuren. Sie erreichte die Straßenecke und wandte sich in Richtung Westminster Bridge. Ihre Lungen schienen zu bersten, und sie ermüdete schnell. In der Mitte der Brücke, im Schatten Big Bens, blieb sie stehen und zwang sich, zurückzublicken.

Niemand folgte ihr.

Ihre Füße taten weh, denn ihre Schuhe hatten Absätze und waren nicht zum Rennen gemacht. Sie spürte das Blut in ihrem Gesicht.

Erschrocken bemerkte sie, daß sie noch immer die Tasche in der Hand hielt. Die Pendler, die hin und her hasteten, wollten nach Hause und schenkten ihr wenig Beachtung, als sie sich über die Brüstung lehnte und die Tasche fallen ließ. Sie sah, wie sie auf die glatte Oberfläche der Themse aufschlug, dann ging sie weiter. Sie drehte sich noch einmal um. Noch immer nichts.

Sie hatte keine Zeit zum Planen oder zum Nachdenken, aber ihr war klar, daß sie kaum eine Chance hatte, zu Fuß zu entkommen. Durch die Bauarbeiten in der Mitte der Brücke floß der Verkehr nicht mehr, also drehte sie sich um und ging den Weg zurück, den sie gekommen war. Sie wußte, daß sie schnell verschwinden mußte.

Instinktiv und ohne nachzudenken, winkte sie ein Taxi heran. Der Mann drehte die Scheibe herunter. »Wohin, meine Liebe?« fragte er gelassen. Er hatte graues Haar und ein angenehmes Gesicht. Er drängte sie nicht.

Sie hörte eine Sirene und spürte, wie die Panik wiederkam. »Battersea«, sagte sie, ohne zu wissen, warum.

»Wohin in Battersea?«

Sie begriff nicht. »Wie bitte?«

Der Mann schüttelte den Kopf. »In welche Gegend von Battersea?«

»Battersea Park«, sagte sie. Sie stieg in den Fond und fühlte sich sofort sicherer.

Im Radio nahm der Moderator den British Home Secretary in die Zange. Sie hörte seiner samtigen Stimme zu.

»Aber man wird doch sicher etwas tun können, um diese Anschläge zu verhindern. Wie Sie sicher wissen, können diese Leute offenbar nach Lust und Laune zuschlagen. Sollte man nicht langsam darüber nachdenken, die Internierungen wieder einzuführen?«

Der Home Secretary seufzte hörbar. »Nun ja, der Gesetzgeber hält am geltenden Recht fest, und so frustrierend das auch sein mag – und ich weiß, es *ist* sehr frustrierend –, ich persönlich halte nichts davon. Wie dem auch sei, wenn wir sie alle einsperren, müssen wir sie über kurz oder lang doch alle wieder freilassen.«

»Herr Innenminister, vielen herzlichen Dank. Für die, die gerade zugeschaltet haben: Den neuesten Nachrichten zufolge sind die Londoner Bahnhöfe ein weiteres Mal von einer Reihe scharfer Bomben und auch Attrappen heimgesucht worden. Die Pendler müssen mit einem weiteren chaotischen Abend rechnen.«

Sie waren jetzt fast an der Chelsea Bridge, aber der Verkehr kam zum Stillstand, und die Panik kehrte zurück. »Kann ich hier aussteigen?«

Der Mann drehte sich langsam um und öffnete die Trennscheibe ein wenig weiter. »Sie können machen, was Sie wollen, meine Liebe.«

»Gut. Ich möchte hier aussteigen.«

Sie hörte ihn seufzen, als er sich umdrehte, um wieder auf die Straße zu achten. Er drängte sich durch den Verkehr, während sie ihre Hand schon am Türgriff hatte. Die Tür öffnete sich nicht.

»Die geht erst auf, wenn wir stehen«, sagte er.

Er hielt an, und sofort stieg sie aus. Sie schaute sich um. Niemand sonst war auf dem Gehweg und keinerlei Zeichen, daß etwas nicht stimmte.

Sie wühlte in ihrer Hosentasche, aber sie fand kein Kleingeld. Sie griff in ihre Jacke und spürte das Gewicht der Pistole, als sie nach ihrem Geldbeutel griff.

»Wieviel?« sagte sie.

»Zwei Pfund achtzig.«

Sie hatte nur einen Zehner. Sie wollte schnell von dort verschwinden, aber sie brachte es nicht über sich, ihm den Rest zu überlassen. Es war zu viel Geld. Sie wartete, während er das Kleingeld abzählte. Dann ging sie eilig los und sah sich über die Schulter um.

Er sah ihr nach.

Sie rannte los, aber diesmal langsamer, als ob sie sich überzeugen wollte, daß es nichts gab, wovor sie fliehen müßte.

Sie überquerte die Brücke. Weiter flußabwärts heulten Sirenen, aber sie schienen weit weg zu sein. Langsam lief sie durch Battersea Park, immer in der Nähe des Flusses. Am südlichen Ende der Albert Bridge traf sie wieder auf die Hauptstraße und blieb stehen.

Was nun?

Zu Fuß gehen wäre das einfachste und dann öffentliche Verkehrsmittel, dachte sie. Welche Richtung?

Sie zögerte. So viel stand auf dem Spiel, und schon der Gedanke daran rief Panik hervor. So nahe daran, gefaßt zu werden.

Wieder hörte sie Sirenen, diesmal näher. Sie wollte losrennen, aber sie zwang sich stehenzubleiben. Sie mußte unbedingt weg von hier, so schnell und so weit wie möglich. Wieder spürte sie die Pistole in ihrer Tasche, und schließlich ging sie entschlossen los. Lässig winkte sie dem Fahrer eines roten Rovers zu, öffnete die Beifahrertür und stieg ein.

»Du lieber Gott!«

»Alles in Ordnung. Bitte, Sie müssen mich mitnehmen, gar nicht weit.«

Der Mann war riesig. Er schien den Wagen auszufüllen, sein rotblondes Haar wurde gegen das Dach gedrückt, und seine mächtigen Hände verdeckten das Lenkrad.

»Was wollen Sie?« Er klang ruhig, seine Stimme war freundlich und gelassen.

Auch Colette sprach ruhig. »Sie müssen mich nur ein kleines Stück mitnehmen.«

»Warum? Was ist ...?«

»Jemand hat mich verfolgt. Es tut mir leid, ich möchte nur hier weg.«

»Jemand hat Sie verfolgt? Wer denn?«

»Irgend jemand. Ich weiß es nicht ... Ich bin einfach weggelaufen ... Ich muß hier weg.«

Die Stimme des Mannes klang immer noch gelassen. »Ich bringe Sie zum nächsten Polizeire ...«

»Nein.«

Er sah sie prüfend an. Sie waren langsam weitergefahren, aber jetzt bremste er und brachte den Wagen zum Stehen. »Battersea Park kann gefährlich sein. Sie sollten eine Anzeige ...«

»Nein. Bitte. Ich muß nur hier weg, bitte.«

Sie deutete nach vorn durch die Windschutzscheibe, als ob sie die gewünschte Fahrtrichtung anzeigen wollte. Sie spürte, wie die Panik zurückkehrte. Sie spürte, daß sie diesen Mann nicht täuschen konnte. Sie hatte das Gefühl ... sie wollte nicht darüber nachdenken.

Er klang noch immer ungerührt. »Ich verstehe nicht, was Ihnen passiert ist – und vielleicht geht es mich auch nichts an. Aber Sie sitzen in meinem Auto, und ich finde, ich sollte Sie zum Polizeirevier bringen, Sie nicht?«

»Ich möchte nur hier weg.« Wieder gestikulierte sie vor der Windschutzscheibe, als ob sie den Wagen durch bloße Willensanstrengung bewegen konnte. »Bitte. Ich möchte hier weg.«

»Ich bringe Sie weg – aber ich finde wirklich, daß ich Sie zur Polizei bringen sollte. Ich meine, ich weiß gar nichts über Sie. Im Ernst, ich halte es wirklich für das beste, wenn –«

Sie griff zu, zog die Pistole und stieß sie knapp über dem Gürtel in seine Seite.

Er atmete tief aus. »Verdammte Scheiße ... jetzt verstehe ich, was das alles soll.«

»Ich habe Sie freundlich gebeten. Ich möchte nur hier weg.«

Langsam schoben sie sich jetzt wieder vorwärts, aber Colette konnte das Gewitter in ihrem Kopf nicht beruhigen. Sie wußte nicht, was sie tun sollte, denn die ganze Situation war plötzlich außer Kontrolle geraten. Sie war verzweifelt bemüht, sich zu retten, und sie befürchtete, daß ihre Chancen schlecht standen.

Sie spürte, daß der Mann neben ihr keine Angst hatte. Wer war er: ein Polizist? Ein Soldat? Mit denen hatte sie zuviel Zeit verbracht, um jetzt nicht etwas Vertrautes zu spüren.

Es war seine Ruhe, die sie störte.

Sie versuchte, klar zu denken.

»Sie werden nicht entkommen, wissen Sie«, sagte er. »Sie riegeln diesen Teil von London ab – kam gerade im Radio. Straßensperren, Bauarbeiten.«

Colette antwortete nicht. Er war Polizist. Sie fluchte innerlich.

»Es ist wegen der Bombenhysterie.« Er sah sie an, und sein Gesicht wirkte noch immer ruhig und gelassen. »Sie sind doch keine von denen, oder?«

Sie wandte sich ihm zu und drückte die Pistole in seine Rippen. »Maul halten.«

»Ich habe keine Angst.«

»Maul halten.« Sie hörte die Verzweiflung in ihrer Stimme, und von weitem hörte sie wieder Sirenen. Offenbar kamen sie näher.

Sie hielt die Pistole in Taillenhöhe, so daß die Passanten sie nicht sehen konnten. Die Straße war voller Leute, die zu Fuß nach Hause gingen, um dem Chaos auszuweichen. Die Sirenen wurden lauter, und sie sah, wie die Autos weiter vorne auf den Gehweg fuhren, um Platz zu machen.

Sie schaute besorgt durch die Windschutzscheibe, und plötzlich spürte sie einen dumpfen Schmerz auf der Wange, als der Mann sie schlug. Ihr Kopf prallte gegen die Seitenscheibe und sie spürte, wie er ihr Handgelenk ergriff und die Pistole sofort gefahrlos auf das Dach gerichtet war. Sie kämpfte, aber seine andere Hand umfaßte ihren Hals, und er war stark. Sie versuchte, ihre Hand mit einem Ruck zu befreien und zu schießen, aber der Schuß schlug durch das Dach, und der Lärm machte sie beide taub. Er drückte ihre Hand zurück und schlug sie mehrmals gegen das Fenster hinter ihr. Sie kämpfte, aber der Schmerz war stark, und sie konnte die Pistole nicht halten. Als sie sich aufrichtete, schaute sie in den Lauf ihrer eigenen Waffe. Der Mann zog sich langsam durch die Tür zurück und winkte zugleich den nahenden Polizeiwagen heran.

Sie schloß die Augen, beugte sich über das Armaturenbrett und begann, leise zu weinen.

Auf der anderen Seite der Irischen See fuhr Trevor Long viel zu schnell. Es regnete, es war dunkel, und die Straßen waren eng und glitschig. Er wußte, daß er es übertrieb.

Es hatte keinen Wirbel gegeben, nur einen einzigen Piepser, dem ein Anruf folgte. Er fühlte sich leer, müde und schmutzig. In Zeiten wie diesen fühlte er sich immer schmutzig. Und wenn er *wirklich* ehrlich war, dann war er traurig und verdammt enttäuscht. Er hatte schon öfter einen *Player* verloren, aber noch nie jemanden, der so lange dabei war und der es so weit gebracht hatte.

Assistant Chief Constable Trevor Long hatte inzwischen kaum noch mit dem Mann zu tun, aber die Officer, die ihn wochenweise führten, gingen letztlich immer noch davon aus, daß er *sein* Mann war. Sie sagten Long ins Gesicht, daß er, als Leiter der Special Branch der Royal Ulster Constabulary und insofern als verantwortlicher Mann für alle Geheimdienstoperationen, von zu hohem Rang war, um ein Risiko einzugehen. Long antwortete geradeheraus, daß er noch immer an die Arbeit vor Ort glaubte. Er hatte schon vorher Männer verloren, und er war fest entschlossen, diesen hier nicht zu verlieren. Das konnte er sich nicht leisten. Gingy Hughes war der beste Agent, den sie hatten. Zumindest war er der beste gewesen.

Long fühlte sich schrecklich. Mit den Jahren war es nicht einfacher geworden. Er dachte an den Mann mit den schiefen Zähnen und dem rotblonden Bart, und er konnte sich genau vorstellen, wie seine Hände vor Angst und Nervosität zitterten. Es war schwer gewesen, diesen Bastard zu führen, der abwechselnd arrogant und unsicher war. Long hatte all seine Kraft aufwenden müssen, um ihn zu kontrollieren und zu halten; manchmal hatte er sich ermutigend verhalten und manchmal kalt, grausam und rücksichtslos. Ihre Beziehung hatte zu einem ganzen Sortiment von Gefühlen geführt, von Haß bis hin zu einem unwirschen Respekt. Es war eine besondere Art von Freundschaft gewesen.

Er hielt kurz an und studierte die Karte noch einmal. Er wußte, daß er sich verfahren hatte.

Er versuchte es mit der Straße geradeaus, die nirgendwohin führte, kehrte dann um und fuhr zur Kreuzung zurück. Nach zweihundert Metern auf der Straße nach links sah er das schwache rötliche Licht einer Armeetaschenlampe und hielt an. Als der Soldat näher kam, drehte er das Fenster herunter und zückte seine Brieftasche. »Trevor Long, E-Department.«

»Da vorne links, Sir.« Der Soldat sprach in einem rauhen Glasgower Dialekt.

Am Tor standen drei Männer in Zivil. Sie bemerkten ihn sofort, und der größte von ihnen trat vor. Er schien vom Anblick seiner müden, zornigen Augen überrascht zu sein, aber er erkannte Longs Stimmung offenbar wieder. Er streckte die Hand aus und wies in die Dunkelheit. »Auf der anderen Seite des Feldes, Sir, bei der Lampe. Die Armee hat alles abgesucht. Keine versteckten Bomben. Wir dachten, Sie wollen das zuerst sehen.«

Long knurrte einen Dank.

Es hatte tagelang geregnet, und das Feld glich einem Sumpf. Long trug noch immer seine ordentlich geputzten Büroschuhe, aber das war ihm gleichgültig. Im Dunkeln konnte er nur die Hecken erkennen, und er ging unverwandt auf das Licht in der Ecke zu, wo sie aufeinandertrafen. Normalerweise machte er diese Ausflüge tagsüber, wenn ein einsamer Farmer oder ein Spaziergänger die Leiche entdeckt hatte. Aber heute abend hatten sie einen Anruf bekommen, einen Wink von der IRA – die Tatsache allein legte es nahe, daß der Mann im Graben wichtig war.

Die Männer mit dem Licht bemerkten Long und kamen auf ihn zu. Er kniete sich hin. »Halten Sie das Licht hoch«, sagte er scharf.

Der Mann lag auf dem Bauch, und seine Hände waren hinter dem Rücken straff gefesselt. Er trug Jeans und einen Pullover – ein dürftiger Schutz gegen die bittere Kälte. Er war barfuß, als letzte Entwürdigung hatte man ihm die Schuhe weggenommen. Für einen Maulwurf gab es kein Mitleid und keine Wärme, nicht einmal zum Schluß.

Wahrscheinlich hatten sie ihn gezwungen, barfuß und mit verbundenen Augen bis zu dieser Stelle zu laufen. Vielleicht war er gestolpert, vielleicht hat er geweint, aber niemand hatte ihn gehört. Sie hatten ihn gezwungen, am Rand des Grabens niederzuknien, und dann hatten sie ihm die Pistole an den Hinterkopf gehalten. Long dachte daran, daß sie vielleicht seine Verzweiflung genossen hatten und mit dem Gefühl, saubere Arbeit geleistet zu haben, zum Abendessen nach Hause gegangen waren. Sein Mann *wäre* gestolpert, er *hätte* geweint und gebettelt. In seinen letzten Minuten wäre er ein Feigling gewesen; jämmerlich, verängstigt und allein, denn seine Arroganz hätte ihm die gefürchtete Internal Security Unit der IRA schon lange ausgetrieben. Long dachte an den Sekundenbruchteil, in dem sich ein Finger um einen Abzug krümmt und ein Leben beendet.

Die Leiche neben ihm trug eine graue Kapuze, deren Schnur fest um den Hals geschlungen war. Long griff nach dem Körper, um ihn umzudrehen. Er mußte sich sehr anstrengen, ihn im Schlamm zu bewegen. Er schaute kurz auf. »Helft mir doch mal, Herrgott.«

Long kniete über dem Kopf des Mannes und versuchte, die Schnur zu lösen. Er hatte kein Messer, um sie zu zerschneiden, und seine Hände wurden schnell kalt, während er an dem Knoten zerrte. Er war festgefroren. Wieder schaute er auf. »Hat jemand ein Messer?«

Der Mann, der die Lampe hielt, zog ein Schweizer Armeemesser hervor, und schließlich gelang es Long, die Schnur zu durchschneiden. Er war wütend und verbittert.

Das Blut aus der Wunde klebte an dem Stoff, und er mußte ihn von vorne her abziehen. Schließlich schaute er in das Gesicht des Mannes. Er seufzte erleichtert. Wer auch immer dieser arme Hund war, Gingy Hughes war es nicht.

ZWEITES KAPITEL

Auf ihrer Pritsche krümmt Colette sich zusammen wie ein Ungeborenes und schaukelte langsam hin und her. Ohne Bewußtsein von ihrer Umgebung und vom Schock betäubt, starrte sie vor sich hin. Sie zog ihre Knie enger an die Brust und drückte ihre Wange in einer kindlichen Verzweiflungsgeste sanft dagegen.

Sie versuchte, die Bilder von Mark und Catherine auszublenden, aber ihre Gesichter leuchteten immer wieder hervor; strahlende, glückliche Gesichter, die sie inständig baten, nach Hause zu kommen. Sie hörte Catherine schreien, »Mami, ich hab dich lieb«, und die Worte hallten in ihrem Kopf wider.

In den vergangenen Stunden – sie hatte jedes Zeitgefühl verloren – hatte die ganze Welt aus Lärm und Aggression und Feindseligkeit bestanden. Zuerst hatte man sie zum Polizeirevier in Battersea gebracht, dann war sie in einen Kleinbus gestoßen und mit hoher Geschwindigkeit hierher in den Sicherheitstrakt nach Paddington Green gefahren worden. Jedenfalls nahm sie an, dort zu sein, denn sie hatte bei ihrer Ankunft nichts sehen können.

Wo sie auch war, sie wußte, was sie erwartete. Er war immer das gleiche: tyrannische Detectives, die ein bequemes Geständnis haben wollten, und dann diese Schwätzer von der Special Branch. In Belfast und ihres Wissens in ganz Nordirland galten die Detective Constables von der Special Branch als der eigentliche Feind. Schon der Gedanke an sie stärkte ihre Entschlossenheit. Sie riefen zu gleichen Teilen Angst und Haß hervor, und die Erinnerung an einige ihrer Methoden ließ sie unwillkürlich schaudern. Zum Schlimmsten war es gekommen, nachdem sie das Gefängnis verlassen hatte. Sie hatten sie zur Verhörzentrale nach Castlereagh gebracht und einen braunen Umschlag auf den Tisch gelegt. Als sie sich nicht rührte, hatten sie ihn für sie geöffnet und genüßlich die Fotos über den Tisch verteilt. Sie wollte die Augen schließen, aber der Schock und das Grauen hatten sie in der Gewalt. So hatte sie entsetzt auf die Bilder von ihrem Mann Davey gestarrt – im Bett, in jeder denkbaren Stellung, mit der Schlampe vom anderen Ende der Straße.

Von allem anderen abgesehen, war die Qualität der Fotos einfach unglaublich gewesen.

Die Episode hatte in ihr eine zerstörerische Verbitterung hinterlassen, die sich über die Jahre hingezogen und ihre Beziehung zu Davey vergiftet hatte. Das Wissen, daß man im umgekehrten Fall ein tadelloses Benehmen von ihr erwartet hätte, machte sie noch wütender. Wenn Davey im Gefängnis gewesen wäre und sie draußen, hätten die Leute sie beobachtet und über sie geredet. Aber Davey entschuldigten sie, wie jeden anderen Mann, der fremdging, während seine Frau im Gefängnis saß.

Aber letztlich hatte sie noch Glück gehabt. Eine Freundin aus derselben Straße war fremdgegangen, während ihr Mann saß – »Nur dieses eine Mal, zum Teufel«, hatte sie Colette erzählt –, und war schwanger geworden. Als sie wegen einer Abtreibung nach England fuhr, hatte die Special Branch sie überwacht und gedroht, ihrem Mann im Maze Prison Beweise für ihre Untreue zu zeigen, wenn sie sich nicht als Spitzel verpflichtete.

Die Frau hatte gewußt, daß es ihn umbringen würde, aber sie war standhaft geblieben. Manchmal fragte sich Colette, woher sie die Kraft genommen hatte.

Colette dachte an ihre eigenen Jahre im Gefängnis, und wieder schauderte sie. Es waren nicht so sehr die Entbehrungen dieser Zeit, obwohl sie *wirklich* entbehrungsreich gewesen war. Es war einfach die Isolation. Sie hatte die Freundschaft und die Kameradschaft der anderen Frauen im republikanischen Flügel genossen, aber es war fast unmöglich gewesen, die Beziehung zu Davey und zu ihrer Familie aufrechtzuerhalten. Nach einer Weile hätte sie sie fast gebeten, nicht mehr zu kommen, weil es so schlimm war, wenn sie wieder fort waren. Sie lag dann auf ihrer Pritsche, starrte stundenlang zur Decke und versuchte, sich an das Leben in Freiheit zu erinnern.

Sie könnte es nicht ertragen, dorthin zurückzugehen, dachte sie.

Wie sagt man zwei Kindern, daß man für den Rest seines Lebens ins Gefängnis geht, überlegte sie.

Wie erklärt man ihnen, warum, fragte sie sich.

Hinter der Tür hörte sie einen lauten Knall. Als sie aufschaute, sah sie, daß zwei schlampig gekleidete Detectives von gegensätzlichem Umfang die Zelle betraten. Sie sahen müde und feindselig aus, und für einen Augenblick wich ihre Verzweiflung dem Zorn. Sie versuchte, ihre Ausbildung anzuwenden und sich auf jedes Detail der Haft und der Verhöre zu konzentrieren. Sie wußte, daß die Einsatzbesprechung später, wenn alles vorbei war, sehr ausführlich sein würde.

Die Männer brachten sie in einen kleinen Vernehmungsraum am Ende des Korridors – bewaffnete Wachen auf dem Korridor, mindestens drei, registrierte sie – und setzten sie an das Ende eines stabilen Tisches mit Resopalplatte.

Der dünne Mann sprach zuerst. »Lebenslänglich für versuchten Mord, würde ich sagen, und zwanzig Jahre für die strafbare Verabredung zum Bombenattentat.« Sein Ton war sachlich, und er klang erschöpft.

Entschlossen, ihm nicht in die Augen zu schauen, senkte sie den Blick.

»Sie können sich das anhören oder nicht, uns ist das scheißegal, aber Sie werden für zwanzig Jahre einfahren, ich meine zwanzig Jahre absitzen, und Sie werden sie in einem englischen Gefängnis absitzen.«

Diese Worte brachen ihren Trotz.

»Zwanzig Jahre in einem Gefängnis in England. Kein gemütliches Leben wie im Maze oder in Maghaberry, wo ihr macht, was ihr wollt, und euren eigenen Flügel kontrolliert. Und englische Gefängnisse mit englischen Kriminellen sind nicht gerade berühmt für ihre Liebe zur IRA – aber ich bin sicher, daß eure Bosse sich schwer ins Zeug gelegt haben, um euch vor den Konsequenzen eurer Aktionen zu warnen. Jedenfalls sind Sie auf frischer Tat ertappt worden, so sieht es aus.«

Er beugte sich über den Tisch, aber sie sah nicht auf.

»Ich weiß, was man Ihnen erzählt hat, aber Sie sind alt genug, um zu wissen, was davon stimmt. Die IRA kann Ihnen jetzt nicht mehr helfen. Für Sie ist es gelaufen. Wenn Sie es sich leicht machen wollen und uns helfen, dann verspreche ich Ihnen, daß wir das nicht vergessen werden. Das könnte vielleicht Ihre Verlegung in ein Gefängnis in Nordirland erleichtern, es könnte Ihnen helfen, dahin zu kommen, wo Ihre Kinder Sie sehen können.«

Er senkte die Stimme und sprach sanft mit ihr. »Das wollen Sie doch, oder? Sie wollen, daß Ihre Kinder Sie sehen können? Sie sind vielleicht knallhart, aber Sie wollen Ihre Kinder nicht mehr verletzen als nötig, oder? Sie wollen es ihnen leicht machen, oder?«

Sie hielt ihren Kopf gesenkt und versuchte, die Stimme auszublenden. Sie stellte sich vor, daß es die Laute des Teufels waren, und tief in sich suchte sie nach der Kraft zu schweigen, wie die IRA es verlangte.

Es war schwer für Trevor Long, das Bild aus seinem Gedächtnis zu verdrängen. Er spürte noch, wie er schnitt, riß und zerrte. Als der Stoff sich löste, sah er ein bleiches Gesicht, das im Tod erstaunlich ausdruckslos erschien und dessen Haut sich kalt anfühlte.

Mit einer Hand klopfte er gegen das Lenkrad, die andere spielte mit dem Funkgerät, das zwischen seinen Beinen lag. Der Rhythmus der Scheibenwischer hätte beruhigend sein können, aber er wirkte nicht. Long ließ den Motor laufen und hatte die Scheinwerfer ausgeschaltet. Er konnte absolut nichts sehen.

Über sich in den Bäumen hörte er den Wind, manchmal ließ eine starke Böe den Wagen schaukeln und peitschte den Regen über die Windschutzscheibe. Er war beunruhigt wegen des Schlamms und der Nässe. Bald würde die Fahrbahn glitschig sein.

Er wartete. Er spürte, wie seine Stimmung weiter sank. Wenn dieser Scheißkerl keine Schwierigkeiten gemacht hätte, müßte er jetzt nicht hier sitzen. Unsicherheit und Arroganz, eine verdammt üble Kombination, aber andererseits auch wieder ideal.

Nicht zum ersten Mal fragte er sich, was er ohne Gingy Hughes anfangen würde.

In einiger Entfernung sah er ein erstes Aufblitzen der Scheinwerfer, und seine Brust zog sich ein wenig zusammen. Er atmete tief ein.

Der Wagen kam schnell näher. Er schaltete die Scheinwerfer ein, nahm das Heckler-&-Koch-Maschinengewehr in die linke Hand, öffnete instinktiv die Tür – das hatte er nicht vorgehabt – und stieg aus.

Wind und Regen schlugen ihm ins Gesicht und machten ihn blind. Er nahm seine Brille ab und steckte sie in die Tasche seines Regenmantels. Hinter dem Wagen konnte er einen großen Baum erkennen, und er stapfte durch den Schlamm darauf zu. Er wünschte sich, er hätte die Schuhe gewechselt.

Er sah den Wagen kommen. Schlingernd kam er zum Stehen, und die Scheinwerfer erloschen. Eine Tür öffnete sich. Er konnte nur eine Gestalt erkennen.

Stille.

Er hörte eine Stimme. »Long?«

»*Hier.* Steigen Sie in meinen Wagen.«

Gingy gehorchte, und Trevor Long trat vor und setzte sich wieder auf den Fahrersitz. Für einen kurzen Moment konnte er Gingys Gesicht sehen – blasse Haut, furchtsame Augen, rotblonder Bart –, dann schaltete er die Scheinwerfer aus, und sie waren wieder in Dunkelheit gehüllt.

»Also, welchem Umstand verdanke ich das Vergnügen, Sie zu treffen?«

»Sie sind schwierig geworden, Gingy – und unvorsichtig.«

»Dann schicken Sie mich nicht mit Amateuren los.«

»Ihre Verbindungsleute sind die besten. *Sie* sind das Problem.«

»Mir reicht's.«

»Ihnen reicht es, wenn ich das sage.«

»Sie kontrollieren nicht ...«

»Maul halten. Halten Sie Ihr verdammtes Maul.« Long spürte seine Macht. »Sie werden machen, was die Ihnen sagen. Die legen mir Rechenschaft ab – und Sie auch.«

»Sie brauchen mich jetzt.«

»Ich brauche *niemanden.* Solange Sie nützlich sind und solange Sie kooperieren, sind Sie sicher. Enttäuschen Sie mich, und es ist Schluß.«

Stille, bis auf das Geräusch der Scheibenwischer und das Summen des Motors.

»Leiche an der Grenze vor ein paar Nächten. Einer von euren?« Gingys Tonfall hatte sich verändert, und Long spürte seine Angst und seine Unsicherheit.

»Einer von unseren. Kein wichtiger *Player.*«

»Internal Security muß ihn ordentlich fertiggemacht haben, habe ich gehört.«

»Ihnen wird nichts passieren, Gingy.«

»Haben Sie ihm das auch gesagt?«

Long seufzte. »Ich habe ihn nie kennengelernt. Er war kein wichtiger *Player.*«

»Und warum glauben Sie, daß mir nichts passieren wird?«

»Weil Sie gut sind. Dieser Typ war noch ein Kind.«

»Die machen keine Unterschiede.«

Long versuchte, beruhigend zu klingen, und senkte seine Stimme um eine Oktave. »Kommen Sie, Gingy. Wir sind zu lange dabei, um jetzt Angst zu kriegen.«

»Sie meinen, *ich* bin zu lange dabei.«

Eine plötzliche Böe peitschte den Regen besonders heftig gegen die Windschutzscheibe. Für einen Augenblick schwiegen sie.

»Vielleicht ist bald Schluß«, sagte Long schließlich.

Gingy antwortete nicht. Long konnte seinen Atem hören. Er konnte seinen Atem riechen. Gingy hockte unbeholfen auf seinem Sitz, gewissermaßen auf dessen Kante, und Long mußte sich zwingen, vor seiner physischen Nähe nicht zurückzuweichen.

»Es hat ein Treffen des Army Council gegeben«, sagte Gingy schließlich. Long wußte das, ließ seinen Mann aber weiterreden.

»Es wurde beschlossen, bei der Auswahl der Ziele sehr diszipliniert vorzugehen. Wir werden uns stark auf die Sicherheitskräfte konzentrieren und Opfer unter der Zivilbevölkerung um jeden Preis vermeiden. Die Bombenkampagne in London ist fürs erste beendet.«

Wahr oder erfunden, fragte sich Long. »Wie sieht das Gesamtbild aus?«

»Man glaubt, daß die politische Situation in Bewegung ist. Man hat das Gefühl, daß die *Brits* so langsam verstehen, worum es geht, daher die Vorsicht bei den Angriffszielen.« Long wußte, daß Gingy ihn ansah. »Ich kriege die Leute herum, ich versuche zu helfen, aber es ist ein langsamer Prozeß.«

Er drehte sein Gesicht zum Fenster und fing an, Muster auf die beschlagene Scheibe zu malen. Wie ein Kind, dachte Long.

»Es ist verdammt schwierig, und es wird nicht leichter werden. Keiner vertraut den *Brits*. Wir haben irgendwann das Thema Waffenruhe angeschnitten, aber schon der Vorschlag schafft Unruhe. Eine ganze Menge Leute sind knallhart dagegen, solange die *Brits* nicht mit ein paar hieb- und stichfesten Garantien kommen. In South Armagh, East Tyrone und sogar in Belfast reden sie schon von einer möglichen Spaltung. Sie finden, daß die Führung das Klima genauso falsch einschätzt wie die politische Situation in London.«

»Und was wird passieren?«

»Weiß ich nicht. Weiß ich nicht. Ich treibe es so weit, wie ich kann, aber Sie wissen, wie das ist. Ich muß es sehr, sehr langsam voranbringen.«

In seiner Stimme lag ein selbstgefälliger Ton, aber Long hatte sich inzwischen an seine Arroganz gewöhnt und hörte weiter schweigend zu. Gingy übertrieb seinen eigenen Einfluß immer.

Draußen hatte sich der Wind gelegt. Die Stille war ebenso nervtötend. Long zwang sich, sich auf das zu konzentrieren, was sein Mann sagte.

»Sie sind paranoid wegen der Abweichler. Gerry McVeigh ist eines der Hauptprobleme. Er ist schwierig und stur. Er hat an einem Plan für England gearbeitet, wirklich eine große Sache, und vielleicht dreht er durch, wenn sie ihn ablehnen.«

»Was denn? Wer ist das Ziel?«

Gingy rutschte auf seinem Sitz herum, wie immer, wenn er etwas nicht wußte. »Etwas Großes, jemand Großes.«

Longs Stimme klang scharf. »Wer?«

»Jemand Großes, das ist alles, was ich weiß.«
»Mehr wissen Sie nicht?«
»Man hat mir nicht mehr gesagt. Das passiert manchmal. Ich finde es heraus.«
»Ein Politiker?«
»Vielleicht. Großer Fallout, haben sie gesagt.«
»Ein Royal.«
»Große Sache.«
»Aber es wird abgelehnt?«
Eine Pause. »Ist es schon, glaube ich, aber –«
»Aber was?«
»Wäre vielleicht besser, wenn etwas ... Ich meine, wenn Gerry McVeigh einen Unfall hätte oder ein Opfer der Loyalisten würde ...«
»Nein. Dafür sind wir nicht zu haben –«
»Aber sicher doch, zum Teufel.«
Long antwortete nicht. Er wußte, daß Gingy verärgert war.
»Wir machen hier keine Spielchen. Wir wollen diesen Krieg beenden, und wenn das schiefgeht, bin ich erledigt ...«
»Beobachten Sie ihn.«
»Ich warne Sie.«
»Beobachten Sie ihn.«
Wieder Schweigen. Schließlich sagte Gingy ruhig: »Wird so langsam eng.«
»Wurde es schon öfter.«
»Nein, nein, etwas ist anders –«
»Ist etwas passiert?«
»Nein, aber«
»Aber was?«
»Ich weiß es nicht. Sie werden es verdammt noch mal nicht ankündigen ... Es ist nur ... ich weiß auch nicht. Nichts hat sich wirklich verändert, aber da ist so eine Art Kälte. Ich kann nicht sagen, daß sich etwas verändert hat. Sie erzählen mir immer noch Sachen. Meine Fragen werden immer noch beantwortet, aber vielleicht nicht so ganz oder nicht so offen.«
»Bilden Sie sich das vielleicht nur ein?«
»Könnte sein.«
Wieder Schweigen.
»Ich habe eine Scheißangst.«
»Ihnen wird nichts passieren.«

»Woher zum Teufel wollen Sie das wissen?«

»Uns wird nichts passieren, Gingy.«

Im Dunkeln tastete Long nach Gingys Arm. »Reißen Sie sich zusammen. Wir machen das schon lange. Es war noch nie wichtiger. Und wir sind nahe am Ziel.«

Gingy suchte nach seiner Hand und hielt sie fest. Er wartete ein paar Sekunden, ließ sie dann los, öffnete die Tür und ging zurück zu seinem Wagen.

Long wartete zehn oder zwanzig Minuten, nachdem die Scheinwerfer verschwunden waren. Er versuchte, gegen seine unguten Gefühle anzukämpfen.

Colette war nach Weinen zumute. Sie hatte durchgehalten, aber nur knapp.

Als die beiden Männer mit dem Verhör begonnen hatten, war sie zuversichtlich gewesen. Sie war schon öfter von Polizisten verhört, beschimpft und manchmal auch geschlagen worden, und das Erscheinen zweier neuer Peiniger hatte einen Adrenalinstoß freigesetzt, der ihren Haß neu entflammte. Aber sie war nicht mehr so stark wie früher, und unter den ständigen Mißhandlungen wäre sie fast zusammengebrochen.

Die Mißhandlungen waren eher seelisch gewesen als physisch. Sie appellierten an ihr Gewissen, an ihren Familiensinn und an ihren Selbsterhaltungstrieb. Manchmal schrien sie, manchmal flüsterten sie, aber sie taten es abwechselnd, und die Fragen nahmen kein Ende.

Sie hatte sich nicht gerührt. Sie gab nichts preis. Sie spürte, daß nur die Mauer des Schweigens zwischen ihr und der Vergessenheit lag. Das war ihre Ausbildung.

Sie wußte nicht, ob ihre Schwäche sichtbar war, und sie fürchtete ihre Intuition.

Sie wußte nicht, was sie in der Hand hatten, und sie wußte nicht, was sie tun konnten.

»Schweigen, Schweigen, Schweigen«, befahl sie sich, aber wenn der Dünne sie ruhig ansah – so, als wollte er sagen »Ich kenne dich, ich weiß, was du denkst« –, dann wollte sie reden, alles herausströmen lassen, um Gnade bitten.

Sie wollte ihnen von ihren beiden kleinen Kindern erzählen. Sie wollte sie überzeugen, daß sie eine gute Mutter war.

Sie wollte sich entschuldigen.

Mit dem Dicken war es einfacher, denn sie wußte, daß er sie auslachen würde. Mit dem Dünnen war es schwieriger. Der würde sie vielleicht verstehen.

Wenn sie gestand, würden sie ihr möglichstes tun, auch wenn sie nichts versprechen könnten, sagten beide. Jetzt redete der Dünne auf sie ein und blies Rauch in ihr Gesicht. »Wie haben eine ganze Menge vor. Das hier kann Tage dauern, das wissen Sie ganz genau. Und dann gibt es da natürlich noch die Jungs von der Special Branch, die zweifellos gerne einen kleinen Blick auf Sie werfen würden, obwohl das ein übler Haufen ist, um ehrlich zu sein. Wäre natürlich viel leichter, wenn Sie mit uns reden würden. Das würde die Sache sehr vereinfachen.« Er nahm noch einen tiefen Zug von seiner Zigarette und blies ihr wieder Rauch ins Gesicht.

Der dicke Mann trat vor, schlug heftig mit der Faust auf den Tisch und schrie: »Mir reicht es jetzt mit deinem Schweigen, du verdammte dumme Kuh.«

Er ließ sich schwer auf den Stuhl gegenüber fallen und grinste sie über den Tisch hinweg höhnisch an. »Ich weiß nicht, für wen zum Teufel du dich hältst oder wen du hier repräsentieren willst, aber es war verdammt knapp, und beinahe hättest du heute in diesem Bahnhof einen ganzen Haufen Leute umgebracht, und ich werde mir meine kleinen Nüsse ablachen, wenn sie dich zu lebenslänglich verknacken.« Er nahm die Zigarettenschachtel vom Tisch und warf sie ihr ins Gesicht. »Sitz verdammt noch mal nicht einfach da. Dir ist das doch scheißegal. Mütter mit Babys, Kinder, dir ist das scheißegal, wen du beinahe getötet hättest. Und was haben sie dir getan, hm? Was zum Teufel hat irgend jemand von *denen* dir jemals getan?«

Der dünne Mann griff nach dem Arm seines Kollegen. »Warte mal. Ich glaube, sie wird uns helfen.« Seine Stimme klang beruhigend. Er drückte seine Zigarette aus und wischte mit einer beiläufigen Handbewegung den Aschenbecher vom Tisch. »Kommen Sie, Colette. Wir wissen, wer Sie sind. Wir wissen *alles* über Sie, von unseren Kollegen in Belfast. Stellen Sie sich nicht so an. Das hilft keinem von uns.«

Er sah sie schweigend an, und sein Blick und sein Gesichtsausdruck baten sie inständig, zu reden und den Bann zu brechen. »Kommen Sie, Colette. Wir können noch tagelang so weitermachen, aber das bringt doch nichts, oder? Es *bringt* nichts. Wir haben Sie. Sie *wissen*, daß wir Sie haben. Warum machen Sie es noch schlimmer? Warum so kompliziert?«

Er bot ihr eine Zigarette an, aber sie ignorierte ihn. Er nahm sich selbst eine Zigarette und steckte sie an. »Wie Sie wollen.«

Er inhalierte tief.

»Ich werde Ihnen erklären, wie es sein wird. Ich habe auch kleine Kinder, wissen Sie, und ich muß ehrlich sagen, daß ich alles – und ich meine *alles* – tun würde, um nicht von ihnen getrennt zu werden.«

Er beugte sich wieder vor und versuchte, ihren Blick einzufangen. »Sie wissen, wie es sein wird, nicht? Es wird die verdammte Hölle auf Erden sein. Ich hoffe, Sie haben verständnisvolle Eltern, denn die werden nach ihren Knirpsen sehen müssen und sie dann per Schiff bis nach England verfrachten, nur um Sie mal zu besuchen. Und wenn sie dann schließlich herkommen – wenn sie in das Gefängnis kommen, immer vorausgesetzt, daß sie sich das leisten können –, werden sie vielleicht feststellen, daß Sie verlegt worden sind oder daß der Besuch abgesagt worden ist. Wie wird das sein für die Knirpse, hm? Wenn Sie dann rauskommen, werden Sie eine vollkommen verdammte Fremde sein.«

Colette wünschte sich, diesen Lärm ausblenden zu können. Das Verhör nahm kein Ende, und die Männer veränderten immer wieder ihre Stimmlagen. Dadurch wurde es schwieriger für Colette, ihren Geist vor dem Gerede zu verschließen. Sie konnte spüren, wie sie schwächer wurde. Sie fühlte sich hilflos. Vielleicht hatten sie recht. Was brachte es, jetzt zu schweigen und es nur noch schlimmer zu machen?

Schließlich verloren sie die Geduld, standen auf und gingen. Sie war nicht erleichtert, denn sie wußte, daß sie wiederkommen würden.

Als sie zurückkamen, waren sie lockerer; Colette war angespannter. Sie lag ausgestreckt auf dem Fußboden wie eine Leiche. Ihre Beine waren geschlossen, die Zehen zeigten zur Zimmerdecke, und ihre Arme hatte sie fest an den Körper gepreßt. Sie wußte nicht, wie lange sie schon dort war, denn sie hatte jedes Zeitgefühl verloren.

Ohne merklich überrascht zu sein, schob der dünne Mann den Tisch und die Stühle beiseite, ließ sich nieder und legte sich neben sie auf den Fußboden. Seine Barthaare kitzelten sie am Ohr, und seine Stimme klang sanft. »Kommen Sie, Colette. Das bringt Sie nicht weiter. Das kann ich Ihnen versprechen. Es ist mir egal, ob Sie auf dem Fußboden liegen oder auf dem Stuhl sitzen. Es ist mir egal, ob Sie von der Decke hängen oder in der Zimmerecke auf dem Kopf stehen … Für mich macht das keinen Unterschied. Für mich macht es keinen Unterschied, ob ich Ihnen gegenüber am Tisch sitze oder ob ich hier neben Ihnen auf dem Fußboden liege. Wenn ich ganz ehrlich bin, liege ich im Grunde ziemlich gern hier neben Ihnen, denn Sie sind eine attraktive Frau. Aber ich bin sicher, daß Sie das wissen, oder? Ich bin sicher, daß man Ihnen das schon oft gesagt hat. Ich wette, für die Jungs oben in Castlereagh ist es ein besonderes Vergnügen, Sie zu verhören, hm? Ich wette, es gibt eine kleine Feier, wenn die hören, daß Sie dorthin verlegt werden. Die sind sich nicht zu fein für eine kleine sexuelle Belästigung, wenn ihnen eine attraktive Dame wie Sie in die Finger fällt ... was, Colette? Das stimmt doch, oder? Ich wette, ja. Aber wissen Sie, ich muß Ihnen sagen, das interessiert uns nicht. Verstehen Sie mich nicht falsch, Sie sind eine attraktive Frau, jeder Idiot kann das sehen, aber darum geht es nicht. Wir wollen Ihnen wirklich helfen. Entschuldigung –«

Der Mann rülpste leise, aber Colette rührte sich nicht. Unter anderen Umständen wäre es komisch gewesen, auf dem Fußboden zu liegen. Für sie war es eine Taktik, die sie vor Jahren erfunden hatte, wenn die Verhöre zuviel für sie geworden waren.

»Nein, also, wie gesagt, wir wollen Ihnen helfen. Wir sind keine Unmenschen. Wie ich sehe, sind Sie ein anständiger Mensch und eine attraktive Frau. Zwei nette Kinder. Viel, wofür es sich zu leben lohnt. Das sehe ich ein. Und was ich meine, ist, daß ich Ihnen helfen will, das auch zu tun – soweit ich irgend kann.«

Aus dem Augenwinkel sah Colette, wie der dicke Mann sich herunterbeugte und seinen Kollegen am Hosenbein zupfte. Unwillkürlich zuckte sie zusammen, als der dünne Mann weitersprach.

»Ich fürchte, mein Freund hier möchte auch etwas sagen. Er ist nicht sehr freundlich, was? Ich weiß, das sieht ein bißchen nach Klischee aus, der gute Cop und der böse Cop, aber ich fürchte, so ist er nun mal. Ich kann mir nicht vorstellen, daß die anderen besser sind, oder? Es bringt nichts, auf dem Fußboden zu liegen, wissen Sie. Ich gebe zu, es ist neu, aber ich glaube nicht, daß es etwas bringt. Bitte nehmen Sie Vernunft an, Colette. Meiner Meinung nach sollten Sie mit uns reden. Sie haben keine Wahl. Sie wollen doch nicht die Hölle auf Erden, oder? Ihre Kinder zwanzig Jahre lang nicht sehen? Mensch, das wäre für *jeden* ganz schön viel verlangt, oder? Ich glaube nicht, daß Ihre Bosse darauf vorbereitet wären, so lange einzufahren, oder? Ich meine, die sind wohl kaum jemals in einem verdammten Gefängnis gewesen.«

Colette sah, wie der dicke Mann wieder am Hosenbein seines Kollegen zog, und sie machte sich auf eine neue Attacke gefaßt. Er hatte ihr gleich von Anfang an Obszönitäten ins Ohr geschrien.

Sie versuchte noch einmal, sich zu sammeln. Es war das zweite Mal, daß diese beiden Männer sie verhörten. Dazwischen hatte ein ähnliches Paar übernommen, und sie vermutete, daß die vier Männer nun abwechselnd arbeiten würden. Sie wußte, daß die Anwälte gleich nach ihrer Entlassung hinter der Ermittlungsakte her sein würden, und sie wußte, daß irgend jemand in Dublin die Akte durchsehen und sie dann detailliert befragen würde, wie die Männer sich genau benommen und wonach sie gefragt hatten.

Sie versuchte, sich zu konzentrieren, aber es fiel ihr sehr schwer.

Es fiel ihr schwer, weil sie wußte, daß die Männer recht hatten. Zwanzig Jahre standen ihr bevor. Lebendig begraben.

Als der Dicke und der Dünne gegangen waren, schlief sie ein. Sie wußte, daß man sie nur in Phasen von zehn oder zwanzig Minuten schlafen lassen würde, aber sie war sehr müde.

Sie schlief tief.

Sie träumte. Der Traum wirkte unglaublich lebendig. Er war so furchterregend, weil sie wußte, daß er wirklich war.

Es war ein heißer Sommertag, und die Helme der Soldaten, die langsam über den South Carriage Drive am Hyde Park auf sie zu trabten, glänzten im strahlenden Sonnenschein. Die Blues and Royals aus der Household Cavalry der Queen waren auf dem Weg zum täglichen Wachwechsel in Whitehall. Sie sahen prächtig aus in den blauen Uniformröcken mit weißen Reithosen aus Leder, den silbernen Brustharnischen und den ungeschützten Schwertern, deren Spitzen auf ihren rechten Schultern ruhten.

Als sie näher kamen, sah Colette sich um. Wegen des schönen Wetters war der Park voller Menschen, und entlang der Straße hatten sich kleine Touristengruppen versammelt, um die Soldaten vorbeiziehen zu sehen.

Colette war verwirrt. Sie wußte, daß sie sie eigentlich hassen sollte, aber aus irgendeinem Grund war dieses Gefühl nicht vorhanden. Sie war aufgeregt und beunruhigt, und erschrocken stellte sie fest, daß sie die Sonne und den Festzug eigentlich genoß.

Sie schaute auf die Uhr. Es war genau zehn Uhr dreiundvierzig, und als sie aufsah, kam der Soldat mit der rotgoldenen Regimentsstandarte gerade an einer geparkten blauen Morris-Marina-Limousine vorbei.

Mit einem ohrenbetäubenden Knall explodierte der Wagen. Die

Luft war angefüllt mit Vier- und Sechszollnägeln, die die Formation in Fetzen rissen und das Fleisch von Menschen und Tieren Hunderte von Metern weit in den Park hinein schleuderten.

Für einige Sekunden konnte sie weder sehen noch hören, doch dann kehrten ihre Sinne zurück. Niemand schrie, es war totenstill. Sie spürte das Fleisch und das Blut in ihrem Gesicht und schmeckte es in ihrem Mund. Überall sah sie die zerrissenen Leiber von Toten und Sterbenden. Sie sah einen Kopf und einen Arm und fragte sich dumpf, ob sie wohl demselben Mann gehört hatten.

Und dann hörte sie die Schreie, grauenhafte, herzzerreißende Schreie von Menschen, die entsetzliche Schmerzen litten und nach Erlösung schrien. Sie konnte nichts tun. Sie preßte die Hände auf ihre Ohren, aber sie konnte den Lärm nicht ausblenden.

Sie rührte sich nicht. Sie wollte rennen, aber ihre Beine waren unter ihr erstarrt.

Endlich sah und hörte sie die Pferde. Es war, als wären sie plötzlich aufgetaucht. Ihre Leiber waren zerrissen, und ihre Gesichter schienen um Hilfe zu flehen. Sie sah ihre Augen: hoffnungslose, hilflose Augen, deren Anblick ihr das Herz zerriß. Sie wollte schreien, aber als sie den Mund öffnete, drang kein Laut heraus.

Colette saß kerzengerade, sie war schweißgebadet. Sie stand auf und atmete tief ein.

»Scheiße. Scheiße«, hörte sie sich sagen.

Sie wollte um Verzeihung bitten – nicht die, denn die hatten es weiß Gott verdient –, aber irgend jemanden, Gott, die Pferde, weil sie so freundliche Kreaturen waren.

Sie saß da mit gesenktem Kopf, und vor sich sah sie noch immer diese Augen.

DRITTES KAPITEL

Sie war schön. Das war sein erster Gedanke. Auf den Fotos war sie nicht gut getroffen, aber jetzt bemerkte er ihre weiche Haut, ihre rosigen, vollkommen geformten Lippen und einen kleinen, dunklen Leberfleck links von ihrem Mund.

Für einen Augenblick war er verwirrt. Dann aber trat er vor, setzte sich ihr gegenüber und bückte sich, um die Akten und ein Notizbuch aus seiner Tasche zu nehmen. Er hob den Kopf, und ihre Augen trafen sich. Ihr Blick verriet nichts, weder Trotz noch Demut, aber er hielt dem seinen stand.

Er fühlte, wie sein Herz schneller schlug.

Ihre Kleidung fiel ihm auf. Nicht das, was er erwartet hatte. Eine klobige, goldfarbene Halskette, feine Goldohrringe, eine Wildlederjacke. Vielleicht ein bißchen zerzaust, aber feminin und elegant. Sie sah aus wie eine von seinen Freundinnen, nur besser.

Einige Augenblicke saß er schweigend da, dann fing er an. »Mein Name ist David Jones«, sagte er. Das war der Name, den er auf ihre Ermittlungsakte geschrieben hatte. Er glaubte nicht, daß sie jemals herausfinden würde, daß sein wirklicher Name David Ryan war, auch wenn das hier gutging. »Ich bin sicher, daß Sie intelligent genug sind, um zu wissen, wer ich bin und warum ich hier bin.« Er hielt inne und fragte sich, ob sie wohl wüßte, woher er kam. »Ich bin nicht von der Special Branch«, sagte er. »Wie sind Sie behandelt worden?«

Er wartete auf eine Antwort, aber ihr Gesichtsausdruck sagte ihm, daß er keine bekommen würde. Sie hielt seinem Blick für eine Weile stand, und er glaubte, in ihren Augen Feindseligkeit oder Haß zu erkennen. Dann drehte sie sich auf ihrem Stuhl ein wenig zur Seite und fixierte einen Punkt hinter ihm an der Wand.

Sie saß kerzengerade und rührte sich nicht. Im Zimmer war es still. Fast war es komisch. Er wartete fünfzehn Sekunden, vielleicht dreißig.

Er lehnte sich zurück und lächelte liebenswürdig. »Ich entschuldige mich für die Polizei. Man ist dort nicht sehr freundlich ... ein notwendiges Übel, fürchte ich.« Er beugte sich wieder vor. »Aber vielleicht sind Sie anderer Meinung?«

Schweigen.

»Die Polizei hat mir gesagt, daß Sie nicht um einen Anwalt gebeten haben.«

Schweigen. Diesmal länger.

»Wie kommt das? Man sollte meinen, daß Sie einen brauchen könnten.«

Schweigen. Ohne den Kopf zu bewegen und mit ausdruckslosem Gesicht starrte sie an die Wand.

»Die Polizei sagte mir, daß Ihr Fall klar ist. Sie sagten, daß Ihre Verurteilung unvermeidlich ist.«

Schweigen.

»Es wird natürlich ein englisches Gericht sein.«

Nichts. Keine Bewegung. Kein Zucken. Er sprach leise. »Ich glaube nicht, daß ich Ihnen damit etwas Neues sage, aber Sie werden für eine sehr lange Zeit ins Gefängnis gehen.«

Nichts.

»Ich weiß, daß Sie schon einmal im Gefängnis waren. Ich glaube, diesmal wird es viel härter.«

Er wandte seine Augen nicht von ihrem Gesicht.

»Sie haben Kinder. Ich könnte mir vorstellen, daß das der härteste Teil ist.«

Schweigen.

»Wie sagen Sie Ihren Kindern, daß Sie für den Rest Ihres Lebens ins Gefängnis gehen?«

Er sah ein Flackern in ihren Augen, vielleicht ein Wiedererkennen, vielleicht Angst. In irgendeiner Form hatte sie reagiert, da war er sicher.

»Mark ist fünf. Stimmt das?«

Schweigen.

Er schaute in die Akte, die vor ihm lag. »Nein, Entschuldigung, Mark ist vier und Catherine ist drei. Stimmt das?«

Nichts. Sie saß vollkommen reglos da. Vielleicht hatte er es sich nur eingebildet.

»Also müßte Mark nach meinen Berechnungen fünfundzwanzig sein, wenn Sie rauskommen.«

Er benahm sich tyrannisch, aber er fühlte sich wohl dabei.

»Vorausgesetzt natürlich, Sie *kommen* raus. Was hatten wir jetzt, fünfundzwanzig Jahre Terror? Das ist eine verdammt lange Zeit. Die Leute haben es *dermaßen* satt. Sie wollen, daß ›lebenslänglich‹ auch ein Leben lang dauert. Das Klima in England ist nicht vorteilhaft für Sie. Es tut mir leid, das zu sagen, aber es ist so.«

Er versuchte jetzt, sanft mit ihr zu sprechen. »Sie und ich wissen natürlich, daß es mildernde Umstände gibt. Sie sind eine geborene *McVeigh*. Ihr Vater war in der IRA, Ihr älterer Bruder ist der Chef der Belfast Brigade, Ihr zweiter Bruder ist Chef einer Einheit in den Lower Falls. Was hatten Sie für Möglichkeiten? Ich verstehe das. Ich verstehe auch, daß Sie erst wieder eingestiegen sind, nachdem Ihr Mann unten in Coalisland von einer Special-Air-Service-Truppe getötet wurde – die SAS hat ihn wahrscheinlich ermordet. Ich verstehe das, Mrs. McGraw, aber ein Gericht versteht das nicht.«

Er lehnte sich wieder zurück. »Zwölf redliche Staatsbürger. So sagt man doch, oder? Aber nicht in diesem Fall. Im Geiste haben die Sie schon verurteilt, ehe es losgeht.«

Er beugte sich vor und sprach eindringlich weiter. »Mrs. McGraw, ich möchte nicht gönnerhaft wirken, aber es wird die Hölle sein. Ich könnte das nicht. Ich *könnte* es nicht. Sie werden nicht mitbekommen, wie Ihre Kinder aufwachsen.«

Er hielt inne und versuchte, in ihrem Gesicht eine Reaktion zu erkennen.

Er wartete geduldig. Das Schweigen zog sich hin. Eine Minute? Zwei? Das Warten machte ihm nichts aus. Er hatte nichts zu verlieren. Er überlegte sich genau, was er sagen wollte. Er überlegte, was sie zum Antworten bringen könnte, was es ihr unmöglich machen könnte, weiter zu schweigen. Er wußte, daß er nicht mehr viel in der Hand hatte – die Akte kam ihm plötzlich dürftig und unzureichend vor. Er wollte sie *kennenlernen*, und er mußte ihre empfindlichen Punkte finden.

»Ihrer Akte nach sind Sie 1980 der IRA beigetreten. Das ist lange her. Glauben Sie immer noch daran?«

Schweigen.

Er sah ihr ins Gesicht und versuchte vergeblich, ihren Blick einzufangen.

Er schlug eine neue Richtung ein. »Da ich nicht annehme, daß Sie mir von sich erzählen werden, kann ich Ihnen vielleicht von mir erzählen?« Er lehnte sich in seinem Stuhl zurück, als würde er sich sichtlich entspannen. »Ich war in Belfast bei der Armee. Eigentlich mehrmals. Immer in West Belfast. Hassen Sie mich deshalb jetzt? Das kann ich verstehen, aber es beruht nicht auf Gegenseitigkeit. Ich habe einen Job gemacht, aber ich glaube nicht, daß ich ihn mochte. Es macht keinen Spaß, verachtet zu werden. Das verstehen Sie vielleicht?«

Schweigen.

»Ich habe viel gelesen, während ich da war und nach meiner Rückkehr – und ich glaube, seitdem teile ich Ihren Standpunkt in gewissen Punkten. 1921 wird Irland geteilt, das nördliche Viertel oder so wird letztlich den Ulster-Protestanten überlassen. Aber keiner fragt die Katholiken in diesem Viertel, ob sie gerne an die Wölfe verfüttert werden, damit alle anderen von der britischen Herrschaft befreit sind. Die Protestanten regieren schlecht. Sie sind Pharisäer, sie verwehren den Katholiken ihre Bürgerrechte und greifen friedliche Demonstranten an, die nur Gleichheit fordern. Also rebelliert ihr auf die einzig denkbare Weise. Ihr untergrabt den Willen der *Brits*, dazubleiben – ihre Bereitschaft, das zu unterstützen, was für euch ein protestantischer Ministaat ist.«

Er beugte sich wieder vor. »Jetzt können Sie sagen, daß die IRA damit schon weit gekommen ist, aber ich glaube – ganz im Ernst –, daß Sie etwas zerstört haben, was eine gute Sache hätte werden können. Vielleicht glauben Sie mir nicht, aber ich bin sicher, daß die Engländer – die Briten – ein vernünftiges Volk sind und daß sie zugehört hätten. Und vergessen Sie nicht, daß wir um 1969 wirklich langsam in das Fernsehzeitalter eingetreten sind. Die Demonstrationen wurden für ein Massenpublikum übertragen. Ich glaube nicht, daß all das Blutvergießen und diese ganze schreckliche Tragödie irgend etwas bewirkt haben, Sie etwa?«

Er wartete auf Antwort, aber sie zuckte nicht mit der Wimper. Er wußte nicht, ob sie zuhörte, aber er sprach weiter. »All diese Verbitterung ... Grausamkeiten, Gegen-Grausamkeiten, wie du mir, so ich dir – wozu? Nichts ist mehr klar, oder? Außer, daß es weitergeht. Wird es das? Oder führen die Friedensgespräche zu irgendwas? Vielleicht können Sie uns *helfen*, ein Ende zu machen.«

Er senkte seine Stimme. »Sagen Sie mir, Mrs. McGraw: Werden Ihre Kinder genauso sterben wie Ihr Mann? Und die Kinder Ihrer Kinder? Wie lang wird dieser Krieg noch weitergehen? Werden meine Kinder zur Armee gehen und von Ihren Kindern erschossen werden? Oder Ihre von meinen?«

Schweigen.

Er nahm seine Arme vom Tisch. Ein Monolog. Er hatte Hemmungen, aber es gab keinen anderen Weg. »Es muß doch einen Ausweg geben. Es *muß*. Auch für Sie muß es einen Ausweg geben. Ich kenne Sie weiß Gott noch nicht – aber da Sie mir ganz offensichtlich nicht helfen werden, muß ich ein paar Vermutungen anstellen. Ich weiß nicht, warum Sie wieder eingestiegen sind. Ich weiß nicht, ob Sie das getan haben, weil Ihr Mann getötet worden ist. Ich kann Rachegelüste verstehen, aber das *muß* einmal ein Ende haben. Es muß einen Weg geben, damit Ihre und meine Kinder nicht getötet werden. Ich muß Ihnen sagen, und das macht mir keinen Spaß – es ist mir egal, ob Sie das glauben oder nicht –, Sie werden ein paar lebenslängliche Freiheitsstrafen erhalten, plus fünfundzwanzig Jahre für die strafbare Verabredung zum Bombenattentat. Sie werden Ihre Kinder für *mindestens* fünfzehn Jahre nicht sehen. Sie werden ihre gesamte Kindheit verpassen, und wenn Sie rauskommen, wissen Sie nicht, wer Ihre Kinder sind und wie sie so geworden sind. Ich habe keine Kinder, aber ich könnte das bestimmt nicht ertragen. Es würde mich umbringen. Ich würde alles tun, um das zu vermeiden. *Alles.*«

Colette bewegte sich, und für einen Moment dachte Ryan, sie würde etwas sagen. Aber sie beugte sich nur vor, nahm eine Zigarette aus dem Päckchen auf dem Tisch, steckte sie an und sog den Rauch tief in ihre Lungen. Nicht ein einziges Mal wandte sie den Blick von der Wand hinter ihm ab.

Ryan hatte nicht die geringste Ahnung, ob er sie erreicht hatte, und für einen Moment hielt er inne und schaute sie eindringlich an, als wäre sie eine Statue. Er bemerkte, wie groß und sinnlich ihr Mund war und wie rein ihre Haut. Sie war fast makellos.

Er fragte sich, ob sie schon ahnte, daß sie nichts gegen sie in der Hand hatten. Er fragte sich, ob er seine Sache gut machte. Er fragte sich, an was zum Teufel sie wohl dachte. Er fühlte, wie seine Enttäuschung wuchs, aber er blieb geduldig und wartete ab. Noch eine Minute, vielleicht zwei. Er seufzte. »Sie helfen mir wirklich nicht. Ich kann mir nicht vorstellen, wie einer von uns weiterkommen soll, wenn Sie sich weigern, meine Anwesenheit zu bemerken. Sie wissen, daß ich kein Polizist bin. Sie sehen, daß nichts aufgezeichnet wird. Sie wissen, was ich Ihnen anbiete. Was haben Sie davon, wenn Sie nicht darüber reden wollen? Sind Sie gar nicht *neugierig?*«

Er nahm die Akte vom Tisch und steckte sie in seine Tasche. Er schaute sie direkt an. »Ich werde Sie nicht schikanieren, Mrs. McGraw, so wie diese Schlägertypen von der Polizei. Wir sind beide menschliche Wesen, und ich sage Ihnen offen, daß ich nicht verkraften könnte, was Sie verkraften müssen. Ich würde es nicht riskieren, meinen Kindern für ihr halbes Leben weggenommen zu werden. Auf keinen Fall. Für mich gibt es nichts, das das wert wäre – keine Sache, keine Arbeit und ganz bestimmt nicht die Scheiße, die ich für meinen Lebensunterhalt machen muß. Sie wissen, was ich Ihnen anbiete. Es ist ein ehrenhafter und einfacher Ausweg. Sie sind intelligent genug, um zu wissen, daß das seinen Preis hat, also will ich mich nicht als Ihr Gönner aufspielen. Aber aus meiner Perspektive ist es diesen Preis wert.«

Er stand auf. »Denken Sie darüber nach. Ich komme morgen wieder. Ich weiß nicht, wie lange das Angebot besteht.«

An der Tür hielt er inne und schaute zurück. Sie hielt den Kopf gesenkt, wie nach einer Niederlage. Er nahm an, daß sie weinte.

Draußen auf dem Korridor wartete er ein paar Minuten. Das war seine erste große Chance, und er sollte eigentlich begeistert sein. Aber er war es nicht. Zunächst hatte er das sonderbare Verlangen verspürt, sie zu berühren. Sie zu fühlen. Aber von seiner Verkaufsmasche war ihm übel geworden. Er ging und war dankbar, daß das möglich war. Er wollte nach Hause.

Er brauchte zwanzig Minuten bis zu seiner Wohnung in der Latchmere Road in Clapham. Es war niemand zu Hause, aber auf der Anrichte standen drei Flaschen verdorbene Milch, im Spülstein türmte sich ein großer Haufen Abwasch, und überall auf dem Küchentisch lagen Essensreste herum. Auf dem Anrufbeantworter waren drei Nachrichten. Keine war für ihn.

Sein Zimmer war das kleinste, das lauteste und das häßlichste. Im Sommer, wenn es heiß war und man das Fenster öffnen mußte, war der Straßenlärm unerträglich, und das Geräusch eines LKW, der einen Gang herunterschaltete, hatte einen festen Platz in seinen Träumen.

Er knipste die Nachttischlampe an und sah die Blumen und die Notiz. »David. Heute morgen hast du ein bißchen deprimiert ausgesehen, und ich dachte, die hier heitern dich vielleicht auf. Wir sind in einem Club in Brixton, aber ich weiß nicht, wie er heißt, und ich bin sicher, daß du keine Lust hättest. Entschuldige die Unordnung. Liebe Grüße, Claire.«

Er öffnete seine Tasche und nahm eine Akte und einen braunen Umschlag heraus. Er setzte sich und öffnete die Akte. Auf der ersten Seite stand:

```
Gegenstand: Colette McVeigh/McGraw
Geboren: Belfast, 3. September 1960.
```

```
Bemerkungen: Diese Akte wurde zuletzt am 20. März
1992 aktualisiert, nach dem Tod von McVeighs Ehe-
mann David Sean McGraw (Davey) während einer IRA-
Operation in Coalisland, County Tyrone. Trotz der
Beteiligung der SAS gibt es keinen Anhaltspunkt,
daß die daraus folgende Verbitterung sie zurück zum
Einsatz in die IRA geführt hat. Seit ihrer Entlas-
sung aus dem Armagh-Gefängnis 1987 hat sie sich of-
fensichtlich durchgehend außerhalb der Organisa-
tion bewegt.
```

Ryan lächelte in sich hinein. Vielleicht war das nicht *ganz* falsch. Jetzt, wo er sie gesehen hatte, nahm er an, daß sie zu gut – zu vorzeigbar – war, um zu oft aufs Spiel gesetzt zu werden.

Als IRA-Commander würde ich sie von mißtrauischen Blicken fernhalten wollen, dachte er. Sie sah wirklich nicht aus wie eine IRA-Terroristin. Aber andererseits, wie soll eine Terroristin überhaupt *aussehen?*

Er schloß die Akte und legte sie auf den Fußboden. Er hätte sie nicht aus dem Büro mitnehmen dürfen, aber das war eine kleine Rebellion neben vielen anderen.

Der braune Umschlag darunter war dünn, und er drehte ihn um. Er hatte ihn von einer Sekretärin aus der Verwaltung bekommen, mit der er auf freundschaftlichem Fuß stand – aus ihrer Sicht vorwiegend mit der Hoffnung verbunden, daß es mehr als Freundschaft werden würde.

Er enthielt zwei weiße A4-Seiten, die in der linken oberen Ecke zusammengeheftet waren. Mitten auf der Seite stand in Fettdruck »Jahresbeurteilung«. Er begann zu lesen.

FÜR: ALAN GRANT, DIREKTOR DER ABTEILUNG TERRORISMUSBEKÄMPFUNG
VON: DESMOND JENKINS, ABTEILUNGSLEITER PROVISIONAL IRA SOURCE UNIT
CC: PERSONALABTEILUNG
DAVID RYAN
GENERAL INTELLIGENCE GROUP

In seinem jährlichen Beurteilungsgespräch hat sich Ryan als motivierte und entschlossene Person ausgewiesen, die bereit ist, für Ergebnisse auch Risiken einzugehen. Er hat sich als hart arbeitend, geduldig und geistig unabhängig bezeichnet.

Ryan hat sich in den letzten Jahren gut entwickelt und eine gewisse geistige Belastbarkeit gezeigt. Er ist selbstsicher (bisweilen an Arroganz grenzend), aber er arbeitet nur ungern im Team und wirkt manchmal merkwürdig unreif und unfähig, sich an das anzupassen, was er insgeheim »die Dienermentalität« nennt.

Er hat im letzten Jahr bei ein oder zwei geringeren Aktivposten in England eine nützliche, untergeordnete Rolle gespielt und hat zu verstehen gegeben, daß er ungeduldig auf die Chance wartet, anzuwerben und selbst Aktivposten zu übernehmen. Er hat das ausgeprägte Verlangen geäußert, nach Ulster zurückzukehren.

Unsere eigene Beurteilung ist, daß hinsichtlich seiner Eignung für eine anspruchsvolle Außentätigkeit zum jetzigen Zeitpunkt noch Fragen offenbleiben, obwohl Ryan kompetent und fähig ist und in diesem Jahr einen bedeutenden Beitrag zur »T«-Branch geleistet hat. Wir zögern, so früh in seiner Karriere das Wort »Einzelgänger« zu benutzen, aber verschiedene Officer haben Vorbehalte bezüglich seiner Einstellung geäußert.

Ryan zog seine Kleider aus, legte sich ins Bett und löschte das Licht. Eine Weile lag er wach und dachte an Colette McGraw. Er sah ihr Gesicht lebhaft vor sich.

McIlhatton hatte sein Zielobjekt vorsichtig ausgesucht. Als die Frau ging, sah sie nicht, daß er an der Wand lehnte und Zeitung las, und sie bemerkte nicht, daß er ihr folgte.

Sie ging in Richtung U-Bahn, und er sah, wie sie ihren Ausweis in die Handtasche steckte. Am Eingang kaufte sie den *Evening Standard*, und, offenbar ganz in Gedanken, verschwand sie im Gewühl.

Der Bahnsteig war belebter als sonst, und als der Zug eingefahren war, mußte sie sich hineindrängen. Der Waggon war überfüllt, und sie war zwischen zwei Männern eingeklemmt.

In der Station Embankment wurde sie aus dem Zug geschleudert wie ein Sektkorken und stieg um in die Northern Line. Der nächste Zug war viel zu voll, und sie beschloß zu warten. Sie bemerkte den Mann, schien aber nicht zu registrieren, daß er sich ebenso entschieden hatte.

Sie mußte nur wenige Minuten warten; der nächste Zug war etwas leerer. Sie stieg ein und drängte sich zur Mitte durch, und der Mann stellte sich neben sie.

Sie versuchte, ihre Zeitung zu lesen, aber sie hatte nicht genügend Platz. Also gab sie auf und starrte einfach vor sich hin.

In Clapham North leerte der Zug sich langsam, und als er Clapham Common erreichte, konnte sie bequem ihre Zeitung lesen. Sie stieg aus, ignorierte die Bettler und ging zum Laden an der Ecke.

Sie kaufte etwas zum Abendessen und plauderte liebenswürdig mit dem indischen Ladenbesitzer. Die Geschäfte gingen gut, sagte er, wie immer.

Sie verließ den Laden und machte sich auf den kurzen Weg zu ihrer Wohnung im Zentrum von Clapham Old Town. Es waren nur wenige Leute auf der Straße, und sie sah sich über die Schulter um.

Sie sah den Mann hinter sich.

Sie rannte los. Der Mann war schneller. Er kam näher. Sie spürte, wie er mit der Schulter gegen sie prallte und wie sie auf den Gehweg aufschlug, und der plötzliche Schmerz vermischte sich mit ihrer Angst. Dann war er fort. Verwirrt rappelte sie sich auf. Sie sah ihn rennen, und später sagte sie der Polizei, daß sie sich nur an seine Augen erinnerte – und an die Tatsache, daß er hinkte, daß er ein Bein nachzog, obwohl sie nicht mehr wußte, welches.

Sie war wie betäubt. Es dauerte eine Weile, bis ihr auffiel, daß sie zuvor ihre Handtasche an die Brust gedrückt hatte und daß sie nun fort war.

Sie weinte beinahe vor Erleichterung. Nur die Handtasche.

Später hörte die Polizei ihr höflich zu, aber man machte ihr wenig Hoffnungen, daß sie ihre Tasche zurückbekommen würde. Sie war wütend. Das meiste war ihr egal, aber ihr Ausweis für das House of Commons war in der Tasche gewesen, und das bedeutete, daß es Stunden dauern würde, am Montag morgen die Sicherheitskontrollen zu passieren.

Als sie das Polizeirevier verließ, war McIlhatton auf dem Weg zurück nach North London. In Highgate stieg er aus der U-Bahn und ging ohne erkennbares Hinken zu seinem kleinen Reihenhaus.

Der Inhalt der Handtasche steckte tief in den Taschen seines Trenchcoats, und er war mit seiner Arbeit an diesem Abend sehr zufrieden.

VIERTES KAPITEL

Ryan wachte früh auf. Er dachte an Colette McGraw. Das Bild von gestern abend hatte sich ihm fest eingeprägt. Hatte sie geweint?

Draußen lagen Claires Kleider auf der Treppe herum, und er fragte sich, warum er sie beim Nachhausekommen nicht gehört hatte, wo er doch eigentlich einen leichten Schlaf hatte. Er machte etwas Platz auf dem Tisch, füllte eine Schale mit Cornflakes, bemerkte, daß er keine Milch hatte, und saß einfach schweigend da.

Er nahm den Telefonhörer ab und fragte sich, warum Grant im Büro angerufen werden wollte, denn es war Samstag, und Grant verbrachte jedes Wochenende in seinem Garten.

Im Büro meldete sich niemand, aber zu Hause nahm Grant den Hörer beim zweiten Läuten ab. Er war eindeutig schon eine Weile auf und hatte andere Dinge im Kopf. »Nun ja, ich habe nichts anderes erwartet, David, also machen Sie sich keine Sorgen. Die Metropolitan Police soll sie noch übers Wochenende dabehalten, und dann versuchen Sie's noch mal. Seien Sie freundlich; sie war lange drin, und ich glaube nicht, daß die harte Tour das Eis brechen wird.«

Ryan dachte kurz daran, sofort zu Colette McGraw zu gehen, aber er beschloß, sie bis zum Abend isoliert zu lassen.

Er verbrachte einige Stunden zeitunglesend in einem Café um die Ecke. Als er nach Hause kam, war Claire noch immer nicht aufgetaucht. Also beschloß er, spazierenzugehen, und schlenderte über die Albert Bridge zum Hyde Park. Er ging einmal durch den Park und fühlte sich dabei ein wenig einsam. Nicht zum ersten Mal bemerkte er, wie viele Paare es auf der Welt gab.

Es war ein langer Spaziergang, und als er nach Hause kam, war er erschöpft.

Er legte sich wieder ins Bett und schlief weiter.

Um sieben Uhr abends kehrte er nach Paddington Green zurück. Er plauderte mit dem uniformierten Aufsichtsbeamten, und um sieben Uhr sechzehn ging er wieder zu ihr hinein.

Er erschrak. Sie sah schrecklich aus, ihre Augen waren rot und geschwollen. Offenbar hatte sie nicht geschlafen. Sie schaute nicht auf. Er setzte sich. Er fragte sich, ob man sie mißhandelt hatte. Niemand anderes hätte in ihre Nähe kommen dürfen.

»Alles in Ordnung?«

Sie bedeckte ihr Gesicht mit den Händen.

»Alles in Ordnung mit Ihnen?«

Sie sah noch immer nicht auf. Für einen Moment glaubte er, daß sie weinte, aber es war nichts zu hören. Im Raum war es still.

Er begann wieder, ihr Fragen zu stellen, aber diesmal streckte er dabei seinen Arm aus und berührte sie sanft an der Schulter. Als sie seine Hand spürte, schnellte ihr Kopf heftig herum. Sie saß kerzengerade und starrte ihn an. Er war erschrocken. Sein Herz schlug schnell. Er hatte die Beherrschung verloren und war sehr verlegen. Für einen Moment konnte er ihr nicht in die Augen sehen.

»Warum könnt ihr mich nicht *in Ruhe lassen.«* Sie hatte langsam, bedächtig und böse gesprochen, aber ihre Worte retteten ihn. Er erholte sich wieder.

»Mrs. McGraw, Sie werden für den Rest Ihres Lebens ins Gefängnis gehen. Ich biete Ihnen eine Alternative an. Eine echte Alternative. Wenn Sie sie nicht in Erwägung ziehen wollen, gehe ich.«

Er hielt ihrem starren Blick stand. Er erwartete erbitterte Ablehnung. Sie starrte ihn an. In ihren Augen lag Stolz. Sie senkte den Blick. Er sagte nichts mehr. Sie schwiegen für einige Minuten. Sie schien mit sich zu kämpfen.

»Sie haben nichts gegen mich in der Hand.«

»Ich fürchte doch.«

»Man wird mich nicht verurteilen.«

»O doch.«

»Sie haben keine Beweise.«

»Die Polizei sagt, die Beweise sind gußeisern.«

Wieder senkte sie den Blick. Er wartete. Er beobachtete sie und bemerkte zum ersten Mal eine kleine Tätowierung an ihrem Unterarm, oberhalb der rechten Hand. Er bemerkte auch ihre außergewöhnlich langen, schmalen und eleganten Finger. Bombenattentäterfinger, dachte er. Er schob seinen Stuhl zurück.

»Ich gebe Ihnen ein paar Minuten. Ich bin draußen. Rufen Sie, wenn Sie mich brauchen.«

Er stand im Korridor und bemühte sich, seine Aufregung zu beherrschen und seine Nervosität zu verbergen. Langsam ging er auf und ab. Jedesmal, wenn er in den Raum zurückgehen wollte, zwang er sich, noch zu warten. Die Zeit kroch. Zehn Minuten. Zwanzig. Dreißig.

Schließlich ging er hinein. Sie saß mit gesenktem Kopf da. Sie sah zerbrechlich aus.

Als er sich setzte, hob sie den Kopf. Sie sieht resigniert aus, dachte er, wie eine Frau, die grün und blau geschlagen worden ist und ihren reuigen Ehemann in der Gewißheit aufnimmt, daß er es wieder tun wird. Er fragte sich, ob ihr das jemals zugestoßen war.

»Ihr seid wie die Geier«, sagte sie. »Immer schwebt ihr über den Sterbenden und Verwundeten.«

»Das ist normalerweise nicht unsere Position.«

Sie schüttelte lächelnd den Kopf. »Richtig, das ist die Special Branch. *Sie* warten, bis die Leute in Urlaub fahren, und tauchen dann wundersamerweise im selben Hotel auf ...«

»Das ist subtiler, finde ich auch.«

Sie mußte lachen und Ryan stellte fest, wie attraktiv sie war, wenn sie lächelte.

»Das ist Zeitverschwendung.«

»Wir sind viel besser, als Sie vielleicht denken.«

»Bei Daveys Bruder haben Sie es in Benidorm versucht.«

»Vielleicht vor meiner Zeit.«

»Er hat sich beim spanischen Außenministerium beschwert.«

Wieder verfielen sie in Schweigen. Er wollte, daß sie weitersprach, aber er spürte, daß sie noch mehr sagen wollte und daß eine Suggestivfrage sie nur ablenken würde. Sie hielt den Kopf nun wieder gesenkt.

»Ich weiß nicht, wie Sie sich selbst aushalten«, sagte sie.

Er antwortete nicht. Ihr Haar war schmutzig, und ihr Gesicht sah wegen des Schlafmangels abgespannt aus, aber auch so war sie zweifellos eine der schönsten Frauen, die er je gesehen hatte.

Sie schüttelte den Kopf. »Sie wissen, wer ich bin. Sie wissen, wer meine Brüder sind. Sie kennen meine Familie. Und Sie wollen, daß ich alles verrate, was mir jemals etwas bedeutet hat, nur um meine Haut zu retten?«

Er hielt ihrem Blick stand. »Wenn man hört, was Sie gerade gesagt haben, muß man – bei allem Respekt – feststellen, daß Ihr Sinn für moralisches Gleichgewicht sehr schwer nachzuvollziehen ist.«

Sie antwortete nicht.

»Verrat rettet Leben«, fuhr er fort. »Mord ist unumkehrbar.«

»Sind Sie stolz auf das, was Sie machen?«

»Manchmal schon.«

»Können Sie sich selbst im Spiegel ansehen?«

»Sie?«

»Nein.«

Sie starrte ihn an. Es war still im Raum. Er hielt ihrem Blick für zehn Sekunden stand, vielleicht auch länger. Dann schaute sie weg.

»Was bieten Sie?«

»Was verlangen Sie?«

»Ich will raus, zusammen mit meinen Kindern – ein neues Leben für mich und die Kinder.«

»Das läßt sich machen.«

»Ich will ein neues Leben für die ganze Familie – auch für Ma, wenn sie will.«

Ryan nickte.

»Ich will nach Zypern oder nach Australien, irgend so was.«

»Alles ist möglich. Am Schluß dann.«

»Warum wollen Sie mich?«

Die Frage überraschte ihn, und in ihren Augen sah er echte Unsicherheit. »Weil wir glauben, daß Sie uns helfen können, Leben zu retten.«

Eigentlich war diese Antwort unverschämt, aber sie schien es nicht zu bemerken. Offenbar kämpfte sie mit sich selbst, aber er nahm nicht an, daß es um die Entscheidung ging. Er spürte, daß sie schon gefallen war.

Sie sah ihn an. »Ich will Geld.«

»Sie bekommen Geld.«

»Fünfzigtausend für den Anfang. Später mehr.«

Er fragte sich, ob sie den ganzen Tag überlegt oder ob sie die Summe gerade erfunden hatte. »Das ist viel Geld.«

»Ich bin es wert.«

»Sie sind nicht in einer Lage, in der Sie handeln könnten.«

Das war ein Fehler, und er wußte es, als er es sagte. Die Atmosphäre war heiter, fast herzlich geworden, und jetzt sah er ihr an, daß ihre Stimmung sich änderte.

»Wenn das Ihre verdammte Einstellung ist ...«

»Es ist viel Geld.«

»Für euch sind das Peanuts.«

»Wir zahlen nicht so oft im voraus.«

»Daveys Bruder habt ihr eine verdammte Viertelmillion *im voraus* angeboten.«

»In Ordnung. Ich frage. Ich muß eine Genehmigung einholen. Es ist nicht meine Entscheidung.«

»Dann *holen* Sie sie ein.«

»Gleich.«

»*Jetzt.*«

Ryan schaute sie an. Er beugte sich vor. »In Ordnung, Mrs. McGraw, ich besorge Ihnen Ihr Geld. Aber merken Sie sich eins: Führen Sie mich an der Nase herum – *ein einziges Mal* –, und Sie sind am Ende.«

Ihre Blicke trafen sich.

In dem Raum am anderen Ende des Korridors stand ein Telefon. Grant nahm beim dritten Läuten ab. Zunächst war er überrascht und hielt sich zurück, als ob ihm die Nachricht ungelegen käme. Ryan war erstaunt, aber er beteuerte, daß die Frau ganz bestimmt übergelaufen war. Grant sagte, daß er Jenkins anpiepsen würde, und bat Ryan zu warten.

Ryan wartete. Wieder und wieder ging er im Korridor auf und ab. Er war erschöpft und besorgt. Er ärgerte sich über sich selbst, weil er am Ende die Beherrschung verloren hatte. Was, wenn sie es sich anders überlegte? Das Warten zog sich wieder endlos hin. Nach einer Stunde ging er kurz wieder hinein, um ihr zu versichern, daß die Sache bearbeitet würde. Sie sagte nichts, und seine Besorgnis wuchs.

Er wollte nicht, daß ihm jemand zur Hilfe kam. Und wenn, so wünschte er sich, dann jeder außer Jenkins.

Eine Stunde später kam Jenkins. Er betrat den Korridor und fing sofort an zu reden. Er sah aus, als wäre er gerade aus dem Bett gestiegen.

»Ich habe mich dagegen ausgesprochen.«

»Wogegen?«

»Gegen deine Mitarbeit.«

»Danke.«

»Nimm's nicht persönlich. Du hast nicht die nötige Erfahrung.«

»Jeder braucht seine Chance.«

Jenkins schüttelte den Kopf. »Ich habe Grant gesagt, daß er mich gleich hätte anrufen und mir die Sache übertragen sollen. Ich habe ihm gesagt, daß ich die Scherben nicht wegräume, wenn es welche gibt.«

»Es hat keine Scherben gegeben, und es wird auch keine geben.«

»Schön, daß du da so sicher bist. Das ist *sehr* beruhigend.« Jenkins grinste. Er trug die übliche ausgeblichene Kordsamtjacke, aber am Ende seines Arbeitstages hatte er die Krawatte abgenommen, und ein paar rotblonde Haare schauten aus seinem Hemd hervor.

»Du weißt, warum Grant dich eingesetzt hat, nehme ich an?«

Ryan schüttelte den Kopf.

»Köder.«

»Köder?«

»Ja, Köder. Verletzliche Frau. Gutaussehender, sympathischer junger Mann. Das heißt noch lange nicht, daß sie irgendeinen verdammten Nutzen hat, wenn wir sie wieder auf die andere Seite verfrachtet haben. Sie kann ebensogut beschließen, ihre Meinung zu ändern und uns reinzulegen. Dann *gibt* es Scherben.«

Ryan war getroffen. Er wollte kämpfen, aber er wußte, daß das kein guter Zeitpunkt war. »Ich glaube, du wirst merken, daß das wirklich entwicklungsfähig ist. Ich glaube, du wirst merken, daß es sich lohnt.«

»Und warum glaubst du das?«

Er zuckte die Achseln. »Intuition.«

»Intuition? Du lieber Gott.« Jenkins schüttelte den Kopf. »Ich glaube, wir brauchen ein *bißchen* mehr als das.«

Dann merkte er, daß er zu weit gegangen war. Er seufzte. »Okay, schauen wir mal, was wir haben. Sie glaubt, sie muß ins Gefängnis. Das ist das Druckmittel, oder?«

Ryan nickte. »Sie glaubt, wir kriegen sie dran wegen strafbarer Verabredung zum Bombenattentat und versuchten Mordes.«

»Und sie ist übergelaufen?«

»Gestern noch nicht. Gestern hat sie im Lauf eines endlosen Verhörs gar nichts gesagt. Heute hat sie es sich durch den Kopf gehen lassen, nehme ich an. Vielleicht hatte sie sich schon entschieden, bevor ich heute abend zurückkam.«

»Aber sie ist definitiv übergelaufen?« Jenkins' Ton war jetzt eher sachlich als herablassend.

»Sie hat angefangen, Bedingungen zu stellen.«

»Und die wären?«

»Äh, Umsiedlung für sich und ihre Familie, wenn es soweit ist – einschließlich ihrer Mutter ...«

Jenkins schnaubte. »Riesenchance, daß ihre Mutter das will.«

Ryan fuhr fort. »Sie will schnell raus, aber das war nur ein unbestimmter Wunsch. Ich denke, sie weiß, daß das nicht realistisch ist. Außerdem verlangt sie Geld. Da habe ich mich dann gemeldet.«

»Wieviel?«

»Sie fordert fünfzigtausend im voraus.«

Jenkins nickte. »So langsam werden die Leute unverschämt.« Er drehte sich um. »Diese Tür?« Er ging voraus.

Es gab nur einen freien Stuhl, und Jenkins nahm ihn sich. Ryan stand daneben. Jenkins beugte sich vor und legte seine Arme auf den Tisch.

»Mrs. McGraw, mein Name ist Dennis Peters. Ich kann über Ihre Bedingungen entscheiden. Darf ich fragen, seit wann Sie in England sind?«

»Was ist mit dem Geld?«

»Ich werde die fünfzigtausend im voraus genehmigen.« Colette wirkte überrascht. Jenkins fuhr fort. »Lassen Sie mich etwas anderes fragen. Sie haben offenbar sehr gute Verbindungen zu Hause in Belfast, also können Sie uns vielleicht sagen, was da gerade vor sich geht.

Was haben Sie für Pläne? Sind die Friedensgespräche ernst gemeint? Wird es ihn geben?«

»Es wird nie Frieden geben.«

»Das ist keine Antwort. Was bitte geht da vor?«

Colette schien unsicher zu sein. »Ich weiß es nicht. Ich bin seit Monaten nicht dort gewesen.«

»Das ist keine Antwort.«

Ryan schaute Jenkins scharf an. Er verstand nicht, warum er so herablassend war. Er sah nicht, was das nützen sollte. Er schaute in Colettes Gesicht. Sie wirkte verwirrt, aber sie antwortete. »Ich weiß es nicht. Ich bin seit Monaten nicht dort gewesen. Es hat Gerüchte gegeben, aber die Führung geht ihren eigenen Weg. Wir würden es als letzte erfahren. Es wird nicht passieren – und wenn, dann würde es nicht funktionieren.«

»Warum nicht?«

Sie schüttelte den Kopf. »Rechnen Sie sich's aus.«

»Mit wem haben Sie hier gearbeitet?«

Colette sah Ryan an. »Warum fragt er mich das alles?«

Jenkins antwortete. »Informationen, Mrs. McGraw. Sie wissen so gut wie ich, daß das die Basis unserer Abmachung ist.«

Colette sah Ryan noch immer an. Offenbar wollte sie, daß er eingriff, aber er sagte nichts. Er bewahrte seine gelassene Miene.

Jenkins fragte sie noch einmal. »Mit wem haben Sie hier gearbeitet?«

Sie machte eine Pause, ehe sie antwortete. »Sein Name war Magee. Darunter ist er bekannt.«

Jenkins zog eine Akte aus seiner Tasche und schob ein Schwarzweißfoto über den Tisch. »Ist er das?«

Sie schaute es an und nickte.

»Mit wem noch?«

Sie zeigte auf Ryan. »Ich beantworte seine Fragen.«

Jenkins fuhr fort. »Mit wem noch, Mrs. McGraw?«

»Keine Fragen mehr.«

Jenkins erwiderte ihren starren Blick. »So läuft das, Mrs. McGraw. Das ist das Wesen unserer Abmachung.«

»Es gibt keine Abmachung.«

»Ich dachte, wir hätten Ihren Forderungen entsprochen.«

Ryan sah, wie Colettes Gesicht seinen harten Ausdruck verlor. Sie sprach leise. »Ich weiß nichts darüber.«

Jenkins' Ton war noch immer schroff. Er machte keine Zugeständnisse an ihre veränderte Stimmung. »Mein Kollege hier wird Sie instruieren, was wir im einzelnen von Ihnen erwarten. Im Grunde ist es ganz einfach. Wir erwarten, daß Sie nach Belfast zurückgehen und Ihre Aktivitäten fortsetzen. Wir erwarten, daß Sie uns regelmäßig treffen, und zwar an einem Ort und in einer Weise, die für alle Beteiligten sicher sind. Wir erwarten, daß Sie uns mit Informationen versorgen – wir brauchen sowohl militärische Informationen und Informationen über bestimmte Personen als auch soviel wie möglich über die allgemeine strategische und taktische Richtung.«

Colette schwieg. Sie schaute zu Boden.

»Und Mrs. McGraw, ich möchte Sie an das Wesen Ihrer Lage erinnern. Sie sind dabei, einer sehr, sehr schweren Strafe zu entgehen. In diesem Moment könnten Sie sich auch auf ein Leben im Gefängnis vorbereiten. Dafür erwarten wir eine Gegenleistung. Wenn die Zeit kommt, entlassen wir Sie und kümmern uns um Sie, aber zuvor brauchen wir Ergebnisse.«

Ryan sah Jenkins an. Er war nicht sicher, ob das funktionieren würde. In Colettes Gesicht konnte er nichts lesen. Jenkins sah zu ihm auf. Er redete noch immer.

»Mein Kollege und ich müssen unsere Aktionen bei unseren Vorgesetzten rechtfertigen, und in diesem Fall wird das nicht einfach sein. Wenn Sie uns enttäuschen, könnte das ernste Konsequenzen haben.«

Colette sah jetzt zu Boden, als wäre sie nicht interessiert. Ryan nahm an, daß sie verloren hatten. Jenkins war aufgestanden. »Geben Sie uns ein paar Minuten, Mrs. McGraw.«

Draußen ging Jenkins mit großen Schritten den Korridor entlang, und Ryan hatte Mühe, ihm zu folgen. Er war noch immer besorgt und hätte gerne etwas gesagt, aber dann beschloß er, lieber zu schweigen.

Jenkins ging voraus zum Zimmer des Aufsichtsbeamten. Er bat um eine Kopie von Colettes Ermittlungsakte. Der Beamte zögerte, begann aber keine Diskussion. Dann ging Jenkins zurück zu dem Zimmer mit dem Telefon am anderen Ende des Korridors. Er setzte sich, öffnete die Ermittlungsakte und begann zu schreiben. Ryan stand dabei und sah zu. Er war verwirrt.

»Was machst du da?«

Jenkins sah nicht auf. »Ich schreibe ihr Geständnis, und sie wird es verdammt noch mal unterschreiben. Es könnte später nützlich sein.«

»Sollten wir nicht etwas weniger streng mit ihr umgehen?«

Jenkins sah auf. »Überlaß das mir, wenn du nichts dagegen hast.«

Als sie wieder hereinkamen, hielt Colette den Kopf noch immer gesenkt. Zum ersten Mal sprach Jenkins ruhig und einigermaßen freundlich mit ihr. »Mrs. McGraw, wir sind jetzt im Aufbruch mit der Sache hier. Ich weiß, es ist schwierig, aber Sie müssen wissen, was Sie tun. Sie müssen sich Ihrer Entscheidung sicher sein.« Er beugte sich vor. »Sie werden es sich oft wünschen, aber es gibt kein Zurück. Es ist ein mutiger Schritt für Sie und die Kinder, aber Sie müssen sich darüber klar sein, was er bedeutet.«

Sie rührte sich nicht. Jenkins schob ihr das weiße Heft zu. »Bitte unterschreiben Sie unten auf der Seite.«

Sie schaute auf. Ryan nahm an, daß sie wieder geweint hatte. Sie sah das Heft an und öffnete es langsam. Sie warteten auf eine Antwort.

»Das unterschreibe ich nicht.«

Jenkins' Stimme klang ruhig. »Ich fürchte, das müssen Sie, Mrs. McGraw, wenn das hier funktionieren soll.«

»Alles gelogen.«

»Es ist eine sachliche Darstellung der Ereignisse am Bahnhof und Ihrer Rolle dabei.«

»Alles gelogen.«

Sie schaute Ryan hilfesuchend an. Er half ihr nicht. Jenkins fuhr fort. »Mrs. McGraw, ich bin nicht sicher, ob Sie sich des Ernstes Ihrer Lage bewußt sind. Sie gehen ins Gefängnis. Daran gibt es keinen Zweifel. Wenn ich also jetzt zu meinen Vorgesetzten gehen und meine Entscheidung rechtfertigen soll, muß ich alles haben, wonach sie fragen. Ich fürchte, das hier gehört dazu. Sie haben keine Wahl.«

»Sie werden es gegen mich verwenden.«

»Es muß auf beiden Seiten Vertrauen geben.«

»Ich werde das nicht tun.«

Jenkins' Stimme war fest. »Dann platzt die Abmachung.«

Wieder schaute sie auf das Blatt Papier. Sie warteten.

Sie schaute auf. »Ich muß darüber nachdenken.«

»Es ist keine Zeit.«

»Ich muß darüber nachdenken.«

»Es ist keine Zeit, Mrs. McGraw. Wir müssen Sie so schnell wie möglich nach Belfast zurückbringen, sonst erregen wir Verdacht.«

Sie schaute wieder zu Boden. Sie warteten. Ryan beobachtete sie. Er wußte nicht, welchen Weg sie gehen würde. Die Spannung wuchs, während die Zeit dahinschlich. Niemand sagte etwas.

Langsam und bedächtig nahm sie den Kugelschreiber, der vor ihr lag, hielt das Papier mit der rechten Hand fest und unterschrieb mit der linken.

Später am Abend kam Ryan zurück, und diesmal ging er in ihre Zelle. Sie sah schweigend zu ihm auf, und er setzte sich ruhig auf das andere Ende ihrer Pritsche. Die Zelle war winzig, und Ryan bemerkte, daß von den weißen Wänden alles verschwunden war, was man für einen Selbstmord oder für eine Flucht hätte benutzen können. Ryan fragte sich, wie sie sich wirklich entschieden hatte. Eine Weile saßen sie schweigend beieinander. Er begann, sanft mit ihr zu sprechen. »Es tut mir leid. Ich weiß, es ist schwer.«

Sie antwortete nicht.

»Ihnen wird nichts passieren. Es ist das beste so, auch wenn ich gut verstehe, daß es im Moment nicht so aussieht.«

Colette saß im Schneidersitz, und der Rauch ihrer Zigarette stieg in Spiralen zur Decke auf.

Er schaute auf die Akte in seiner Hand. »Ich fürchte, wir müssen noch ein paar Dinge durchgehen. Wir können morgen weitermachen, aber wir müssen Sie so schnell wie möglich nach Hause schaffen.«

Sie sah auf und nickte stumm, also sprach er weiter. »Ich fürchte, ich muß Sie bitten, sich ein paar Dinge zu merken – Codenamen, Notrufnummern und so etwas.«

Er gab einige der Details weiter, die er mit Jenkins abgesprochen hatte. Sie hatten beschlossen, daß ihr Codename »Shadow Dancer« sein würde. Es war seine Idee gewesen. So hatte vor langer Zeit das Boot seiner Eltern geheißen. Sie mußte auch eine Notrufnummer auswendig lernen, die sie im Krisenfall anrufen sollte, oder wenn sie ihnen etwas sagen oder ein außerplanmäßiges Treffen ausmachen wollte. Er erklärte ihr, daß man ihr für einen echten Notfall einen kleinen Piepser geben würde, der bei der örtlichen Polizeiwache Alarm und einen sofortigen Einsatz auslösen würde.

Sie nickte zu allem, was er sagte, aber er war nicht überzeugt, daß sie ihm zuhörte. Ein- oder zweimal bat er sie freundlich, zu wiederholen, was er gesagt hatte. Jedesmal stotterte sie unsicher.

Als er sie bat, die Notrufnummern noch einmal durchzugehen, verbarg sie ihr Gesicht in den Händen und begann, leise zu schluchzen. Er wußte nicht, was er tun sollte. Dann schob er sich langsam auf der Pritsche zu ihr hin und legte seine Hand auf ihre Schulter. »Es tut mir leid«, sagte er. Durch ihr Hemd spürte er die Wärme ihres Körpers, und er konnte sie riechen; ein starker, unverwechselbarer, weiblicher Duft, vermischt mit dem schwachen Geruch von schalem Schweiß. Sie machte keine Anstalten, seine Hand abzuschütteln, und er ließ sie liegen. Dann nahm er sich zusammen, stand auf und klopfte an die Zellentür. Als er hörte, daß die Wache das Schloß öffnete, sah er sich nach ihr um, aber sie hob nicht den Kopf. »Bis morgen«, sagte er leise.

McIlhatton lümmelte in seinem Sessel und schaute sich *Neighbours* an.

Die Wohnung, in der er sich befand, verfügte über ein Zimmer, einen Tisch, einen Sessel und über nur eine Person. Ihn.

Am Anfang hatte er sich gefreut, daß McVeigh ihn ausgewählt hatte, aber das hatte sich verloren.

Er stand auf und ging zum Fenster. Die Straße draußen war ihm schrecklich vertraut, und er überlegte, wie viele langweilige, einsame Minuten er schon dort stehend verbracht hatte.

Die Handtasche lag zu seinen Füßen, und nach Anweisung hatte er den Ausweis bei dem Mann in Hammersmith abgeliefert.

Sie hatten ihm immer gesagt, daß es hart sein würde.

FÜNFTES KAPITEL

Sie verließen Paddington Green und traten hinaus in die Wintersonne.

Der Wagen wartete schon, und Colette stieg auf der ihr zugewandten Seite ein. Sie trug dieselben Sachen wie bisher, aber sie hatte geduscht und etwas Make-up aufgelegt, das eine Polizistin ihr geschenkt hatte.

Sie hatte kaum gesprochen, aber er spürte, daß ihre Stimmung besser wurde. Sie schien zuversichtlicher und heiterer zu sein.

Es war halb acht Uhr morgens, und Ryan wußte, daß sie wenig Zeit hatten.

Von Paddington Green aus fuhren sie Richtung Oxford Street. Der Fahrer sah ein italienisches Café, das geöffnet hatte, und hielt an. Ryan drehte sich um und berührte Colettes Arm.

»Ich finde, wir sollten frühstücken.«

Sie lächelte. »Okay.«

Der Besitzer des Cafés war ein großer, grauhaariger Mann mit einem starken italienischen Akzent. Der Cappuccino, den er servierte, war dick und schaumig. Ryan nahm seinen Teelöffel und zeichnete kleine Muster in den Schaum.

»Sieht aus, als würden Sie sich heute besser fühlen.«

»Ein bißchen.«

»Gut.«

Verlegenes Schweigen. Er nippte an seinem Kaffee und überlegte, was er sagen könnte, um Konversation zu machen.

»Ich werde sterben, nicht wahr?« fragte sie leise.

»Nein.«

»Aber das sagen Sie allen.«

»Ja.«

Wieder Schweigen.

»Sollten Sie nicht etwas Beruhigenderes sagen?«

»Vielleicht, aber ich habe das Gefühl, daß es nichts hilft, wenn ich Sie anlüge.«

»Sagen Sie immer die Wahrheit?«

»So oft wie möglich.«

»Das ist auch nicht besonders beruhigend.«

»Ihnen wird nichts passieren.«

»Oh ja. Wie den ganzen anderen Maulwürfen.«

»Sie haben eingewilligt, jetzt müssen Sie auch Vertrauen haben.«

»Reingefallen, was?«

Er beugte sich vor. »Ihnen wird nichts passieren. Ihnen wird *nichts* passieren.«

Sie senkte den Blick. »Ich wüßte nicht, warum ich Ihnen glauben soll.«

»Vertrauen Sie mir.«

»Und Sie?«

»Und ich was?«

»Vertrauen Sie mir?«

»Ja.«

»Warum? Sie haben keinen Grund dazu.«

»Das stimmt. Aber ich tu's trotzdem.«

Colette lehnte sich in ihrem Stuhl zurück. »Dann erzählen Sie mir etwas von sich.«

»Von mir? Da gibt es nicht viel zu erzählen.«

»Etwas muß es doch geben. Verheiratet?«

»Nein.« Er war verlegen. »Ich glaube nicht, daß wir über mich reden sollten.«
Sie lächelte wieder. »Ach kommen Sie. Über mich scheinen Sie alles zu wissen.«
»Ich weiß sehr wenig über Sie.«
»Würden Sie gerne mehr wissen?«
»Ich glaube, unser Gespräch läuft in die falsche Richtung.«
Sie schaute ihn gereizt an. »Sie sollen doch mein Verbindungsführer sein, stimmt's?«
Er nickte.
»Also soll ich gar nichts über Sie wissen.«
Er nickte wieder. »So hatten wir uns das gedacht.«
»Gut. Also soll ich Ihnen mein verdammtes Leben anvertrauen und darf trotzdem nicht das kleinste Detail ...«
»In Ordnung. Es ist einfach nicht besonders interessant, das ist alles. Ich bin neunundzwanzig Jahre alt. Ich bin nicht verheiratet.«
»Wären Sie es gerne?«
»Kein Kommentar.«
»Ich war verheiratet.«
»Ich weiß.«
»Wollen Sie mich nicht fragen, wie es war?«
»Nein.«
»Ihre Jungs haben ihn umgebracht.«
»Nicht meine Jungs.«
»Manchmal denke ich, sie haben mir einen Gefallen getan.«
Wieder Schweigen. Gefährliches Terrain, dachte er. »Warum das?«
Sie zuckte die Achseln. »Das müssen Sie selbst herausfinden.« Sie trank einen Schluck Kaffee und fuhr fort, ohne den Kopf zu heben: »Sie sind nicht sehr erfahren, oder?«
»Erfahren genug.«
»Und ich soll Vertrauen zu Ihnen haben?«
»Vielleicht sollten Sie sich in erster Linie auf die Frage konzentrieren, ob ich mich für Sie einsetze.«
»Tun Sie das denn?«
»Ich glaube, Sie kennen die Antwort.«
»Und was ist mit Ihrem Vorgesetzten – diesem anderen Mann – dem mit dem Schnüfflergesicht?«
Ryan konnte ein Lächeln nicht zurückhalten. »Mr. Jenkins.«
»Sagte er nicht, sein Name sei *Peters?*«

Ryan verfluchte sich im stillen.

Sie schaute ihn unverwandt an und grinste amüsiert und ironisch. »Und wie heißen Sie, *Mr. Jones?*«

Er wartete einen Augenblick und lächelte dann zurück. »Mein Name ist Ryan.« Er trank einen Schluck Kaffee. »Und ich glaube, Sie müssen sich um Mr. Jenkins oder Mr. Peters keine Gedanken machen, denn wir werden mit Leuten von der Royal Ulster Constabulary zusammenarbeiten.« Er sah zu, wie das Grinsen von ihrem Gesicht verschwand.

»Der RUC?«

»Tut mir leid, wenn Ihnen das mißfällt. Es ist über meinen Kopf hinweg entschieden worden.«

»Das mache ich nicht.«

»Ich fürchte, Sie haben keine Wahl.«

»Leute wie mich verfeuern die doch, einfach nur zum Spaß.«

»Nein, das werden sie nicht. Sie sind sehr professionell. Ich werde dabeisein, um Ihre Interessen zu vertreten.«

Einen Augenblick dachte er, daß sie weiter streiten würde, aber sie nahm ihren Löffel und rührte im Kaffee. Er konnte zusehen, wie ihr Vertrauen schwand.

»Wenn sie mich kriegen, bringen sie mich um.«

»Vielleicht.«

In plötzlicher Aufregung beugte sie sich vor. »Nicht vielleicht, Herrgott noch mal! Da gibt es kein verdammtes *Vielleicht!*«

Er wußte, daß er einen Fehler gemacht hatte. Mit einer Geste bat er sie, ihre Stimme zu senken. »Sie werden Sie nicht kriegen. Ich sorge dafür, daß Ihnen nichts passiert. Wir werden kein Risiko eingehen, das verspreche ich Ihnen. Sie *müssen* mir vertrauen. Sie haben keine Wahl.«

Sie richtete sich auf und trank einen Schluck Kaffee. Er versuchte, das Gespräch von den möglichen Konsequenzen abzulenken.

»Wir müssen noch einiges durchgehen –«

Sie unterbrach ihn. »Letzte Nacht habe ich etwas geträumt.«

Er wußte nicht, ob sie eine Antwort erwartete, also rührte er einfach im Kaffeesatz und ließ sie weiterreden. Er war unsicher, wo das hinführen würde.

»Da habe ich in einem Büro in Belfast gearbeitet und Einkommenssteuerformulare sortiert.« Sie hielt inne, aber sah nicht auf. »Mein Chef hieß John, und er war ein attraktiver Mann mit vier Kindern und einer netten Frau namens Sheila. Ich wußte, daß sie nett war, weil wir vor Weihnachten immer zu ihnen nach Hause gingen, der ganze Haufen aus dem Büro, und da betranken wir uns und ... Und daher wußten wir, daß er Armeereservist war, denn auf seinem Nachttisch stand ein Foto, und einmal mußte ich in seinem Badezimmer aufs Klo gehen. Seine Kinder waren wunderbar. Er hatte es verschwiegen, niemand wußte das. An einem kalten Nachmittag im Februar darauf wurde er vor seinem Büro erschossen. Die Polizei ging davon aus, daß einer von uns telefoniert hatte, um durchzugeben, daß er losgehen wollte. Wir waren alle auf seiner Beerdigung.«

Ryan setzte sich auf. »Wenn das ein Geständnis war, dann schlage ich vor ...«

»Es war ein *Traum.*« Sie hob den Kopf und starrte ihn an. »Es gibt noch einen. Darf ich Ihnen den mit den Pferden erzählen?«

»Darf ich fragen, warum Sie mir das erzählen?«

»Sie kennen mich nicht.«

»Es gibt Teile von Ihnen, die ich nicht kennen muß.«

»Lassen Sie mich doch.«

Er seufzte tief und schüttelte den Kopf. »Wir müssen noch eine Menge durchgehen«, sagte er.

Sie senkte den Blick und schwieg. Schließlich sagte sie leise: »Der erste Tag wird der schlimmste sein.«

»Wir werden es jetzt wieder und wieder durchgehen – und am Nachmittag setzen wir Sie in Heathrow ab.«

Sie schüttelte den Kopf. »Nein, ich glaube, ich sollte die U-Bahn nehmen.«

»Warum?«

»Man kann nie wissen ... internationaler Flughafen. Man kann einfach nie wissen.«

Ryan nickte. »Okay. Wir haben schon besprochen, was passiert, wenn Sie zurückkommen. Aber jetzt müssen wir genau durchgehen, was Sie in den letzten achtundvierzig Stunden gemacht haben.«

Colette richtete sich auf, als ob sie ihre Gedanken jetzt bewußt einem praktischen Problem zuwenden wollte. Ryan sah, wie die Aufregung und die Unsicherheit langsam nachließen. Sie sprach bedächtig, und ihre Erzählung gewann an Tempo. »Ich bin von der Bildfläche verschwunden ... runter zum Battersea Park ... mehr oder weniger zufällig. Dann ... hörte ich die Polizeisirenen ... viele. Ich machte mir Sorgen. Es war dunkel. Ich beschloß, die Nacht dort zu verbringen –

vielleicht in einem Schuppen. Das *hätte* ich jedenfalls tun sollen … Dann bin ich vielleicht zu der Wohnung in Clapham gegangen und habe die vergangene Nacht dort verbracht. Wir müssen hingehen und nachsehen.«

Ein paar Minuten später fuhren sie über die Uferstraße zum Battersea Park. Ryan sah sie an. Sie ignorierte ihn. Zwischen ihnen herrschte Kühle.

Gleich neben den Tennisplätzen fanden sie die Hütte, und sie schaute zu, wie er das Schloß aufbrach und das Innere begutachtete. Beide fanden, daß es soweit ganz bequem war, und die ausrangierten Netze wären ein brauchbares Bett gewesen.

Als sie in Clapham ankamen, hatte sich ihre Stimmung weiter verdüstert. Sie fanden den Wohnungsschlüssel, und in den folgenden zwanzig Minuten richtete Colette die Wohnung so her, daß sie benutzt aussah. Sie versicherte ihm, daß unmöglich jemand anderes dagewesen sein konnte. Sie sagte, daß das nach einer Operation nie vorkam – falls sie verfolgt würde. Sie legte den Schlüssel zurück, und während des letzten Teils der Fahrt schwiegen sie angespannt. Einmal fragte Ryan, ob es ihr gutging, aber sie antwortete nicht. Es war, als wäre sie schon fort. Als sie die U-Bahn Baron's Court erreichten, ging sie ohne Abschied und ohne sich umzusehen.

Colette hatte den Mann noch nie gesehen, und das überraschte sie. Sie konnte den Akzent nicht genau einordnen, aber er klang nach Cork oder vielleicht nach Kerry. Er begrüßte sie freundlich und wartete geduldig, bis sie bei der Kellnerin ihren Kaffee bezahlt hatte.

Das Herz schlug ihr bis zum Hals, als sie ihm über die Straße folgte. Bis jetzt war es die merkwürdigste Heimkehr von allen gewesen. Für Dublin hatte sie eine plötzliche Zuneigung verspürt. In der Anonymität einer großen Stadt lag ein gewisser Trost. So viele fremde Menschen. Sie hatte sich vorgestellt, daß keiner von ihnen auch nur entfernt etwas ahnte, und anfangs hatte sie ihr Geheimnis beinahe genossen. Das Gefühl hatte nicht lange angehalten.

Die Straßen und Gehwege waren sehr belebt, und mit zunehmender Angst folgte sie dem Mann zum St. Stephens Green. Sie erinnerte sich, wie sie in der Schule vor Schwester Theresas Büro gewartet hatte, als sie noch kein selbstbewußter Teenager gewesen war. Es war dasselbe Gefühl, nur tausendmal schlimmer. Sie wußte, daß dieser Mann ihr Todesurteil unterschreiben konnte. Im Park waren ziemlich viele

Leute, manche fütterten die Enten, manche gingen spazieren, und alle genossen den kurzen nachmittäglichen Sonnenschein. Sie gingen an einem streitenden Paar auf einer Parkbank vorbei und sahen, daß ein junger Mann, dessen Mittagspause offensichtlich beendet war, eine andere verließ. Sie setzten sich.

Colette mußte kämpfen, um ihre Nerven zu kontrollieren.

Der Mann fing behutsam an, und das half ihr. Sie entdeckte Kraftreserven, von deren Existenz sie nichts gewußt hatte. Sie redete sich ein, eine Freiwillige zu sein, die von der Front zurückkam. Er hatte kein Recht, ihre Loyalität und ihr Engagement in Frage zu stellen. Er war ein Hintergrundkämpfer. Kein Grund, sich Sorgen zu machen.

Sie sah ihn an, während er sprach. Er war in jeder Hinsicht unauffällig. Er war mittelgroß, glattrasiert, hatte eine sanfte Stimme und trug eine wattierte Schirmmütze mit Ohrenschützern.

Nach und nach bohrte er tiefer, obwohl es nicht so aussah, als ob er sie hereinlegen wollte. Warum sie die Operation abgebrochen hatte, fragte er. Warum es schiefgegangen war? Warum sie die Bombe beseitigt hatte? Wie sie entkommen war? Wohin sie gegangen war? Wo sie die erste Nacht verbracht hatte und wo die zweite? Warum sie nicht angerufen hatte? Warum sie keine Verstärkung angefordert hatte?

Sie antwortete stotternd und versuchte, mit den einstudierten Ungenauigkeiten durchzukommen. Er ließ nichts aus. Als sie sagte, daß sie die erste Nacht im Battersea Park verbracht hatte, wollte er wissen, wo die Hütte war, wie sie verschlossen gewesen war und wie sie sie aufgebrochen hatte.

Sie war Ryan dankbar für die sorgfältigen Vorbereitungen.

Sie wußte nicht genau, wie lange es gedauert hatte, aber schließlich ließ er sie mit einem liebevollen Klaps auf die Schulter gehen.

Sie kannte seinen Namen nicht, und sie wußte nicht, ob sie ihn überzeugt hatte.

Später erwachte sie, als der Zug mit einem Ruck zum Stehen kam. Durch das Fenster erkannte sie den roten Anstrich und die hängenden Blumenkörbe der Belfast Central Station. Während der Rückfahrt hatte sie mit einem unguten Gefühl fast nur an Catherine und Mark gedacht. Die Begegnung in Dublin hatte ihr ein gewisses Maß an Selbstvertrauen zurückgegeben, aber der Mann war ein Fremder. Sie wagte kaum, daran zu denken, ob sie ihre Familie überzeugen würde.

Sie verließ den Bahnhof, ging nach links und ließ die großen gelben

Kräne der Harland-and-Wolff-Werft hinter sich, die den protestantischen Osten Belfasts überragten. Es hatte geregnet, und das Wasser lief in Bächen durch den Rinnstein, aber der Himmel klarte jetzt auf, und die Sonne ging über dem Berg unter, der vor ihr lag. Bei diesem vertrauten Anblick wäre sie gerne glücklich gewesen, aber das konnte sie nicht. Es war ein schreckliches Gefühl.

Sie ging durch die Innenstadt und versuchte, an die Wiedersehensfreude mit Mark und Catherine zu denken. Sie dachte, daß wenigstens die Kinder sie nicht verdächtigen würden.

Als sie am Rathaus vorbeikam, sah sie einen Zeitungsstand. Die Schlagzeile auf der Werbetafel fiel ihr auf, und sie erstarrte. LOYALISTEN-ATTENTAT IN FALLS. Die Zeile darunter ergänzte: WIEDER ANGRIFF AUF DAS HAUS DER MCVEIGHS.

Für einen Moment war sie wie gelähmt, dann traf sie die Wucht dieser Worte. Schnell und wie vom Wahnsinn getrieben rannte sie los.

Sie jagte die Grosvenor Road hinauf, rannte jemanden um und schaute nicht zurück. Sie fühlte den harten Gehweg unter ihren Sohlen. Sie bekam kaum Luft, aber sie rannte weiter. Als sie am Kreisverkehr ankam, wurde sie langsamer. Die Autos auf der anderen Seite warteten auf Grün. Als die Ampel umschaltete, stürzte sie los. Sie hupten, aber niemand fuhr sie an. Sie hielt sich rechts. Vorbei an Leuten, die sie kannte. Sie sah Cathy von nebenan, aber sie beachtete sie nicht. Sie bog links in ihre Straße ein und sah das weiße Band und die Soldaten. Sie wurde langsamer. Sie sah, daß der in der Mitte einen Kopf größer war als seine Kollegen. Sie versuchte, an ihm vorbeizuschlüpfen, aber er packte sie grob und hielt sie zurück.

Er fing an, ihr Fragen zu stellen, und sie sah, wie sich ihr jüngerer Bruder Paddy aus der Menge vor dem Haus löste und auf sie zurannte. Er griff den Soldaten von hinten an und warf ihn der Länge nach auf den Gehweg. Die anderen kamen bedrohlich näher, aber Paddy zeigte auf Colette und schrie.

»Laßt eure verdammten Finger von ihr.«

Ehe die Soldaten reagieren konnten, kam der Officer. »Mr. McVeigh.«

»Das ist meine Schwester. Laßt einfach eure verdammten Finger von ihr.«

Die Drohung war unmißverständlich. Eine große Menschenmenge hatte sich angesammelt, und der Officer war sich der Tatsache schmerzlich bewußt, daß die Situation leicht außer Kontrolle geraten konnte. »Sie ist auf uns zugerannt. Sie hätte ebensogut eine Loyalistin sein können.«

Paddy schaute ihn verächtlich an. »Und wenn sie wiederkommen, wißt ihr das natürlich.«

Er nahm Colettes Arm und führte sie behutsam weg, während er in ihr Ohr flüsterte. »Rohrbombe durchs Fenster, aber alles okay, die Kinder waren bei Tante Margaret, keiner verletzt. Ma hat Angst, aber sie haben uns nicht erwischt.«

Colette war benommen. Es war jetzt wie ein Traum. Mit jedem Schritt sprang etwas Vertrautes sie an: die Straße mit dem Abfall im Rinnstein, die streunenden Hunde, die Menge draußen, die Soldaten, die neue hölzerne Haustür – nach der letzten Polizeirazzia ersetzt –, auf deren oberes Ende jemand mit weißer Farbe die Nummer sechs geschmiert hatte.

Als sie näher kam, schien die Tür sich von selbst zu öffnen. Sie war sich bewußt, daß ein paar Männer einen Gruß murmelten. Paddy ließ ihren Arm los. Sie erstarrte. Sie sah Marks gestreiftes T-Shirt unten auf der Treppe liegen, und ihr Magen krampfte sich zusammen. Sie sah den Teppich – dunkelrote Spiralen – und das ärmlich gerahmte Landschaftsbild mit einer Aussicht, von der sie nur wußte, daß sie irgendwo an der Westküste zu finden war.

Das war ihr Zuhause.

Aber heute gab es hier keine Wärme – nichts Sicheres, Tröstliches oder Geborgenes. Es war erbärmlich.

Sie ging in das vordere Zimmer. Sie sah die Verwüstung, und ihr fiel auf, daß der Fernseher neu und nicht beschädigt war. Im Fußboden klaffte ein großes Loch, und das Zimmer war mit Glas und Schutt übersät, aber ansonsten sah es aus wie immer. Dieselbe fleckige blaue Tapete, dieselben dunklen hölzernen Bücherregale, dasselbe Bild der Madonna mit Kind an der gegenüberliegenden Wand.

Sie stand da und versuchte vergeblich, sich zu fassen. Sie hörte Musik aus der Küche und trat einen Schritt vor.

Sie sah, daß sich die weißen Spulen des Kassettenrecorders langsam drehten, und sie hörte die klare, traurige Stimme von Enya – ein Band, das sie ihrer Mutter letzte Weihnachten geschenkt hatte. Sie bemerkte, daß die Spitze der Antenne am Kassettenrecorder abgebrochen war. Sie sah, daß ihre Mutter zusammengekrümmt auf einem Stuhl saß und die Hände an ihren Kopf gepreßt hatte. Sie betrachtete ihr Umschlagtuch, die grauen Haare, die darunter hervorschauten, die blaue Hose und die braunen, flachen Schuhe, die sie seit so vielen Jahren trug. Sie sah geschlagen aus. Besiegt. Colette spürte ihren Verrat so intensiv, daß sie fast zusammenbrach. Ihre Mutter sah mit Tränen in den Augen auf, und Colette hätte gerne gezögert. Aber die Schuld war nicht groß genug, um sie aufzuhalten. Sie wollte sich nicht von der Stelle rühren, aber sie fand sich in den Armen ihrer Mutter wieder.

Sie wollte weinen, aber sie konnte es nicht. Sie wollte sich sicher fühlen, aber das tat sie nicht. Als ihre Mutter sie fester an sich drückte, versuchte sie, sie zu hassen. Colette löste die Umarmung. Sie konnte sich nicht erinnern, wann das zum letzten Mal geschehen war. Sie merkte, daß sie heftig zitterte.

Sie trat zurück, und ihre Mutter sah sie traurig und sorgenvoll an. Ihr Gesicht war faltig und wettergegerbt, aber es gelang ihr noch immer, elegant zu wirken. Es gab Spuren jener Schönheit, für die sie einmal berühmt gewesen war.

»Den Kindern geht's gut – sie sind …«

»Ich weiß, Ma.«

Ihre Mutter hatte noch immer Tränen in den Augen. »Schweine«, sagte sie nur. »Schweine.« Sie umarmte Colette noch einmal. »Das muß aufhören, Liebes. Es kann nicht so weitergehen. Es *muß* aufhören.«

Colette zog sich mit abgewandtem Gesicht zurück. Sie ging hinaus in den Flur, wo Paddy mit ihrem ältesten Bruder Gerry sprach.

Gerry lächelte sie an. »Geht's dir gut?«

Sie nickte und lächelte zurück. Er sah sie an, aber er musterte sie nicht, und plötzlich war sie dankbar für seine Gleichgültigkeit. Ihr fiel auf, daß seine Brille schmutzig war und sein Kinn unrasiert.

Er war ein ruhiger Mann, der seine Emotionen normalerweise streng kontrollierte, aber sie sah, daß er wütend war. »Sie muß umziehen – die Loyalisten werden jetzt immer wiederkommen.«

Sie fühlte Verachtung. »Es ist dein eigener verdammter Fehler«, wollte sie sagen, aber sie zuckte nicht mit der Wimper.

Paddy lehnte sich an die Tür, und plötzlich wurde sein Gesicht von der Abendsonne beschienen. »Ma zieht nicht um.«

Gerry sagte nichts, aber er stieß sich von der Wand ab. Er sah aus, als wollte er noch etwas sagen. Als er sah, daß draußen ein Polizist und ein Soldat standen, überlegte er es sich anders. Die beiden sahen ihn schweigend an.

Paddy und Colette setzten sich, als er gegangen war. Miteinander waren sie immer vertraut gewesen, aber keiner von beiden war Gerry jemals wirklich nahegekommen. Sie hatten alle zusammen gespielt, aber irgendwie hatte Gerry sich ferngehalten.

Sie sprachen ein bißchen über England, aber Paddy fragte nicht nach Einzelheiten. Sie versuchte, die Unentschlossenheit aus ihrer Stimme zu vertreiben, und sie sprach mit gesenktem Blick. Sie suchte nach einer Reaktion in seinem Gesicht, aber sie konnte nichts Ungewöhnliches erkennen. Er wirkte unruhig und angestrengt, aber sie sagte sich, daß das an seinem Lebensstil lag. Er war nicht intelligent genug, um einen Ausweg zu finden.

Sie gratulierte sich.

Als er lächelte und sie auf die Stirn küßte, wurde ihr schlecht.

Sie saßen eine Weile schweigend da. Wenn sie ihn ansah, spürte sie ihre Liebe, sie konnte es nicht ändern. Sein Haar war immer noch schulterlang. Es schien immer die gleiche Länge gehabt zu haben, aber inzwischen gab es Spuren von Grau. Sogar sein Bart zeigte Alterserscheinungen.

Sie lächelte wieder. »Du wirst alt.«

Er grinste nur kurz zurück, dann wurde sein Ausdruck plötzlich ernst. »Fragst du dich manchmal, wie das Leben ohne das hier wäre?«

Sie wartete eine Weile mit ihrer Antwort. Sie schaute auf den Boden zwischen ihren Füßen und kratzte mit einem kleinen, scharfen Stein darauf herum. »Es wird immer so sein, Paddy.«

»Nicht alle denken so.«

»Gerry schon. Oder?«

Paddy zögerte. »Gerry schon.«

Sie sah ihn an. »Was ist los? Wird es ein Ende haben?«

»Vielleicht. Ich bin nicht sicher. Gerry behält seine Meinung für sich – du weißt ja, wie er ist.«

Colette wollte fort, und sie sagte Paddy, daß sie gehen und nach den Kindern sehen mußte. Als sie ein paar Minuten später bei Margaret ankam, konnte sie sich kaum beherrschen. Die Tür stand einen Spalt offen, und sie drückte sie auf, ohne zu klopfen. Niemand war zu sehen, aber sie hörte aus dem Hof Geräusche. Die Hintertür war offen, das Sonnenlicht ergoß sich ins Zimmer, fing sich in Catherines blondem Haar und ließ es golden leuchten.

Sie trug das rosa-weiße Kleid, das Colette ihr geschenkt hatte, ehe sie weggegangen war. Sie beugte sich über ihre Puppe, zog sie sorgfältig an und kämmte ihr langes blondes Haar.

Colette sah ihr eine Weile zu. Sie konnte Mark im Hof sehen und hören. Lautstark beschimpfte er Margarets Sohn Kieran und fuchtelte wild mit einem Plastikgewehr vor seinem Gesicht herum. »Ich habe dich zuerst umgebracht, und du mußt dich jetzt hinlegen. Haben wir abgemacht!«

Kieran war ein nervöser Junge, und er stotterte schwächlich: »Aber ich hab dich gekriegt. Ich hab dich gekriegt.«

Mark drückte Kieran zu Boden, aber Colettes Aufmerksamkeit wurde von Catherine abgelenkt, die sich umgedreht und sie gesehen hatte. Ohne ein Wort rannte sie los und klammerte sich an Colettes Bein. »Mami, Mami«, flüsterte sie leise.

Colette bückte sich und umarmte sie, und gleichzeitig schaute sie nach Mark. Der Junge stand kurz da und starrte sie an, dann drehte er sich um und rannte weg. Kieran blieb auf dem Boden sitzend zurück und war erleichtert, daß seine Qualen – wenn auch unerklärlicherweise – ein Ende hatten.

Colette löste Catherines Hände von ihrem Bein und versprach ihr, gleich zurückzukommen. Sie folgte Mark, der sich um die Ecke an die Mauer gekauert hatte. Als sie sich setzte und ihn umarmen wollte, wich er zurück, aber sie ließ sich nicht beirren, und schließlich begann er, leise zu schluchzen.

Als er sich ausgeweint hatte, drückte er sich fester an sie. »Warum bist du so lange weggewesen, Mami?«

Sie konnte für eine Weile nicht antworten, aber dann begriff sie, daß sie mußte. »Das ist schwer zu erklären – und für dich ist es schwer zu verstehen. Ich will, daß du und dein Dad stolz auf mich sein könnt.« Sie griff nach seinem Kinn. »Ich will, daß du eines Tages stolz auf mich bist.«

»Kommt Daddy wieder zurück?«

Sie umarmte ihn fest. »Nein, Daddy ist an einen besseren Ort gegangen. Er ist da oben und schaut auf uns herunter. Siehst du ihn?« Sie deutete zum Himmel hinauf. »Er ist da oben in den Wolken und schaut auf uns herunter. Er hilft uns, wenn wir Hilfe brauchen, und –«

»Warum mußte er denn weggehen?«

Colette seufzte tief, hockte sich hin und setzte Mark auf ihre Knie. »Das ist sehr schwer zu verstehen, aber eines Tages wirst du das können. Er hat es für uns getan. Er hat es getan, damit wir ein besseres Leben haben. Und das versuche ich auch. Er wollte, daß ich das auch versuche.«

»Wollte er, daß du weg bist?«

»Nein, das wollte er nicht. Nein, aber da ist etwas, an das wir alle glauben; Davey, ich – alle. Es gibt etwas, das wir tun müssen.« Während sie das sagte, fühlte sie sich leer und einsam. Mark kuschelte sich enger an sie und drückte seinen Kopf an ihre Brust.

»Es ist schrecklich, wenn du weg bist.«

Sie umarmte ihn fester. »Ich weiß, mein Schatz, ich weiß.«

Wieder begann er, leise zu weinen. »Es ist schrecklich. Es ist schrecklich.«

»Ich weiß, mein Schatz. Für mich ist es genauso schrecklich wie für dich.«

Er schob sie wieder von sich. »Aber warum *mußt* du weggehen? Ich verstehe das nicht.«

Sie drückte seinen Kopf an sich und versuchte, die Tränen zurückzuhalten.

»Gehst du wieder weg?«

»Ich will nicht, mein Schatz. Ich will wirklich nicht. Ich hoffe, ich muß nicht. Ich habe dich lieb, Mark, ich habe dich so lieb.«

Sie trug ihn zurück zum Haus. Catherine saß auf der Treppe und verstand offenbar, daß ihre Mutter sich zuerst um Mark kümmern mußte. Sie akzeptierte Colettes Umarmung ohne Vorbehalt, und die drei bildeten ein kleines Tableau an der Küchentür.

Schließlich stand Colette auf, machte Essen für die Kinder und brachte sie zu Bett. Mark war trotzig, und es gelang ihm, Catherine einzuschüchtern. Das ärgerte sie. Sie war müde und benommen. Nachdem sie ihnen etwas vorgelesen und das Licht gelöscht hatte, schlug Margaret ihr vor zu bleiben, und sie saßen eine Weile im vorderen Zimmer und tranken Tee. Colette fühlte sich unwohl. Sie hatte dieses Haus mit Davey geteilt und es Margaret überlassen, als sie beschlossen hatte, wieder zu Ma zu ziehen. Diese Situation war nur provisorisch, aber sie war nicht sicher, ob sie hierher zurückkommen wollte. Es gab zu viele Erinnerungen.

Margaret war ein bißchen wie Ma, aber sie redete mehr. Sie war die jüngste Schwester aus einer Familie mit zehn Kindern, und Ma war die nächstältere. Ihr Mann war nach England gegangen, um Arbeit zu suchen. Sie waren nicht »dabei« und hielten wenig von denen, die es waren. Aber sie kannte die Zwänge nur zu gut, die die Menschen auf diesen Weg führten.

Wie Ma kam Margaret gut mit den Kindern zurecht. Colette wußte, daß man in dieser kleinen Gemeinschaft mit ihrer Wärme und ihrem engen Netzwerk von Freunden und Familie gut für die Kinder sorgte, auch wenn sie nicht da war. Sie fühlte sich schuldig, weil sie das dachte. Es war, als würde sie nach Ausreden suchen.

Schließlich verabschiedete sie sich, um nach ihrer Mutter zu sehen. Beide hielten es für das beste, wenn die Kinder über Nacht blieben, wo sie waren.

Das Haus in der Leeson Street war mittlerweile voll mit Verwandten. Paddy war immer noch da und überredete sie, mit ihm in die Innenstadt von Belfast zu gehen. Sie wollte nicht und sagte, daß sie nach den Kindern sehen müßte, aber Paddy bestand darauf.

Sie beschlossen, zu Fuß zu gehen, und waren angenehm überrascht, daß es am Ende des Falls-Viertels keine Kontrollen gab. Zusammen fühlten sie sich wohl, sie waren vergnügt, und Paddy schien nicht den geringsten Verdacht zu schöpfen. Colette hatte das Gefühl, etwas sagen zu müssen, aber während sie weitergingen, entspannte sie sich. Es ist nur Paddy, sagte sie sich. Aber irgendwoher kamen düstere Gedanken, und sie fragte sich, was er denken würde, was er sagen würde, wie sehr er sie hassen würde ... Sie sperrte die Gedanken aus, und als sie weitergingen, lachte sie sogar. Sie waren wieder Bruder und Schwester. Sie waren Freunde.

Bei ihr war Paddy immer indiskret. Er erzählte ihr, daß Gerry sich um einen Job im Northern Command bemüht hatte, derjenigen Organisation, die für die IRA-Kampagnen in Nordirland verantwortlich war, daß er aber zu seinem großen Ärger abgelehnt worden war. Sie hörte, daß Gerry noch immer mit schöner Regelmäßigkeit seine Frau Christy betrog, aber daß die nichts davon wußte – oder jedenfalls so tat. Paddys Ton zeigte, daß er das mißbilligte. Er und Gerry waren immer sehr verschieden gewesen.

Colette versuchte herauszufinden, ob Paddy sich mit jemandem traf, aber er lachte nur. Er hatte nie geheiratet. Ihre Mutter wartete noch immer und gab die Hoffnung nicht auf.

Als sie das Kelly's betraten, strahlte der Türsteher Colette an.

»Wie geht's denn so, Colette?« fragte er.

Wieder spürte sie einen schuldbewußten Stich und wünschte sich, nicht hergekommen zu sein. Alles Vertraute enthielt eine Mahnung und eine Anklage, jeder Mensch und jede Straße. Sie beschloß, sich einen Drink zu holen, und ging zur Bar.

Die Band drinnen war laut und schlecht und quälte sich mit ärmlichen Versionen von »Johnny Be Good« und verschiedenen anderen Klassikern aus den Sixties. Der Sänger war ein schlaksiger Mann mit einer fettigen schwarzen Mähne und einem dünnen roten Stirnband. Alle trugen Jeans und weiße T-Shirts. Einige Leute tanzten, fast alle rauchten und tranken viel. Der Rauch war penetrant, man erstickte geradezu. Paddy wurde gleich an der Tür von ein paar jungen Männern angepöbelt, und Colette schob sich weiter durch die Menschenmenge zum anderen Ende des Lokals. Der Raum war wie eine Höhle, und er hatte keine Lüftung.

Als sie an der Bar ankam, spürte sie auf ihrer Schulter eine Hand. Sie drehte sich um und sah ein breites, zahnloses Grinsen und einen ungepflegten Bart.

»Chico.«

»Ist lange her, mein Schatz.«

So nahe bei ihm fühlte sie sich etwas unwohl, aber sie rührte sich nicht. Er roch nach Guinness und chinesischem Essen.

Sie kannte Chico schon lange. Sie schrien sich eine Weile an, um sich über den Lärm hinweg zu verständigen. Er lud sie zu einem Wodka-Lemon ein, den sie schnell austrank. Er holte einen zweiten und schrie weiter gegen die Musik an. Sie nickte und trank. Er hatte doppelte bestellt, und langsam fühlte sie sich benommen. Es ging ihr besser. Chico bestellte gerade eine neue Runde, als er über ihre Schulter hinweg jemanden sah. Er runzelte die Stirn und fing an, in seiner Tasche zu kramen. Er drückte ihr einen Schlüssel in die Hand und brüllte ihr ins Ohr: »Ich brauch dich mal kurz. Hinten um die Ecke steht ein roter Sierra. Fahr ihn nach vorne, und laß den Motor laufen.«

Ehe sie irgend etwas sagen konnte, drängte er sich durch die Menge davon. Sie wagte nicht, sich zu weigern, und tat, was er gesagt hatte. Sie ging zur Tür. Sie sah Paddy, aber er kehrte ihr den Rücken zu. Der Türsteher lächelte und fragte, wo sie hinwollte. Sie lächelte zurück und zuckte die Achseln. Sie begann, sich Sorgen zu machen.

Sie fand den Wagen und wartete draußen. Ein paar Minuten später flog eine Seitentür der Kneipe auf und Chico kam heraus. Er zerrte einen Jungen mit einer weißen Baseballkappe hinter sich her.

Er schob ihn auf den Rücksitz und setzte sich neben ihn.

»Fahr los.«

Colette wußte nicht, wohin, aber sie wußte, daß sie Chico jetzt nicht fragen sollte. Also fuhr sie los, Richtung Lower Falls. Sie kämpfte mit den Auswirkungen der doppelten Wodkas. Sie fuhren am

Sicherheitskontrollpunkt auf Divis Tower vorbei und weiter Richtung Andersonstown. Auf der linken Seite sah sie einen Soldaten, dann noch einen auf der rechten. Ein paar Meter weiter zielte ein dritter mit seinem Gewehr auf den Wagen, er prüfte sein Visier. Die Straßen waren wie ausgestorben. Vor ihnen hielt ein Taxi, um jemanden aussteigen zu lassen, und sie mußte es umrunden. Sie überquerte die Springfield Road und wurde langsamer, als sie den Hügel Richtung Beechmount hinunterfuhr. An der Beechmount Avenue wandte sie sich nach rechts. Sie fuhr an einer langen, mit Graffiti bedeckten Backsteinmauer entlang. Jemand hatte in großen, weißen Buchstaben daraufgeschrieben: »Zeit für den Frieden. Zeit, zu verschwinden, *Brits.*« Sie bog links ab und brachte den Wagen langsam zum Stehen.

Chico zerrte den Jungen aus dem Wagen und auf ein unbebautes Stückchen Land. Vor ihnen lagen zwei identische Häuserzeilen aus Backstein, die in der industriellen Blütezeit Belfasts gebaut worden waren. Früher waren sie einmal neu und gepflegt gewesen, aber jetzt wirkten sie wie ein Symbol der Nachlässigkeit, des Mangels und des urbanen Verfalls. Ihre Mauern waren mit Stacheldraht überzogen, und überall auf der Straße lag Abfall.

Chico zerrte den Jungen in eine kleine Gasse zwischen den beiden Häuserzeilen. Er schleuderte ihn auf den Betonbordstein und drückte sein Gesicht in eine alte Tüte Salt-and-Vinegar-Chips. Der Boden war feucht, und es war kalt. Colette war Chico automatisch gefolgt, und nun merkte sie, daß sie hier nicht sein wollte.

Der Junge weinte leise. Chico schlug sein Gesicht fest auf den Gehweg. Colette zuckte zusammen.

»Ich hab nichts gemacht! Ich hab nur gemacht, was Sie gesagt haben«, schrie der Junge.

»Halt's Maul.« Chico griff ihn bei den Haaren und flüsterte in sein Ohr. »Bleib hier – eine Bewegung und du bist tot.« Er drehte sich zu Colette um. »Halt ihn fest. Ich bin gleich zurück.«

»Mein Gott, Chico. Das ist doch noch ein Kind.«

Er sah sie an. »Halt ihn verdammt noch mal fest.«

Sie drückte ihr Knie in den Rücken des Jungen. Er bewegte sich nicht und er sagte nichts. Er weinte noch immer und flüsterte vor sich hin. Er hatte eine schöne, dicke, lockige, blonde Mähne, und Colette fühlte sich äußerst unwohl. Sie wollte etwas sagen, aber sie wußte, daß sie das nicht tun sollte.

»Ich hab nichts gemacht, ich hab nichts gemacht«, flüsterte er.

Chico kam zurück, gab Colette die Pistole und packte den Jungen wieder bei den Haaren.

»Ich glaube, ich hatte dir gesagt, daß du da nicht wieder hingehen sollst?«

Der Junge hatte große Angst und versuchte, seinen Kopf zu heben, aber Chico schlug ihn wieder auf den Boden. Der Junge schrie und kämpfte, um sprechen zu können. Blut aus den Abschürfungen in seinem Gesicht gerann auf dem Beton.

»Ich hab gar nichts gemacht. Ich wollte nur was trinken.«

Chico bearbeitete ihn. »Dealst du immer noch?«

»Nein, nein. Bitte.«

»Ich habe noch kein Geld von dir gesehen. Du kennst die Regeln. Niemand spielt dieses Spiel ohne unsere Genehmigung. Wenn du dealen willst, fragst du mich, und vielleicht lasse ich dich. Wenn du freiberuflich arbeitest, zahlst du.« Er stand auf, aber er hielt das Haar des Jungen weiter fest. »Mach es, Colette.«

Sie sah auf.

»Mach es. Das ist ein Befehl.«

Der Junge schluchzte jetzt hysterisch. »Nein, bitte nicht. Um Gottes willen, ich habe nichts gemacht.«

Colette schloß kurz die Augen. Dann stand sie auf, zielte auf den rechten Oberschenkel des Jungen und drückte ab. Der Lärm in der kleinen Gasse war ohrenbetäubend, und beide rannten sofort los.

Die Armeepatrouille mußte in der Nähe gewesen sein, denn als sie um die Ecke bogen, rannten die Soldaten schon auf sie zu. Sie schrien, und der Junge schrie auch. In der Gasse vor ihnen war es dunkel, aber Colette konnte sehen, daß der Weg versperrt war. Chico sprang auf die Mauer, drehte sich um und streckte seine Hand aus.

Sie sprang, verfehlte ihr Ziel, ergriff Chicos Hand und rutschte wieder ab. Der erste Schuß krachte und prallte an der Wand neben ihr ab. Sie spürte, wie ihre Beine versagten, aber in diesem Moment zog Chico sie hoch. Sie fiel auf der anderen Seite der Mauer hinunter und landete schmerzhaft in einem Graben am Rand eines Feldes. Sie rappelte sich auf und rannte ihm nach; die Rufe der Soldaten verhallten in der Nacht.

Sie nahmen eine Abkürzung über ödes Land und zertrampelten einen Garten. Am Ende der Hill Street blieben sie in einer Gasse stehen, um zu Atem zu kommen. Colette war naß und voller Schlamm.

Chico hatte die Pistole wieder an sich genommen und steckte sie ein.

»Das wird dem kleinen Scheißer eine Lehre sein. Blöder Mistkerl.«

Er stand wieder auf und betrachtete Colette. Früher, als sie Kinder waren, hatte er sie in so einer Gasse geküßt.

»Willst du mit zu mir kommen, was trinken?« fragte er lässig, als ob es ihm eigentlich egal wäre. Colette wollte ablehnen, aber sie verspürte eine tiefe, zerstörerische Einsamkeit und hörte sich ja sagen.

Chico wohnte in einem spärlich möblierten Haus am anderen Ende der Beechmount Avenue. Als sie hereinkamen, warf er seinen Schlüsselbund in die Schale und wischte die Reste einer chinesischen Mahlzeit weg, die auf der Ecke eines Beistelltischs aus Sperrholz liegengeblieben waren. Colette setzte sich auf das alte, schäbige Sofa, während Chico ihr etwas zu trinken holte.

Aber sie bekam nichts zu trinken, denn als er den Kessel aufgesetzt hatte, kam er zurück, beugte sich über das Sofa und küßte sie. Sie begehrte ihn nicht, aber sie sagte auch nicht nein. Sie ließ sich zu dem schmutzigen, ungemachten Bett hinauftragen. Die Laken sahen aus, als hätte Chico sie nicht gewechselt, seit er zum letzten Mal eine Frau mitgebracht hatte.

Sie zog ihre Jeans aus und hielt ihn zurück, während sie ihren Slip abstreifte. Sie legte sich auf das Bett, und er löschte das Licht.

Er schob seine Hand zwischen ihre Beine, um sie zu stimulieren, aber das Vorspiel war kurz und ziemlich grob. Sie hielt seinen Penis fest und versuchte, ihn an ihrer Vagina zu reiben, aber Chico war ungeduldig und stark und bedrängte sie. Es tat weh, als er in sie eindrang.

Sie schloß die Augen. Sie umklammerte den Mann mit den Knien und schob ihr Becken nach oben. Sie umklammerte seine haarigen Hinterbacken und tat so, als ob es sie nicht störte, daß die Spalte zwischen ihnen klamm war. Sie redete sich ein, daß sie es genoß, umgelegt zu werden.

Er stöhnte leise. Sie flüsterte. »Warte, bitte ...«

Seine Stimme war rauh. »Aaaaah ... Mein Gott, Colette, du bist ... fabelhaft.«

Danach sammelte sie ihre Kleider ein und ging, ohne sich zu verabschieden.

Der Stadtteil Falls war mehr oder weniger ausgestorben. Nur ein Black Taxi raste an ihr vorbei, als sie die Beechmount Avenue verließ. Die Temperatur war weiter gesunken, und beim Laufen konnte sie sehen, wie ihr Atem kondensierte.

Sie war wund zwischen den Beinen und dachte daran, daß sie seit fast einem Jahr niemanden in sich gehabt hatte. Sie fragte sich, was zum Teufel sie getan hatte.

Vielleicht war es eine Selbstbestrafung, dachte sie. Jedenfalls fühlte sie sich unerklärlicherweise besser.

Sie öffnete die Tür des Hauses in der Leeson Street und blieb eine Weile im Flur stehen, um die Stille zu genießen. Die Vertrautheit dieser Umgebung tat jetzt nicht mehr weh, und sie schaute zum Treppenabsatz hinauf. Alles war dunkel, und sie nahm an, daß Ma im Bett lag und schlief.

Sie ging in das vordere Zimmer. Die Vorhänge waren offen, und von der Straße her fiel Licht herein. Sie ließ ihren Fuß über das Loch im Fußboden gleiten, und die Gewalt, für die es stand, kam ihr häßlich vor.

Das Bild der Madonna mit dem Kind konnte sie gerade eben erkennen, und sie wunderte sich über den Glauben und die Überzeugung ihrer Mutter. Sie dachte an diesen Jungen – Jesus – und an die Schmerzen, die er am Kreuz erlitten hatte. Wozu?

Was auch immer man sich aus der Bibel macht und was auch immer man von Jesus hält, dachte sie, der Mann war ohne Zweifel unter furchtbaren, entsetzlichen Schmerzen gestorben. Wenn man vom Schlimmsten ausging – wie es Gerry zum Beispiel immer getan hatte –, gab es noch immer die Realität dieses Todes. Ob er nun der Sohn Gottes war oder nicht (wie konnte man noch an Gott glauben?) – er war in jedem Fall ein guter Mensch gewesen, der für seine Überzeugungen gestorben war.

Ein guter Mensch, der eine bessere Welt wollte. Was sollte man dazu noch sagen?

Sie drehte sich um und ging nach oben, um sich schlafen zu legen. Als sie die Tür zu ihrem Zimmer öffnete, sah sie, daß die beiden Matratzen ordentlich auf dem Fußboden lagen. Ma hatte alle drei Betten gemacht, und sie seufzte dankbar und ärgerlich zugleich.

Sie schaute aus dem Fenster auf die leere Gasse hinaus. Plötzlich riß sie ihre Jeans und den Slip herunter und betrachtete sie. Sie konnte sie nicht deutlich sehen und machte Licht. Sie ging vom Fenster weg und schaute noch einmal nach. Sie waren feucht, aber es war kein Blut zu sehen.

Sie lehnte sich an die Wand. Wie lange war es her? Ihr Körper war so empfindlich.

Sie würde bestimmt nicht schwanger werden – aber als sie Mark empfangen hatte, hatte sie das auch gedacht.

Sie dachte an Mark und Catherine und traf eine Entscheidung. Sie zog ihre Jeans wieder an und löschte das Licht im Schlafzimmer. Sie brauchte nur ein paar Minuten bis zu Margarets Haus. Dort klopfte sie zaghaft an die Tür.

Sie trat einen Schritt zurück und schaute zu den Schlafzimmerfenstern hinauf, aber es rührte sich nichts. In der Nähe schlug ein Hund an, und andere folgten gleich darauf. Sie klopfte wieder, lauter diesmal, trat zurück und sah, wie oben ein Licht anging. Ein Fenster wurde geöffnet, und sie sah Margarets graues Haar.

»Margaret, ich bin's«, rief sie gedämpft.

»Colette?«

»Ich will nur die Kinder holen.«

Eine Pause. »Es ist mitten in der Nacht.«

»Ich weiß, tut mir leid.«

Noch eine Pause, dann wurde das Fenster geschlossen. Colette sah, wie im Flur das Licht anging und die Tür geöffnet wurde. Sie trat ein.

»Es tut mir leid, Margaret. Ich weiß, es ist spät.«

Margaret trug einen schäbigen, alten blauen Bademantel und hielt die Augen wegen der Helligkeit noch immer halb geschlossen. Sie antwortete nicht, und Colette stürzte die Treppe hinauf in das linke Zimmer. Drinnen war es dunkel, die Vorhänge waren fest zugezogen, und es dauerte ein paar Sekunden, bis sich ihre Augen daran gewöhnt hatten. Schließlich konnte sie die Betten erkennen. Sie beugte sich vor, um das rechte zu berühren. Sie ertastete einen Körper und flüsterte leise: »Mark?«

»Mami?« Von links kam Catherines Stimme.

»Ich bin's, mein Schatz. Wir gehen nach Hause.«

Sie ließ ihre Hände über den Körper neben ihr gleiten, bis sie den Kopf erreichte. »Mark, Liebling«, sagte sie.

Er bewegte sich, aber er sagte nichts. Sie schüttelte ihn leicht. »Mark.«

Er stöhnte und drehte sich um. Sie beugte sich herunter, um ihn zu küssen. Er roch frisch gewaschen, und seine Haut war warm und weich. »Mark«, sagte sie.

Sie sah, daß Catherine sich in ihrem Bett aufsetzte, und sie hob sie hoch und umarmte sie. Wie Mark roch sie frisch gewaschen, nach Seife. Colette stand auf und machte Licht, und für einen Moment waren sie alle geblendet. Schließlich setzte Mark sich im Bett auf und schaute sie an. »Wo gehen wir hin?« fragte er.

»Nach Hause.«

Schweigen. Er rieb sich die Augen. »Ich will nicht nach Hause.«

Colette hatte noch immer Catherine auf dem Arm. »Komm schon, Mark, zieh deinen Trainingsanzug an.«

Sie setzte Catherine ab und begann, die Kleider aufzusammeln, die auf dem Boden verteilt waren.

»Ich will nicht gehen«, sagte Mark.

Sie setzte sich auf das Bett und versuchte, ihn zu umarmen, aber er schob ihre Arme unwillig weg.

»Na gut«, sagte sie. »Du kannst hierbleiben. Wir gehen.«

Sie bückte sich wieder und steckte die Kleider in eine Tasche. Sie zog Catherine ihren Trainingsanzug an und ging ins Badezimmer, um die Zahnbürsten zu holen. Als sie zurückkam, hatte Mark sich nicht gerührt.

»Komm schon, Mark«, sagte sie.

Sie bückte sich, um ihn aufzuheben. Ein- oder zweimal schob er sie weg, dann gab er auf. Sie hob ihn aus dem Bett und zog ihm seinen Trainingsanzug an. Als sie die Treppe hinuntergingen, versuchte sie, beide Kinder an den Händen zu halten, was mit einer Tasche über der Schulter schwierig war.

Nach ein paar Minuten waren sie zu Hause, und Colette brachte sie sofort ins Bett. Sie putzte sich die Zähne und zog sich bis auf den Slip und ihr T-Shirt aus, ehe sie die Vorhänge schloß. Sie legte sich hin und hörte den Kindern beim Schlafen zu.

Sie merkte, daß sie sich kurz über Mark ärgerte, weil er sie nicht verstand. Aber sie wußte natürlich auch, daß Kinder das nicht verstanden und daß sie keine Komplikationen wollten. Sie fühlte sich schuldig, weil sie sich für unfähig hielt, den Kindern Einfachheit oder besser: Beständigkeit zu bieten.

Diese Schuld begleitete sie schon lange, und sie hatte vergessen, wie es war, ohne sie zu leben. Sie stand auf und öffnete den Vorhang ein wenig. Die Gasse war leer.

Sie schaute hinunter und genoß die Stille.

Sie dachte an den *Brit*. Sie atmete tief ein. Was habe ich getan, fragte sie sich.

Plötzlich ging im Haus gegenüber ein Licht an. Sie hörte ein lautes Krachen, es klang wie Kochtöpfe oder etwas anderes aus Metall. Sie hörte Mickey Gibbs »Miststück!« schreien und stellte fest, daß er wieder einmal betrunken war. Sie zog die Vorhänge zu und versuchte, ihre Ohren vor dem Lärm und dem Geschrei zu verschließen.

Sie legte sich hin und versuchte, Mark und Catherine zuzuhören. Sie waren offenbar nicht aufgewacht.

Sie starrte an die Decke. Es spricht eine Menge für die These, daß alle Männer gleich sind, dachte sie. Alle verdammt nutzlos.

In den ersten Minuten blieb Grant beim Small talk. »Na, alles geklärt? Bei der Freundin verabschiedet?«

Im Zimmer war es warm und angenehm schummrig. Grant schaltete nie die Deckenbeleuchtung ein, und das Zimmer wurde jetzt nur von der Schreibtischlampe erhellt. Sie war heruntergebogen bis auf die lederne Arbeitsfläche, auf der sie stand. Die Vorhänge hinter dem Schreibtisch waren geschlossen, aber durch den Spalt in der Mitte drang Licht von der Straße herein. Ryan hörte das Summen des Verkehrs.

Die linke Zimmerwand war mit Büchern bedeckt, bis auf ein Landschaftsgemälde in Öl, das in der Mitte hing. Es verbarg Grants Safe, das wußte Ryan. Jeder, der ihn suchte, würde ihn sofort finden.

Grant war der Leiter der »T«-Branch, die für die gesamte Terrorismusabwehr zuständig war. Jenkins leitete die Provisional IRA Source Unit und war Grant gegenüber verantwortlich.

Grant selbst stand mit seiner Brille in der Hand und einem ihrer Bügel im Mundwinkel am Fenster. Er hatte Ryan schon immer gemocht, gleich von Anfang an, und das Gefühl beruhte auf Gegenseitigkeit. Es entstand eine bedeutungsvolle Pause.

»Wir setzen vollstes Vertrauen in Sie, David. Ich denke, Sie wissen das.«

Warum sagen Sie es dann, dachte Ryan.

»Und ich will Sie nicht endlos mit Sachen langweilen, von denen ich weiß, daß Sie sie schon oft gehört haben.«

Ryan hörte aufmerksam zu. Grants Ruf war unübertroffen.

»Aber Sie müssen immer daran denken, Sie müssen sich immer vor Augen halten, daß die Eigenschaften, die einen guten Agenten und auch einen guten Terroristen ausmachen, nicht die Eigenschaften sind, die einen netten Menschen ausmachen. Hinterhältigkeit, Gerissenheit, manipulative Fähigkeiten, Furchtlosigkeit, Mut, man könnte sagen, die Fähigkeit, sich von den Konsequenzen der eigenen Taten loszusagen – alle diese Eigenschaften machen einen Menschen vollkommen unzuverlässig. Das sind Leute, die ein extremes Leben leben, in einer Welt, auf die uns weder unsere Ausbildung noch unsere Herkunft vorbereiten können. Wir *brauchen* diese Leute, aber wir müssen ihnen immer voraus sein. Wir müssen ihnen vorausdenken – nicht nach unseren Maßstäben, sondern nach ihren.« Grant hielt inne, ging um den Schreibtisch herum und setzte sich auf dessen Vorderkante, wodurch er die Lampe verdeckte. Er saugte immer noch an einem Brillenbügel, und Ryan fand, daß er alt aussah.

»Was ich meine, ist folgendes. Wie sehr Sie auch annehmen, daß Sie alles unter Kontrolle haben, wie sehr Sie auch annehmen, daß Sie eine Beziehung zu Ihrem Mann – oder in diesem Fall zu Ihrer Frau – gefunden haben, denken Sie immer, *immer* daran, daß sie lügen könnte. Nehmen Sie nie für bare Münze, was diese Frau sagt. Fragen Sie sich, *warum* sie dieses oder jenes sagt. Was ihre Motive sind ...«

Ryan dachte an Colette in ihrer Gefängniszelle. Allein und offensichtlich geschlagen.

»Ich mache mir Sorgen über die Art dieser Rekrutierung ...«

Ryan verstand, daß das eine Frage war. Er räusperte sich und legte gedankenvoll eine Hand an seinen Mund. »Ich glaube nicht ...«

»Die Nötigung, meine ich.«

Ryan hielt inne. Er dachte darüber nach. »Ich bin nicht ganz sicher, aber ich glaube nicht, daß das so – ich meine, ich nehme stark an, daß sie uns erwartet hat und daß sie ...«

»Sie glauben nicht, daß sie uns abgekauft hat, daß sie ins Gefängnis geht?«

»Ich weiß es nicht. Vielleicht hat sie das, aber ich glaube, irgendwo in ihrem Innersten gibt es noch einen anderen Beweggrund – einen, den sie sich noch nicht eingestanden hat ...«

»Will sie aussteigen?«

»Ja, würde ich sagen. Ich glaube nicht, daß ich sonst weitergekommen wäre. Ich glaube, sie weiß – na ja, wie soll ich sagen ... – was hat sie sonst für eine Zukunft?«

Grant antwortete nicht. Er stieß sich vom Tisch ab und ging zurück zu seinem Stuhl. Wieder wunderte sich Ryan über den Kontrast, der zwischen der schlurfenden, vergeistigten Figur vor ihm und deren Ruf bestand. Mit dem schütteren Haar, den ausgetretenen Budapestern und der zu kurzen Hose fiel es ihm schwer, sich Grant als Frontkämpfer eines Krieges gegen den Terrorismus vorzustellen.

Grant stand jetzt hinter seinem Stuhl und strich über die lederne Polsterung – eine sorgenvolle Geste, die reichlich sonderbar wirkte. Er setzte seine Brille wieder auf, und die dicken Gläser machten sein Gesicht noch älter.

»Und noch etwas müssen Sie sich merken. Die Zusammenarbeit mit der RUC wird nicht einfach werden, und Sie müssen auch dort wachsam sein. Das tut mir leid, aber es hat Gründe, die wir beide nicht beeinflussen können.«

Grant zog den Stuhl zurück, setzte sich, beugte sich über den Tisch und nahm sich einen Stift.

»Die RUC ist sehr gut, und wir brauchen sie auf jeden Fall, aber ihre Motive sind ein bißchen anders als unsere, wenn Sie verstehen, was ich meine. Diese Frau scheint uns wirklich eine Gelegenheit zu bieten. Sie ist nahe dran am Kern der Provisional IRA – oder zumindest nahe an denen, die nahe dran sind –, und bei diesem ganzen Theater mit den Friedensgesprächen im Moment könnte sie ein Aktivposten sein. Aber ich fürchte, wir gehen ganz anders vor als die RUC, das wissen Sie ja. Wir planen langfristig, wir bauen langsam etwas auf – und die interessieren sich eher für die unmittelbaren, kurzfristigen Bedrohungen, was nicht weiter überraschend ist. Ich denke, Sie verstehen, was ich meine. Passen Sie auf, aber denken Sie daran, daß wir die RUC brauchen. Es geht immer darum, Brücken zu bauen, also seien Sie *äußerst* diplomatisch.«

Er seufzte, schob seinen Stuhl zurück und stand auf. »Sie müssen zur Personalabteilung, ehe Sie gehen. Ich habe dafür gesorgt, daß einer von unseren Leuten Sie abholt, und ich habe arrangiert, daß die RUC Ihnen eine eigene Waffe aushändigt.« Er streckte die Hand aus. »Viel Glück. Lassen Sie uns nicht hängen, hm?«

Ryan schüttelte ihm die Hand und wollte gehen.

»Ach, und David, seien Sie vorsichtig – und nehmen Sie nichts davon persönlich. Es ist ein Job, klar?«

Als Ryan das Büro in der Gower Street verließ, spürte er die Angst in seiner Magengrube.

Draußen war es kalt, und es regnete ein wenig. Ryan winkte ein Taxi heran und bat den Mann, ihn in die Latchmere Road zu fahren. Als sie losfuhren, drehte sich der Mann nach ihm um und sagte: »Das da ist das Gebäude der Military Intelligence Section 5, Spionageabwehr, oder?«

»Wirklich?« fragte Ryan und heuchelte echtes Interesse.

»Sind Sie einer von denen?«
»Als ich das letzte Mal nachgesehen habe, noch nicht.«
Der Mann lachte und konzentrierte sich wieder auf die Straße.
Die Fahrt dauerte ungefähr zwanzig Minuten, und als Ryan danach in der Latchmere Road die Tür öffnete, hörte er Claires Stimme. Er war ein wenig enttäuscht. Er wollte allein sein. Sie telefonierte, also holte er sich ein Bier aus dem Kühlschrank, setzte sich und steckte sich eine Zigarette an. Claire beendete ihr Gespräch, kam herein und setzte sich ihm gegenüber. »Du siehst müde aus«, sagte sie.
»Ich werde eine Weile weg sein.«
»Was hast du vor?« Sie lachte. »Du könntest es mir sagen, aber dann müßtest du mich umbringen, oder?«
Ryan lächelte, und sie sah ihn aufmerksam an. »Ist es wichtig für dich?«
»Es ist meine große Chance. Etwas, das ich schon öfter gemacht habe, aber jetzt habe ich zum ersten Mal die Führung, wenn du verstehst, was ich meine – es ist zum ersten Mal *meine* Verantwortung. Vorher habe ich immer nur assistiert. Ein paar Leute finden, daß ich noch nicht soweit bin, also wird es ein bißchen Druck geben.«
»Wer findet nicht, daß du soweit bist?«
»Der Typ über mir.«
»Der dir immer so viel Kummer macht?«
Ryan nickte. »Der über *ihm* glaubt aber, daß ich soweit bin, und es war seine Idee, also wird es klargehen.«
»Es ist schwer, wenn man über das alles nicht reden darf, oder?«
Er lächelte, zog ein Taschentuch hervor und putzte sich die Nase.
»Was ist mit Isabelle?« fragte sie.
»Das ist vorbei.«
»Sag bloß.«
»Ja, ist es.«
»Ganz bestimmt, vollkommen, unwiederbringlich?«
»Definitiv.«
»Schade. Ich mochte sie.«
»Ich auch.«
Ryan zog ein letztes Mal an seiner Zigarette. »Wir sind irgendwie übereingekommen, daß wir uns eine Weile nicht sehen sollten, also ist es vielleicht das beste so.« Er stand auf. »Ich muß jetzt packen, und vielleicht sehen wir uns morgen nicht mehr.« Er bückte sich und küßte sie.

»Viel Glück«, sagte sie, als er ging.

In seinem Zimmer zog Ryan die Reisetasche vom Schrank und begann, mechanisch seine Kleider einzupacken. Er ging ins Badezimmer, um seinen Rasierapparat und die Zahnbürste zu holen, kam zurück und setzte sich aufs Bett. Er schloß die Augen und dachte an den vergangenen Sommer und an die Ferien im Haus von Claires Eltern in der Provence. Sie waren heiß, faul und friedlich gewesen, und sie hatten die langen Tage draußen im Gras liegend oder am Pool verbracht. Isabelle hatte er natürlich nicht eingeladen, und er war schmerzlich versucht gewesen, mit Claire eine Affäre anzufangen. Aber das wäre geschmacklos gewesen, und es war wirklich nicht sein Stil. Er war noch nie jemandem untreu gewesen.

Trotzdem hätte es Spaß gemacht, in den Ferien. Das alles schien jetzt sehr weit weg zu sein.

SECHSTES KAPITEL

Colette konnte spüren, daß etwas nicht in Ordnung war, aber es dauerte eine Weile, bis sie es einordnen konnte. Es war dunkel im Zimmer, aber die Tür zum Treppenabsatz stand offen, und von unten hörte sie murmelnde Stimmen.

Eigentlich kann man nicht sagen, daß etwas nicht in *Ordnung* ist, dachte sie, es ist nur ... nur was? Etwas hatte sich verändert. Sonst krochen Mark und Catherine immer zu ihr ins Bett und weckten sie auf.

Und da war noch etwas – ein beißender Geruch, der ihr bekannt vorkam. Sie stand auf und suchte am Fußende des Bettes nach ihrem Morgenmantel. Sie machte Licht und beugte sich über Marks Matratze. Sie schlug die Steppdecke zurück und sah den großen feuchten Fleck in der Mitte. Sie fluchte leise.

Unten knieten Mark und Catherine auf dem Fußboden und bemalten große weiße Blätter mit Buntstiften. Mark trug seinen Lieblings-Spiderman-Schlafanzug, und als sie ihn in die Arme nahm, roch sie den Urin und sah den feuchten Fleck. Sie hob ihn auf und trug ihn hinauf ins Badezimmer. Er protestierte nicht; er gab keinen Laut von sich.

Sie ließ ein Bad ein und ging, damit er sich waschen konnte. Sie nahm den Schlafanzug mit nach unten und steckte ihn in die uralte

Waschmaschine in der Küche. Als sie wieder nach oben ging, folgte Catherine ihr. Im Schlafzimmer suchte sie in der alten Sperrholzkommode nach ihren Kleidern, aber sie konnte sie nicht finden. »Großmutter hat sie nicht mehr da drin«, sagte Catherine leise.

Sie nahm Colette an der Hand und zog sie in die Küche zurück. Sie zeigte auf den Schrank über dem Boiler. Tatsächlich lag alles säuberlich gebügelt darin.

Colette ging nach oben, um auch Catherine zu baden. Aber sie mußte feststellen, daß Mark die Wände des Badezimmers und den Spiegel über und über mit Seife beschmiert hatte. Sie war *überall.* Ohne ein Wort zu sagen, stellte sie ihn aufrecht hin und versetzte ihm einen Schlag auf das Hinterteil. Er fing an zu weinen und wich zurück, aber sie zog ihn aus der Wanne und wickelte ihn in ein Handtuch. Er trippelte hinter ihr her ins Schlafzimmer.

Sie zog die Kinder an. Mark schwieg aus Trotz, Catherine aus Unsicherheit. Sie schwieg wohl auch aus Angst, ihren Bruder zu verärgern, aber sie zeigte ihre Zuneigung, indem sie sich still an Colettes Arm klammerte.

Als Colette das Frühstück machte, kam ihre Mutter aus ihrem Zimmer. Sie war vollständig angezogen und sah aus, als wäre sie schon seit Stunden auf den Beinen. In der Küche bemerkte sie sofort den Schlafanzug in der Waschmaschine, aber sie schien jeden Kommentar bewußt zu vermeiden.

Colette schaltete das Radio ein und stellte zwei Schüsseln auf den Tisch. Sie öffnete einen der oberen Schränke und wühlte darin herum. »Wo sind die Cornflakes?« murmelte sie in sich hinein.

»Ich habe ihnen ein paar Cocopops gekauft«, sagte ihre Mutter leise.

Colette antwortete nicht. Sie öffnete den nächsten Schrank und fand die Schachtel. Sie nahm die Milch aus dem Kühlschrank, und ihr fiel auf, daß sie vollfett war, nicht teilentrahmt.

Als sie sich umdrehte, starrte Mark sie mit allem Haß an, den er aufbringen konnte. Er fing an, seine Cocopops zu essen, hielt dann inne, nahm die Schüssel und warf sie ihr an den Kopf.

Sie duckte sich und schrie: »MARK!« Aber er hatte seine Flucht bereits geplant und entwischte durch die Tür, ehe sie ihn festhalten konnte. Sie wußte, daß es zwecklos war, ihn zu verfolgen. Sie war über und über mit Milch und Cocopops bespritzt. Ihre Mutter reichte ihr ein Geschirrtuch. Sie bürstete die Cocopops ab und wischte die Milch vom Fußboden auf. Das dauerte eine Weile. Ihr fiel auf, wie vertraut ihr der Küchenfußboden war. Die gelben Quadrate verblaßten langsam.

Eine Weile herrschte Schweigen. Ihre Mutter sah die Waschmaschine an. »Er hat nicht mehr ... seit Davey nicht mehr.«

Colette versuchte, nicht ärgerlich zu klingen. »Ich weiß.«

Sie setzte sich an den Tisch, hob Catherine auf ihren Schoß, stupste sie sanft auf die Nase und zerzauste ihr Haar. »Hallo, kleine Miss.«

Catherine drückte ihren Kopf in die Seite ihrer Mutter. »Können wir schwimmen gehen, Mami, können wir schwimmen gehen?«

»Natürlich, heute nachmittag vielleicht. Mal sehen.«

Colette sah zu ihrer Mutter hinüber. »Heute morgen bringe ich sie zur Spielgruppe, Ma.«

Ihre Mutter lächelte. »Es macht mir nichts aus, sie –«

»Danke, Ma, aber es ist okay. Ich bin jetzt wieder da, ich mache das.«

»Okay, Liebes, aber du weißt, es macht mir nichts aus.«

»Danke.«

Colette machte eine Tasse Kaffee für sich und Toast für Catherine. Sie holte Butter und Marmelade hervor und stellte sie auf den Tisch. Catherine schaute sie sonderbar an, und Colette, die eine Verschwörung ahnte, sah zu ihrer Mutter hinüber. »Ich glaube, sie mögen lieber Honig ...«, sagte Ma leise.

Colette kämpfte um ihre Beherrschung. Sie nahm ihren Kaffee und setzte sich auf die Stufe zur Hintertür, um eine Zigarette zu rauchen. Sie fragte sich, ob sie Mark suchen sollte, und beschloß, es nicht zu tun. Ihre Mutter verabschiedete sich und verschwand. Wenig später kam sie jedoch zurück und steckte ihren Kopf durch die Küchentür. »Entschuldige, Liebes, was ich vergessen habe: Paddy war heute früh hier, er hat gesagt, daß er dich noch gar nicht richtig gesehen hat. Er sagte, er ist heute morgen im Felon's, falls du ihn suchst.«

Finster betrachtete Colette die Backsteinmauer gegenüber der Hintertür. Ihr fiel ein, daß heute ihr erstes Treffen war, und sie lächelte bitter. Ein anderer Stern.

Nachdem sie den Frühstückstisch abgeräumt hatte, zog sie einen sauberen Slip, ein T-Shirt und ihre Jeans an und wusch sich das Gesicht. Mark saß jetzt wieder in der Küche, und sie nahm wortlos seine Jacke und zog den Jungen an. Er war offenbar zufrieden damit, auf dem kurzen Weg zur Conway Mill ihre Hand zu halten. Sie brachte die

Kinder in den zweiten Stock, in das Zimmer der Spielgruppe mit dem Wandgemälde aus dem *Dschungelbuch*. Sie plauderte kurz mit den Frauen, die die Gruppe betreuten, und alle sagten ihr, daß sie sich über ihre Rückkehr freuten. Eine Frau drückte freundschaftlich ihren Arm, und ein oder zwei andere schauten sie wissend an. Das ärgerte sie. »Was zum Teufel wißt ihr?« hätte sie gerne gefragt. Zum Abschied küßte sie Catherine und Mark, dann ging sie an der Pressestelle der Sinn Féin vorbei zurück nach Hause. Sie war gerade in die Falls Road eingebogen, als ein Soldat sie sah und auf sie zurannte. Sie spürte, wie ihr heiß wurde, aber sie wußte, daß es die Situation nur verschlimmern würde, wenn sie die Fassung verlor – bei welcher Provokation auch immer.

»Kann ich Ihren Ausweis sehen, Madam?«

Sie hatte ihn nicht dabei, und der Soldat grinste höhnisch. »Dann haben wir ihn wohl zu Hause gelassen, was?«

Colette antwortete nicht. Er kam näher. »Heute schon jemanden umgebracht, Mrs. McGraw?« flüsterte er.

Es war normal, daß die Soldaten sie kannten. Sie hatten Befehl, jede Bewegung der *Player* – und ihrer Verwandten – in ihrem Gebiet zu beobachten, festzuhalten und zu melden. Manchmal ergab das wichtige Informationen, aber meistens war es eine undankbare und einigermaßen sinnlose Aufgabe. Ein paar Schikanen ließen die Zeit schneller vergehen.

Der Soldat wollte sie jetzt provozieren. Er stieß sie gegen die Wand und spreizte ihre Arme und Beine. Er begann mit der Leibesvisitation an ihren Knöcheln und arbeitete sich schnell nach oben vor. Er betastete ihren Schritt und ihre Brüste und atmete heftig in ihrem Nacken. Colette packte seine Hand und biß fest zu.

Er fuhr zurück und preßte die Hand gegen seinen Bauch. »Du verdammte Schlampe!« brüllte er.

Die anderen Soldaten rannten jetzt auf sie zu, und sie wußte, daß sie ausgeliefert war. Mit einiger Sicherheit wäre sie im Castlereagh Interrogation Center gelandet, aber sie stand neben der Pressestelle der Sinn Féin, und gerade kam Gerry Adams heraus, der Präsident der Partei.

Der Soldat hatte sich inzwischen erholt, und er und ein Kollege packten Colette an den Schultern.

»Schluß jetzt.«

Die Männer hielten inne.

»Lassen Sie sie in Ruhe.«

»Ich rate Ihnen, sich da rauszuhalten, Sir.« Der Officer war aus einiger Entfernung herbeigerannt. Er war außer Atem.

Adams Stimme klang scharf. »Das hier ist mein Land und meine Straße, und Sie haben hier von vornherein nichts zu suchen.«

Eine Menschenmenge versammelte sich. Der Officer nickte seinen Leuten zu. Sie zogen ab und gingen unter Pfiffen und Buh-Rufen die Straße entlang. Adams wandte sich zu Colette und lächelte. »Wie geht's, Colette?«

Sie war sehr mitgenommen. »Alles in Ordnung.«

Als sie wenig später im Felon's ankam, saß Paddy ruhig in einer Ecke in der oberen Bar. Seine Hände umschlossen eine Tasse Nescafé. Er konzentrierte sich auf den Fernseher, der neben ihm an der Wand hing, und bis auf das junge Mädchen hinter der Bar war er allein. Colette war schon lange nicht mehr hiergewesen, aber es hatte sich nichts verändert. Mit der schrägen Decke und dem Holzfußboden sah es hier aus wie in einer Dachkammer. Eine große irische Trikolore bedeckte die Wand vor ihr. Es war warm und behaglich. Sie verbannte den Vorfall auf der Straße aus ihrem Gedächtnis. Es war zu alltäglich, um erwähnt zu werden, und sie beide hatten es Hunderte von Malen erlebt.

Paddy stand auf und grinste. »Was ist denn letzte Nacht mit dir passiert?«

Sie lächelte, aber sie antwortete nicht. Paddy sah zu dem Mädchen an der Bar hinüber. »Siobhan, machst du uns einen Kaffee?« Er griff nach Colettes Hand und nahm sie in seine, und sie konnte spüren, wie das leere Gefühl wiederkam. Sie spürte ihren Verrat. Er war wie ein Krebs, der langsam in ihr wuchs.

»Fürchte, ich muß gehen; braut sich was zusammen«, sagte er.

Sie fragte nicht, was. Über ihnen lief der Fernseher, und man sah Albert Reynold und den britischen Premierminister in der Downing Street in London. Sie redeten über die »Declaration«. Das Dokument sollte die IRA davon überzeugen, daß es an der Zeit wäre, die Gewalt zu beenden. Es sollte alle Republikaner davon überzeugen, daß ihre Interessen von den Regierungen Großbritanniens und Irlands berücksichtigt werden würden, wenn sie ihre Ziele nur noch mit friedlichen Mitteln verfolgten.

Schweigend hörten sie zu. Paddy drehte sich wieder zu ihr um. Er wirkte verblüfft. »Die machen Reklame – uns bringt das gar nichts.«

Colette hätte gerne mehr erfahren. Sie hätte ihn gerne nach seiner Meinung gefragt, aber sie hatte Angst vor ihren eigenen Gründen dafür.

»Ich glaube, die Führung täuscht sich da sehr«, sagte er. »Ich glaube, sie werden es bereuen.«

Sie bemerkte die Drohung, die darin lag. Beinahe wäre sie ihr nachgegangen.

Er stand auf. »Tut mir leid, muß gehen – wir sehen uns später.« Er nahm seine Jacke und ging zur Tür. Nach wenigen Schritten kehrte er um, kam zurück, legte seine Hand auf ihre Schulter und lächelte sie an.

»Übrigens, wir arbeiten gerade an was Großem. Wird dir gefallen.« Er sprach weiter, ohne daß sie ihn darum gebeten hatte. »Freitag, der Leiter des Criminal Investigation Department. Der hat es schon sehr, sehr lange verdient. Er war's doch, der dich eingesperrt hat, oder?«

Er sah sie an, aber sie antwortete nicht. Er zuckte mit den Achseln. »Wir nehmen ihn hoch, wenn er morgens aus dem Haus geht. Dachte nur, daß du das gerne wissen würdest, das ist alles.«

Sie sagte nichts. Sie fragte sich, ob das eine Falle war, und konnte auch wieder nicht glauben, daß sie das wirklich dachte. Ihr war schlecht, und sie fühlte sich allein.

Ryan dachte an sie.

Er empfand Vertrautheit und beinahe Wärme.

Als während der Einsatzbesprechungen über sie gesprochen worden war, hatte man Begriffe aus einem weit entfernten Krieg benutzt, und die Worte waren an ihm abgeprallt. Sie hatten von Aktivposten gesprochen, von Potential, Entwicklung, Kontrolle, der Provisional IRA Belfast Brigade, dem Provisional IRA England Department. Aber er hatte eine Frau mit schlanken Armen, weicher Haut und einem warmen Lächeln vor Augen gehabt.

Aber jetzt war er aufgeregt. Er konnte es nicht leugnen. Jeder blutige Anfänger konnte sehen, daß sie entwicklungsfähig war. Sie hatte Format. Sie war in der Nähe der Leute. Sie würden ihr vertrauen. Alles wäre möglich, wenn er sie knacken könnte, wenn er sie wirklich öffnen könnte. Die Pläne der Führung, das England Department – alles unter Dach und Fach. Das würde Jenkins sein verdammtes Grinsen verschlagen.

Die Lautsprecherstimme bat, die Sicherheitsgurte anzulegen.

Er dachte an seine Frau. Er dachte daran, wie sie nach Dublin zurückgeflogen war, und er dachte an die Männer, die sie angesehen hatten. Die hatten nichts geahnt, wie konnten sie auch? Das war seine Hoffnung. Er hoffte, daß ihre Leute es nicht riechen würden. Er hoffte, daß sie es nicht irgendwo in ihren Augen sehen würden. Er wußte nicht, ob ihm so etwas gelingen würde. Es ist eine Sache, einen Fremden zu täuschen, aber überzeugt man auch seinen Bruder oder seine Mutter?

Er dachte an Judas Ischariot. Er dachte an den Selbsterhaltungstrieb. Er fragte sich, ob sie noch einen nobleren Beweggrund hatte, aber er wußte keine Antwort.

Bei der Landung schlug das Flugzeug heftig auf den Boden auf, und das unterbrach seinen Gedankengang. Als es zum Terminal hinausrollte, schaute er über das Rollfeld und sah, wie auf der gegenüberliegenden Seite ein großer Chinook mit zwei Rotoren abhob. Über den Feldern in der Ferne hing ein dünner Nebelstreifen. Der Hubschrauber erhob sich langsam darüber, drehte ab und begann seine lange laute Reise über die irische See.

Es regnete, wie immer.

Seit er aufgestanden war, spürte er Anflüge von Angst. Er dachte an Judas und an das, was er ihr im Café gesagt hatte. Vertraute er ihr? Es war grotesk.

Er schaute zu, wie seine Tasche auf dem Gepäckband näher kam, und dachte daran, wie wenig er von ihr wußte. Er fragte sich, ob man ihm etwas anhängen würde.

»Ryan?«

Der Mann trug Jeans, Turnschuhe und ein locker sitzendes Khakijackett. Er hatte schreckliche Pockennarben im Gesicht. Ryan nickte, nahm seine Tasche und folgte ihm wortlos.

Im Wagen stellte sich der Mann als Joel vor, dann sagte er praktisch nichts mehr. Sie verließen den Flughafen und passierten wenig später einen festen Kontrollpunkt der Polizei, aber der Constable winkte sie gelangweilt durch. Joel bog rechts ab und nahm einen Schleichweg nach Belfast. Das Land war hier in kleine Parzellen unterteilt und schlecht bewirtschaftet. Joel fuhr schnell, und als sie um eine Ecke bogen, mußte er scharf nach links ausweichen, um nicht mit einem entgegenkommenden Wagen zusammenzustoßen. Sie kamen an einem Gaelic-Football-Platz vorbei und an einem alten Mann, der mit einem kleinen Kind nach Hause ging. Als sie den Berg umrundet hatten, lag

Belfast vor ihnen. Ryan sah die gelben Kräne und darunter Belfast Lough. Aus den Fabrikschornsteinen zog Rauch über die Dächer.

Es sah dramatisch aus, wenn nicht sogar schön. In der Magengrube spürte Ryan seine Angst und die Ungewißheit.

Über dem Tal lag noch immer ein dünner Nebelschleier, aber es wurde jetzt schnell klarer.

Als sie zum Stadtzentrum hinunterfuhren, überquerten sie Andersonstown Road. Links sah Ryan die irische Trikolore vom Dach des Felon's Club wehen, und ihm war, als wäre er nie fort gewesen. Es war kein angenehmes Gefühl. Er dachte an ein Gespräch, das er mit Grant darüber geführt hatte, als in Aussicht stand, daß er nach Ulster zurückkehren würde. *Machen Sie sich keine Sorgen. Es ist nebensächlich. Es passiert so viel. Warum sollte sich jemand erinnern?*

Sie fuhren vorbei, und er stellte sich vor, wie sie mit einem Kind an jeder Hand nach Hause ging. Dann dachte er an ihr hübsches Gesicht, entstellt von der Austrittswunde einer Kugel. Versuch mal, *das* den Kindern zu erklären, dachte er.

Dann waren sie in der angenehmen Mittelklasse-Vorstadt angekommen – geographisch nur eine kurze Entfernung. Colette konnte er sich hier nicht vorstellen. Das war seine Art Territorium.

Man brachte ihn in eine Wohnung in der Nähe der Malone Road, gab ihm den Schlüssel und bat ihn, bis zum Nachmittag zu warten. Dann würde man ihn abholen.

Er saß da und hätte sich gerne davon überzeugt, daß er nicht aufgeregt war. Er ging einkaufen und brachte einige Zeitungen mit, aber er konnte sich nicht auf die Lektüre konzentrieren. Er wanderte ziellos durch die Wohnung. Sie war recht gepflegt – modern und charakterlos, aber funktional. Er ging ins Wohnzimmer und schaltete das Radio ein. Er spielte gerade an der Einstellskala herum, als es klingelte. Er nahm seine Jacke und rannte zur Tür.

Diesmal war es ein RUC-Wagen. Der Fahrer war gesprächig, und Ryan wünschte sich, daß er den Mund halten würde. Sie brauchten fünfzehn Minuten bis zum RUC-Hauptquartier in Knock in East Belfast, und ohne anzuhalten, jagten sie durch das Tor. Ryan war gespannt, was er hier vorfinden würde. Seine Kollegen sprachen über die RUC, als wäre sie der eigentliche Feind.

Eine junge Frau wartete freundlich lächelnd vor dem Eingang des Hauptgebäudes. Sie schüttelte Ryan die Hand und geleitete ihn zu Trevor Longs Büro im zweiten Stock.

Der Korridor war lang und dämmrig. Er war unbeleuchtet und wurde offensichtlich gerade renoviert. Die junge Frau entschuldigte sich für die Dunkelheit.

Sie betraten ein Büro auf der linken Seite, und Trevor Long stand auf und begrüßte ihn freundlich. Ryan kannte ihn von einem Seminar während der Ausbildung vor ein paar Jahren. Der Mann neben ihm lächelte dünn. »Brian Allen. Nett, Sie kennenzulernen.«

»Danke. Es ist schön, hier zu sein.«

Allen war stattlicher, als er erwartet hatte. Wie Ryan war er über eins achtzig groß, und er besaß einen Bauch, der die Knöpfe an seinem Hemd zu sprengen schien. Er hatte eine dicke, unordentliche weiße Mähne, ein rötliches, ganz ansehnliches Gesicht und trug einen ungepflegten grauen Zweireiher mit einer uralten roten Krawatte. Er sah zumindest unzufrieden aus, und es war an Trevor Long, die Konversation fortzusetzen. Der Kontrast amüsierte Ryan: Long, der gutangezogene, gescheite, höfliche, diplomatische Senior-Officer, und Allen, der harte Frontkämpfer, den es offensichtlich ärgerte, mit einem Schwächling vom Security Service arbeiten zu müssen.

Ryan überlegte genau, wie er mit diesem Mann umgehen sollte.

Er entschied sich für den Angriff als die beste Form der Verteidigung. »Was die Befehlsgewalt angeht ...« Er schaute Allen jetzt an und versuchte, diplomatisch zu klingen. »Ich weiß, daß die Verantwortung bei Ihnen liegt. Ich habe keine Probleme damit. Ich muß noch viel lernen.«

Ryan konnte sehen, wie die Feindseligkeit von Allen abfiel. Schweigend saßen sie da.

»Ich bin ihr einmal zufällig in Castlereagh begegnet«, sagte Allen. »Sie hat sieben Tage lang kein Wort gesagt. Nicht ein Wort. Erstaunliche Kräfte, habe ich gedacht.«

»Damals war sie verzweifelt.«

»Wirklich verzweifelt? Oder verzweifelt dahinterher, schnell freizukommen?«

»Wirklich verzweifelt, würde ich sagen.«

»Jedenfalls hat sie gute Verbindungen. Wenn sie wirklich übergelaufen ist, ist sie entwicklungsfähig.«

»Sie ist übergelaufen.«

»Wir werden sehen.«

Allen setzte sich, und Ryan tat es ihm nach. Allen hielt ihm eine Tasse hin. »Tee?«

»Danke. Mit Milch, ohne Zucker.«

»Sie haben über den Treffpunkt nicht besonders genau nachgedacht.«

»Tut mir leid. Ich dachte, es ist zentral und es ist viel los. Ich dachte, es wäre angenehm für sie.«

»Für *sie* vielleicht – wenn sie auftaucht –, aber nicht für mich. Schwer zu sichern. Das macht mich nervös.«

Ryan wußte nicht, was er sagen sollte. Wahrscheinlich hatte Allen einfach recht.

»Es sind schon drei von unseren Überwachungsteams draußen, und wir tun unser Bestes, um den Ort und ihren Weg dahin zu sichern. Das Problem ist, daß sie aus verschiedenen Richtungen kommen könnte und daß da zu dieser Tageszeit sehr viel los sein wird. Aber wir tun unser Bestes. Wir haben zwei Unterstützungseinheiten in der Nähe.«

»Werden wir instruiert?«

»Nein, Castlereagh schwänzen wir heute, dachte ich. Ich glaube nicht, daß wir da was Neues hören. Ich will nur wissen, ob sie eine von uns ist.«

»Ich glaube, Sie werden überrascht sein.«

»Ich lebe mit der Hoffnung, Mr. Ryan. Ich bin Optimist.«

Eine halbe Stunde später verließen sie Knock mit hoher Geschwindigkeit und nahmen die zweispurige Straße Richtung Ormeau Road. Es war noch immer windig, und das Wasser lief in horizontalen Strömen über die Autofenster. Im Fond des Granada war es warm; es hätte beruhigend wirken können, aber darüber war Ryan hinaus.

Er spürte die Anspannung durch und durch. Seine Achselhöhlen und seine Handflächen waren feucht.

Er konnte durch das Fenster nicht viel sehen, und er fragte sich, ob das eine Rolle spielte. Er strich über seine Jacke und spürte die massige Browning, die er bekommen hatte, in seinem Hosenbund.

Allen sagte gar nichts. Ryan hoffte, daß das so blieb.

Er versuchte, an einen möglichen Erfolg zu denken. Er versuchte, sich einzureden, daß es funktionieren würde. Sie würde kommen. Sie würde reden wollen. Er fragte sich, wie er sie antreffen würde. Nervös? Verängstigt? Zuversichtlich? Professionell? Trügerisch?

Er fragte sich, ob sie Verrat für einen Geisteszustand hielt. Er fragte sich, ob sie vor dieser Nacht in der Polizeiwache von Paddington Green schon einmal daran gedacht hatte, ein Maulwurf zu sein.

Ormeau Road entlang. Zusammengeflickte, heruntergekommene Häuser, ein verlassenes, zerbröckelndes Gebäude. An Ulster Television vorbei. Auf dem Dach sah er eine Kamera und einen Reporter, und beinahe mußte er lächeln. Wenn die nur die Hälfte wüßten.

Linenhall Street war relativ ruhig. Allen beugte sich vor, Ryan sah auf die Uhr. Drei Minuten zu früh. Sie warteten genau vor dem Hintereingang der BBC, und Ryan fand, daß das Gebäude aussah wie ein RUC-Revier. Es hatte hohe Mauern aus rotem Backstein und ein großes Eisentor. Auf der Straße war es relativ ruhig. Von weitem konnte er die große weiße Kuppel der City Hall sehen. Sie erinnerte ihn bizarr an das Weiße Haus in Washington.

Er wußte, daß die Überwachungsteams der Polizei in der Nähe waren, er wußte, daß die Gegend abgesichert war, aber das beruhigte ihn nicht.

Die Marken der Autos, die auf der anderen Straßenseite geparkt waren, fielen ihm auf. Ein Mercedes, zwei BMW, ein Toyota. Ein Toyota?

Der Wagen war blau und schäbig, und sein Motor lief. Vorn saßen zwei Männer.

Ryans Herz setzte für einen Schlag aus.

Allen gab ein Kommando, und der Fahrer fuhr los. Sie kamen an einem Laden mit großen Ford-Schildern im Schaufenster vorbei, und Ryan sah sich nach dem blauen Toyota um. Er hatte sich nicht bewegt. Ein Kundschafterauto?

Sie bogen nach rechts in eine Seitenstraße ein. Er hielt nach etwas Ausschau, das sich bewegte, nach einer schlanken Frau mit braunem Haar.

Nichts. Niemand.

Der Fahrer raste bis zum Ende der Straße und bog noch einmal rechts ab. Sie mußten dreißig oder vierzig Sekunden warten, ehe sie auf die Hauptstraße einbiegen konnten. Sie waren wieder vor der BBC. Der blaue Toyota stand immer noch da. Vorn saßen immer noch die beiden Männer. Sie sahen ihn nicht an. Er zwang sich, seinen Blick abzuwenden. Auf dem Gehweg gegenüber ging ein Paar mittleren Alters Arm in Arm vorbei. Dieselben geparkten Autos. Die Hintertür der BBC öffnete sich jetzt. Wieder der Toyota. Sie hatten sich nicht gerührt. Sie sahen ihn noch immer nicht an. Weiter weg auf der Straße eine schlanke Gestalt, wahrscheinlich eine Frau.

Ryan beobachtete sie. Er spürte die Angst in seiner Magengrube.

Sie war es nicht.

Wieder gab Allen ein Kommando. Ryan betrachtete den blauen Toyota, dann sah er auf die Uhr. Sie waren jetzt genau pünktlich.

Ein Auto kam ihnen entgegen, dann ein Mann mit einem kleinen Hund, sonst nichts.

Noch einmal von vorn.

Sie warteten. Ryan versuchte, seinen Blick von dem Toyota loszureißen. Die Männer sahen aus, als würden sie sich unterhalten. Er beobachtete die Straße. Er konnte nichts Bemerkenswertes sehen, nichts war ungewöhnlich oder verdächtig.

Zurück zum Toyota. Der Wunsch, daß das verdammte Ding wegfahren würde. Die müßige Frage, ob die Unterstützungseinheit nahe genug war. Die Frage, ob sie schon tot sein würden, wenn die Land Rover die Straße stürmten.

Zwei Minuten, vielleicht drei, dann fuhren sie noch einmal herum, langsamer diesmal. Als sie wieder am Ende der Seitenstraße angekommen waren, bat Allen den Fahrer, dort zu halten. Vielleicht sollten sie gar nicht umgelegt werden. Aber wie konnte man das wissen?

Das Warten zog sich hin. Immer wieder schaute Ryan über die Schulter durch die Heckscheibe. Er dachte, daß hier der Schwachpunkt sein würde. Eine Minute. Zwei. Fünf. Er versuchte, sich auf die Straße zu konzentrieren. Er fragte sich, ob er sie hassen sollte, aber er hatte noch immer zuviel Angst, um klar denken zu können. Er war benommen. Es kam ihm unglaublich vor, daß er an diesem Morgen noch in der Wohnung in Clapham gefrühstückt hatte.

Allen trommelte mit den Fingern gegen die Tür. Ryan hätte sie ihm sehr gerne abgehackt.

»Wir geben ihr noch fünf Minuten.« Das war kein Vorschlag, sondern ein Befehl.

Wieder Schweigen. Ryan konzentrierte sich darauf, die Straße zu überwachen.

»Das hier geht verdammt noch mal in die Hose.«

Ryan wußte nicht, was er sagen sollte. »Vielleicht ist sie aufgehalten worden.«

»Vielleicht, junger Mann. Vielleicht trinkt sie Tee mit ihrer Oma. Vielleicht trinkt sie Tee mit dem verdammten Papst. Es ist mir wirklich egal, *was* sie macht, aber mir ist nicht egal, daß sie nicht *hier* ist.«

Ryan wußte noch immer nicht, was er sagen sollte. Er beobachtete noch immer die Straße.

»Taucht beim ersten Mal nicht auf. Sieht schlecht aus, ganz schlecht. Vielleicht ist sie gefährdet, vielleicht sind wir gefährdet. Vielleicht ist sie übergelaufen. Verdammte blöde Schlampe.«

Allen verlor schließlich die Geduld. »Fahren Sie!« schrie er beinahe, und sie rasten los. Gleichzeitig sprach er in sein Funkgerät und rief die Hilfseinheiten zurück, die in der Nähe waren.

Auf dem Weg zurück nach Knock schwieg Allen, und als sie ankamen, brachte er Ryan in die Kantine, holte ihm einen Kaffee und ging.

Ryan saß da – erleichtert, enttäuscht und benommen. Er hatte Kopfschmerzen und spürte die Belastung in seinem Rücken. Die Muskeln an seiner Wirbelsäule hatten sich spürbar verhärtet. Er dachte, daß er für diesen Tag genug von der RUC hatte, und spürte, daß er Streit suchte. Aber als Allen zurückkam, erschrak er über dessen Gesichtsausdruck.

»Der Boss will uns sehen. Sofort.«

Ryan folgte ihm widerspruchslos. Er sprach erst, als sie draußen in den Korridor eingebogen waren. »Warum will er uns sehen?« fragte er. Sein Ton war nicht ganz frei von Aufsässigkeit, aber Allen schien es nicht zu bemerken. Er blieb stehen und wandte sich ihm zu.

»Da oben ist das absolute verdammte Chaos ausgebrochen.«

»Wegen –«

»Nein. Die haben gerade jemand Wichtiges verloren. Jemand *wirklich* Wichtiges.«

Er führte es nicht weiter aus, und am Ende des Korridors nahm er drei Stufen auf einmal. Ryan mußte laufen, um mitzukommen.

Im obersten Stockwerk herrschte offensichtlich Krisenstimmung. Der Korridor war jetzt heller, weil, wie Ryan bemerkte, fast alle Bürotüren offenstanden. Im ersten Türrahmen lasen zwei Männer in einer aufgeschlagenen Akte, im zweiten stand ein Mann mit den Händen in den Hosentaschen. Allen blieb stehen. »Wie sieht's aus?« fragte er.

Der Mann trug einen grauen Bart und hatte schütteres Haar. Er sah müde aus. »Nicht so gut. Gehst du zu ihm? Mein guter Rat: bloß nicht streiten. Er macht alles platt, was sich bewegt.«

Als sie Longs Büro erreichten, kamen zwei Männer mit zerknitterten Anzügen heraus. Ihre Gesichter waren aschfahl. Jemand *Wichtiges*, dachte Ryan. Allen steckte seinen Kopf durch die Tür zum Büro nebenan und lächelte der Sekretärin zu. »Ich sage ihm, daß Sie da sind«, hörte Ryan sie sagen.

Sie mußten erstaunlich lange warten, jedenfalls kam es ihnen so vor – in Wirklichkeit waren es etwa fünf Minuten. Ryan war nervös, und das ärgerte ihn. Was auch immer das Problem war – *seines* war es nicht.

Die Sekretärin, eine hübsche Blondine, steckte ihren Kopf durch die Tür und rief sie herein.

Drinnen spürte Ryan, daß sich die Atmosphäre verändert hatte. Long hielt es nicht für nötig, aufzustehen, und er begrüßte sie nicht. Er wies auf die Stühle, und dann saß er da. Er hatte die Ellbogen auf den Tisch gestützt, und sein Kinn lastete schwer auf den fest ineinander verschränkten Händen. Sein Charme und der sorgfältig kultivierte Eindruck von Klugheit und Autorität waren verschwunden. Ryan dachte, daß er noch nie so deutlich den Ausdruck von Zorn in einer Körpersprache gesehen hatte. Er merkte, daß seine Müdigkeit verschwunden war.

»Und?«

Allen antwortete. »Ein No-Show, fürchte ich.«

»Wieso?«

Ryan antwortete. »Sie hat ein schwieriges familiäres Umfeld. Ich nehme an, es gibt absolut legitime Gründe, warum ...«

»Sagt Ihnen das Ihre jahrelange Erfahrung?« Long fuhr sich kurz mit den Händen über das Gesicht und lehnte sich zurück. »Das war überflüssig. Ich entschuldige mich.« Er sah Ryan noch immer an. »Ich fürchte jedenfalls, daß wir die junge Frau unter diesen Umständen unter unsere Kontrolle nehmen müssen.«

Ryan wußte nicht recht, was er sagen sollte. »Sie haben die Kontrolle bereits.«

»Ja, aber ich glaube, es ist *einfacher.*«

»Was für Umstände ... Bei allem Respekt, was für Umstände meinen Sie?«

»Wie bitte?«

»Sie haben gesagt, ›Unter diesen Umständen‹.«

»Nun ja, meine Sorge ist die: Sie hat sich geweigert, Sie heute zu treffen, und das scheint mir ein Zeichen zu sein, daß es gefährlich wäre, das fortzusetzen.«

»Das Risiko gehe ich ein.«

Long sah ihn an, und Ryan war nicht sicher, ob sein Blick Geringschätzung oder Respekt ausdrückte. Er hätte ebensogut alles andere bedeuten können, dachte Ryan. Er war schwer zu durchschauen. »Ich bin *sicher*, daß Sie auf das Risiko vorbereitet sind. Ich glaube trotzdem, daß es *einfacher* wäre.«

»Wie Sie schon sagten. Aber was meinen Sie damit?«

Long beugte sich plötzlich vor, er schien erregt zu sein. »Was ich meine, Mr. Ryan, ist, daß sich die Lage hier gerade ein bißchen verschärft hat. Verstehen Sie mich? Diese Frau ist gerade sehr viel wichtiger geworden, *sehr* viel wichtiger. Und ich will sicherstellen, daß sie richtig angepackt wird. Absolut richtig. Die ganze Zeit. Ich möchte Sie nicht beleidigen, Sie sind ganz sicher sehr fähig – aber es wäre nun einmal *einfacher* –«

Die Sekretärin steckte ihren Kopf durch die Tür. »Entschuldigen Sie die Störung, Mr. Long, aber Mark ist dran für Sie.« Long sah Ryan an. »Moment, bitte.« Er nahm den Hörer ab und drehte seinen Stuhl herum, als ob ihm das eine Art Privatsphäre verschaffen würde. »Was ist passiert? Sie haben mit seiner Frau gesprochen ... Nein, wäre sie nicht. Besser, wenn ich mit ihr spreche.«

Ryan fragte sich, wen sie wohl verloren hatten. Hinter Mark vermutete er Mark Jones, von – Southern Area, oder? Er wußte es nicht mehr. Er sah sich in Longs Büro um. Es war seltsam altmodisch, als ob seit Kriegsausbruch niemand mehr Zeit oder Lust gehabt hätte, sich um die Einrichtung zu kümmern. Die Wand war mit Plaketten von Polizeiverbänden aus aller Welt bedeckt – Los Angeles, New York, Taiwan –, verschiedene Polizeiverbände mit verschiedenen Problemen, wie er annahm. Er fragte sich, ob sich Polizisten als Angehörige einer Art weltumspannender Bruderschaft fühlten. *Einige* Probleme dürften sie zumindest teilen, aber hatte er irgend etwas gemein mit dem Geheimdienst von Guatemala zum Beispiel? Hoffentlich nicht, dachte er. Er sah Longs Rücken und spürte, wie er vor Wut rot anlief. Alle sagten immer, daß ihn das jünger machte.

Long kam zum Schluß. »Ich will das genau durchsprechen, Mark. Alles. *Alles*. Wenn ein Fehler vorliegt, will ich wissen, wer ihn gemacht hat und wann. Ich will keine Hexenjagd, aber ich will *genau* wissen, was passiert ist – jedes kleinste Detail. Verstanden?«

Als er den Hörer aufgelegt hatte, ließ Ryan nicht zu, daß er sich sammelte. »Bei allem Respekt, Mr. Long, ich weiß nicht, was sich seit heute morgen eigentlich verändert hat –«

»Alles.« In Longs Stimme lag jetzt echte Feindseligkeit.

»Ich bin hier, weil diese Frau mit mir arbeiten wird.«

»Und wo zum Teufel ist sie dann heute gewesen?«

»Ich werde es herausfinden.«

»Das werden Sie nicht. Ich fürchte, diese Chance werden Sie nicht kriegen. Ich will, daß das in Ordnung gebracht wird.«

»Hören Sie, sie vertraut mir.«

Long sah ihn an. »Mr. Ryan, wenn Sie wüßten, wie viele Verbindungsführer schon auf diesem Stuhl gesessen und mir genau dasselbe über ihre Agenten gesagt haben.«

»Ich spreche nicht für irgendwelche anderen Verbindungsführer.«

»Sie sprechen für eine Frau, die zu ihrem ersten Treffen nicht erschienen ist.« Long klang inzwischen ärgerlich. »Sie sprechen für eine Frau, die dafür sorgen könnte, daß ein paar großartige Männer getötet werden. Sie sprechen für eine Frau, die jetzt sehr viel wichtiger geworden ist, und ich will nicht, daß Sie damit zu tun haben.«

»Sie vertraut mir eindeutig, und sie kann nicht ...«

»Was kann sie nicht?«

»Sie hat gesagt, sie vertraut mir in einer Weise, in der sie der RUC nicht vertrauen kann.«

»Das hat sie gesagt?«

Ryan nickte.

»Ausdrücklich?«

»Ja.«

»Ich glaube nicht, daß das irgendeine Rolle spielt.« Long lehnte sich wieder in seinem Stuhl zurück. Im Raum war es plötzlich still. Ryan wußte, daß Allen ihn ansah. Er spürte, daß er wieder rot wurde. Long beugte sich wieder vor. »Nun gut, Mr. Ryan, Sie bleiben an Bord. Aber machen Sie sich folgendes klar: Wir arbeiten seit Jahren an diesem Friedensprozeß, und was auch immer jemand anderes behauptet, ich sage Ihnen jetzt, daß er auf der Kippe steht. Er wird stattfinden – er *wird* –, aber der Mann, der es am ehesten vermasseln kann, ist zufällig der ältere Bruder von Ihrer Frau. Verstehen Sie, was ich Ihnen sage? Ich will wissen, wenn Gerry McVeigh furzt. Kapiert?«

Während Allen ihm einen Kaffee holte, spielte Ryan mit den häßlichen Salz- und Pfefferstreuern. Der Raum sah aus wie jede andere Kantine auch, außer, daß er genauso altmodisch wirkte wie Trevor Longs Büro – hier allerdings in Gelb und Blau, nicht in Grün und Braun. Er öffnete ein Zuckertütchen und kippte sich den Inhalt in den Mund. Jetzt war er wieder müde.

Allen kam zurück. »Sie nehmen Milch, oder?«

Ryan nickte und sah zu, wie Allen vier Zuckertütchen öffnete und den Zucker in seinen Kaffee schüttete.

»Gut gemacht«, sagte Allen.

»Was zum Teufel sollte das alles?«

»Er wollte Sie raus haben.«

»Warum?«

»Ist doch offensichtlich. Wie er sagte: einfacher.«

»Danke für Ihren Einsatz.«

»Ich hatte den Eindruck, Sie schaffen es ganz gut allein.«

Ryan trank seinen Kaffee und fragte sich, ob das ein Kompliment war. Er wußte jetzt, daß es abwegig gewesen war, auch nur einen Moment lang von Allen Unterstützung zu erwarten. Aber er hatte angenommen, daß ein Nachmittag voll gemeinsamer Spannung, wenn auch fast ohne gemeinsame Worte, Solidarität erzeugt haben müßte. Aber vielleicht zeigte sich hier auch nur sein Mangel an Erfahrung.

Er dachte, daß Allen plötzlich ziemlich alt aussah. Ob er schon vierzig war?

»Kein besonders guter Tag für die Mächte von Recht und Ordnung.«

»Wer war es?« fragte Ryan und versuchte, nicht allzu interessiert zu klingen.

»Gingy Hughes.«

»Mein Gott. *Der* war ein Maulwurf?«

Allen grinste. »Vom Boss persönlich vor ein paar Jahren rekrutiert.« Eine Pause, und noch ein Lächeln. »Wollen Sie wissen, was mit ihm passiert ist? Anscheinend haben sie ihn und seine Frau von den Kindern weg in ein kleines Haus draußen bei Carrickmore gebracht. Gingy und seine Frau waren sich gegenseitig sehr ergeben – das war die große Schwäche, der Druckpunkt, denn er hatte eine ganz schöne Zeit im Gefängnis in Aussicht, als Trevor Long ihn in die Finger kriegte. Jedenfalls haben sie die beiden in dieses Haus gebracht, und dann haben sie sie eine Woche lang richtig rangenommen. Haben den kleinen Gingy vor den Augen seiner besseren Hälfte gefoltert, und die bessere Hälfte vor seinen Augen. Die arme kleine Sau hat sich vor dem Mikrofon die Seele aus dem Leib gesungen – eine ziemlich ausführliche Beichte, wie man hört –, und dann haben sie ihn rausgebracht und *vor den Augen* seiner Frau erschossen. Sie mußte zusehen, wie sie ihm das Gesicht wegbliesen. Und wissen Sie, was das beste ist? Die Mutter des alten Gingy hat die ganze Zeit gewußt, was los ist – weil sie ihr gesagt hatten, daß sie sich um die Kinder kümmern muß. Und hat sie irgendwas gesagt? Den Teufel hat sie getan. Nicht eine gute alte verdammte Republikanerin wie Mrs. Gingy. ›Alles klar, Kumpels. Ihr tut ihm doch nicht weh, oder?‹«

Ryan schwieg. Er senkte den Blick und trank noch einen Schluck Kaffee. »Es hat Ihnen Spaß gemacht, mir das zu erzählen.«

»Wollte Ihnen nur zeigen, wie die Wirklichkeit ist.«

»Ich glaube, das wußte ich schon.«

»Also, genau das wird Ihrer Frau passieren. *Unserer* Frau. Vielleicht sollten Sie sich wirklich lieber ein bißchen fernhalten.«

Ryan lächelte. »Man muß sich schon ein bißchen Mühe geben.«

Ryan verließ Knock kurz nach fünf Uhr. Er bat den Fahrer, an der Tankstelle an der Malone Road zu halten, und war sehr verlegen, als er ein paar Eier und Brot kaufte – als wüßte jeder im Laden, wie er den Nachmittag verbracht hatte.

Die Wohnung lag in einer Siedlung namens Malone Beeches, ein Umstand, den er bislang nicht bemerkt hatte, und er stellte fest, daß sie recht ansehnlich war. Hinter der Eingangstür befand sich ein Flur mit einem Platz für seinen Regenschirm, falls er jemals einen haben wollte – er fragte sich, wer zum Teufel so etwas einrichtete –, und es gab ein Schlafzimmer mit einem sehr kleinen Einzelbett. Man erwartete eindeutig, daß er sich nicht auf etwas so wenig Servicegemäßes wie Sex einließ. Wenigstens eine Prise Realismus, dachte er.

Er ging ins Wohnzimmer, schüttelte seine Timberland-Schuhe ab, legte sich auf das gestreifte Sofa und schaltete die *Early Evening News* auf ITN an. Er sah einen Bericht über Bosnien und dann einen ausführlichen Beitrag über die Entdeckung von Gingy Hughes' Leiche. Die Journalisten hatten eindeutig mit den Sicherheitskräften gesprochen, denn langsam kamen die Details ans Licht. Sie klangen, als ob es ihnen Spaß machte, fand er.

Er wollte sich gerade ein Bad einlassen, als das Telefon klingelte. Es war Jenkins.

»David.«

»Wer ist da?« Ryan wußte, daß ihn das ärgern würde.

»Jenkins.«

»Hi, wie geht's?«

»Ich habe diese Hughes-Geschichte in den Nachrichten gesehen.«

»Ja. Häßlich, was?«

»Ich nehme an, das heute war ein Desaster?«

Ryan atmete tief ein. »Das würde ich nicht sagen. Nur ein kleines Problem. »

»Na ja, da habe ich was anderes gehört, und ich finde, wir sehen jetzt ziemlich blöd aus.«

»Ich glaube, das ist noch zu früh.«

»Ich habe Grant gesagt, daß ich meine Vorbehalte angemeldet habe, und für mich sieht es eindeutig so aus, daß du in London nicht gut genug instruiert worden bist.«

Ryan richtete sich auf und stellte das Telefon auf den Fußboden. »Ich finde, das kann man jetzt noch nicht sagen.«

»Na gut, aber was ist dann die Erklärung? Warum ist sie nicht aufgetaucht? Ich habe gehört, daß der Überwachungsbericht besagt, daß sie den ganzen Nachmittag zu Hause war.«

»Wir ergreifen Maßnahmen, um herauszufinden, was passiert ist. Es könnte alle möglichen Gründe haben.«

»Diese ganze Geschichte läßt uns wie *komplette Idioten* dastehen.«

»Hör mal, Jenkins, ich habe es dir gesagt. Wir ergreifen Maßnahmen, um herauszufinden, was passiert ist. Wir können es nicht erklären, solange wir keinen *Kontakt* mit ihr hatten.«

»Schrei mich *bloß* nicht an.«

»Du hast mich angeschrien. Schau mal ...«

»Ich glaube, dieses Gespräch bringt nichts.«

»Ich versuche nur, dir klarzumachen, daß es Hunderte von Gründen ...«

»Du bist in der Defensive.«

»Ich versuche, es dir zu *erklären.*«

»Schau mal, David.« Jetzt lag ein versöhnlicher Ton in seiner Stimme. »Wir stehen alle unter großem Druck. Wir müssen diese Sachen in Ordnung bringen. Verstanden?«

»Ja, aber ...«

»Ich muß jetzt los. Wir müssen es einfach in Ordnung bringen. Finde heraus, was schiefgelaufen ist, und sieh zu, daß sie nicht wieder verschwindet. Die Frau ist verkauft. Wir haben Leuten gesagt, daß sie liefern kann. Bitte sorge dafür, daß sie das auch *macht.*«

Ryan legte auf und fluchte laut.

Er lief durch die Wohnung, nahm das Kissen von seinem Bett und warf es gegen die Wand. Dann setzte er sich auf das Bett und zwang sich, sich zu beruhigen.

Nach einer Weile ging er in die Küche und machte sich Rühreier mit Toast. Als er gegessen hatte, ging er zur Tankstelle zurück, um sich eine Packung mit zehn Silk-Cut zu holen – ein erstaunlich langer Weg. Die Gehwege waren schwach beleuchtet, und es war wenig Verkehr. Auf seinem Weg betrachtete er die großen Häuser, die die Seitenstraßen der Malone Road säumten, und er dachte, daß es einer Menge Leuten hier immer noch ziemlich gutging. Auf seinem Weg zur Tankstelle und zurück hatte er ständig eine erstaunlich lebensnahe Phantasie im Kopf. Darin wurde Jenkins so wütend, daß er ihm eine Computertastatur an den Kopf warf. Das gab Ryan den lange gesuchten Vorwand, um Jenkins physisch zu zerlegen. Es war kein sehr ehrenwerter Gedanke, aber er wußte schließlich, wie sehr er es haßte, schikaniert zu werden.

Er dachte auch an Gerry McVeigh und fragte sich, warum Long sich so sehr für ihn interessierte.

Als er nach Hause kam, hätte er gerne geredet, aber es war niemand zum Reden da. Er dachte daran, mit seiner Mutter zu sprechen, aber er wußte, daß er sich nur über sie ärgern und sich das dann übelnehmen würde. Er hätte gern mit seinem Vater gesprochen.

Er sah die *News at Ten* und stellte fest, daß es wieder etwas Neues über Gingy Hughes gab. Mitten in dem Bericht schaltete er den Fernseher aus und fragte sich dann, warum er das getan hatte. *Das* ist die Wirklichkeit, dachte er. Es war kein sehr angenehmer Gedanke.

Schließlich legte er sich in das enge Einzelbett. Er konnte nicht aufhören, an seinen Vater und an die Stimmen seiner Peiniger zu denken. »Ryans Daddy ist tot. Ryans Daddy ist tot. Ryans Daddy ist tot. Wer wird denn jetzt ein Muttersöhnchen sein?«

»Schluß jetzt.« Colette ging zum Fernseher und schaltete ihn aus. Mark und Catherine sahen aus, als hätte man sie hypnotisiert. »Abendessen«, fügte sie hinzu.

Mark machte ein böses Gesicht. »Bei Großmutter dürfen wir Nachrichten sehen.«

»Ihr mögt doch gar keine Nachrichten.«

»Wir *dürfen* sie aber sehen.«

»Jetzt nicht mehr.«

Sie hatte die Kinder gerade in die Küche gebracht, als sie den Fernseher wieder hörte. Ausnahmsweise waren alle da, und Paddy und Gerry wollten die Nachrichten auf UTV sehen.

Colette hatte für Mark und Catherine Hamburger mit Pommes frites gemacht. Sie stellte ihnen die Teller hin und nahm die Flasche mit dem Tomatenketchup aus dem Schrank.

Sie ging zurück in das vordere Zimmer, um die Nachrichten zu sehen.

Die monotone Stimme eines Reporters. »Die Polizei geht davon aus, daß Mr. Hughes und seine Frau von einer der Internal Security Units der IRA entführt worden sind ... Sie wurden zu diesem abgelegenen Hang in East Tyrone gebracht, wo sie wiederholt gefoltert worden sein sollen ... Heute am frühen Morgen wurde Mr. Hughes vermutlich gefesselt, geknebelt und mit einer Kapuze über dem Kopf nach draußen gebracht und mußte diesen Feldweg entlanggehen ...«

Wegen des dramatischen Effekts fuhr die Kamera den Feldweg entlang.

»Mr. Hughes soll um sein Leben gebettelt haben. Mrs. Hughes soll ihre Peiniger ebenfalls gebeten haben, ihn zu verschonen. Die Männer haben ihn gezwungen, niederzuknien, und sie mußte mit ansehen, wie sie ihn erschossen ...«

Colette sah Paddy an, der gleich neben der Tür saß. Er sah merkwürdig aus. Hatte er Angst?

Ein Bild von einem Haus in einer Siedlung in Armagh. Es stand wie ein Gespenst in der Dunkelheit, und aus den Häusern rechts und links davon drang Licht auf die Straße. »Heute war im Haus der Hughes in Armagh City kein Lebenszeichen zu sehen. Mr. Hughes' Mutter hat ein Interview abgelehnt, obwohl sie der Lokalpresse gegenüber geäußert hatte, daß ihr Sohn vollkommen unschuldig sei ...«

»Was für eine Scheiße«, sagte Gerry.

Ein Bild von der Fassade des RUC-Hauptquartiers in Knock. »Die RUC hat heute keinen Kommentar zu dem Fall abgegeben. Sie hat lediglich betont, daß zwischen ihr und Mr. Hughes keinerlei Verbindung bestanden hat ...«

»Verdammte Lügner«, sagte Gerry.

Er saß auf dem Stuhl am anderen Ende des Zimmers, und zu seinen Füßen klaffte das Loch, das die Rohrbombe in den Fußboden gerissen hatte. »Noch einer hinüber«, fügte er hinzu, und Colette wußte genau, daß er Ma provozieren wollte.

»Es wäre mir lieber, wenn du so etwas nicht sagen würdest, Gerry«, sagte Ma leise. »Nicht in diesem Haus.«

Colette sah die Anspannung im Gesicht ihrer Mutter. Sie war leichenblaß, und Colette wußte, daß Gerry die Herausforderung genoß. »Du willst also, daß wir nett zu den Maulwürfen sind?«

»Ich glaube, daß man so nicht weiterkommt ... mit dieser Art von Grausamkeit.«

»Wenn wir sie uns nicht vornehmen, sind wir erledigt.«

»Es ist so *gemein.*«

»Herrgott noch mal, Ma. *Du* hast vielleicht noch nicht gemerkt ...«

»Laß Ma doch in Ruhe, Gerry«, sagte Colette. Sie hatte sich eigentlich nicht einmischen wollen. Sie wußte, daß Gerry in Kämpferlaune war.

»Ah, noch ein Maulwurffreund.«

»Hör doch auf. Ich bin genausowenig ein Maulwurffreund wie du.«

»Aber willst du nicht auch, daß wir *nett* zu ihnen sind?«

Ma beugte sich vor. »Gerard, das greift dich an, und es wird Zeit, daß du merkst, was mit dir vorgeht.«

»Und du bist genau wie all die verdammten anderen. Ich weiß nicht, warum wir uns die Mühe machen, ich weiß wirklich nicht.« Gerry schüttelte den Kopf.

»So langsam mußt du aufhören zu denken, daß du es immer am besten weißt.«

Gerry verlor die Beherrschung. »Herrgott noch mal! Ich halte das nicht aus. Ich *halte* es nicht aus!« Er war aufgesprungen. »Leute sind dafür gestorben. Leute haben Jahre im Gefängnis verbracht – und das haben wir davon.« Er ahmte die Stimme seiner Mutter nach. »Ihr seid so *gemein.*«

Colette konnte sehen, daß ihre Mutter gekränkt war. »Hör doch auf, Gerry. Das ist jetzt nicht der richtige Zeitpunkt.«

»Und wann *ist* der richtige Zeitpunkt? Wir alle haben Opfer gebracht. Dad hätte jedenfalls nicht gewollt, daß wir uns verkaufen. Und was ist mit Sean?«

»SCHLUSS JETZT.« Paddy war aufgesprungen. »Das reicht, verdammt noch mal.«

Gerry grinste höhnisch. »Ach, du auch?«

»Hör jetzt auf, Gerry. Ich stehe zu dir, aber das ist unter der Gürtellinie, das weißt du ganz genau.«

Gerry schaute Ma an und konnte deutlich sehen, daß sie weinte. Er drehte sich auf dem Absatz herum, und dann hörten sie, daß die Haustür zugeschlagen wurde.

Colette setzte sich zu ihrer Mutter und nahm sie in den Arm. Paddy saß da und sah schweigend fern.

Colette dachte nach. Nicht über den Streit, aber über die Angst auf Paddys Gesicht – und auf dem von Ma.

McIlhatton sah zu, wie sein Atem kondensierte. Es war ein kalter, aber klarer Tag, und er schaute zum Big Ben hinauf. Vor dem blauen Himmel sah er umwerfend schön aus, und er war hingerissen. Gegen die *Brits* konnte man sagen, was man wollte, aber sie errichteten wirklich außergewöhnliche Bauwerke.

Das Paar neben ihm murmelte auf japanisch. Er fand es verrückt, daß sie bei diesen Temperaturen so geduldig dastanden. Er betrachtete den Polizisten gegenüber, und als der seinen Blick einfing, schaute er weg.

Plötzlich war ganz kurz eine Polizeisirene zu hören. Durch die kleine Menschenansammlung ging ein Raunen. McIlhatton sah wieder auf. Die Kameras klickten, und die Japanerin schrie auf, als ein grauer Jaguar an ihnen vorbei in das Gebäude glitt. Eddie McIlhatton schaute durch das Fenster hinein. Ein kleiner aufgeregter Schauder überkam ihn, als er einen kurzen Blick auf den Mann erhaschte, den sie töten würden.

Er schaute auf die Uhr. Es war genau 15.05 Uhr.

SIEBTES KAPITEL

Der Schrei ließ sie auffahren. Einen Moment lang war sie verwirrt, aber dann merkte sie, daß es Mark war, der schrie. Er murmelte jetzt vor sich hin und lallte unverständliche Worte. Sie hörte zu, aber was er sagte, ergab keinen Sinn. Sie drehte sich um und berührte ihn, um ihn zu beruhigen. Er wachte nicht auf.

»Was ist los?« fragte Catherine.

Colette stieg aus dem Bett, ging zu ihr und streichelte ihren Kopf. »Alles in Ordnung, Schatz. Er spricht nur im Schlaf.« Sie bückte sich und küßte sie, dann legte sie sich wieder in ihr Bett. Sie war hellwach. Mark murmelte weiter. Sie fragte sich, was in seinen Alpträumen vorging.

Sie dachte an das Treffen, zu dem sie nicht erschienen war. Zum ersten Mal hatte sie Angst und fragte sich, was sie tun würden. Sie dachte daran, wie unbarmherzig die *Brits* waren. *Er* schien anders zu sein als die anderen, aber vielleicht war das nur gespielt.

Sie schlief wieder ein und träumte von Davey. Er ging in Jeans und T-Shirt irgendeinen Strand entlang – es sah aus wie in Donegal. Er ging rückwärts, aber sie konnte einfach nicht verstehen, was er sagte. Sie sah, wie die Verzweiflung in seinem Gesicht mit jedem seiner Schritte größer wurde, und dann plötzlich zeigte er aufgeregt zu Boden, und sie schaute hinunter und sah Mark, blutüberströmt. Sie bückte sich und berührte ihn. Er war so kalt, und als sie aufschaute, stand nicht Davey vor ihr, sondern Ryan. Ob er aus Mitleid oder aus Verachtung lächelte, konnte sie nicht erkennen …

Sie erwachte. Sie merkte, daß sie schweißbedeckt war, und setzte sich auf. Im Haus war alles still, aber weiter entfernt hörte sie Hunde bellen. Die Vorhänge waren nicht ganz geschlossen, und sie bauschten sich leicht im Wind. Von weitem hörte sie schwach ein vertrautes Geräusch, dann ging es wieder im Gebell der Hunde unter.

Als sie aufhörten, war es ganz still.

Dann hörte sie es. Eine Tür eines Land Rovers wurde zugeschlagen, dann mehrere. Sie hörte Rufe und zitterte, aber sie rührte sich nicht. Sie hielt es nicht für möglich, daß das ihr galt. Nicht jetzt.

Einen Augenblick war es still, dann hörte sie das Krachen des Vorschlaghammers. Ehe sie sich sammeln konnte, gab die Haustür nach. Jetzt schrien sie. Sie hörte, wie sie die Treppe hinaufstampften. Sie hatte gerade genug Zeit, um aufzustehen und sich mit einem Laken zu bedecken. Dann kamen sie herein und blendeten sie mit einer Taschenlampe.

»Mrs. McGraw?«

»Du lieber Gott!«

»Mami«, sagte Catherine.

»Alles in Ordnung.«

»Sie kommen mit uns, Mrs. McGraw.«

»Himmel noch mal.«

»Sofort.«

»Mami.« Catherine weinte.

Colette sah, daß einer der Soldaten vorwärts stolperte, weil hinter ihm die Tür aufgestoßen wurde.

»Um Gottes willen!« sagte Ma.

Die Soldaten ließen jetzt ihre Taschenlampen sinken, und Colette konnte sie sehen. Zwei hochgewachsene Gestalten, die in dem kleinen Zimmer unglaublich groß aussahen.

»Verlassen Sie mein Haus«, sagte Ma.

Colette hörte aus dem Flur eine leise Stimme, und die Soldaten hielten die Taschenlampen wieder in ihre Richtung.

»Bitte, ich brauche einen Moment, um mich anzuziehen«, sagte sie leise.

»Ziehen Sie sich an«, sagte einer von ihnen, aber sie rührten sich nicht.

Wieder hörte Colette die Stimme hinter ihnen, und sie wartete, bis sie hinausgegangen waren. Als sie die Tür geschlossen hatten, machte sie Licht und hob ihre Jeans vom Fußboden auf. Sie zog sie gerade an, als sich die Tür wieder öffnete. Sie schaute auf und sah die Soldaten grinsen. »Scheißkerle«, sagte sie leise.

Sie zog ihre Schuhe an und bückte sich, um Mark und Catherine zu umarmen. Beide klammerten sich an sie. »Alles in Ordnung«, sagte sie. »Alles in Ordnung. Ich bin bald wieder da.«

Sie stand auf, und die beiden Soldaten packten sie bei den Armen. Sie zerrten sie auf den Treppenabsatz, und ihre Mutter sagte: »Nein. Laßt sie los, um Himmels willen.«

In ihrer Stimme lag ein gebieterischer Ton, und die Soldaten hielten inne.

»Machen Sie keine Schwierigkeiten, Mrs. McGraw«, sagte ein großer RUC-Mann.

»Wir haben genug.«

»Wir haben *alle* genug.«

»Lassen Sie sie los.«

»Sie kommt mit. Es liegt an Ihnen, ob Sie es sich leichtmachen oder nicht.«

Ma sah den Mann an, und Colette sah die Kraft und den Haß in ihrem Gesicht. »Das werden Sie bereuen«, sagte sie.

Der RUC-Mann wandte sich wieder zu Colette. »Bringt sie raus«, sagte er, und sofort zerrten die Soldaten sie die Treppe hinunter. Colette sah, daß das Gesicht ihrer Mutter haßverzerrt war. »Pharisäer!« hörte sie sie schreien.

Draußen war es dunkel. Im Haus gegenüber sah sie Licht und Gesichter am Fenster. Drei oder vier Land Rover standen auf der Straße, und überall waren Soldaten und Polizisten. Als man sie vom Haus wegzerrte, biß sie sich auf die Lippen und versuchte, nicht zu weinen.

Sie stießen sie auf die hintere Tür eines Land Rovers zu. Die Männer darin packten sie und zogen sie hinein. Es war warm, und sie fühlte den Druck männlicher Körper.

Dann sah sie ihn. Zuerst sah sie seine Stiefel, dann seine Jeans – auffällig zwischen all den Uniformen. Dann sah sie sein Gesicht. Er lächelte nicht, er verriet nichts, aber plötzlich fühlte sie sich merkwürdig erleichtert.

Sie schaute in die Gesichter der anderen und sah eine Mischung aus Interesse und Feindseligkeit. Sie schaute zurück zu Ryan. Er starrte sie an. Wieder fiel ihr auf, wie groß er war. Sein lockiges schwarzes Haar wurde gegen das Dach des Land Rovers gedrückt. Sie bemerkte, daß er große, starke Hände hatte. Sie betrachtete den Siegelring am kleinen Finger seiner rechten Hand.

Sie spürte die Wärme seines Körpers, weil seine Knie ihre berührten.

Er wandte sich ab und sah die anderen Polizisten an, und sie betrachtete sein Gesicht. Sie bemerkte, daß er eine große Nase und dichte Augenbrauen hatte.

Sie senkte den Blick und spürte, daß er sie ansah. Sie schloß die Augen und versuchte, an die Kinder zu denken. Sie stellte fest, daß sie statt dessen an Ryan dachte, und nach einer Weile sah sie auf. Er starrte sie noch immer an.

Sie erreichten Castlereagh, und die Polizisten zerrten sie aus dem Wagen, fort von ihm. Sie sah ihn an, bis sie den Eingang passiert hatte.

Der Zellentrakt hatte sich nicht verändert – er sah immer noch aus wie ein Container. Sie wurde registriert, durchsucht und den Korridor entlang zu den Frauenzellen am anderen Ende gebracht. Draußen vor den frisch gestrichenen dunkelblauen Zellentüren hingen die Kleider der Insassen. Sie waren verdeckt, so daß niemand sagen konnte, wer dort festgehalten wurde. Aber als Colette an den Zellen vorbeiging, rief ihr jemand etwas zu, um ihr Mut zu machen.

»Ich bin Richard McIlwaine, Republikaner. Wenn du Republikaner bist, sag ihnen nichts. Nichts.«

Sie waren am Ende des Korridors angekommen, aber Colette riß sich los, rannte zurück und schlug von außen gegen die Zellentür. »Richard, ich bin's, Colette«, schrie sie.

Der uniformierte Officer packte sie an den Armen und zog sie weg, aber der Mann schrie noch immer. »Sag ihnen nichts, Colette. Nichts.«

Dann war sie in der Zelle. Sie saß allein auf dem Bett mit dem grünen Eisenrahmen und der braunen Plastikmatratze. Es gab keine Lüftung und nur künstliches Licht. Das Bett und der Stuhl waren an den Boden gekettet, und die Einweglaken waren aus Synthetikmaterial. Nachts war es immer eiskalt, und bei dem Gedanken daran zitterte sie.

Schweigend saß sie da.

Nach ein paar Minuten wurde die Tür geöffnet, und zwei uniformierte Constables brachten sie hinauf in einen der Vernehmungsräume. Sie ließen sie kurz allein, dann kam der *Brit*. Er hatte einen großen fetten Mann in einem grauen Anzug und mit einer dichten grauen Haarmähne mitgebracht.

Der Mann legte eine Akte auf den Tisch und beugte sich über die Stuhllehne zu ihr hinüber. »Mrs. McGraw, auf Geheiß meines Kollegen hier hat man Ihnen ein sehr schweres Verbrechen durchgehen lassen und eine lange Gefängnisstrafe erspart. Ich glaube, Sie schulden ihm eine Erklärung.«

Er schaute Ryan an, der in der Zimmerecke saß. Ryan stand auf. Er verschränkte die Arme vor der Brust. »Was ist passiert, Colette?«

»Ich will meinen Anwalt sprechen.«

»Sofort.« Die Stimme des Mannes klang schroff.

Er schlug die Akte auf und schob ein weißes Heft über den Tisch. Er drehte es um, damit sie das Deckblatt lesen konnte. »In der Zwischenzeit möchten Sie sich vielleicht das hier einmal anschauen. Es ist Ihre Zeugenaussage, Ihr Geständnis. Und ich glaube, Sie werden feststellen, daß das darunter Ihre Unterschrift ist.«

Colette schwieg eine ganze Weile.

»Ich kann es einfach nicht«, flüsterte sie.

Der Mann schlug mit der Hand fest auf den Tisch. »Sie haben keine verdammte Wahl.«

»Ich *kann* es nicht.«

»Sie haben *keine Wahl*.«

Er drehte den Stuhl um und setzte sich. »Schauen Sie, wir wollen die Konsequenzen bedenken. Ihre Familie zum Beispiel. Was wird mit ihr passieren? Ihre Kinder sind noch klein, oder?« Sein Ton war herablassend. »Neulich haben sie Glück gehabt. Aber ich denke, jetzt, wo die Loyalisten wissen, wo Sie wohnen, kann man doch nicht davon ausgehen, daß sie beim nächsten Mal auch so ein Glück haben werden, oder? Nicht auszudenken, was eine Rohrbombe Mark oder der kleinen Catherine antun könnte.«

Sie sah zu ihm auf. »Du Schwein.«

»Wir haben es hier mit der harten Realität zu tun, Mrs. McGraw. Sie haben es sich selbst zuzuschreiben. Wie heißt es in der Bibel? ›Denn wer das Schwert nimmt …‹« Er stand auf, um zu gehen. »Immerhin haben wir beide dieselbe Bibel.«

Colette starrte gebannt auf den Tisch, während er die Tür hinter sich schloß.

Schweigen.

Ryan kam hinüber zum Tisch und nahm ihr gegenüber Platz. Er zündete sich eine Zigarette an.

Wieder Schweigen.

»Was ist passiert?« sagte er schließlich.

»Ich hatte zu tun.«

»Sie müssen sich schon ein bißchen Mühe geben.«

Sie sah auf und lächelte säuerlich. »Ich habe mich um meine Kinder gekümmert. Kapiert?«

»Das hier ist kein Picknickclub.«

»Was Sie nicht sagen. Hätte ich nicht gedacht.«

Ryan stand auf, drehte den Stuhl richtig herum und setzte sich wieder. »Wie geht es Gerry?«

Colette hatte den Blick wieder gesenkt. »Weiß ich nicht. Ich habe ihn nicht gesehen.«

»Na ja, das ist die erste Lüge für heute.«

»Wenn Sie es sagen.«

»Was hat er gemacht?«

»Wie gesagt, ich weiß es nicht. Ich habe ihn nicht gesehen.«

Ryan stützte seinen rechten Ellbogen auf den Tisch und beugte sich vor.

»Fangen wir noch mal von vorne an, ja? Wie denkt Gerry über die Dinge, die im Moment passieren?«

»Warum interessieren Sie sich so für ihn?«

»Also, von Anfang an. Er ist eine wichtige Figur …«

»Sie müssen jemand anderen fragen. Ich weiß es nicht. Ich habe ihn nicht gesehen, und wir stehen uns sowieso nicht sehr nahe.«

Ryan lehnte sich zurück. »Haben Sie denn *gar nichts* für uns?«

»Nein.«

»Überhaupt nichts?« Seine Stimme klang inzwischen ärgerlich. »Sie haben überhaupt nichts gehört, seit Sie zurück sind?«

Sie schüttelte den Kopf.

»Was haben Sie gemacht? Wen haben Sie getroffen?«

»Meine Familie.«

Er wollte noch etwas fragen, aber sie fiel ihm ins Wort. »Im Moment ist man ein bißchen unzufrieden. Das ganze Friedensgerede.«

Ryan sprach jetzt mit ihr wie mit einem Kind. »Wer ist unzufrieden, und warum?«

»Sie finden, daß die Führung sich zu sehr mit Politik beschäftigt. Sie glauben, daß die *Brits* sie reinlegen.«

»Wer glaubt das? Gerry?«

Sie schwieg, nahm sich eine Zigarette aus der Packung auf dem Tisch und lehnte sich zurück. Er machte keine Anstalten, ihr Feuer zu geben.

»Das habe ich halt so gehört.«

In ihrer Stimme lag ein entschiedener Ton. Sie schaute ihm in die Augen und sah den Zorn darin.

»Von *wem* haben Sie das gehört?«

»Die Leute reden darüber.«

»Die Leute? Alle?«

»Nicht alle.«

»Namen?«

Sie schüttelte den Kopf. Ryan stand auf.

»Sie müssen sich schon ein bißchen Mühe geben.« Er sah sie an und wartete auf eine Antwort. »Sie müssen sich schon ein bißchen Mühe geben, Colette, oder die Sache hier ist vorbei, und wir bekommen Probleme.«

Sie sah auf. »Ist das eine Drohung?«

»Das ist die Realität. Es ist kein Spiel. Ich habe es nicht in der Hand. Ihr Leben *ist* in Gefahr.«

»Und Ihres.«

»Ist *das* eine Drohung?«

»Das ist die Realität.« Sie schaute ihn an und grinste. »Sie sind ein *Taig*, oder?« In seinem Gesicht sah sie Verwirrung, vielleicht auch Zorn. »Sie sind ein Katholik, ich kann …«

»Ich habe Sie schon verstanden.«

Schweigen.

»Na, stimmt's?« fragte sie.

»Das ist die dümmste, belangloseste Frage, die ich je gehört habe. Was macht das schon für einen Unterschied?«

»Es ist ein Anfang.«

»Nur die Loyalität zählt.«

»Für Queen und Vaterland?«

»Scheiß auf Queen und Vaterland.«

Sie zog die Augenbrauen hoch. »Aha.«

Er senkte nun den Blick, und sie betrachtete ihn. Sein Haar war frisch gewaschen und glänzte, und aus dieser Perspektive sah sein Gesicht außergewöhnlich schmal aus.

Er sah wieder auf, und ihre Blicke trafen sich. Seine Augen waren von einem klaren, reinen Grün. Er war nicht schüchtern, und es machte ihn nicht verlegen, sie anzusehen. Offenbar hatte er besonders viel Kraft und Selbstvertrauen. Sie stellte fest, daß sie ihn gerne gedemütigt und in Verlegenheit gebracht hätte, um zu sehen, wie die Sicherheit aus seinem Gesicht schwand.

»Für die Akten«, sagte er freundlich. »Ich bin irisch-katholischer Herkunft. Meine Mutter ist in County Mayo geboren und aufgewachsen. Aber es gibt nur eine wesentliche Art von Loyalität, wie ich schon versucht habe zu erklären. Wenn wir uns gegenseitig nicht vertrauen, wird keiner von uns Gelegenheit haben, das zu bereuen.«

Sie fühlte, wie ihr Ärger verging. Plötzlich wirkte er nicht mehr so unbesiegbar.

Sie senkte den Blick.

Wieder Schweigen.

»Bald passiert etwas, vielleicht morgen schon«, sagte sie schließlich.

»Wo?«

»Das kann ich Ihnen nicht sagen.«

»Es ist wichtig.«

Sie schüttelte den Kopf.

»Kommen Sie. Wir müssen das hinkriegen.«

Colette schwieg lange. Schließlich sagte sie leise, beinahe flüsternd: »Ich kann nicht. Es ist Paddy.«

»Paddy hat damit zu tun?«

Sie schwieg wieder und atmete tief ein. »Ja, aber bitte, bitte, tun Sie ihm nichts. Das dürfen Sie nicht. Das muß Teil der Abmachung sein.«

Er beugte sich wieder vor. »Geht in Ordnung. Machen Sie sich keine Sorgen, das können wir arrangieren. Wer ist das Ziel?«

»Das darf ich eigentlich nicht wissen.«

»Gut.«

»Das darf ich eigentlich nicht wissen.«

»Verstehe.«

»Ich habe es nur zufällig erfahren.«

»Wie? Haben Sie zufällig ein Gespräch mitgehört?«

Sie schüttelte den Kopf. »Nein, Paddy hat es mir gesagt, aber das hätte er eigentlich nicht tun dürfen. Manchmal sagt er mir Sachen, die er mir eigentlich nicht sagen darf. Wir stehen uns sehr nahe.«

»Was hat er gesagt, wer das Ziel ist?«

»Ich will nicht, daß er leiden muß.«

»Verstehe.«

»Sie werden ihm nichts tun. Schwören Sie bei Gott, daß Sie ihm nichts tun werden?«

»Ich gebe Ihnen mein Wort. Also, wer ist das Ziel?«

»Ein Polizist. Der Mann, der mich damals ins Gefängnis gebracht hat. Er ist vom CID – Henderson. Ich glaube, so heißt er.«

»Henderson?«

Sie nickte.

»Wissen Sie, wann und wo?«

»Nein. Bei ihm zu Hause, glaube ich, wenn er zur Arbeit geht. Mehr weiß ich nicht, nur, daß es geplant ist und bald passieren soll.«

Ryan stand auf. »Einen Moment bitte.«

»Wo gehen Sie hin?«

»Ich fürchte, ich muß eben meinen Kollegen holen.«

»Nicht.«

Ryan runzelte die Stirn. In ihrer Stimme lag ein Anflug von Panik.

»Warum nicht?«

»Er ist ein *Prod*. Ich traue ihm nicht.«

»Na ja, ich bin ein *Brit*, und Sie scheinen mir doch auch zu vertrauen. Er ist in Ordnung, Mrs. McGraw, er ist ein guter Mann. Er ist ein Profi.«

Sie schaute ihn ernst an. »Genau das meine ich.«

Sie wartete. Sie streckte die Beine aus, sah zur Zimmerdecke hinauf und schloß die Augen. Plötzlich war sie schrecklich müde.

Ryan brachte den dicken Mann wieder mit herein. Diesmal war sein Ton freundlicher, aber sie war noch immer mißtrauisch. Ruhig stellte er alle Fragen noch einmal und machte sich Notizen. Ryan stand hinter ihm, und jedesmal, wenn sie aufschaute, sah er sie an. Auch diesmal fand sie seinen prüfenden Blick – oder seine Aufmerksamkeit – beruhigend.

Allen ging eilig und mit großen Schritten den Korridor entlang, und Ryan mußte sich anstrengen, um mitzukommen. Vor einer blauen Tür mit der Aufschrift »Source Unit« blieb Allen stehen, drehte sich mit der Hand an der Türklinke unvermittelt um und sah Ryan ins Gesicht. »Bitte warten Sie hier.«

»Nein.«

Ryan sah, wie Zorn in Allens Gesicht aufflackerte.

»Wie bitte?«

»Ich will etwas lernen. Wenn Sie mich ausschließen, kann ich das nicht.«

»Das ist jetzt nicht der Zeitpunkt für Ego-Probleme.«

»Das hat mit Ego-Problemen nichts zu tun.«

Ryan hatte erwartet, daß Allen darauf bestehen würde, aber sein Gesichtsausdruck wurde weicher. »Na gut, aber Sie sagen kein verdammtes Wort.«

Ehe Ryan antworten konnte, betraten sie den Raum und gingen auf ein Büro mit dem Schild »Chief Inspector« am anderen Ende zu. Allen kannte den Mann offensichtlich gut und machte sich nicht die Mühe, Ryan vorzustellen. Ryan hörte zu, wie er kurz umriß, was sie wußten. Allen bat, an der Sitzung teilnehmen zu dürfen, auf der über die Maßnahmen entschieden werden sollte, aber der Mann lehnte ab und duldete keinen Widerspruch.

Allen ging mit ihm in einen anderen Raum, wo ein Mann die bekannten Details in den Computer eingab, ohne eine nennenswerte Bemerkung zu machen. Er druckte eine Seite auf dem Laserdrucker in der Ecke aus und gab sie Allen zur Kontrolle.

Ryan mußte dringend aufs Klo und beschloß, nicht zu fragen, wo es war. Er wußte nicht, welches Wort er benutzen sollte, und er wollte durch seine Wortwahl nicht unangenehm auffallen. Klo? Für Herren? Toilette? Es war einfacher, nicht zu fragen.

Am Ende des Korridors hielt er sich links, ging zwei kleine Stufen hoch und durch eine Schwingtür in einen langen breiten, hellerleuchteten Korridor mit großen Getränkeautomaten an einem Ende. Daneben war die Herrentoilette. Er pinkelte und ging dann zurück zum Büro. Auf dem letzten Stück bummelte er, und zufällig konnte er deutlich hören, wie Allen sagte: »Von allen verdammten Leuten ...«

Dann trat er durch die Tür, und es entstand ein kurzes Schweigen. Allen wirkte betreten. Er stand auf und wies zur Decke. »Oben.«

Sie betraten einen Korridor im nächsten Stockwerk. Sie kamen zu einer Tür, auf der »TCG Sitzungszimmer« stand, und warteten davor. Von innen hörten sie Gemurmel, aber nicht mehr.

Von allen verdammten Leuten ... Was sollte das heißen? Vielleicht war er paranoid.

Allen schwieg, er wirkte verärgert. Ryan versuchte, seine Gedanken zu sammeln. Er wußte, daß die TCG – die Tasking Coordination Group – 1978 eingerichtet worden war, damit die verschiedenen Geheimdienstabteilungen in Nordirland miteinander in Verbindung treten und aufgrund genauer Informationen ihre Operationen planen konnten. Die TCG war mit Vertretern der Armee und der RUC besetzt, die alle Informationen analysierten, die über den Terrorismus im Großraum Belfast gesammelt wurden. Sie diente als feste Anlaufstelle für alle Befehlshaber, die für das Führen von Agenten oder für die Einsätze von Überwachungsteams verantwortlich waren. Die Informationen wurden in Leitungssitzungen wie dieser hier diskutiert, und es wurde über Maßnahmen entschieden, um Anschläge zu verhindern.

Das Warten schien ewig zu dauern, und sie standen schweigend da. Ryans einziger Versuch, ein Gespräch zu beginnen, scheiterte. Als die Männer schließlich herauskamen, ging Allen im Gleichschritt neben dem Chief Inspector her. Sein Ton und sein Verhalten waren aggressiv und feindselig. »Und?« fragte er.

Der Mann ging weiter. »Wir erwarten noch einen Bericht.«

»Mach keinen Scheiß, Desmond.«

»Verhaftungen.«

»Nein.«

Er blieb stehen. »Du wußtest, daß das passieren würde.«

»Komm schon, Desmond. Das ist ihr Ende, und du weißt das.«

»Das ist nicht der Fall.«

»Ist es doch, und du weißt das.«

Die anderen Männer kamen jetzt nacheinander aus dem Sitzungszimmer. Der Chief Inspector schaute sie an und sprach dann leise weiter. »Es war nicht zu vermeiden, das weißt du doch. Wenn ein *Player* wie Paddy McVeigh dabei ist, müssen wir ihn verhaften. Wir versuchen schon seit Jahren, ihn zu kriegen.«

»Wenn ihr das macht, ist sie erledigt. Ich sage dir ...«

»Hör mal.« In seiner Stimme lag jetzt ein ärgerlicher Unterton. »Ich verstehe deine Sorgen, und die Information war gut. Aber es hatte schon von überall her Hinweise auf diesen Anschlag gegeben. Das war die letzte Bestätigung, mehr nicht, und es gibt nicht den geringsten Grund zu der Annahme, daß man das mit ihr in Verbindung bringen wird.«

»Verdammt, natürlich gibt es den. Bei den neuen Gesetzen für die Prozesse hat sie nicht die geringste Chance, wenn irgendein *Player* vor Gericht landet – und du weißt das. Wenn Paddy McVeigh verhaftet wird, ist sie erledigt.«

»Ich glaube, du bist paranoid. Er wird doch seine eigene Schwester nicht verdächtigen. Es gibt natürlich ein gewisses Risiko, aber wo zum Teufel gibt es das nicht? Wir können so viele *Player* nicht laufenlassen. Wir können einfach nicht. Und das weißt du so gut wie jeder andere.«

Allen war jetzt wütend. »Ich weiß nur, daß diese Frau in der Nähe wichtiger Leute und wirklich entwicklungsfähig ist, gerade jetzt, und daß du sie fallenläßt, nur weil das in deinen verdammten Berichten gut aussieht.«

»Das reicht jetzt.«

»Es ist die verdammte Wahrheit.«

»Mach einen Alternativvorschlag.«

»Ihr könntet Henderson in Sicherheit bringen. Ihr könntet noch ein paar Streifen losschicken und sie zwingen, die Sache abzubrechen.«

»Und was ist, wenn sie noch mal wiederkommen und es nicht für nötig halten, eurer Frau Bescheid zu sagen?«

»Wenn es politische Gründe hat, Desmond, dann versuch nicht, es vor mir zu rechtfertigen.«

»Ich rechtfertige gar nichts. Ich sage dir nur, daß es keine andere Lösung gibt.« Er wies auf das Sitzungszimmer. »Es hat darüber keine Diskussionen gegeben. Es war klar. Es war eine einfache Entscheidung.«

Allen grinste höhnisch. »Und was sagt uns das?«

Der Chief Inspector drehte sich um. »Ich finde, dieses Gespräch ist schon zu weit ...«

»Sie ist zu gut, um sie zu verlieren, Desmond. Ehrlich.«

Der Chief Inspector sah müde aus. »Brian, ich habe aufgehört zu zählen, wie viele Verbindungsführer mir das schon gesagt haben. Du wirst sie nicht verlieren.«

»Das ist doch Scheiße.«

Der Chief Inspector drehte sich um und ging.

»Wenn sie draufgeht, mach ich dich fertig, Desmond.« Und während er in die andere Richtung davonging, murmelte er: »Ich mache dich verdammt noch mal fertig.«

Sie traten ins Licht, und beide mußten blinzeln. Sie blieben einen Moment stehen. Auch diesmal fand Ryan, daß dies ein seltsamer Ort für eine Verhörzentrale war – ein Container auf einem Parkplatz hinter einem Polizeirevier oder, wie Allen ihm mit sichtlichem Vergnügen erklärt hatte, eine vorübergehende Lösung für ein vorübergehendes Problem.

Diesmal war es ein roter Granada, und Ryan hielt Colette eine der hinteren Türen auf. Sie wirkte beunruhigt und benommen, und er merkte, daß der Kampfgeist sie – wie schon in London – verlassen hatte.

Er fragte sich, ob sie wirklich stark genug sein würde, es zu schaffen. Er wußte nicht, was er dafür tun konnte.

Sie passierten das Tor von Castlereagh und bogen zweimal links ab. Er sah, daß über der Fabrik an der Ecke stolz ein Union Jack wehte. Er wandte sich ihr zu. Ihr Gesicht war kalkweiß, und er fand, daß sie schwach und verängstigt aussah. »Haben Sie alles genau vor Augen? Colette?«

Sie schaute ihn an, und er sah deutlich, daß sie Angst hatte. Sie schien etwas zu wollen – aber was? Sicherheit? In diesem Moment tat sie ihm wirklich leid, und er empfand eine gewisse Erleichterung, daß sie es war, und nicht er.

»Haben Sie verstanden?«

Sie nickte, aber er wußte, daß sie nicht bei der Sache war. Er wandte sich ihr zu und legte sein linkes Knie auf den Sitz. Hinter ihr sah er das häßliche Bahnhofsgebäude aus Beton. Er wußte, daß er nicht mehr viel Zeit hatte.

»Sie haben Detective Sergeant Allen getroffen und Mr. Jones. Mr. Allen war von der RUC, Mr. Jones wissen Sie nicht, aber Sie *vermuten*, daß er vom MI5 war. Okay?«

Sie nickte wieder, aber sie betrachtete durch das Fenster die Reihe der neuen Backsteinhäuser, die das republikanische Markets-Viertel begrenzten.

»In welche Richtung ging unser Verhör?«

Colette antwortete mechanisch. »Sie ... *die* wollten wissen, warum ich so lange weg von Belfast war, wo ich war, was ich gemacht habe ...«

»Haben wir gewußt, daß Sie in England waren?«

»Ihr habt es vermutet ... ständige Fragerei. Ob ich nicht dort gewesen bin, ob ich nicht das gemacht habe ...«

»Okay.« Er versuchte, so entschlossen wie möglich zu klingen.

»Okay. Erinnern Sie sich, wir haben Sie eingesperrt, wir haben Sie verdächtigt, aber wir haben keine Beweise gefunden. Wir waren grob zu Ihnen, aber wir sind offensichtlich nur von allgemeinen Vermutungen ausgegangen. Das müssen Sie klarstellen. Wir wollen nicht, daß Sie gesperrt werden. Verstanden?«

Sie nickte wieder, und diesmal schien sie den Tränen nahe zu sein. Er wußte nicht, was er noch für sie tun konnte. »Ihnen wird nichts passieren«, wollte er sagen, aber er überlegte es sich anders. Er war nicht sicher, ob sie es schaffen würde, aber er wußte, daß er ihr keine Kraft geben konnte.

Sie fuhren in das mehrstöckige Parkhaus am Castlecourt-Einkaufszentrum und prüften sorgfältig, ob sie überwacht wurden.

Oben angekommen, beugte Ryan sich vor und drückte ihren Arm. Es kam ihr vor, als würde er sie sehr lange festhalten. Dann schaute sie weg und legte ihre Hand auf den Türgriff. Danach schaute sie nicht mehr zurück.

Er sah ihr nach, als sie ging.

Sie warteten zwanzig Minuten, dann fuhren sie zur Ausfahrt hinunter und davon. Ryan spürte, wie die Spannung in seinem Körper nachließ. Sie war jetzt auf sich allein gestellt.

Die nachmittägliche Stoßzeit hatte begonnen, und ein paar Regentropfen fielen auf die Scheibe. Draußen war es dunkel, und er sah die Leute über die Gehwege hasten. Er stellte sich vor, wie sie in der Dunkelheit zum Divis-Kontrollpunkt ging, und dachte daran, was für ein Empfang sie wohl erwartete. Er fühlte sich schuldig, weil er ihr nichts Handfesteres hatte bieten können.

Er fragte sich, wie er sich fühlen würde, wenn er es wäre – ob er es schaffen würde? Er dachte inzwischen, daß er wirklich ziemlich hart im Nehmen war.

Als sie sich langsam an der City Hall vorbeischoben, schaute Ryan nach links in die Fußgängerzone. Sie war sehr belebt; die Leute hatten ihre Schirme aufgespannt und rannten, um dem Regen zu entgehen. Er sah einen Zeitungsständer, aber er konnte die Schlagzeile nicht lesen.

Noch einmal erschien das überraschend ausgeprägte Bild seines Vaters vor seinem geistigen Auge. Er dachte, daß seine Härte von ihm kommen mußte. *Lauf nicht mit der Herde*, hatte er gesagt, und Ryan hatte es nicht getan. Es war ein Glaubensartikel.

Er mußte jetzt an einen anderen Ratschlag denken. *Lerne aus deinen Fehlern*, lautete er. Wenn er jetzt einen Fehler machte, kannte er den Preis. Er dachte an die einzeilige Notiz im Bericht an den Service: »Aktivposten: Shadow Dancer. Verantwortlich: Ryan, D. Eliminiert. Zugang verweigert.«

Eliminiert.

Er fragte sich, wie es ihr ging.

Colette ging schnell, als wollte sie sich mit dem Tempo ihres Fortkommens irgend etwas beweisen. Sie fror, und sie vermißte die Wärme des Wagens.

Sie schaute auf und sah, daß über ihr eine irische Trikolore aus einem Fenster des Divis Tower hing und im Wind leise wehte. Sie mußte beinahe lächeln.

Sie dachte an die Flagge, an den Patriotismus, an die Geschichtsstunden und an die Helden ihrer Kindheit. Sie hatte die Gesichter von Patrick Pearse und James Conolly und Maude Gonne vor Augen, und sie murmelte vor sich hin. Sie dachte an das Gedicht über die österliche Auferstehung, Yeats' Gedicht, und sie dachte an die Zeile »Sie wandelten gänzlich sich«, und diesmal lächelte sie. »Na gut, Mr. Yeats«, sagte sie sich.

Die Haustür war provisorisch mit Sperrholz geflickt worden, und sie drückte leicht dagegen. Sie war nicht abgeschlossen. Im Haus war es warm, und aus der Küche hörte sie Stimmen. Sie zog ihren Mantel aus und hängte ihn über das Treppengeländer. Eine Weile stand sie reglos da. Heute war es wieder ihr Zuhause.

Aus der Küche konnte sie Gerrys Stimme hören. Als sie zur Tür ging, hörte sie ihn sagen: »Ich bin nicht für eine Spaltung ...« Er brach ab. »Wer ist da?«

Sie stand in der Tür. »Ich bin's. Wo sind die Kinder?«

Alle starrten sie an. Clarke, Mulgrew, vier oder fünf von ihnen. Gerry wirkte zwielichtig. Colette war wütend. Sie schienen hier ziemlich viele Zusammenkünfte dieser Art abzuhalten. Kein Wunder, daß sie die Zielscheibe der Loyalisten waren. »Was ist passiert?« fragte Gerry.

»Die Scheißkerle haben mich rangenommen. Wo sind die Kinder?«

»Sie sind bei Margaret drüben. Ma ist oben. Geht's dir gut?«

»Was zum Teufel glaubst du wohl?« hätte sie gerne gesagt, aber sie tat es nicht. Sie drehte sich um und wollte gehen.

»Du solltest jetzt mit Mulgrew reden.«

Sie drehte sich um und versuchte, ärgerlich zu klingen. *»Jetzt?«*

»Bringt es lieber hinter euch. Ma kann nach den Kindern sehen.«

Sie war froh, daß er ihren Gesichtsausdruck nicht gesehen hatte. Mulgrew war aufgestanden und klimperte im Flur mit seinen Autoschlüsseln. Er wartete, während sie ihren Mantel anzog, und sie kehrte ihm absichtlich den Rücken zu. Plötzlich war sie schrecklich müde. Sie überlegte, ob sie hinaufgehen und Ma begrüßen sollte, aber dann dachte sie, daß sie wahrscheinlich ohnehin schlief.

Mulgrew fuhr einen verbeulten weißen Escort, und er ließ sie zuerst auf der Beifahrerseite einsteigen. Während er den Motor anließ und losfuhr, versuchte sie, ihre Kräfte zu sammeln. Er war jung, gescheit und ehrgeizig, aber er hatte sie immer gemocht. Einmal hatte er mit ihr ausgehen wollen, und sie sagte sich, daß alles in Ordnung war.

»Die Scheißkerle sind eingebrochen, hab' ich gehört.«

Sie wandte sich ihm zu und lächelte. Er war ein gutaussehender Mann mit rotblondem Haar und einem breiten Kinn. Sie sagte sich, daß es ganz leicht sein würde, und als sie daran dachte, was ihre Freundin Roscheen immer gesagt hatte, lächelte sie beinahe. *Colette, das kleine Biest ...*

An der Ampel bei der Kreuzung mit der Springfield Road hielten sie an. Die Straßen waren belebt – noch immer kamen Kinder aus der Schule, und Mütter kauften ein. Es war, als müßte sie gleich Ma und Catherine und Mark sehen.

»Du hast es weit gebracht, Mr. Mulgrew«, sagte sie und lächelte ihn an.

Er lächelte zurück. »Ich glaube nicht.«

»Ich weiß noch, wie du unbedingt meine Einkäufe nach Hause bringen wolltest und mich dann heiraten und alles.«

»Ist schon lange her.«

»Da hast du verdammt recht.« Wieder lächelte sie ihn an. »Du warst ziemlich süß.« Sogar im Dunkeln war sie sicher, daß er rot wurde.

»Ich war dreizehn«, sagte er, mehr zu sich selbst.

»Ja, aber du warst ziemlich süß – und gescheit, keine Frage.«

Schweigen. Sie waren jetzt am Ende der Whiterock Road, und sie hörte ein hohes, mädchenhaftes Gelächter. Als sie sich umdrehte, sah sie eine Gruppe Mädchen vom St. Louise's College nach Hause gehen. Sogar nach all den Jahren hatte so eine Gruppe etwas Vertrautes. Nostalgie, dachte sie.

Die Ampel wurde grün, und sie fuhren los. Gleich danach kamen sie an der ersten Armeepatrouille vorbei, und ein Soldat rannte direkt vor ihnen über die Straße. Mulgrew fuhr etwas langsamer und gab dann wieder Gas.

»Es heißt, daß du ganz nach oben kommen wirst«, sagte Colette leise.

»Ach ja?«

»Nicht viele sind mit neunzehn in deiner Position – oder war es zwanzig?«

»Zwanzig.«

»Am fünften April, stimmt's?«

»Stimmt.«

An der Kreuzung mit dem Kennedy Way fuhr er sofort vom Kreisverkehr ab. Sie hätte ihn gerne gefragt, wo zum Teufel sie hinfuhren, aber sie sagte nichts.

»Du weißt es noch«, sagte er.

»Was?«

»Meinen Geburtstag. Du weißt ihn noch.«

»Ja.«

»Deiner ist am dritten September.«

Sie sah ihn an. »Ja, aber ich bin dreiunddreißig.« Sie schaute wieder durch die Windschutzscheibe. »Und offenbar nicht so clever wie du.«

»Oder so rücksichtslos.«

Sie versuchte zu lachen. »Oder so rücksichtslos.«

Oder so vertrauenswürdig, dachte sie. Alle vertrauten Mulgrew. Er war dafür bekannt, daß er unter Druck die Ruhe bewahrte, und er hatte das schon bei zahlreichen Gelegenheiten bewiesen. Er war der neueste aufgehende Stern. Colette hatte schon viele davon gesehen. Vielleicht würde er aufsteigen, vielleicht auch nicht. Im Moment war er gefährlich. Sie zitterte.

Sie verließen West Belfast. Die Straße war jetzt zweispurig, und einige Straßenlaternen waren zerbrochen. Überall auf der Straße lagen Steine, denn die hiesigen Kinder kletterten gewöhnlich nachts auf den Hügel rechts von der Straße und warfen Ziegel, Steine und Flaschen auf vorbeifahrende Land Rover der Polizei. Oben, kurz vor dem Lager der Roma, bogen sie links ab und nahmen den Schleichweg Richtung Flughafen. Als sie den Hügel hinauffuhren, lag das Lichtermeer von Belfast ihnen zu Füßen. Colette konnte die Anspannung plötzlich im Rücken und im Nacken spüren. Sie spürte den Schweiß auf ihren Handflächen und war dankbar, daß es im Wagen einigermaßen dunkel war.

Hier oben war die Straße eng und kurvenreich, und die Hecken reflektierten das Scheinwerferlicht. Plötzlich riß Mulgrew den Wagen nach links herum, und sie rutschten einen Schotterweg entlang. Er drehte den Zündschlüssel um, die Lichter verloschen, und der Wagen kam zum Stehen.

Durch die Windschutzscheibe sah sie die Lichter von Belfast. Sie hörte Mulgrews Atem.

»Laß uns aussteigen, Colette.« Seine Stimme war von eisiger Höflichkeit.

Zaghaft öffnete sie die Tür und stieg aus. Obwohl es noch früh war, schien der Mond heller als erwartet, und sie konnte den Umriß der Schottergruben um sie herum erkennen. Sie spürte die Feuchtigkeit auf ihrem Rücken.

»Hier entlang.«

Mulgrew ging vor, und sie folgte ihm langsam. Der Boden bestand aus einer Mischung von Schlamm und Schotter, und ihre weißen Turnschuhe leuchteten im Dunklen. Sie hörte ihren eigenen Atem.

Er blieb stehen, und sie trat bis auf wenige Schritte an ihn heran. Er hatte seinen Mantelkragen hochgeschlagen und zog Handschuhe an.

»Was haben die gesagt, was du sagen sollst, Colette?«

»Ich kann dir nicht folgen.«

»Was haben die gesagt, was du uns sagen sollst?«

»Das habe ich gehört. Ich sagte, ich kann dir nicht folgen.«

»Wen hast du da drin getroffen?«

Sie seufzte. »Einer von denen war Allen – ein Polizist –, der andere nannte sich Jones.«

»MI5?«

Sie zuckte mit den Schultern. Er war ein Stück zur Seite gegangen, und sie konnte sein Gesicht jetzt deutlich sehen. Der Wind blies ihr die Haare in den Mund, und sie zupfte sie wieder heraus.

»Was wollten sie?«

»Wollten wissen, warum ich zwei Monate lang nicht hier war. Sagten, meine Abwesenheit wäre ihnen aufgefallen. Wollten wissen, wo ich war.«

»Was hast du ihnen gesagt?«

»Daß ich bei einer Tante im Süden war.«

»Ohne die Kinder?«

»Ich habe gesagt, daß es eine Liebesaffäre war.« Sie zuckte die Achseln. »Ich glaube nicht, daß sie es gekauft haben.«

»Wie sah der Mann vom MI5 aus?«

»Groß, ziemlich dünn. Gebrochene Nase. Ganz hübsch, wenn man auf *Brits* steht.«

»Hast du gerne mit ihm gesprochen?«

»Die sind alle gleich. Sie hatten nichts gegen mich in der Hand.«

»Findest du, daß wir dich sperren sollten?«

Colette dachte einen Moment nach. War das eine Falle? Der Gedanke, für ein paar Monate aus dem Verkehr gezogen zu werden, hatte seinen Reiz. Sie schüttelte den Kopf. »Ich glaube nicht, daß sie irgend etwas hatten.«

»Wer hat am meisten geredet?«

»Ryan.«

»Ryan?« Ein kurzes Schweigen, ehe Mulgrew weitersprach. »Wer ist Ryan?«

»Der *Brit.*«

»Ich dachte, sein Name war Jones.«

Schweigen. Colette war sich der Verkehrsgeräusche und plötzlich auch der Kälte bewußt. »Ryan Jones. Er hat seinen Vornamen benutzt.«

»Also habt ihr euch angefreundet?«

Wieder Schweigen. »Findest du, daß diese Kommentare etwas bringen?«

»Es ist nur merkwürdig, den Vornamen zu benutzen.«

»*Er* hat ihn benutzt.« Sie seufzte noch einmal. »Hör mal, es war ein langer Tag. Sperr mich, wenn du willst, aber ich bin sehr müde. Kann ich nach Hause gehen und nach meinen Kindern sehen?«

Wieder Schweigen. »Gut, Colette, aber ich glaube, wir sollten ein anderes Mal ausführlich darüber plaudern. Okay?«

Sie gingen zum Wagen zurück. Colette spürte, daß die Sache etwas Absurdes hatte, und sie verfluchte sich dafür, daß sie ihn unterschätzt hatte. Er war ein cleverer kleiner Mistkerl, und er hatte sie durcheinandergebracht. Dumm, sagte sie sich. Verdammt dumm.

Auf der Heimfahrt war ihr übel. Sie war müde und kaum imstande, das Haus zu betreten. Sie stand eine Weile davor und versuchte, ihre Kräfte zu sammeln, ehe sie leise hineinging.

Als sie den Flur betrat, hörte sie wieder Gemurmel aus der Küche. Sie öffnete die Tür und sah Ma, Catherine und Mark, die verschwörerisch beieinanderstanden. Mark und Catherine standen vorn, und nach einem kurzen Schweigen kam Catherine auf sie zu und zog hinter ihrem Rücken ein kleines weißes Päckchen hervor. Sie strahlte aufgeregt. »Geleebonbons«, sagte sie. »Die du am liebsten hast. Großmutter hat gesagt, wir können unser Taschengeld ausgeben, weil die Soldaten so schrecklich waren und dich mitgenommen haben.«

Colette bückte sich und nahm sie beide in die Arme. Plötzlich überkam sie Erleichterung. Sie erhob sich und setzte den Kessel auf.

»Tee, Ma?« fragte sie, und ihre Mutter nickte. Colette nahm zwei Teebeutel und hängte sie in die uralte grüne Kanne. Catherine und Mark verschwanden im vorderen Zimmer, und sie stand eine Weile schweigend neben ihrer Mutter.

»Was wollte Mulgrew?« fragte Ma.

»Fragen.«

»Was fragen?«

»Das übliche.«

»Aber über wen hat er dich ausgefragt?«

Colette schaute ihre Mutter an und sah die Besorgnis in ihrem Gesicht. »Über mich«, sagte sie. »Über mich und meine Zeit in Castlereagh. Redete vom Sperren – ich soll eine Zeitlang im Hintergrund bleiben. Das war's.«

»Sonst nichts?«

Colette schüttelte den Kopf. »Nein, warum?«

Ma ignorierte die Frage. »Was hat er noch gesagt?«

Colette ärgerte sich. »Macht es dir was aus, wenn wir nicht darüber reden?« fragte sie. Dann wurde sie freundlicher und legte ihre Hand auf den Arm ihrer Mutter. »Ich weiß, daß du dir Sorgen machst, Ma, aber es ist alles in Ordnung, ehrlich.«

Colette goß sich eine Tasse Tee ein, öffnete die Hintertür, zündete sich eine Zigarette an und rauchte schweigend.

In dieser Nacht konnte Ryan nicht schlafen. Er war unruhig.

Um drei Uhr stand er auf und holte sich ein Glas Milch aus dem Kühlschrank. Er ging ins Wohnzimmer und blieb am Fenster stehen. Er sah hinunter auf die Hecke und auf die Straße. Ab und zu ein Auto, aber sonst war alles still.

Seine Tasche stand auf dem Schreibtisch. Er nahm die Schachtel heraus, die er immer mit auf Reisen nahm. Sie war inzwischen verbeult, und ihr Inhalt war abgegriffen. Er sah sich die Briefe und die Fotos nicht immer an, manchmal nahm er sie monatelang nicht heraus. Aber er hatte sie immer dabei.

Es war wirklich kein großes Erbe, und dieser Gedanke machte ihn sogar jetzt, nach all der Zeit, noch immer traurig. Wenn man alles zusammenzählte, die Fotos, die Briefe, die Erinnerungen, dann ergab das ein paar Schnipsel aus guten Ratschlägen und ein verblassendes Bild. Nicht genug. Nicht für immer.

Er nahm es sich selbst noch immer übel. Das stärkste Bild war eine Gestalt auf einem Rugbyfeld an einem regnerischen Wintertag. Die Gestalt war stark und warm, aber der Junge, der auf sie zukam, war ichbezogen und eigennützig. Der Junge brauchte die Gestalt, aber er ging nicht rücksichtsvoll oder aufmerksam mit ihr um.

Und dann war er fort, und es war zu spät. Es hatte noch mehr Rugby-Matches an zahllosen Wintertagen gegeben, aber die kraftvolle Gestalt war nicht mehr da, und der Fels, auf den sein Leben gegründet war, zerbröckelte.

Er fragte sich, ob sein Vater jemals geahnt hatte, was für ein Chaos er hinterlassen würde.

Am Anfang war es verhältnismäßig leicht gewesen. Dann hatte sich alles verändert. Er erinnerte sich an den Tag, als seine Mutter in der Schule vorbeikam. Die Schikanen waren schlimm damals, und er wollte alles loswerden. Statt dessen hatte sie ihm gesagt, daß sie wieder heiraten würde. Er hatte schweigend zugehört.

Am Ende jenes Schuljahres hatte er zum ersten Mal die Macht der Literatur gespürt. Auf dem obersten Rang des Theaters in Bristol hatte ihn die Kraft des Hamlet-Monologs an seinen Sitz gefesselt. »Wie ekel, schal und flach und unersprießlich/Scheint mir das ganze Treiben dieser Welt … /'s ist ein wüster Garten, / Der auf in Samen schießt; verworfnes Unkraut / Erfüllt ihn gänzlich … O schnöde Hast, so rasch / In ein blutschänderisches Bett zu stürzen …«

Noch Jahre später hatte er sich dafür gehaßt, daß er seiner Mutter ihr Glück mißgönnt hatte. Jetzt sagte er sich, daß all das vorbei war. Vergangenheit, Geschichte. Aber damals hatte er wochenlang nicht mit ihr gesprochen, und für seinen Stiefvater hatte er sehr viel länger kein freundliches Wort gehabt.

Er betrachtete den Brief, der mit dem Testament gekommen war. Er war inzwischen abgegriffen und in zwei Stücke zerrissen, aber zuvor war es eine einzelne A4-Seite gewesen. Eine einzige Seite voller Liebe und Philosophie, die ein Leben lang vorhielt.

Er ließ seine Augen über die Brieffragmente gleiten. »Ich hoffe, es geht Dir gut … halt die Ohren steif, alter Junge … wir denken an

Dich ... schön, daß Du das Spiel gewonnen hast ... der Schiedsrichter war total parteiisch ... freue mich drauf, Dich am Wochenende zu sehen ...«

Tränen rollten über seine Wangen.

McIlhatton liebäugelte mit einer kleinen Rebellion.

Er war in Soho und sah sich Fotos von nackten Mädchen an. In diesem Stadtteil schienen sie überall zu sein – alle perfekt geformt, in Trikots oder Strapsen oder Leder oder in gar nichts.

Er stand vor dem Eingang zu einer Art Bar, sah sich ein Bild von einer Nackttänzerin an und dachte an den Ständer in seiner Hose. Er schwankte, ob er hineingehen sollte – eine kleine Rebellion, denn seine Anweisung war, nichts zu tun, das irgendwie Aufmerksamkeit erregen konnte. Die Frau am Schalter fragte: »Wollen Sie reinkommen?«

Sofort brach ihm der Schweiß aus. Er wurde rot und ging davon.

Eilig lief er zum Piccadilly Circus. Er drängelte sich aggressiver als nötig durch die Menschenmengen auf dem Gehweg. Am unteren Ende der Treppe zur U-Bahn suchte er in seiner Tasche nach Kleingeld, nahm den Telefonhörer ab und wählte. Das Telefon klingelte, und er sah auf die Uhr. Könnte zu spät sein.

Schließlich hörte er das Mädchen sagen: »Andersonstown Travel.«

ACHTES KAPITEL

Colette saß kerzengerade. Sie war plötzlich aufgewacht und hatte Angst. Jemand hatte sie am Arm gepackt, sie wollte schreien, und dann roch sie den Atem des Mannes.

»Pst. Ich bin's – Paddy.«

Er hielt noch immer ihren Arm fest, und sie schob ihn weg. »Menschenskind, wie spät ist es? Was willst du denn?«

Er setzte sich auf die Bettkante und flüsterte. »Tut mir leid. Es ist sechs Uhr, und wir brauchen dich. Kieran Doherty ist gestern spät abends geschnappt worden, und wir brauchen jemanden, auf den wir uns verlassen können.«

Colette war wie betäubt. Sie hatte keine Möglichkeit, das abzulehnen. Sie hatte ihr eigenes Todesurteil unterschrieben. Sie wollten auf Paddy achten, aber niemand erwartete sie.

Sie tastete auf dem Fußboden nach ihren Kleidern, zog ihre Jeans an und ging die Treppe hinunter. Paddy wartete in der Küche. »Was ist mit den Kindern?« fragte sie.

Paddy sah sie verwundert an. »Die können doch bei Ma bleiben.«

»Aber wozu braucht ihr mich?«

Noch ein verwunderter Blick, als könnte er nicht verstehen, warum sie die Entscheidung in Frage stellte. »Du hast in East Belfast immer Informationen gesammelt. Wir brauchen jemanden, der sich da auskennt und nicht in Panik gerät.«

»Ich bin da jahrelang nicht gewesen.«

»Stimmt was nicht?« Seine Stimme klang scharf.

Colette schüttelte den Kopf. Draußen wartete ein blauer Ford Escort mit laufendem Motor. Sie setzte sich auf den Rücksitz, ohne noch etwas zu sagen. Sie kannte den Fahrer nicht, aber sie sah, daß sein Haar unter der Baseballkappe kurz war. Er sah sehr jung aus.

Sie verließen Falls Richtung Springfield Road und hielten gegenüber dem Tor in der Friedensmauer an, die das katholische vom protestantischen West Belfast trennte. Die Straße war hier am Lanark Way seit Monaten geschlossen, seit der letzten Runde der gnadenlosen Vergeltungskämpfe. Das Gelände auf der linken Seite war verwüstet, und wegen der verlassenen Häuser sah dieser Teil von Belfast aus wie eine alte, kriegsgebeutelte Stadt.

Paddy drehte sich um und sah sie an. »Hör zu. Ich habe die anderen instruiert. Es geht um den Anschlag auf Henderson. Du fährst den Fluchtwagen, klar? *Klar*, Colette?«

Sie nickte und wagte nicht zu sprechen. Später dachte sie daran, daß Paddy erregt gewirkt hatte. Das paßte nicht zu dem ängstlichen Ausdruck, den sie ein paar Tage zuvor in seinem Gesicht gesehen hatte. Es war die Angst, die ungewöhnlich war.

»Wir haben zwei Autos. Den Fluchtwagen und einen roten Sierra. Kapiert? Wir fahren nach Winston Gardens, gleich bei Newtownards Road.« Paddy sprach sehr deutlich, wie mit einem Kind. »Da wohnt der Scheißkerl. Er fährt einen silbernen Granada, und er geht immer um halb neun aus dem Haus. Kapiert?«

Sie nickte, obwohl es nicht zutraf.

»Wenn Hendersons Granada kommt, fährt ihm der Sierra direkt in den Weg, und er muß anhalten. Ich komme aus dem Lieferwagen und bringe ihn um. Inzwischen sitzt du auf dem Fahrersitz. Wir fahren dann über die Newtownards Road wieder zurück. Kapiert?«

Sie nickte noch einmal.

»Sicher?« Er war unruhig und wandte sich wieder nach vorn. Zwei Männer waren aus einer Seitenstraße gekommen. Sie liefen schnell auf den Wagen zu. Beide waren jung, und sie kannte ihre Gesichter, aber an die Namen konnte sie sich nicht erinnern. Sie wurde nicht vorgestellt. Es waren eindeutig Paddys Leute, und sie sahen aus, als wären sie mit Testosteron und Adrenalin vollgepumpt. Beide trugen Baseballmützen, und beide kauten Kaugummi. Colette nahm an, daß sie aufgeregt waren. Es erinnerte sie an die erste Operation, an der sie beteiligt gewesen war, ein Molotowcocktail-Überfall auf eine Armeepatrouille. Es schien lange her zu sein.

Sie schauderte. In ihrem Kopf überschlugen sich Fragen und Zweifel. Sie verspürte gewaltigen Haß auf Allen und Ryan. Sie hatten versprochen, Paddy zu schützen, aber sie hatte keinen Grund, ihnen zu vertrauen.

Der Fahrer verließ die Springfield Road in Ballymurphy und hielt auf halber Höhe in einer der Reihenhausstraßen, die von Whiterock Road abgingen. Ein Auto ohne Räder ruhte auf Klötzen. Paddy reichte Colette eine Kapuzenmütze und ein paar Gummihandschuhe und gab ihr zu verstehen, daß sie beides anziehen sollte.

Sie ging ihm nach zur Haustür, und die beiden anderen Männer folgten ihr.

Paddy klingelte einmal. Der Wagen verschwand. Ein ältliches Gesicht spähte mißtrauisch aus der leicht geöffneten Tür. Paddy trat vor und drückte sanft, aber entschieden gegen die Tür. »Provisional IRA. Wir besetzen Ihr Haus. Es gibt keinen Grund zur Beunruhigung.«

Die Frau schien keine Angst zu haben. »Ach, Herrgott noch mal. Warum könnt ihr nicht einfach verschwinden und uns in Ruhe lassen?«

Einen jüngeren Mann hätte das vielleicht aus der Fassung gebracht, aber die jahrelange Erfahrung hatte Paddy Selbstvertrauen gegeben. »Wir sind bald wieder weg, und Sie wollen doch nicht, daß Ihrem Sohn was passiert, oder?«

Paddy streifte sie im Vorbeigehen und ging in die Küche, wo ein junger Mann vor einem vollen Teller Rührei mit Wurst am Tisch saß. Er rührte sich nicht. Paddy zog die Pistole aus der Tasche. »Sie werden Ihren Lieferwagen heute sicher nicht brauchen ...«

Paddy ließ einen der jungen Männer zurück, um die Frau und ihren Sohn zu bewachen. Colette und der andere, ein pickliger, untersetzter, häßlicher Kerl, folgten ihm zu dem gelben Toyota-Lieferwagen, der ein Stück entfernt auf der Straße parkte. Wenig später hielten sie vor dem Haus eines IRA-Sympathisanten im benachbarten Turf-Lodge-Viertel. Sie kannte die beiden Männer darin. Es waren noch zwei von Paddys Leuten, Seamus McGirr und Sean Campbell.

Die AK-Ms lagen auf dem Tisch. Sie hatten die Kolben abmontiert, um sie leichter verstecken zu können. Sie sahen häßlich aus.

Während sie sich noch unterhielten, sagte Colette lächelnd, daß sie pinkeln mußte. Oben saß sie auf dem schmutzigen, zersprungenen Toilettensitz und versuchte, die Panik zu kontrollieren, die sie überkam. Sie wollte gerade die Spülung ziehen, als sie eine Idee hatte. Sie schlich über den Flur und weinte fast vor Erleichterung, als sie ein Telefonkabel sah, das über das ungemachte Bett lief.

Sie wählte die Freephone-Nummer, die sie sich hatte merken müssen, und fragte nach »The Boxman«, dem Codenamen, den man ihr gesagt hatte. Die Vermittlung bat sie um einen Moment Geduld. Ängstlich und schweigend saß sie da und hörte die Stimmen, die von unten heraufdrangen.

Sie wartete. Die Leitung war tot. Sie wollte schreien.

Sie erkannte Allens Stimme.

»Shadow Dancer?«

Sie war vor Angst wie gelähmt, denn eine der Stimmen war plötzlich lauter zu hören. Jemand war unten an der Treppe.

»Shadow Dancer?«

Der Mann kam die Treppe herauf. Ihre Stimme war kaum zu hören. »Ich bin hier drin. Nicht schießen.«

Leise legte sie den Hörer auf und erhob sich. Der picklige Kerl stand in der Tür. Er schaute sie mißtrauisch an. »Alles okay?«

Sie nickte. »Habe nur vorne nachgesehen. Vielleicht sind wir verfolgt worden …«

Er starrte sie an, aber sagte nichts mehr. Sie zuckte mit den Schultern. »Man kann nie vorsichtig genug sein.«

Er antwortete nicht, und sie spürte, wie sie rot wurde. Sie senkte den Blick und ging auf ihn zu. Sie hätte das Schweigen gerne gebrochen. Er machte keine Anstalten, sie durchzulassen, und sie mußte sich an ihm vorbei durch die Tür schieben.

Sie ging die Treppe hinunter. Sie hörte, wie er ins Badezimmer ging. Sie betrat das Zimmer, und Paddy bemerkte offenbar ihren Gesichtsausdruck. »Alles in Ordnung, Colette?« Sie nickte und betrachtete stumm die Waffen, die sich auf dem Tisch stapelten – drei Maschinengewehre und drei Pistolen, außerdem eine Auswahl Kapuzenmützen, Handschuhe und blaue Overalls.

Sie wartete darauf, daß der junge Mann herunterkam und sie denunzierte. Sie hörte seine Schritte auf der Treppe. Er ging sehr langsam, und sie fragte sich, ob er jetzt nachdachte und überlegte, was er gesehen hatte und was er tun sollte.

Sie spürte, daß er ins Zimmer gekommen war, aber sie sah nicht auf. Sie beugte sich vor und starrte den Fußboden an. Es war nichts zu hören. Niemand sprach.

Schließlich schaute sie auf. Der junge Mann starrte sie an. Sie war nicht sicher, ob sie in seinen Augen Mißtrauen, Angst oder beides sah. Sie wünschte sich beinahe, daß er reden und es hinter sich bringen würde, aber Paddy stand auf und sagte: »Na dann, gehen wir.«

Er raffte die Overalls und die Handschuhe zusammen und nahm sich eines der AK-Ms, das er in seinem langen Mantel versteckte. Er ging voraus, und Colette folgte ihm schnell, um das Zimmer hinter sich zu lassen.

Der rote Sierra fuhr zuerst los. Er entfernte sich, und Colette wußte, daß der junge Mann sich nach ihr umsah.

Sie warteten im Lieferwagen. Colette spielte den Zwischenfall in Gedanken noch einmal durch. Sie sah sich auf dem Bett liegen und das Telefon umklammern. Sie versuchte sich zu erinnern, was sie gesagt hatte. Sie ging es Wort für Wort, Sekunde für Sekunde durch und überlegte, wann genau sie seine Schritte auf der Treppe gehört hatte. Sie glaubte nicht, daß er etwas gehört hatte, denn sie hatte sehr leise gesprochen. Aber sie hatte das Mißtrauen in seinem Gesicht gesehen.

Ehe sie es bemerkte, fuhren sie schon. Paddy saß am Steuer, er runzelte die Stirn, und sein Gesicht war verzerrt von der Konzentration.

Niemand sprach. Sie fuhren am Sicherheitskontrollpunkt im obersten Stock des Divis Tower vorbei, einem schmuddeligen, uralten Wohnblock am Rand des republikanischen West Belfast. Colette spürte, wie ihre Angst weiter wuchs, aber es gab keine Kontrollen, und sie fuhren über die Stadtautobahn hinweg ins Zentrum.

Paddy saß neben ihr und wirkte zuversichtlich, und sie versuchte, Kraft daraus zu schöpfen. Dann fiel ihr wieder ein, was sie vorhatten. Für einen kurzen, flüchtigen Moment dachte sie mit Erleichterung daran, daß der junge Mann wahrscheinlich getötet werden würde. Aber der Moment ging schnell vorbei.

Sie schaute Paddy wieder an und fragte sich, wie er so ruhig wirken konnte. Sie wollte ihn anschreien und ihn bitten, anzuhalten. Sie fand, daß er aussah wie auf einem Sonntagsschulausflug.

Sie fuhren an der City Hall vorbei. Auf dem Platz rundherum herrschte reger Betrieb, die Leute hasteten in der frühen Morgensonne zur Arbeit. Sie schaute in ihre sorglosen Gesichter.

Sie bogen in Newtownards Road ein und erreichten das Herz des protestantischen East Belfast. Colette las die loyalistischen Graffiti auf der Mauer links von ihr. »Wir sagen den Iren nur das eine:«, hieß es, »Hände weg von Ulster«.

Weiter stadtauswärts waren die Häuser größer und die Hecken gepflegter. Sie bogen in Winston Gardens ein, und vorn sah Colette den roten Sierra. Bis auf eine alte Frau, die ihren Hund ausführte, war die Straße leer. Sie sah auf die Uhr. Es war zwanzig nach acht.

Paddy hielt gegenüber dem roten Sierra am Straßenrand an. Leise befahl er Colette, sich auf den Fahrersitz zu setzen. Er kletterte nach hinten. Colette tat, was er gesagt hatte, und sah dann zu McGirr hinüber, der nickte, den Motor anließ und ein kleines Stück weiterfuhr, so daß sie Hendersons Granada vor dem Lieferwagen zum Stehen bringen konnten. Paddy und Sean Campbell hatten die AK-Ms hervorgeholt und geladen. Paddy öffnete die hintere Tür ein wenig. Die alte Frau kam langsam auf ihn zu.

Das Geräusch ließ sie alle erstarren. Es kam aus einem Fenster über ihnen. Es war laut, denn die Stimme wurde durch ein Megaphon verstärkt.

»Sie sind umstellt. Lassen Sie die Waffen fallen.«

Niemand rührte sich. In der Straße herrschte eine unheimliche Stille. Eine solche Stille war nicht normal, und Paddy fluchte in sich hinein.

»Ich wiederhole: Sie sind umstellt. Geben Sie auf, und wir garantieren, daß niemand verletzt wird.«

Sean Campbell saß neben Paddy und atmete schwer. »Diese Schweine, diese verdammten Schweine. Jemand hat uns verdammt noch mal verpfiffen!«

Paddy schaute vorsichtig aus dem Rückfenster. Die alte Frau stand immer noch da, sie war wie erstarrt.

Die Stimme aus dem Megaphon klang ruhig und gemessen. »Es gibt kein Entkommen. Sie sind von allen Seiten umstellt. Geben Sie sofort auf.«

Paddy sah wieder aus dem Fenster. Bis auf die alte Frau war die Straße verlassen.

»Geben Sie sofort auf. Sie haben keine Möglichkeit, zu entkommen. Wir wissen, daß Sie zu fünft sind. Kommen Sie mit erhobenen Händen heraus.«

Colette saß vollkommen still vorn im Lieferwagen. Sie konnte sich nicht rühren. Ihr Geist und ihr Körper waren wie gelähmt. Sie hätte Paddy gerne angeschrien, aber die Worte blieben ihr im Hals stecken.

Sean Campbell geriet neben Paddy in Panik. Mit einer einzigen plötzlichen Bewegung stieß er die Tür des Lieferwagens auf und stürzte auf die Straße. Der Lärm der Schüsse war ohrenbetäubend, und er war tot, ehe er auf dem Boden aufschlug. Paddy lag flach auf dem Bauch, während die Kugeln das dünne Blech des Lieferwagens durchsiebten. Dann war es still, nur der Lieferwagen schaukelte leise von der Wucht der Einschläge. Paddy drehte sich zu Colette um. »Nicht bewegen«, flüsterte er.

Die hintere Tür des Lieferwagens stand offen. Colette drehte sich um und sah Campbells Leiche auf dem Boden liegen. Die alte Frau stand da wie gelähmt. Sie sah, wie Paddy vorwärtsstürzte. Die alte Frau stand nicht weit entfernt, aber die wenigen Sekunden, die er bis dorthin brauchte, schienen eine Ewigkeit zu sein. Sie dachte bei jedem Schritt, daß es sein letzter sein würde.

Wie durch ein Wunder war er plötzlich dort. Die Schüsse hörten auf. Er hielt die Pistole an den Kopf der Frau. »Aufhören. Aufhören, oder sie stirbt.«

Sie hätten ihn mühelos erschießen können. Aber sie hatten Anweisung, vorsichtig zu sein. Niemand schoß.

»Laßt den Lieferwagen fahren.«

Schweigen.

»Laßt den Lieferwagen fahren, oder sie stirbt.«

Wieder herrschte unheimliche Stille.

»Ich weiß nicht, wo ihr seid, aber laßt den Lieferwagen fahren.«

Erstarrt sah Colette zu. Sie hatte nicht erwartet, daß er es überleben würde. Sie wußte, daß sie es mit der SAS zu tun hatten, und sie dachte, daß sie ihn jeden Augenblick erschießen würden. Er schrie sie an, aber sie hörte ihn nicht.

»Laß den Motor an.«

Noch immer Schweigen. Sie rührte sich nicht.

»Laß den Motor an.«

Sie reagierte nicht. Paddy zog die alte Frau langsam zum Wagen. Er sah nackt und verletzlich aus, aber er rief wieder nach ihr. »Herrgott noch mal!« Sie starrte seinen Rücken an. Sie konnte die Visiere förmlich spüren, die auf ihn gerichtet waren. Sie verstand nicht, warum sie ihn am Leben ließen. »Laß den verdammten Motor an!« schrie er wieder.

Er schob sich langsam vorwärts. Er konnte Colette jetzt sehen, die sich über das Lenkrad beugte.

»Laß den Scheißmotor an! Laß den Motor an! LASS DEN SCHEISSMOTOR AN!«

Colette wurde lebendig. Sie tastete nach dem Zündschlüssel und ließ den Motor an. Der Lieferwagen fuhr stotternd los.

Paddy winkte ihr zu. »Weiter. Fahr. Weg hier.«

Er gab McGirr ein Zeichen und schob die alte Frau zum Wagen. Die Windschutzscheibe des Sierra war von Kugeln durchsiebt. Der junge Mann war getroffen worden, und es sah aus, als wäre er tot.

Paddy hielt die alte Frau fest und ließ sich rückwärts in den Wagen fallen. McGirr gab kräftig Gas und ließ den Motor laut aufheulen. Sie fuhren schlingernd los und prallten gegen die Autos, die vor ihnen geparkt waren. Niemand schoß.

Colette fuhr nur einige hundert Meter. Sie bog nach links in die Green Road ein und fuhr genau auf eine der Unterstützungseinheiten zu. Die Soldaten kauerten am Straßenrand und standen auf, als sie näher kam. Sie brachte den Lieferwagen sachte zum Stehen, öffnete langsam die Tür und stieg mit hoch erhobenen Händen aus.

Zaghaft ging sie weiter. Sie war nervös, bis sie eine vertraute Stimme hörte.

»Immer mit der Ruhe, Jungs.«

Ryan erschien und kam auf sie zu. Er nahm ihren Arm und führte sie behutsam zu dem wartenden Wagen.

Darin legte sie ihren Kopf in die Hände und begann, unkontrolliert zu schluchzen. Ryan fuhr los und hielt ein paar Straßen weiter wieder an.

Sie spürte, daß er sie ansah, aber er sagte nichts.

»Scheißkerle«, murmelte sie in sich hinein.

Die Luft war noch immer feucht, und Colette fröstelte. Mulgrew zeigte auf das Haus Nummer zehn, obwohl ziemlich offensichtlich war, um welches es ging. Alle anderen sahen bewohnt aus.

Sie waren in New Barnsley, einer Siedlung in der Nähe von Fort Whiterock, am Fuß des Berges.

Mulgrew kramte nach den Schlüsseln, und sie bückte sich, um ein kleines Dreirad aufzuheben, das verlassen zu ihren Füßen lag. Nicht weit von ihnen umkreisten sich zwei streunende Hunde, aber sonst war die Straße leer. Sie sah sich um und betrachtete den Berg über ihnen. In diesem Moment kamen zwei kleine Jungen die Straße entlanggelaufen, einer jagte den anderen, und beide schrien.

Mulgrew fand schließlich den Schlüssel und führte sie hinein. Im Haus war es unglaublich klamm. Er wies nach links und sagte: »Setz dich.« Im vorderen Zimmer gab es keine große Auswahl – ein schäbiges braunes Sofa und einen Holzstuhl, der aussah, als hätte man ihn aus einem Feuer gezogen. Sie wählte den Stuhl und versuchte, den modrigen Geruch nicht zu beachten, solange sie wartete. Die Tapete und die Tüllgardinen waren schmutzig, und der Teppich war durchgescheuert. Dann bemerkte sie den Geruch aus der Küche und versuchte, gegen einen Anflug von Übelkeit anzukämpfen.

Sie wartete und war nicht sicher, was genau er nebenan tat. Sie atmete tief durch und überlegte, was er sie fragen könnte. Sie dachte an das, was er beim letzten Mal gefragt hatte, und wieder fröstelte sie.

Sie ging genau durch, wie sie nach Hause gekommen war. Sie war zu Fuß gegangen. Den ganzen Weg? Ja, den ganzen Weg. Ohne den Soldaten oder einer Patrouille zu begegnen? Ja, langsam gegangen, die Seitenstraßen genommen.

Natürlich hatte Mulgrew auf sie gewartet. Sie hätte es sich denken können. Wenn sie nur nicht so bestürzt gewesen wäre. Was zum Teufel machte er da nebenan? Sie atmete noch einmal tief ein und fragte sich, wie es Paddy ergangen war.

Mulgrew trat ein und lächelte sie an. Er nahm auf dem Sofa Platz und saß ein wenig niedriger als sie, obwohl er größer war. Diesmal strahlte er Freundlichkeit aus, und sie stellte fest, daß sie die Kraft hatte, ihn zu hassen. Er war so raffiniert, so treu ergeben. Ich wette, du bist ein verdammter Maulwurf, dachte sie.

»Was ist schiefgegangen?«

Sie versuchte, sich zu konzentrieren, und ihr Haß löste sich plötzlich auf. »Ich weiß nicht. Ich habe gemacht, was ich machen sollte, aber die haben da gewartet und ... es war das reinste Chaos ... alles ging durcheinander. Ich ...«

»Du hast den Wagen stehenlassen?«

»Ja.«

»Wo?«

»Äh ... Ich weiß nicht. Ein paar Straßen weiter. Ich dachte, sie würden danach suchen. Ich dachte, zu Fuß bin ich sicherer.«

»In der Gegend wimmelte es von Soldaten.«

»Ich weiß, deshalb ...«

»Und keiner von denen hat dich gesehen? Du bist keinem von denen begegnet?«

»Ich habe die Seitenstraßen genommen. Ich dachte, die achten nicht auf Passanten.«

»Welche Straßen?«

»Äh, ich ... vom Stadtzentrum aus könnte ich es sagen, aber weiter nicht. Ich war irgendwie in Panik. Hab wirklich nicht besonders klar denken können –«

»Du hast keine Ahnung, wie du da rausgekommen bist?«

»Ich bin durch eine Menge Wohnstraßen gelaufen ... große Häuser. Ich – ich dachte, ich hätte mich verlaufen, aber ich bin weitergegangen, bis ich oben an Castlereagh Road herauskam.«

»Und du hast keine Soldaten gesehen?«

»Ein paar Land Rover sind vorbeigerast. Aber ich habe nicht hingesehen und bin weitergegangen.«

Er rutschte auf dem Sofa herum. »Du solltest an dieser Operation eigentlich nicht beteiligt sein. Wann hast du zum ersten Mal davon gehört?«

Sie schauderte. »Ist Paddy okay?«

»Paddy geht's gut. Er ist auch entkommen. Ich habe mit ihm gesprochen. Wann hast du zum ersten Mal von dieser Operation gehört?«

Eine Falle? *Ich habe mit ihm gesprochen.* Was hatte er gesagt? Sie spürte das Adrenalin in ihrem System. Sie fröstelte wieder.

»Na los, Colette. Es ist eine einfache Frage.«

»Wie war die noch mal?«

»Geht's dir gut?«

»Ja, ja. Tut mir leid, es war ein ... Ich habe mir nur Sorgen um die Kinder gemacht, das ist alles.«

»Ich weiß, das ist sicher schwierig.« Jetzt mit sanfter Stimme. »Ich habe gerade gefragt, wann du zum ersten Mal von diesem Anschlag gehört hast.«

»Heute morgen. Paddy kam in mein Zimmer und hat mich aufgeweckt. Ich habe mir schreckliche Sorgen um die Kinder gemacht und ...«

»Das war das *erste* Mal, daß du davon gehört hast?«

Sie nickte.

»Und davor hat niemand irgend etwas erwähnt?«

»Kann mich nicht erinnern, nein.«

»Du kannst dich nicht erinnern?«

»Nein, niemand hat etwas gesagt.«

Mulgrew lächelte sanft. »Danke, Colette.«

O'Hanlon hob die Hand. Er war klein, dick, häßlich und kahl. Er versuchte, beschwichtigend zu wirken. »Gerry, ich sage nicht, daß du einen Maulwurf hast. Das habe ich nicht gesagt. Aber du kannst nicht leugnen, daß es so aussieht.«

Sie gingen die Whiterock Road hinauf. Sie hatten sich vor der Rock Bar getroffen und waren an Sean Grahams Buchmacherladen vorbei nach rechts den Hügel hinaufgegangen. Als ihnen ein Mann und eine Frau mit einem Kinderwagen auf ihrer Straßenseite entgegenkamen, schwiegen sie für eine Weile. Der Mann sagte: »Morgen, Gerry«, und das war auf eine seltsame Art befriedigend. Er konnte sich an den Namen des Mannes nicht erinnern. Als sie dann nach rechts über ein Stück unbebautes Land gingen, war Gerry wütend. Die Operation heute morgen war ein Fiasko gewesen, sicherlich, und die Männer vom berüchtigten ›Nußknackerkommando‹ der IRA hatten keine Zeit verloren. Es ging sie verdammt noch mal nichts an, aber er wußte, daß er sehr taktvoll sein mußte. Das war das Schlimmste daran.

Er blieb stehen, und sie schlossen einen engen Kreis. »Es wird eine Weile dauern, das zu überprüfen«, sagte er. »Paddy hält sich versteckt. Wir glauben, daß er beschattet worden ist.«

»Gut, wir warten. Aber das heute morgen war eine Katastrophe«, sagte O'Hanlon.

»Ich glaube nicht, daß in Paddys Einheit ein Maulwurf ist.«

»Ach *komm*, McVeigh. Nur weil er dein Bruder ist.«

O'Hanlon klang höhnisch. Instinktiv wollte Gerry ihn schlagen, aber er beherrschte sich. O'Hanlon gehörte immerhin zur Führung. Nicht mehr lange, sagte sich Gerry.

»Wir werden das prüfen«, sagte er.

»Niemand ist über einen Verdacht erhaben, Gerry«, sagte O'Hanlon. »Niemand.«

In diesem Moment hörten sie die Sirene, und zwei Land Rover der Polizei jagten die Whiterock Road hinauf. Sie lagen tief, und Gerry wußte, daß sie schwer beladen waren. Ohne ein Wort brachen sie das Gespräch ab, gingen von der Straße weg und zerstreuten sich in verschiedene Richtungen.

Sie hatten eine Weile gewartet, und das Gespräch war verstummt. Sie waren in Castlereagh und warteten auf den Leiter der Source Unit. Ein Mann bog in den Korridor ein und verlangsamte seinen Schritt, als er näher kam. Er kannte Allen offenbar.

»Warten Sie auf den Chief Inspector?« Er wies auf die Tür.

Allen nickte und schniefte. »Das braucht seine Zeit.«

Der Mann war hochgewachsen – Ryan fiel auf, daß sie eigentlich alle ungefähr gleich groß waren. Er hatte dunkles Haar, einen Bart und eine große Nase, die mehrmals gebrochen gewesen sein mußte. Er schaute Ryan an. »Ist das Ihr Freund vom MI5?«

Mit einer Handbewegung stellte Allen sie vor. »David Ryan – Johnny Brogan.«

Sie gaben sich die Hand, und Brogan wandte sich wieder an Allen. »Er wird über euch herfallen. Der Chef hat ihn schon angerufen.«

In diesem Moment öffnete sich die Tür, und ein Mann kam heraus. Ryan konnte nicht hören, was er sagte, denn er konzentrierte sich auf Allens Gesichtsausdruck. Der zeigte irgend etwas zwischen Schock und Überraschung. Der Mann, der herausgekommen war, war offensichtlich sehr zufrieden. Er ging mit Brogan den Korridor entlang, als Allen und Ryan hereingerufen wurden. Ryan dachte nicht weiter darüber nach. Der Chief Inspector fiel über sie her, wie Brogan gesagt hatte.

Danach schlug Allen vor, etwas trinken zu gehen. Als sie Castlereagh verließen, fand Ryan, daß Allen nachdenklich aussah. Er schwieg, bis sie Albert Bridge überquerten.

»Haben Sie den Mann gesehen, der rauskam, bevor wir reingingen?«

»Ja. Er sah ziemlich vergnügt aus.«

»Er ist Verbindungsführer.«

Allen sagte das mit großer Gewißheit und besonderem Nachdruck, und Ryan spürte, daß er genau verstehen mußte, was gemeint war. Er wartete ab und hoffte, daß Allen deutlicher werden würde.

»Und warum könnte er heute wohl so vergnügt gewesen sein?«

»Vielleicht war er wegen etwas anderem da?«

Allen sah ihn an und schüttelte den Kopf. »Das glaube ich nicht.«

Sie gingen auf einen Drink ins Cutter's Wharf, eine Bar am Ufer der Lagan. Innen war sie groß und modern, und sie suchten sich einen Tisch an einem Fenster in der Ecke. Ryan sah, wie zwei Ruderboote vorbeiglitten. Ein merkwürdiger Anblick, dachte er. Er paßte ganz und gar nicht zu seinem Bild von Belfast.

Allen war unruhig, und das Gespräch verlief zäh. Ryan dachte an das, was Allen gesagt hatte. *Er ist Verbindungsführer. Und warum könnte er heute wohl so vergnügt gewesen sein?*

Ryan wollte lieber dumm erscheinen, als etwas falsch zu verstehen. Er fragte Allen, was er gemeint hatte. Allen schwieg eine Weile, ehe er mit nachdenklichem Blick antwortete.

»Also, das ist so. Wir haben eine Quelle, ja? Wir kriegen Informationen, und wir verhindern einen Anschlag, und alle finden uns verdammt großartig. So weit, so gut. Aber dann merken wir, daß einem *anderen* Verbindungsführer gratuliert wird.«

Ehe er fortfuhr, schaute Allen sich um, ob jemand zuhörte. »Ein anderer Verbindungsführer – eine andere Quelle. Die Tatsache, daß ihm *heute* wegen demselben Anschlag gratuliert worden ist, bedeutet, daß die andere Quelle höchstwahrscheinlich nahe an unserer ist.«

Allen beugte sich vor, und Ryan roch seinen Bieratem. »Ist die andere Quelle besser oder schlechter, das müssen Sie sich fragen. Und wenn Verdacht aufkommt, werden sie dann die eine loswerden wollen, um die andere zu retten?«

»Wer ist die andere?«

Allen lachte. »Das werden wir wohl kaum herausfinden. Jemand in ihrer Nähe? Könnte sein. Der örtliche Quartiermeister, der die Waffen liefert? Man kann nie wissen.«

Ryan sah sich wieder um. Es war immer noch früh, und sie waren allein in der Ecke. Ihm war übel, und er fragte sich, ob das alles nur Paranoia war. Als Allen sagte, daß er nach Hause mußte, war er erleichtert. Er trank sein Budweiser aus und sagte, daß er zu Fuß gehen würde.

Der Weg über die Stranmillis Road war weiter, als er gedacht hatte. Er ließ sich durch den Kopf gehen, was Allen gesagt hatte. Er wollte nicht mehr daran denken, aber es gelang ihm nicht.

Zu Hause schaltete er den Fernseher ein und stellte fest, daß er nicht die geringste Lust hatte, sich ein Abendessen zu machen. Er ließ ein

Bad ein und wollte gerade hineinsteigen, als das Telefon klingelte. Es war Grant, und er war sehr, sehr zufrieden. »Gut gemacht«, sagte er. »Wirklich sehr gut.«

Ryan wußte, daß er sich einige Augenblicke stiller Befriedigung gönnen sollte, aber er wurde seine unguten Gefühle nicht los. Es war ein Spiel, das man nicht gewinnen konnte, ein Spiel, dessen bestmögliches Ergebnis der Aufschub war, nicht der Sieg. Ein Spiel, in dem die Tragödie, diese oder jene, nur verschoben wurde, niemals überwunden.

Solange Colette allein im Zentrum von all dem tanzte, konnte er Grants Lob nicht genießen.

Wenn sie eine Marionette wäre, hätte sie dünne Fäden, wie er jetzt bemerkte. Wenn man sie zufällig oder absichtlich durchtrennte, würde sie in sich zusammenfallen, aber das Spiel würde ohne Unterbrechung weitergehen.

Heute hatte er ein Leben gerettet – oder dabei geholfen. Das Leben eines Mannes, den er nie gesehen hatte. Eines unschuldigen Mannes. Aber er mußte immerzu daran denken, wie er *ihr* Leben erhalten konnte. Er wußte, daß er das falsch sah.

Er stieg in die Badewanne, lehnte sich zurück und legte seinen Kopf auf den Wannenrand. Er schloß die Augen. Der heutige Tag hatte eines hervorgerufen: das nahezu unwiderstehliche Verlangen, Jenkins anzurufen.

Er hatte noch immer diese erstaunlichen Phantasien über Jenkins, und er fragte sich, warum er nicht imstande war, sie zu verwirklichen. Logisch gesehen gab es keinen Grund, warum er sich einen Zwang antun und Jenkins nicht bitten sollte, sich zu verpissen. (Gott, in dem Zusammenhang hatten diese Worte so einen befriedigend brutalen Klang.) Er hatte sich schon oft gesagt, daß er nicht für immer im Service bleiben wollte. Aber in ehrlichen Momenten konnte er nicht leugnen, daß er ehrgeiziger war, als er normalerweise zugab. Besonders jetzt.

Natürlich war sein Haß nicht logisch. In der Struktur und der Hierarchie seiner Organisation, jeder Organisation eigentlich, lag der Zwang, bei Vorgesetzten ein Verhalten zu akzeptieren, das man an einem Gleichgestellten niemals dulden würde. Und Jenkins gab sich einfach keine Mühe. Er war ein Tyrann: kurz angebunden, manchmal grob, und niemals gab er sich Mühe, irgendeine persönliche Beziehung zu seinen Mitarbeitern aufzubauen. Er setzte auf Kritik, nicht auf Ermutigung. Und wo er konnte, setzte er auf Angst als motivierende Kraft, obwohl er bei Ryan nie ausprobiert hatte, wie weit er damit gehen konnte.

Ryan dachte, daß er sich freuen würde, wenn der Scheißkerl unter einen Bus käme.

Er stieg aus der Badewanne und trocknete sich ab. Er zog sich an und machte sich Toasts.

Aus einer Laune heraus rief er Claire an. Sie war zu Hause.

»Irgendwelche Nachrichten?«

»Nein, Mr. Ryan. Keine Nachrichten. Niemand mag Sie.«

»Alle haben Angst vor mir.«

»O ja.« Sie hielt inne, ehe sie weitersprach. »Wie geht's dir? Einsam?«

Er legte die Füße auf den Stuhl, der vor ihm stand. »Nein, gelangweilt. Aufregung und Langeweile zu ungefähr gleichen Teilen.«

»Freunde?«

»Nur welche, die mich umbringen wollen.«

»Vielleicht sollten wir alle rüberkommen?«

»Vielleicht solltet ihr das.«

Als er aufgelegt hatte, sah er etwa zehn Minuten lang fern. Er zappte durch die Kanäle und ging dann gelangweilt zu Bett.

Er lag stundenlang wach, dachte an Colette und fragte sich, was sie, nur eine Meile entfernt, wohl für ein Leben führte. Er konnte sich nicht vorstellen, wie sie zurechtkam.

Gerry McVeigh zog die Haustür hinter sich zu und schaute nach oben. Der Hubschrauber »Eye in the Sky« war genau über ihm, ein paar hundert Fuß hoch, und sein Suchscheinwerfer erleuchtete die Straße. Er blieb stehen. Fast wäre er wieder hineingegangen, aber dann beschloß er weiterzugehen. Er sah nicht auf, als er zum Wagen ging.

Als er einstieg, spürte er die Müdigkeit hinter den Augen. Er wäre gern umgekehrt, aber er hatte etwas Wichtiges zu tun. Für ihn war es wichtig.

Zuerst sprang der Wagen nicht an, und er nahm sich vor, ihn durchsehen zu lassen. Vielleicht würde er auch einen anderen bekommen. Es war leicht, im Süden etwas stehlen zu lassen.

Zuerst nahm er an, daß der Hubschrauber ihm folgte, aber offenbar gab er schnell auf. Als er Andersonstown erreichte, flog er davon und hielt auf das andere Ende von West Belfast zu. Es war jetzt dunkel, und er fand einen Parkplatz genau vor dem Reisebüro. Offenbar war es drinnen warm, denn die Scheiben waren beschlagen.

Das Mädchen packte gerade zusammen, und es war allein. Als er hereinkam, lächelte sie nervös und wirkte aufgeregt, aber sie nahm seine Einladung auf einen Drink an.

Es ärgerte ihn, daß der Wagen wieder nicht ansprang, aber er blieb geduldig, und schließlich erwachte das Auto stotternd zum Leben. Sie bogen zweimal links ab und vermieden es, über die Falls Road zu fahren. Niemand sprach während der Fahrt; das Mädchen wirkte angespannt. Als sie ins Stadtzentrum kamen, parkte er in der Nähe von Kelly's, und sie gingen die letzten fünfzig Meter zu Fuß. Drinnen war es ruhig. Zwei Männer in Anzügen – in schäbigen Anzügen – saßen an der Bar, und Gerry führte das Mädchen in die entgegengesetzte Ecke. Sie bestellte einen Wodka-Lemon und trank ihn sehr schnell aus.

Insgeheim fand Gerry solche Situationen ziemlich peinlich. Er hatte nicht besonders viel Zeit, und er wollte es nun mal. Aber er wollte sich nicht zum Narren machen, und er hatte Angst, erwischt zu werden. Man konnte nie wissen, wo Christy auftauchte.

Er quälte sich, um Konversation zu machen. Sie war so weit ganz hübsch mit ihrem langen schwarzen Haar, der schmalen Taille und den kleinen Brüsten, die sie in einen hautengen schwarzen Body gepreßt hatte. Als sie saßen, hatte sie sofort ihre Jeansjacke ausgezogen.

Ein oder zwei Stunden lang arbeitete er sich behutsam vor und gab sich höflich und interessiert. Er erfuhr, daß sie achtzehn war, Cathy hieß und mit ihrer Familie in Ballymurphy wohnte. Er kannte ihren Vater Joe. Er war einer von den alten IRA-Männern, die zu Anfang der Troubles kurz beteiligt gewesen waren und dann in den frühen Siebzigern nach der Internierung verschwunden waren.

Sie trank drei Wodka und nickte sanftmütig, als er schließlich fragte: »Gehen wir?«

Er ging mit ihr in ein konspiratives Haus der IRA in Ballymurphy – nicht weit von ihrer Wohnung. Er erklärte ihr, daß er sich abwechselnd in verschiedenen Häusern in der Stadt aufhielt, um die Loyalisten und die *Brits* zu verwirren.

Das Schlafzimmer war winzig, und es gab nur ein Einzelbett. Cathy sah es und lächelte, und er merkte, daß sich hinter ihrem nervösen Äußeren ein Sinn für Humor verbarg.

Er streifte ihr langsam den Body von den Schultern und schloß seine Hände sanft um ihre kleinen braunen Nippel. Ihre Haut war weich, weiß und sauber. Er knöpfte ihre Jeans auf, setzte sie aufs Bett und zog ihr die Hose herunter. Er nestelte erfolglos an den Senkeln ihrer braunen Stiefel, und sie bückte sich, um ihm zu helfen. Ihr langes schwarzes Haar streifte seinen Kopf. Er konnte ihren Duft riechen.

Er zog seine eigenen Jeans aus, aber mit dem T-Shirt machte er sich die Mühe nicht. Sie war sehr feucht, und eine Weile, die ihm sehr lang vorkam, lag er mit der Hand zwischen ihren Beinen neben ihr. Schließlich stemmte er sich hoch und führte sich mit der linken Hand in sie ein. Sie küßte ihn und stöhnte leise, als er in sie eindrang.

Er wollte sofort kommen, aber er hielt sich zurück. In sein Gesicht stand die reine Konzentration geschrieben, während er ihren Oberkörper und ihre Beine betrachtete, die sie geschickt an ihn drückte. Sie schob ihre Hüften kraftvoll hoch, und es machte ihr Spaß.

Sie kam zuerst – er konnte kaum glauben, wie schnell sie kam. Er folgte ihr und dachte, daß sie alles andere als eine Anfängerin war.

Keiner von ihnen hatte über Verhütung gesprochen.

Danach lagen sie zusammen in dem engen Bett. Gerry fragte sich, wie lange er sie noch festhalten mußte, bis er sie nach Hause schicken konnte. Er hatte gerade beschlossen, daß es soweit wäre, als sie leise sagte: »Ich bin nicht sicher, aber ich glaube, wir werden beobachtet.«

»*Was?*«

Sie lächelte sanft. »Nicht hier. Ich meine, im Reisebüro. Ich glaube, wir werden beobachtet.«

Er war aufgesprungen. Er stützte ein Knie auf die Bettkante und griff nach ihrem Gesicht. »Hast du verdammt noch mal gequatscht? Hast du uns verdammt noch mal verpfiffen?«

Er konnte die Angst in ihrem Gesicht deutlich sehen. Er hatte das unangenehme Gefühl, daß er diesen Anblick sehr genoß.

»Ich habe keiner Seele was gesagt«, sagte sie leise.

Ihre Ruhe beeindruckte ihn. Sie war ängstlich, aber ruhig.

»Ich habe nichts gesagt, aber es sind merkwürdige Sachen passiert. Neulich nachts hatten wir einen mysteriösen Einbruch, das Telefon klingt komisch, und draußen sind manchmal Leute, die aussehen, als würden sie uns beobachten.«

»Wer hat ihnen den Tip gegeben?«

»Ich glaube nicht, daß es *Brits* sind.«

Plötzlich war Gerry verunsichert. Er sah sie an. Er hatte ihr Gesicht losgelassen, aber jetzt griff er wieder danach und drückte seine Finger in ihre Wangen. »Du hast es jemandem gesagt.«

Sie schüttelte den Kopf. »Ich habe niemandem was gesagt. Ich glaube, es sind unsere Leute. Ich kenne ein paar von den Gesichtern.«

Gerry stand auf und ging nackt bis auf sein T-Shirt zum Fenster hinüber. Er zog den Vorhang vorsichtig zur Seite und schaute hinaus auf die verlassene Straße. Es war ziemlich dunkel. Kinder aus dem Viertel hatten sämtliche Laternen auf dieser Straßenseite zerschlagen.

»Hast du etwas von dem Mann gehört?«

»Ja. Ich habe ihm gesagt, was du gesagt hast.« Sie klang jetzt ängstlich.

Er wandte sich wieder zum Fenster.

Schweigen.

»Hast du manchmal das Gefühl«, sagte er, »daß die Ereignisse dich treiben, weißt du, daß du von den Menschen abgeschnitten bist ...«

Schweigen.

»Hast du manchmal das Gefühl, daß du abgekapselt bist von den Menschen, die eigentlich ... Ach, scheiß drauf.«

Er bückte sich, um seine Jeans aufzuheben. »Du solltest jetzt gehen«, sagte er.

Während sie sich anzog, sprach er nicht mit ihr. Als er nach Hause fuhr, empfand er eine explosive Mischung aus Wut und Angst. Es war alles so deprimierend. Alles. So viele Dinge hatten eine solche Kälte an sich, als hätten alle irgendwie ihre Menschlichkeit verloren. Er sagte sich, daß irgend jemand für das kämpfen mußte, was richtig war.

Nicht sein Fehler, wenn alle anderen weich wurden.

Das Haus war dunkel, als er ankam. Er nahm an, daß Christy Migräne bekommen hatte und früh zu Bett gegangen war. Sie hatte immer Migräne. Er nahm sich ein Bier aus dem Kühlschrank und setzte sich vor einen Clint-Eastwood-Film.

NEUNTES KAPITEL

Colette prüfte den Wasserstrahl und zuckte zusammen. Mit den Kindern war sie großzügig gewesen, und nun gab es kein heißes Wasser mehr. Sie trat an das Ende der Wanne und stellte sich kurz unter das dünne kalte Rinnsal. Sie nahm die Seife, wusch sich eilig, drehte die Dusche ab und rieb sich mit einem feuchten Handtuch notdürftig trocken. Während sie nackt durch das Schlafzimmer ging, betrachtete sie ihre Arme und Beine und fragte sich wieder, ob sie abgenommen hatte. In der obersten Schublade fand sie einen sauberen weißen Slip, dann zog sie ihre Jeans und einen grünen Rollkragenpullover hervor – den schönen.

Sie ging zurück ins Badezimmer, um sich die Zähne zu putzen. Sie sah ihr Gesicht im Spiegel und fand, daß sie müde Augen hatte. Sie betrachtete sich genau und verspürte dabei einen Anflug von Selbstmitleid. Das Gefühl war auf eine merkwürdige Art angenehm.

Leise ging sie die Treppe hinunter und steckte den Kopf durch die Tür zum vorderen Zimmer. Mark und Catherine saßen auf dem Fußboden und malten, und der Fernseher lief ohne Ton. Sie sagte ihnen, daß sie Milch holen ginge.

Als sie aus der Haustür trat, fegte eine eisige Windböe durch die Straße.

Auf der Falls Road war viel Verkehr; ein Black Taxi hielt an, damit sie die Straße überqueren konnte. Der Fahrer hupte. Sie erkannte ihn, lächelte und winkte zurück. Es war Sean Brennan, ein Freund von Paddy aus seiner Kindheit.

Der Zeitschriftenladen war klein, und sie mußte sich an einem älteren Mann vorbei zum Kühlschrank drängen. Als der Mann bezahlt hatte, ging sie zum Tresen.

»Wie geht's denn so, Colette?«

»Gut, Beano. Und selbst?«

»Kann nicht klagen. Kann nicht klagen. Was soll man denn von diesem ganzen Friedensgerede halten?«

Colette reichte ihm das Geld für die Milch und betrachtete die Zeitungen auf dem Tresen. Sie lächelte ihn an. »Ich halte jetzt nicht die Luft an, Beano.«

Er mußte lachen, und sie wandte sich zum Gehen. Dann traf sie eine Entscheidung und kam zurück. »Ach komm, gib mir eine *Irish News*. Muß mal sehen, was die Scheißkerle schreiben.«

Sie trat auf die Straße, drehte die Zeitung um und las die Schlagzeile »ÜBERFALL AUS DEM HINTERHALT!« Sie überflog die ersten Absätze.

Es war, als hätte sie all ihr Blut verloren. Plötzlich war ihr kalt.

Sean Campbell war tot, aber der Junge nicht. Sein Zustand sei »kritisch«, hieß es.

Daran hatte sie nicht gedacht. Sie hatte angenommen, daß er gestorben war.

Sie klemmte sich die Zeitung unter den Arm und steckte zitternd vor Kälte die Hände in die Taschen. Plötzlich fühlte sie sich von der Welt um sie herum abgeschnitten.

Sie ging den Gehweg entlang zur Pressestelle der Sinn Féin. Im Türrahmen befand sich ein großer metallener Käfig. Sie drückte auf den Summer und hörte, wie innen eine Tür geöffnet wurde. Ein großes rundes Gesicht erschien, und Colette lächelte wieder. »Hi, Frankie.«

Der Käfig öffnete sich, und beim Eintreten spürte sie die Wärme.

»Was ist los, Colette?«

»Hast du Paddy gesehen?«

Sie waren jetzt im Zimmer, und Colette sah, daß die Wärme von einem dreiflammigen elektrischen Heizgerät in der Ecke kam. Der Raum war klein und roch muffig, und die Wände um sie herum waren mit Sinn-Féin- und IRA-Plakaten bedeckt.

»Es ist schweinekalt«, sagte Frankie.

»Es wird bestimmt schneien«, antwortete sie.

Frankie rieb sich die Hände. »Paddy hat sich verkrochen. Heißt es jedenfalls.«

Als Antwort zog Colette die Augenbrauen hoch. In der Ecke lag ein Stapel *An Phlobacht/Republican News*, und sie ging darauf zu und nahm sich eine der Zeitungen. »Irgendwas Neues?« fragte sie im Plauderton.

Frankie schüttelte den Kopf. »Dem Jungen geht's schlecht, heißt es.«

»Wie schlecht?« hörte Colette sich fragen. Frankie schüttelte immer noch den Kopf, und sie seufzte leise, als ob sie ihrem Entsetzen und ihrer Besorgnis Ausdruck verleihen wollte.

»Ganz schlimm«, sagte er dann. »Ganz schlimm. Der einzige Sohn, heißt es. Mrs. Martin vom Divis Tower unten. Kennst du sie?«

Colette schüttelte den Kopf.

»Mann ist schon vor Jahren weg. Ziemlicher Schock, sollte man meinen. Glaube nicht, daß sie wußte, daß er dabei war, verstehst du?«

Colette wollte das Thema wechseln. Sie zeigte Frankie das Titelblatt der Zeitung, die sie gekauft hatte. Abgesehen von dem Leitartikel über den Hinterhalt hatten alle Beiträge auf der Titelseite in irgendeiner Form mit dem Friedensprozeß zu tun. »Was hältst du von dem ganzen Friedensgerede, Frankie?«

Er legte den Kopf zur Seite, zupfte an seinem dunklen Bart und saugte geräuschvoll an seinen Zähnen. »Wenn du meine ehrliche Meinung hören willst, sind wir auf dem Weg in eine neue Welt, aber ob die gut oder schlecht sein wird, weiß ich auch nicht.«

Sie lächelte ihn an. »Wir werden sehen.« Sie machte sich auf den Weg und ging eilig nach Hause. Mark und Catherine saßen immer noch im vorderen Zimmer – sie waren an diesem Morgen sehr still gewesen. Colette schaltete den Fernseher aus. »Frühstück«, sagte sie.

Sie stellte die Cocopops auf den Tisch und machte sich eine Tasse Kaffee.

»Mum, Daniel sagt, daß in den Frosties jetzt Batman-Aufkleber drin sind«, sagte Mark.

»M-M-M-M-Mum«, sagte Catherine. Colette sah sie an. Sie hatte noch nie gestottert. Niemals. »Sarahs Mami h-h-h-h-holt sie jeden Tag von der Spielgruppe ab.«

Colette ließ sich neben ihrem Stuhl auf die Knie nieder. »Ab jetzt hole ich dich auch ab, Schatz – ich verspreche es. Es tut mir leid wegen der letzten Tage.«

Catherine lächelte. »Haben die Soldaten dir weh getan, als sie dich g-g-g-g-geholt haben?«

Colette schüttelte den Kopf. »Nein, sie haben mir nicht weh getan.«

»Warum haben sie dich geholt?« fragte Mark.

Sie stand auf. »Das ist eben einfach manchmal so. Jetzt eßt eure Cocopops auf. Wir müssen gehen.«

»Wo ist Großmutter?« fragte Mark.

»Sie ist schon früher gegangen. Kommt jetzt.«

Colette räumte das Frühstück weg. Sie nahm die Mäntel der Kinder und versuchte, sie im Flur anzuziehen. Beide plapperten munter, aber sie waren trotzdem sehr anhänglich. Mark beschäftigte sich eingehend damit, ob er der erste sein würde, der mit dem Rennauto spielte, und Colette riet ihm, sich zu beeilen. Die Spielgruppe war im zweiten Stock von Conway Mill. Sie kamen als erste, und sein Wunsch erfüllte sich. Colette ging die Wendeltreppe hinunter und trat durch das Sicherheitstor auf die Straße. Als sie vor Conway Mill über den Parkplatz ging, wehte ein eisiger Wind, und sie hüllte sich fest in ihren Mantel. In der kurzen Zeit, die sie drinnen verbracht hatte, war der Wind schärfer geworden. Er fegte den Berg herunter, und der Schnee wurde über die Straße geweht und sammelte sich am Bordstein gegenüber.

Als sie an der Pressestelle der Sinn Féin vorbeikam, hielt ein Black Taxi, und Gerry Adams stieg aus. Aber er schaute in eine andere Richtung und sah sie nicht. Sie hatte keine Lust, ihn auf sich aufmerksam zu machen.

Sie zog eine Schachtel Zigaretten aus der Tasche und rauchte, während sie weiterging. Sie dachte an Adams, an den Frieden und an den Streit neulich abends. Sie dachte an Gerrys Vorwürfe.

Sie sagte sich, daß sie kein Feigling war. Sie sagte sich, daß Gerry Adams auch kein Feigling war.

Sie erinnerte sich an die Zeit, als sie alle wie eine Familie zusammengelebt hatten. Es war nicht mehr dasselbe. Schon lange nicht mehr, wenn sie ehrlich war. Sie dachte an das, was vor ihr lag.

Dann dachte sie an den verletzten Jungen. »Mein Gott«, flüsterte sie.

Ryan genoß seine Dusche. Die Wohnung war vielleicht nicht gerade elegant, aber sie war gut ausgestattet, und die Dusche war kräftig und heiß. Er duschte schon seit zehn Minuten und wollte nicht aufhören. Trotz der Zentralheizung war es kalt im Schlafzimmer.

Er wusch sich, stieg hinaus und trocknete sich eilig ab. Das Handtuch war warm, denn es hatte über der Stange an der Heizung gehangen – noch ein Luxus. Er zog seine Jeans, ein schwarzes T-Shirt und einen schwarzen Pullover hervor.

Die Küche befand sich am anderen Ende der Wohnung, und er ging in Socken durch den Flur und setzte den Kessel auf. Er machte sich eine Tasse Instantkaffee und ein paar Toasts mit Honig und setzte sich an den Tisch am Fenster. Von dort sah man einen Gartenzaun. Er nahm einen Stadtplan von Belfast zur Hand und schlug ihn auf. Er sah sich die Route und die Straßen, die davon abzweigten, nochmals genau an. Er fragte sich, ob er vollkommen verrückt war.

Als er gefrühstückt hatte, ging er ins Wohnzimmer, nahm seine gefütterte blaue Jacke und den schwarzen wollenen Hut und öffnete die Tür zu der kleinen Terrasse. Von dort konnte man nur die Hecke sehen, aber es war Stoßzeit, und er hörte den Verkehr von der Straße unten. Er ließ die Tür offenstehen und rauchte eine Zigarette. Sie sollte ihn beruhigen, aber sie hatte den gegenteiligen Effekt. Als er fertig war, trat er die Kippe aus und warf sie über die Hecke. Er wußte nicht, warum er das tat. Er ging zurück ins Haus und sah nach, ob er alles hatte. Er ging ins Schlafzimmer und öffnete den Nachttisch. Er nahm die Browning heraus, prüfte, ob sie geladen war, hob seine gefütterte Jacke und den Pullover an und schob sie in den Bund seiner Jeans. Eigenmächtig und dumm, dachte er.

Er sah nach, ob er seine Schlüssel hatte, und ging in die Küche zurück. Er prüfte, ob der Herd ausgeschaltet war, den er seit dem Vorabend ohnehin nicht mehr benutzt hatte. Schließlich zog er die Tür hinter sich zu.

Auf dieser Seite des Hauses war es windiger, und er spürte die Kälte. Der Schnee wehte ihm ins Gesicht, als er zur Ampel hinunterging. Die Autos fuhren langsam, und ihre Scheibenwischer hatten Mühe, den Schnee fernzuhalten. Plötzlich fielen Ryan die Automarken auf. Manchen Leuten hier ging es offenbar *sehr* gut.

Er fühlte sich wohl, heiter geradezu, und er ging ziemlich schnell. Die Schneeflocken waren klein, und während er die Balmoral Avenue entlangging, blieben sie auf seiner Jacke liegen. Das erinnerte ihn an die Weihnachtsferien in den Alpen, vor langer Zeit, und das war ein schönes Gefühl.

Aber nach weiteren fünfzig Metern beunruhigte es ihn. Er betrachtete seine Jacke noch einmal und fragte sich, ob sie nicht einfach zu neu war. Das war ihm vorher nicht aufgefallen, und er verfluchte sich, weil er nicht in den Spiegel gesehen hatte. Er ging langsamer. Zu neu? Nicht alle Leute hier waren arm.

Er blieb stehen. Links von ihm befand sich »Brookside«, eine angenehm wirkende Siedlung aus neuen Häusern. Er drehte sich um und begann, sehr langsam zurückzugehen. Unschlüssigkeit. Er überlegte, was er sonst anziehen sollte. Realistisch gesehen war es zu kalt, um im Pullover unterwegs zu sein, und außerdem würde man dann die Browning sehen können. Eigentlich wäre es das vernünftigste, die ganze Sache abzubrechen, dachte er.

Langsam ging er noch eine Weile in Richtung seiner Wohnung. Dann fuhr er plötzlich herum und setzte seinen Weg mit großen Schritten fort. Scheiß drauf, dachte er. Jenkins wäre nach Hause gegangen, aber andererseits hätte Jenkins wohl gar nicht erst damit angefangen.

Der Weg zur Lisburn Road war länger, als er vermutet hatte. Er ging auf dem linken Gehweg, und fast hätte er die Straße überquert, um in dem Zeitungsladen am Ende der Balmoral Avenue Zigaretten zu kaufen. Aber er kam zu dem Schluß, daß das nur eine Verzögerungstaktik wäre.

In Höhe der Kings Hall benutzte er die Unterführung. Er ging jetzt langsamer, und für ihn war an dieser Stelle der Mittelklasse-Süden von Belfast zu Ende, obwohl er eigentlich noch einige hundert Meter weiterreichte. Links lag Musgrave Park, und er sah zu, wie der Schnee von dort herüberwehte. Er sah zu Boden. Der Schnee blieb an der Mauer zu seinen Füßen liegen. Ein Bus raste an ihm vorbei. Er bemerkte, daß er zu nahe am Straßenrand ging.

Er kam zu dem Kreisverkehr am Ende der Balmoral Avenue und mußte rennen, um ihn zu überqueren. Die Sicherheitsabsperrungen waren heute geöffnet. Er senkte den Kopf und versuchte, mit regelmäßigen Schritten zu gehen.

Links von ihm war eine Tankstelle, rechts noch eine. Zwei junge Männer gingen an ihm vorbei und unterhielten sich. Sie schienen keine Notiz von ihm zu nehmen. Er sah auf. Er näherte sich einem weiteren Kreisverkehr, und von weitem sah er auf einem Dach eine Trikolore wehen. Die Straße war ihm auf furchtbare Weise vertraut.

Als er in die Andersonstown Road einbog, spürte er das Adrenalin in seinem Blut, und er atmete tief ein, um seine Nerven zu beruhigen. Er wiederholte, was er sich zu Hause gesagt hatte. Es gibt keinen vernünftigen Grund …

Noch zwanzig Schritte, und er traute seinen Augen nicht. Er fluchte in sich hinein und dachte ernsthaft daran, umzukehren. Aber das hätte Schwierigkeiten gegeben. Er ging mit gesenktem Kopf weiter und hoffte. Aus den Augenwinkeln sah er den Mann auf sich zukommen. Er zückte seinen Notizblock.

»Entschuldigen Sie, Sir … ENTSCHULDIGEN SIE.«

Er mußte stehenbleiben.

»Darf ich fragen, wohin Sie gehen, Sir?«

Ryan beherrschte seine Stimme. Er brachte ein Lächeln zustande. »Ich möchte nur zur Sinn-Féin-Pressestelle.« Er bemerkte die Unsicherheit des Mannes, als er seinen Akzent hörte. Das war natürlich etwas völlig anderes.

»Können Sie sich ausweisen, Sir?« Der Mann hatte einen südenglischen Akzent. Ryan sah das verräterische Fallschirm-Emblem auf seinem Ärmel.

Ryan lächelte wieder. »Tut mir leid, leider nicht – ich habe gerade eben schon nach meiner Brieftasche gesucht, aber ich habe sie im Hotel gelassen.«

Der Soldat wußte offenbar nicht, was er tun sollte. Ryan sah zu, wie er den Notizblock aufschlug. »Ich muß wohl Ihren Namen notieren, Sir.«

»David Ryan, *Sunday Telegraph*. Ich bin hier, um ein Feature zu machen. Wohne im Europa Hotel.«

Der Soldat schrieb sorgfältig mit und schaute die Straße hinauf. Die Patrouille ging weiter. Er ließ den Notizblock zuschnappen. »Danke, Sir. Viel Glück.«

Ryan ging ein paar Schritte und drehte sich kurz um, um sie weggehen zu sehen. Es war auf merkwürdige Weise angenehm zu wissen, daß sie nicht weit weg waren, obwohl er wußte, daß das ein dummer Gedanke war.

Ehe er den Felon's Club erreichte, überquerte er die Straße. Am Kreisverkehr wurde er langsamer. Eine ältere Frau verließ den Friedhof und nickte grüßend. Er lächelte und ging dann hinein. Es hatte aufgehört zu schneien, und ein paar Sonnenstrahlen drangen durch die Wolken und fielen auf die weißen Grabsteine. Er ging einen kleinen Abhang hinauf, und dann lag der Friedhof vor ihm. In gewisser Weise war er ergriffen, wohl mehr von seiner eigenen Anwesenheit hier als von etwas anderem. Er war größer, als er im Fernsehen gewirkt hatte. Er erstreckte sich den Hügel hinunter bis zur M1. Belfast lag ausgebreitet bis zum Horizont, und der Himmel hinter den gelben Kränen war orange und blau gestreift. In der Ferne sah er ein paar Gestalten, und er blieb kurz stehen, um sich zu orientieren. Er wußte, daß die republikanische Grabstätte rechts von ihm lag und daß die Stelle, die er suchte, dort in der Nähe war – in der Nähe, wenn auch kein Teil davon. Er ging langsam weiter. Weil der Boden gefroren war, kam er zwischen den Grabsteinen leicht voran. Er hörte seine Schritte auf der festen Erde.

Er brauchte zehn oder zwanzig Minuten, aber dann fand er es.

Colette hatte das Gefühl, daß das Wetter umschlug. Sie genoß die Sonnenstrahlen, die für kurze Zeit auf ihr Gesicht fielen. Milltown Cemetery war still und friedlich, und gedankenverloren ging sie zwischen den Grabsteinen herum.

Sie fühlte sich wie auf einem anderen Planeten. Sie konnte nicht klar denken.

Sie sagte sich, daß der Junge sterben würde. Er *würde* sterben.

Sie ging die Gräberreihen entlang weiter zum Ende des Pfades, wo eine gepflegte Grabstätte von einem frisch gestrichenen grünen Zaun umgeben war. Das Grabmal war etwa kniehoch, und mitten hindurch führte ein kurzer Pfad, den auf beiden Seiten kleine Tannen säumten. Es gab einige Grabsteine, auf denen die Namen von IRA-Freiwilligen standen, die »im Einsatz« gefallen waren. Auf den meisten Gräbern standen frische Blumen. In manche fuhr der Wind, und die Vasen neigten sich und knarrten unheimlich.

Als sie die Grabstätte betrat, sah sie etwa zwanzig Meter entfernt einen Mann, der sich über einen Grabstein beugte. Seine Gestalt kam ihr bekannt vor, aber sie konnte ihn nicht einordnen. Sie beobachtete ihn kurz, aber sie konnte sein Gesicht nicht sehen und ging weiter in die republikanische Grabstätte hinein.

Neben einem der Grabsteine kauerte sie sich hin. Die Inschrift lautete »David McGraw. Hingerichtet von der SAS. Coalisland, am 28. Februar 1992«.

Sie legte die Blumen nieder, und als sie in dem polierten Marmor ihr Spiegelbild sah, empfand sie Einsamkeit und Isolation. Leise sprach sie mit ihm. »Es tut mir leid, Davey, mein Liebster. Ich hoffe, du verstehst das. Ich weiß, daß du das wahrscheinlich nicht tust. Ich weiß, das wäre nicht dein Weg gewesen, aber … na ja, wir müssen weitermachen, oder? An die Zukunft denken.«

Sie richtete sich wieder auf und zwang sich, an Davey, ihren Mann, zu denken und sich sein Gesicht zu vergegenwärtigen.

Inzwischen fiel es ihr manchmal schwer, ihn sich vorzustellen.

Sie lächelte beinahe. »Deinen Maulwurf haben sie nie gefunden, oder, Liebster? Den, der dich fertiggemacht hat, haben sie nie gefunden. Suchen den Scheißkerl wahrscheinlich immer noch.«

Sie schaute auf und sah ihn. Er ging ganz in der Nähe, keine zehn Meter entfernt, an der Grabstätte entlang. Sie konnte es kaum glauben. Sie spürte, wie der Zorn in ihr aufstieg. Er ging mit gesenktem Kopf, und anfangs sah er sie nicht. Dann war er neben ihr, blieb wie angewurzelt stehen und starrte sie mit vermutlich echter Überraschung an.

Für einen Sekundenbruchteil rührten sich beide nicht. Sie reagierte zuerst. »Sie sind mir gefolgt!« Ihre Stimme klang zornig.

Er antwortete nicht.

»Herrgott noch mal. Sie sind mir gefolgt!«

Er schien sich zu erholen. »Sprechen Sie leise, Colette.«

Sie spürte, wie ihre Wut verpuffte. Sie spürte eine plötzliche, unerklärliche Wärme, als er ihren Vornamen aussprach.

»Was *machen* Sie hier?« fragte sie.

»Leise …« Er trat einen Schritt vor und schloß die Lücke zwischen ihnen. Sein Knie ruhte jetzt an dem kleinen grünen Zaun.

»Warum sind Sie mir gefolgt?«

»Ich bin Ihnen nicht gefolgt.«

In seiner Stimme lag Sicherheit und Stärke. Sie war verwirrt. »Was machen Sie hier?« fragte sie leise.

Sie dachte, daß er sagen würde: »Das geht Sie nichts an.« Aber er atmete hörbar aus und sagte schlicht: »Sie sehen. In Kontakt bleiben.«

Er drehte sich um und ging das kleine Stück zum Ende der Grabstätte, dann hielt er inne und kam wieder zurück. Er trat an den Zaun und streckte ihr sein Gesicht entgegen. Sie sah Intensität, Entschlossenheit und Spannung.

»Seien Sie vorsichtig, Colette. Sie verstehen mich. Seien Sie vorsichtig, seien Sie verdammt vorsichtig – und beobachten Sie Gerry. Wir *müssen* wissen, was er macht. Das nächste Treffen wie geplant.«

Ehe sie etwas sagen konnte, war er fort, und sie fragte sich, ob sie ihm folgen sollte. Was hatte er gemeint? Was zum Teufel hatte er gemeint? Sie schaute sich auf dem Friedhof um, aber es war niemand zu sehen. Sie sah ihm nach, wie er langsam mit seinen langen Beinen den Abhang hinauf davonging. *Seien Sie vorsichtig. Seien Sie verdammt vorsichtig.* Was sollte das heißen, und warum waren die so versessen auf Gerry?

Er hatte sie Colette genannt.

Sie riß ihren Blick von ihm los, sah auf das Grab und zwang sich, an Davey zu denken. Wie *konnte* er es wagen, hierherzukommen, dachte sie. Wie konnte er es wagen, diesen Ort zu entweihen. Sie versuchte, eine bildliche Vorstellung von Daveys Gesicht heraufzubeschwören, aber sie konnte es nicht. Als sie aufschaute, war *er* verschwunden.

Sie stand einige Minuten lang schweigend da, und alles verschwamm vor ihr. Dann fiel ihr etwas ein, und sie verließ die republikanische Grabstätte und ging hinüber zu dem Bereich, wo sie die gebeugte Gestalt zuerst gesehen hatte. War er das gewesen? Sicherlich. Sie ging die Reihen der Toten entlang. Rafferty. Walshe. Downes. Sie trat einen Schritt zurück. Walshe? Sie las die Inschrift und konnte es kaum glauben.

Sie ging zurück zu Daveys Grab und kniete davor nieder. Ihre Gedanken rasten. Was bedeutete das? Alles und nichts. Sie rührte sich nicht.

Ihre Gedanken trieben dahin.

Die Hand auf ihrer Schulter schreckte sie auf. »Ich dachte mir, daß ich dich hier finde, Liebes.«

Ihre Mutter lächelte freundlich. Colette sprang auf. »Wie lange bist du schon hier?« fuhr sie sie an.

Sie sah, wie sich im Gesicht ihrer Mutter Erschrecken und Überraschung zeigten.

»Es tut mir leid, Liebes. Ich bin ... gerade eben gekommen.«

Colette war plötzlich verlegen. Sie glaubte nicht, daß ihre Mutter etwas gesehen hatte. Sie senkte den Blick und murmelte eine Entschuldigung. »Es tut mir leid. Du hast mich einfach nur erschreckt.«

Sie hockte sich wieder hin, um die Blumen zu ordnen, und ihre Mutter tat neben ihr dasselbe. Sogar hier draußen an der Luft nahm Colette den Geruch ihrer Mutter wahr. Es war der tröstliche Geruch ihrer Kindheit. Schweigend hockten sie beisammen und starrten Daveys Grabstein an.

Nach einer Weile standen sie auf. Ma hatte zwei Blumensträuße in der Hand, und Colette wußte, was das bedeutete. Sie folgte ihrer Mutter zur anderen Seite des Friedhofs, und beide knieten vor dem Grabstein ihres Vaters nieder. Dann gingen sie das letzte Stück – zu einem kleinen Grab ganz am Ende. Ma senkte ihren Kopf im Gebet, und Colette betrachtete die Inschrift: »Sean McVeigh. Im Alter von elf Jahren von den Crown Forces ermordet ...«

Das Grab war sehr gepflegt. Sie versuchte, sich auf ihren kleinen Bruder und auf das Grauen dieses Tages zu konzentrieren. Bei der Erinnerung daran zitterte sie. So lange her, und bis heute weder vergeben noch vergessen. Sie dachte an das, was Gerry gesagt hatte. Es war so grausam, daß sich gerade hier ihre Uneinigkeit bestätigte.

Genau das sind die Folgen des Friedensgeredes, dachte sie. Unsere Erinnerungen – unsere Tragödien – entzweien uns.

Sie sah ihre Mutter an. Trotz der Tragödie und der Traurigkeit, trotz der verdammten *Härte* des Lebens, das sie führten, verspürte Colette eine plötzliche, überwältigende Woge von Dankbarkeit für all das, was ihre Mutter getan hatte, und für all das, was sie war: tolerant, stark, prinzipientreu. Sie wollte gerade etwas sagen, als sie sich plötzlich vorstellte, was sie empfinden würde, wenn Ma hier tot und begraben auf dem Friedhof läge. Der Gedanke machte ihr angst. Eine von uns muß zuerst gehen, dachte sie, und der einzige Trost ist, daß ich das wahrscheinlich sein werde.

Schließlich standen sie auf und gingen schweigend zum Tor. An der Falls Road wandten sie sich nach rechts und machten sich auf den Heimweg. Die Straßen waren belebt, und Familien nutzten den sonnigen Morgen, um ihre Weihnachtseinkäufe zu erledigen. Colette hatte jetzt Sean vor ihrem geistigen Auge – und Ryan, was die beiden verband. »Scheißkerl«, hätte sie gerne gesagt. Was zum Teufel hatte er überhaupt gemeint? *Seien Sie vorsichtig. Seien Sie verdammt vorsichtig.*

Ma sprach leise. »Bist du Weihnachten zu Hause?«

Daran hatte Colette noch nicht gedacht. »Weihnachten, mein Gott! Ich habe nicht einmal Geschenke. Ich wollte in London einkaufen …«

»Ich habe Geschenke für die Kinder. Nicht viel, aber das, was sie sich wünschen.«

Colette sah zu Boden. »Danke, Ma. Tut mir leid.«

Sie kamen jetzt am Falls Park vorbei, und der eiserne Zaun bebte, als ein Fußball den oberen Rand traf und zu dem improvisierten Tor zurückflog. Colette hatte das Bedürfnis weiterzusprechen. »Ich weiß, daß ich mit den Kindern nicht besonders gut war.«

Ihre Mutter sah sie an. »Bevor Davey starb, warst du besser.«

Das war eine Tatsache, und Colette antwortete nicht. Sie bogen in den Park ein und setzten sich auf die nächste Bank, als hätten sie es stillschweigend telepathisch vereinbart. Ma berührte ihre Schulter. »Es ist dein Leben.«

Colette merkte, daß das Haar ihrer Mutter jetzt völlig grau war. »Ich weiß.«

»Aber ich glaube, du mußt aufpassen. Mark kommt nächstes Jahr in die Schule, und wir haben noch nicht besprochen …«

»Ich weiß, Ma.« Colette hörte die Anspannung in ihrer Stimme.

»Du mußt es dir überlegen. Sie sind nicht glücklich.«

»Ich *weiß*.«

»Und es hat keinen Sinn, die Schuld auf mich zu schieben.«

Colette sah ihre Mutter an und tätschelte ihr Bein. »Tut mir leid. Ich weiß, was du meinst. Ich versuche es ja.«

Ma starrte vor sich hin. »Immer hast du etwas an mir auszusetzen. Wie offenbar jeder neuerdings.«

Sie saßen eine Weile schweigend da und sahen zu, wie die kleinen Jungen auf ihrem improvisierten Fußballfeld herumrannten.

»Was ist mit dem Krieg?«

Colette war nicht überrascht. Ihre Mutter stellte immer viele Fragen. »Ich weiß es nicht, Ma.« Sie schwieg kurz. »Frag lieber Gerry – oder Paddy. Die wissen es. Ich bin gerade erst zurückgekommen.«

»Ist er vorbei?«

Colette saß eine Weile schweigend da, starrte vor sich hin, rieb sich die Hände und drückte die Knie zusammen, um die Kälte zu vertreiben.

»Ich weiß es nicht, Ma, wirklich nicht. Ich glaube nicht, daß er vorbei ist, aber ... im Moment ist die Atmosphäre merkwürdig, und niemand scheint zu wissen, was los ist. Ich auch nicht. Gerry weiß es, glaube ich. Er und vielleicht noch ein paar andere haben den Glauben an die Führung verloren. Sie denken, daß die faule Kompromisse machen, ohne irgendwelche Garantien von den *Brits.*«

Mit ihrer alten, abgestoßenen weißen Handtasche auf dem Schoß saß ihre Mutter sittsam da. Sie sah ihre Tochter mit müden Augen an. »Es wird Zeit, daß das ein Ende hat. Es geht schon zu lange so.«

Plötzlich fiel Colette etwas ein, und sie sah auf die Uhr. »Ma, macht es dir was aus, wenn ich losrenne? Wir reden später weiter, aber ich muß noch etwas erledigen, ehe ich die Kinder abhole.«

Colette rannte wirklich, jedenfalls das erste Stück ihres Weges. Dann hielt sie ein Black Taxi an, um durch Falls zum Stadtzentrum zu fahren. Sogar im Taxi redeten alle vom Frieden – zwei Frauen mittleren Alters, eine mit einem kleinen Jungen. »Ich glaube das erst, wenn ich es sehe«, sagte Colette lächelnd.

Als sie durch die Fußgängerzone ging, sah sie auf die Uhr und merkte, daß sie wenig Zeit hatte.

Auf der Treppe zu den Geisteswissenschaften nahm sie drei Stufen auf einmal.

Der Raum war ihr unangenehm vertraut. Als sie noch Informationen gesammelt hatte, war sie oft hier gewesen. Gesichter auf Zeitungsausschnitten – von Männern, die jetzt tot waren.

Sie bat die Frau hinter der Theke um den *Belfast Telegraph* von Juli und August 1990 und bekam zu ihrer Verblüffung zwei kleine Pappschachteln. Die Frau bemerkte ihre Verwirrung und sagte: »Das ist jetzt alles auf Mikrofiche, fürchte ich.«

Sie kämpfte mit der Maschine, die unnötig kompliziert zu sein schien, und sie mußte die Frau herbeirufen, damit sie sie ihr erklärte. Sie verstand, wie man die Spule einlegte, aber sie konnte den Hebel für den schnellen Vorlauf nicht kontrollieren. Er ließ zehn Seiten pro Sekunde vorbeirasen, wenn man ihn nicht besonders vorsichtig bediente.

Schließlich schaffte sie es. Es dauerte lange, denn der Mikrofilm enthielt alle Ausgaben. Sie versuchte es mit dem September und hätte beinahe aufgeschrien, als sie den Prozeß fand. Nach zehn Minuten hatte sie seine Aussage gefunden, und als sie zu dem Tag kam, saß sie da und starrte das Bild an, das ihn im Fond des Wagens zeigte. Er versuchte, sein Gesicht vor der Kamera zu verbergen. Er sah nicht ängstlich aus. Eher …

»Hallo, Colette.«

Ein Frösteln überkam sie, als sie Mulgrews Stimme hörte, und dann spürte sie das Adrenalin in ihrem Körper. Adrenalin und Angst. Sie spürte, wie ihr der Schweiß ausbrach. Sie sah ihn an. »Hallo, Martin.«

Sie verspürte ein fast unwiderstehliches Verlangen, auf den Knopf zu drücken, aber sie hielt sich zurück. »Was machst du denn hier?« hörte sie sich fragen.

Er lächelte sie an. »Komme oft hierher. Das solltest du wissen.«

Er legte seine Hand auf ihre Schulter, trat nach rechts und bückte sich, um den Bildschirm sehen zu können. »›Der Mann ist weggelaufen, behauptet der Commander der Einheit‹«. Er hielt inne und las dann etwas Text unterhalb der Schlagzeile. »›Die Verwandten von Declan Walshe mußten heute aus dem Gerichtssaal geführt werden, nachdem der unter Mordanklage stehende Commander der Einheit ausgesagt hatte, daß ihr Sohn zum Zeitpunkt seines Todes auf der Flucht vor der Patrouille war. Die Mutter von Mr. Walshe schrie „Scheißkerl!" von der öffentlichen Galerie …‹« Mulgrew hielt inne. Colettes Gedanken rasten, während er weiterlas: »›Lieutenant Ryan sagte aus, daß seine Soldaten Mr. Walshe dreimal aufgefordert hatten, stehenzubleiben, ehe sie ihn die Straße entlang verfolgten und das Feuer eröffneten. Die Corporals Lawson und Jones sind des Mordes an Mr. Walshe im Juni letzten Jahres angeklagt …‹«

Mulgrew richtete sich wieder auf und sah sie an. »Lieutenant *Ryan*. Keine Verbindung, nehme ich an?«

Colette schaute ihn mit klopfendem Herzen an. Mit allem Charme und aller Sicherheit, die sie aufbringen konnte, lächelte sie ihn an und sagte: »Ich wußte doch, daß ich ihn verdammt noch mal kenne, und heute ist mir eingefallen, wo ich ihn schon mal gesehen habe.«

Mulgrew wirkte unsicher und wollte offensichtlich weiterfragen, aber er wurde sich plötzlich seiner Umgebung bewußt. Jemand saß direkt hinter ihnen. Colette spulte den Film zurück und legte ihn in die Pappschachtel. Als sie sie der Frau hinter der Theke gab, wandte sie sich Mulgrew zu und sagte: »Tut mir leid, Martin, ich bin spät dran mit den Kindern und muß mich beeilen. Wir sehen uns.«

Sie rannte die Treppe hinunter und war schon fast im Freien, als sie ihn rufen hörte. Das erste Mal ignorierte sie, aber dann rief er lauter. Sie blieb stehen und stellte sich ihm. Er wurde auf den letzten Stufen langsamer und blieb genau vor ihr stehen.

»Du hast nicht nach dem Jungen gefragt«, sagte er. »Er hieß auch Declan.«

Sie sah ihn an und war unsicher, was sie sagen sollte.

»Gute Nachrichten«, sagte er. »Sieht aus, als würde er durchkommen.«

Colette stand bewegungslos da. Sie merkte, daß er auf eine Antwort wartete, und sie brachte ein Lächeln hervor.

»Wir werden versuchen, jemanden zu schicken, der nach ihm sieht«, sagte er.

Sie zwang sich zu einem weiteren Lächeln und wiederholte, daß sie gehen mußte und daß sie in Eile war. Sie rannte fast den ganzen Weg durch Lower Falls, und sie merkte, daß es schwer war, Mulgrews Gesicht zu vergessen.

Sie kam etwas zu spät zu Conway Mill. Catherine und Mark wirkten verletzt, und sie verfluchte sich innerlich. Warum waren die kleinen Dinge manchmal so wichtig?

Ryan sah die Nachrichten.

Die Frau auf dem Bildschirm war fünfundzwanzig Jahre alt, und sie sagte, daß sie es nicht bedauerte, einen Polizisten geheiratet zu haben. Ihre Stimme bebte vor Emotion. »Ich hoffe, diese Leute wissen, was sie getan haben. Ich hoffe, sie schlafen gut in ihren Betten, denn ich werde das nie mehr tun. Ich habe Johnny im Flur in einer Blutlache liegen sehen, und ich habe seinen Kopf gehalten, bis er starb. Er sagte mir, daß er mich liebt … Er sagte mir, daß er die Kinder liebt …« Ihre Stimme brach, aber sie stammelte weiter. »Sie saßen da … zwei und drei Jahre alt … und sie sahen zu, wie ihr Daddy starb.«

Sie weinte.

»Ich möchte diesen Leuten verzeihen … als Christin will ich ihnen verzeihen, aber ich kann einfach nicht. Ich kann ihnen nicht verzeihen, was sie getan haben. Ich kann ihnen nicht verzeihen, was sie mir genommen haben … Ich habe ihn so geliebt, wissen Sie … O Gott, hilf mir, ich habe ihn so geliebt.«

Die Frau schlug die Hände vor das Gesicht.

Das nächste Bild zeigte einen windzerzausten, verschneiten Friedhof und eine Gruppe Trauernder mit bitteren Gesichtern. Ryan dachte, daß Gingy Hughes' Witwe aussah, als würde sie zusammenbrechen. Der Reporter mit dem stattlichen Bart kam zum Schluß. »Trotz der Behauptungen der Provisional IRA leugnet Mr. Hughes' Familie noch immer, daß er ein Informant der Special Branch war ...«

Dann kamen Bilder aus dem Musgrave Park Hospital und ein Bericht über den Zustand des jungen Mannes, der bei dem mißglückten Anschlag auf Henderson verletzt worden war. »Er steht unter bewaffneter Bewachung«, sagte der Reporter, »und sein Zustand soll noch immer kritisch sein.«

Ryan konnte nicht umhin, sich zu wünschen, daß der Junge starb. Er fand, daß er es verdient hatte.

Er nahm die Fernbedienung und schaltete den Fernseher aus. Er dachte, daß die Nachrichten immer ironischer gegliedert waren. Zuerst ein Bericht über die Friedenshoffnungen. »Heute abend sagte Sinn Féin, daß die Downing Street Declaration präzisiert werden muß.« Und danach eine langwierige Sammlung von Morden und Beerdigungen.

Er sah auf die Uhr über dem Kaminsims. Zehn nach sechs. Noch zwanzig Minuten.

Er stand auf und zog seine gefütterte Jacke an. Er öffnete die Terrassentür und steckte sich im Hinaustreten eine Zigarette an. Er haßte Häuser, in denen es nach Zigaretten roch.

Er inhalierte tief und spähte durch das Fenster links. Dort gab es immer noch kein Lebenszeichen. Er fragte sich, ob das auch eine Wohnung des Service war.

Er ging die Hecke entlang um die Hausecke und dachte dabei an den Polizisten, dessen Frau in den Nachrichten so bewegend geweint hatte.

Er fragte sich, wie es wohl in dem verhängnisvollen Haus in der Nähe der Lisburn Road gewesen war, als das Leben des Polizisten endete. Die Familie hatte ferngesehen, und die Kinder waren noch nicht im Bett, als zwei bewaffnete Männer durch ein Fenster das Feuer eröffneten. Tod auf dem Teppich. Und dann kommt die Polizei und die Gerichtsmediziner und die Detective Officers vom CID, und dann vielleicht noch welche von der Special Branch. Und dann die Medien auf der Suche nach einem Interview – das Leben eines Mannes in dreißig Sekunden, und die Hinterbliebenen sind immer so klar und bewegend in ihrem Kummer. Und dann? Dann nichts. Dann die Normalität, mit einem blassen Fleck auf dem Teppich, wo die Polizei das Blut nicht ganz entfernen konnte. Normalität, außer, daß nichts jemals wieder auch nur entfernt normal sein würde, für keinen der Beteiligten.

Nun ja, er sollte das gewöhnt sein, oder? Er zitterte. Nicht *sein* Fehler. Seltsamerweise zeigte das Bild, das er vor Augen hatte, nicht den Moment selbst, sondern die Übertragung der Beerdigung im Fernsehen – als sie sich alle in einem Raum versammelt hatten. Er erinnerte sich an das Gelächter und an die Witze. »Das wird dem Scheißkerl *eine Lehre sein.*«

Dumm. Als die Mordanklagen erhoben wurden, hatten sie nicht gelacht.

Er dachte an den Mann, an sein Gesicht auf dem Asphalt; schlohweiß, schmerzverzerrt, das Blut tropfte von seinem Kopf auf den Gehweg, in seinen Augen lag Angst. Ein Leben verebbte. Ein paar mitleiderregende Worte über seine Mutter ... Mein Gott.

Er ging weiter zur Vorderseite des Wohnblocks und zündete sich noch eine Zigarette an. Wenn er wenigstens ein Provo *gewesen* wäre, dachte er. Aber er war nicht sicher, ob das überhaupt einen Unterschied gemacht hätte.

Er sah den Granada die Auffahrt hinaufkommen, warf seine Zigarette auf den gepflasterten Weg und trat sie aus. Er ging um das Haus herum zurück, ging hinein, verschloß die Terrassentür und suchte nach den Hausschlüsseln.

Der Fahrer war gesprächig. »Was glauben Sie, was Sinn Féin für ein Spiel spielt?« fragte er, als sie Malone Beeches verließen und Richtung Umgehungsstraße fuhren. Ryan zuckte mit den Achseln. Es war immer noch Stoßzeit, der Verkehr floß langsam, und die Gehwege an beiden Seiten der Straße waren größtenteils verlassen. Es war zu kalt zum Spazierengehen.

Sie ließen den Kreisverkehr beim House of Sport hinter sich. Ryan sah einige Leute vom Lagan-Fluß kommen und hörte zu, wie der Fahrer seine Ansichten über die Forderungen Sinn Féins nach einer Präzisierung der Friedenserklärung der Regierung äußerte.

Der Mann dachte, daß der Krieg dem Ende entgegenging – »Bin schon zehn Jahre hier, die von der Provisional haben genug« –, und Ryan hoffte, daß er recht hatte.

Aber als sie die Umgehungsstraße erreichten, schweiften Ryans Gedanken wieder ab. Er dachte an Colettes Gesicht auf dem Friedhof.

Dumm, da hinzugehen, dachte er. Er sagte sich, daß sie ihn vor diesem Moment nicht bemerkt hatte.

Hopkins war freundlich zu ihm, als er nach Stormont kam. Weil Ryan nicht offiziell nach Ulster versetzt worden war und weil man Colette in England rekrutiert hatte, wurde die ganze Operation technisch vom Counter Terrorism Department in London kontrolliert – jedenfalls sein Anteil. Aber er mußte mit der ständigen MI5-Vertretung in Nordirland in Verbindung bleiben, und Hopkins war der Leiter.

Sein Büro war groß und bot eine wunderbare Aussicht auf Stormont Park – zu dieser Jahreszeit eine melancholische Aussicht, dachte Ryan. Hopkins nahm eine große Flasche Bushmills Whiskey aus seinem Schreibtisch.

Nach einigen Minuten mit Willkommensworten und dem dazugehörigen Small talk klopfte eine Frau an die Tür, und Hopkins stellte Ryan Alison Berry vor, eine der leitenden Ermittlerinnen. Sie schüttelten sich freundlich die Hände.

Die Einsatzbesprechung – Ryan hatte nicht gewußt, daß es eine Einsatzbesprechung war – sollte ihm klarmachen, wie nötig es war, auf jede nur mögliche Information über die Absichten der Provisional-IRA-Führung zu drängen. »Wir müssen wissen, was zum Teufel sie vorhaben«, war der generelle Tenor, aber Ryan fiel es schwer, nicht auf Berrys Beine zu schauen. Sie waren lang, ziemlich dünn und von schwarzen Strumpfhosen umschlossen. Sie war nicht konventionell attraktiv, dazu war ihre Nase zu knollig – aber sie war ganz sicher sexy.

Sie war außerdem freundlich – und direkt. Sie sprach am meisten und erklärte genau, was nach Ansicht ihrer Abteilung momentan in der IRA vorging. Sie sagte, daß es bestimmte Spannungen zwischen den Hardlinern und den Gemäßigten über den sogenannten »Friedensprozeß« gab, den die Hardliner für einen faulen Kompromiß hielten. Sie nannte Gerry McVeigh nicht beim Namen, und als er es tat, zeigte sie kein besonderes Interesse. Er fragte sich, ob Special Branch und MI5 so gründlich kommunizierten, wie sie sollten.

Ryan dachte daran, wie viele Bosse sich offenbar um ihn versammelten: MI5 in London, MI5 in Belfast, Special Branch in Belfast.

Wenn er es sich überlegte, war seine Lage ziemlich schwierig. Er dachte daran, wie sehr er die interne Politik haßte. Es überraschte ihn kaum, daß sie den Feind manchmal aus dem Blick verloren.

Danach zeigten ihm Hopkins und Berry das Büro. Er bekam einen eigenen Schreibtisch.

Gegen acht Uhr kam er nach Hause. Er hatte sich auf der Ormeau Road in einem indischen Imbiß etwas zu essen geholt. Er aß gierig, und ihm fiel ein, daß er seit dem Frühstück nichts mehr zu sich genommen hatte. Es gab zu viel zum Nachdenken.

An diesem Abend phantasierte er im Bett von Berry, und währenddessen hatte er das merkwürdige Gefühl, untreu zu sein.

Colette träumte.

Sie konnte den jungen Mann deutlich sehen. Er war picklig und wirklich häßlich, und sie schaute ihn mit vollkommener Verachtung an. Wenn sie in sein Gesicht sah, sah sie einen unreifen jungen Mann, dessen Antrieb seine absolute Sicherheit war.

Er lag jetzt in einem Sarg und war in eine irische Trikolore gehüllt, wie eigentlich der ganze Sarg, und wie eigentlich der ganze Raum. Die Trikoloren waren über die Wände drapiert, und der Raum sah aus wie ein riesiges, exotisches Zelt.

Sie konnte den Jungen sehen, während sie neben ihm auf und ab ging. In Wirklichkeit ging sie eigentlich *über* ihm, und sie war in einen Union Jack gehüllt, der von ihren Schultern herabfloß wie eine königliche Robe. Sie stolzierte herum, und als sie ihr Bild in den riesigen Spiegeln am Ende des Raumes sah, war sie sehr zufrieden. Sie sah geradezu königlich aus, und als sie auf den Mann am anderen Ende zuging, schwenkte sie die Hüften.

Ryan war auch da, er trug Jeans und einen Pullover und eine blaue Wolljacke, und er lächelte und lachte sie an. Er wies auf den Sarg neben ihr, und dann sah sie zu, wie er von Flammen verschlungen wurde. Für einen Moment mußte auch sie lachen …

Sie wachte auf.

Es war dunkel im Zimmer, und die Vorhänge blähten sich leise im Wind. Sie richtete sich auf und rieb sich die Augen. Bis auf den Atem der Kinder war es still. Sie zog das Kissen unter ihrem Kopf hervor, drückte es gegen die Wand und lehnte sich dagegen.

Im Zimmer war es still.

Sie versuchte, sich an die genaue Abfolge der Ereignisse vor dem Anschlag in dem Haus zu erinnern. Sie war enttäuscht und ärgerlich, weil sie sie nicht mehr klar vor Augen hatte. Sie wußte nicht mehr genau, was gesagt worden war, und sie konnte sich nicht erinnern, an welchem Punkt des Gesprächs sie die Anwesenheit des Jungen auf der Treppe bemerkt hatte.

Dann gab es auch noch die Möglichkeit, daß das alles ihre Paranoia war.

Unsinn, sagte sie sich. Ich habe diesen Blick gesehen. Aber vielleicht war es auch Verlangen gewesen?

Sie dachte an sein Gesicht. Er war picklig und häßlich. Er sah nicht aus wie ein Patriot. Sie erinnerte sich an ihren Traum und konnte das Bild von sich selbst in einen Union Jack gewickelt kaum ertragen. In gewisser Weise war das *wirklich* obszön.

Sie stand auf und sah aus dem Fenster. Derselbe Schauplatz wie immer – eine leere Gasse. Das Haus gegenüber war dunkel, und heute abend hatte es keinen Streit gegeben. Offenbar hatte er nicht getrunken. Oder vielleicht hatte sie ihn sich zurechtgebogen.

Riesenchance, daß das stimmt, dachte sie.

Sie fragte sich, ob der *Brit* manchmal betrunken war, und wenn, wie er sich dann benahm. Er wäre wahrscheinlich anders, dachte sie.

Sie ging wieder ins Bett und versuchte zu schlafen, aber wenn sie die Augen schloß, erschien das picklige, mißtrauische Gesicht des Jungen. Sie dachte an ihn in seinem Krankenhausbett. Vielleicht war er an eine lebenserhaltende Maschine gefesselt, und sein Leben hing am seidenen Faden. Für kurze Zeit tat er ihr leid, und sie fühlte sich schuldig. Dann fragte sie sich, warum zum Teufel sie es nicht geschafft hatten, ihn umzubringen. Kein Wunder eigentlich.

Die Stunden vergingen, und ihre Gedanken arbeiteten weiter. Nach und nach wurde ihr klar, daß sie in irgendeiner Weise sicherstellen mußte, *daß* er starb.

McIlhatton sah die Nachrichten.

Die Nachrichtensprecherin sagte, daß ein Polizist in Ulster getötet worden sei. Dann kündigte sie einen Filmbericht an, in dem die Witwe des Opfers ein tränenreiches Interview gab.

Am Ende stand McIlhatton auf und rief: »Ja! *Treffer*!«

Er ging zum Fenster und sah auf die leere Straße hinaus. Er fühlte sich etwas besser. Seine Moral war ein wenig im Sinken gewesen, und die Nachrichten hatte sie wieder gehoben.

ZEHNTES KAPITEL

Das Treffen war nicht gut gelaufen. Es hatte Widerworte, Unverständnis und sogar Streit gegeben, aber Colette nahm an, daß die Führung das erwartet hatte.

Der Mann aus Derry redete immer noch, und sie schaute sich um. Alle trugen noch ihre Mäntel, obwohl der Raum jetzt ziemlich warm wurde.

Einige wichtige Männer waren hier. Sie hatte Murphy aus South Armagh gesehen, Fox, McKendrick. Einer war nicht dabei, natürlich nicht. Sie fragte sich, ob irgend jemand außer ihr die Abwesenheit von Gingy Hughes bemerkte.

Armes Schwein. Sie dachte an seine Frau. Sie stellte sich vor, daß Mark und Catherine zusehen mußten, wie *sie* erschossen wurde. Ein unheimliches Bild.

Sie schaute nach links hinüber und verspürte diesen Schrecken, den sie schon allzugut kannte. Sie erwiderte Martin Mulgrews Lächeln.

Sie schaute wieder nach vorn und versuchte, dem Mann aus Derry zuzuhören.

»Wie gesagt, der Punkt ist doch, daß wir jetzt in einer Position der Stärke sind. Die *Brits* kriegen langsam Angst. Sie fürchten sich entsetzlich vor noch so einer Bombe wie der in der City. Sie fürchten sich entsetzlich vor den Kosten, die die Schäden verursachen – Millionen Pfund schon durch diese eine. Wir sind ganz sicher, daß die *Brits* aus Irland rauswollen, aber sie werden auf keinen Fall abziehen, solange die Kampagne in vollem Gange ist.«

Stimmt, dachte Colette. Sie unterdrückte ein Husten. Der Raum war vollkommen verräuchert, und der Mann neben ihr zündete sich noch eine Zigarette an.

Sie sah kurz zu Mulgrew hinüber und stellte erleichtert fest, daß er zu Boden starrte. Sie wandte sich wieder dem Podium und den beiden Männern zu, die vor einem Sinn-Féin-Plakat mit der Aufschrift »Zeit für den Frieden« standen.

Die Stimme des Mannes aus Derry war vom vielen Reden geschwächt. Trotz seines Alters sah er mit seinen Locken und den leuchtend blauen Augen immer noch jungenhaft aus, dachte sie.

»Früher oder später werden wir aufhören müssen, damit wir sehen, ob sie *wirklich* gehen wollen, wie sie in den Geheimgesprächen angedeutet haben, oder ob sie uns nur hinhalten –«

»Sie halten uns hin«, rief daraufhin jemand aus dem Hintergrund. Colette drehte sich um und wollte sehen, wer es war, aber verschiedene Männer grinsten. In Gedanken hakte sie die Leute ab. McConaghy aus Derry, Mallon aus East Tyrone.

Sean Fox stand ganz vorn. Er war groß und blond und hielt sein Bierglas fest. »Im Grunde sagst du, daß wir nichts in der Hand haben.« Er sah sich im Raum um, aber niemand reagierte. »Also, was sollen wir unseren Leuten sagen? Ich meine, wir haben alle gelitten, wir haben alle Leute verloren, wir haben alle Long Kesh von innen gesehen. Und du sagst, das war für nichts und wieder nichts? Wie zum Teufel sollen wir das unseren Leuten verkaufen?«

Der Mann aus Derry beugte sich wieder vor. »Ich habe nicht gesagt, daß das für nichts und wieder nichts war, ganz im Gegenteil. Wir haben großartige Dinge erreicht, und wir alle wissen um die Opfer, die jeder von uns gebracht hat – jeder einzelne. Aber wir sind der Meinung, daß wir nicht ans Ziel kommen können und daß wir nicht alles bekommen, was wir wollen, wenn wir die bewaffnete Kampagne nicht abbrechen und eine Zeitlang nur die politische Richtung verfolgen.«

Fox stand immer noch da. »Warum sollten wir den *Brits* vertrauen?«

»Das tun wir nicht. Aber wir vertrauen auf ihren *Eigennutz*. Wir glauben, daß sie hier rauswollen, das ist unser unerschütterlicher Eindruck. Sie wollen hier raus, wenn wir ihnen die Zeit und den Raum dazu lassen. Und wir haben die nationalistische Seite zusammengekittet. Wenn die irische und die amerikanische Regierung uns zur Seite stehen, können wir ganz sicher genügend Druck auf die *Brits* ausüben und absichern, daß sie sich in die richtige Richtung bewegen.«

»Und wenn sie das nicht tun?«

»Das werden sie.«

Fox' Stimme wurde härter. »Und wenn nicht?«

»Die militärische Option bleibt offen. Die IRA bleibt zusammen, wie jede Armee. Die Ausbildung geht weiter, und wir bereiten uns auf das Schlimmste vor.«

Fox zog an seiner Zigarette. »Das sagt sich so leicht. Aber ich sage dir eins, wenn das hier vorbei ist, ist es vorbei. Ich lasse mich nicht verarschen. Ich werde unseren Freiwilligen nicht jede verdammte Woche eine andere Strategie erklären. Sie müssen wissen, was los ist.«

Colette war sich bewußt, daß sie in Gedanken mitschrieb. Sie war sich bewußt, daß Information Macht bedeutete.

Sie schaute zu Mulgrew hinüber und hatte Angst, daß er ihre Gedanken lesen konnte. Er hatte sich ein Stück von ihr entfernt und schien jemanden weiter vorn zu beobachten. Sie folgte seinem Blick und stellte zu ihrer Überraschung fest, daß er Paddy ansah.

Paddy schien es nicht zu bemerken. Er zwirbelte geistesabwesend seinen Bart.

Colette schob sich langsam nach rechts und hielt ihre Augen auf den schmutzigen blauen Teppich gerichtet. Sie war nicht sicher, ob das hier der beste Platz für ein Treffen war. Wenn es Schwierigkeiten gab ... Conway Mill hatte jedenfalls nur einen Ausgang, nämlich die Wendeltreppe hinunter, durch die Sicherheitstür und hinaus auf den Parkplatz.

Sie dachte an einen möglichen Bombenanschlag und bekam plötzlich Angst. Es braucht nur einen Maulwurf, dachte sie. Einen Maulwurf, der ein paar Minuten vorher verschwindet ...

Sei nicht so dumm, sagte sie sich. Sie ging zu einer der hohen weißen Wände hinüber und lehnte sich dagegen. Etwas weiter vorn konnte sie Gerry sehen, der ruhig und aufrecht dastand.

Die Atmosphäre im Raum war angespannt und aufgeladen. Einige Männer waren aufgeregt, andere ärgerten sich. Es war für niemanden leicht. Nur wenige wußten noch, wie es war, ohne Krieg zu leben. Er war ihre *raison d'être.*

Zum ersten Mal sprach jetzt Gerry, und Colette ging ein Stück nach links, um ihn besser sehen zu können. Er wirkte gelassen. Sein lockiges Haar war sauber und gepflegt, und während er sprach, putzte er pedantisch seine Brille. Er klang, als würde ihn die Debatte eigentlich nicht interessieren. »Was ist mit unseren Gefangenen?« fragte er.

Die Stimme des Mannes aus Derry wurde heiser. »Sie werden freigelassen.«

»Alle? Die in England und die in Long Kesh?«

»Alle.«

Gerrys Stimme klang eisig. »Warum bist du da so verdammt sicher?«

»Das hat man uns zugesagt.«

»Und ihr glaubt alles, was man euch sagt?«

Der Mann seufzte. »Die Iren stehen hinter uns, und die Amerikaner und die *Brits* wollen, daß der Krieg aufhört. Sie können es sich nicht leisten, uns da zu betrügen.«

»Und unsere Waffen?«

»Die behalten wir.«

»Und die Loyalisten?«

»Wir werden unsere eigenen Leute immer verteidigen. Immer. Niemand will zurück in das Jahr 1969. Ich glaube nicht, daß das passiert. Die irische Regierung glaubt, daß die Loyalisten einlenken werden.«

Gerry McVeigh schnaubte heftig und setzte sich mit großer Geste seine Brille wieder auf. »Vielleicht bin ich dumm, aber laßt es mich noch mal durchgehen.« Er verschränkte die Arme. »Wir alle haben diese Downing Street Declaration gelesen, und wir alle waren der Ansicht, daß für uns nichts dabei herauskommt, so wie es aussieht.«

Kevin McKendrick hatte an der Spitze gestanden, und jetzt erhob er sich und wollte unterbrechen. »Gerry.«

McVeigh hob die Hand. »Nein, laß mich ausreden. Wie gesagt, wir waren alle der Ansicht, daß für uns nichts dabei herauskommt. Soweit ich sehe, ist das nur die Garantie für weitere tausend Jahre Teilung. Es führt mit Sicherheit wieder zum Krieg. Und ihr erzählt mir, daß ihr auf dieser Basis Frieden schließen wollt?«

Er machte eine effektvolle Pause, und Colette sah den Zorn und die Feindseligkeit in den Gesichtern seiner Gegner.

»Ich verstehe das einfach nicht. Wir waren noch nie effektiver. Wir können mitten in der Innenstadt von London Bomben legen und in Downing Street Mörserattacken durchziehen. Wir richten überall in England Millionenschäden an und bluten ihre Staatskasse aus – und ihr wollt, daß wir aufhören. Wegen eines Stücks Papier, das uns absolut nichts bringt.«

McKendrick unterbrach ihn unwirsch. »Aber das ist doch der Punkt. Wir müssen aufhören, wenn wir in einer Position der Stärke sind. Wir wissen, daß wir ihnen schaden, und wir wissen, daß die Menschen in England auf diesen Kampf keine Lust mehr haben. Es wird Zeit, daß wir daraus Kapital schlagen – und das können wir nur, wenn wir aufhören.«

Der Mann aus Derry wandte sich direkt an Gerry »Es ist keine Frage des Ob, sondern des Wann, Gerry. Wir müssen aufhören, die *Brits* zu drangsalieren, und sehen, was sie uns wirklich zugestehen wollen. Die Declaration ist nur ein Lockmittel, ein Köder. Aber wir müssen anbeißen, damit wir sehen, was uns langfristig angeboten wird.«

Beobachten Sie Gerry. Wir müssen wissen, was er macht ... Colette schob sich näher zu ihm hin.

Gerry schüttelte den Kopf. »Ich glaube, ihr seid nicht ganz auf dem laufenden. Überhaupt nicht. Was ist mit den Loyalisten? Sie randalieren jetzt schon. Wenn wir aufhören, landen wir sofort wieder im Jahr 1969, und das werden uns unsere Leute nie verzeihen.«

Der Mann aus Derry hielt seinem Blick stand. »Wir müssen Risiken eingehen, Gerry, oder wir kommen nie weiter.«

»Und was ist, wenn wir nicht zustimmen?«

»Wir werden euch überzeugen.«

»Und was ist, wenn ihr uns nicht überzeugen könnt?«

»Das werden wir.«

Kevin Murphy sprang auf. »Das war doch wohl hoffentlich keine verdammte Drohung.«

Colette sah Murphy an. Ein fetter, gefährlicher Farmer aus South Armagh. Ein Hardliner, das wußte sie, und sehr einflußreich.

Der Mann aus Derry stand wieder auf. Offenbar hatte er die Diskussion langsam satt. »Niemand droht hier niemandem.« Er winkte Murphy zu, damit er sich wieder setzte. »Schau mal, in erster Linie sind doch alle hier der Meinung, daß wir eine Spaltung vermeiden müssen. Die *Brits* und die Loyalisten haben schon genug republikanisches Blut vergossen, und ich bin sicher, daß niemand hier geneigt ist, auch noch sein eigenes zu geben ... Aber Tatsache ist doch – und es *ist* eine Tatsache –, daß die *Brits* sich vortasten. Sie deuten an, daß sie eigentlich nicht mehr hierbleiben wollen, daß sie einen Ausweg suchen. Bluffen sie? Bescheißen sie uns, wollen sie uns ohne Deckung erwischen? Ich weiß es nicht, und alle anderen hier wissen es auch nicht. Aber wir müssen es versuchen, wir müssen den Prozeß weitertreiben und sehen, wie weit es uns führt.«

Er sah Gerry direkt an. »Ich stimme dir zu, Gerry, wir sind in einer Position der Stärke. Aber das ist erst recht ein Grund, daß wir uns anschauen, was sie uns zugestehen wollen. Sie werden nicht einfach einen Übergabevertrag unterschreiben und rausspazieren. Es wird sehr viel subtiler sein, und sie müssen vor den Augen der Welt ihr Gesicht wahren.«

Colette sah auf die Uhr. Sie hatte den Kindern versprochen, um acht Uhr zu Hause zu sein und sie ins Bett zu bringen.

Gerry sah sich im Raum um. Ein öffentlicher Auftritt, dachte sie. Langsam fragte sie sich, was zum Teufel er wirklich vorhatte.

»Also, ich glaube, ihr macht einen großen Fehler. Wenn wir aufhören, können wir nicht wieder anfangen. Eine Feuerpause wäre das

Ende. Vielleicht träumt ihr von einem Leben als ehrbare Politiker mit protzigen Wohnungen und schicken Regierungsautos, aber die IRA ist die Klinge der republikanischen Bewegung, und sie wird nicht …«

Der Mann aus Derry sprang wieder auf. »Das reicht jetzt mit deinem verdammten Vortrag.«

Gerry hielt seinem Blick stand. »Da draußen sind Leute, die immer noch kämpfen, und sie glauben, daß wir sie verraten.«

»Niemand nennt mich einen Verräter.«

Colette sah zwei kleine Großmäuler vor sich, die auf dem Spielplatz ihren Streit austrugen. Voller Geringschätzung sah sie sich um. Alle warteten, ob einer es noch weiter treiben würde, aber McKendrick war wieder aufgesprungen und sprach über die Notwendigkeit, nach innen und nach außen Einigkeit zu bewahren. Sie beobachtete Gerry weiter und sah, daß er Murphy sehr entschieden zunickte. Ein paar Männer gingen jetzt hinaus, und Gerry und Murphy schlossen sich ihnen an. Sie sah ihnen nach. Sie war neugierig. Murphy und McVeigh – ein ungewöhnliches Bündnis. Zwei Männer, deren Imperien normalerweise nicht harmonierten.

Beobachten Sie Gerry. Wir müssen wissen, was er macht …

Sie wartete. Sie hörte dem Gespräch nicht zu. Sie dachte darüber nach und versuchte, sitzen zu bleiben.

Sie folgte ihnen. Sie ging in die Kälte hinaus, und auf dem Weg zurück nach Falls drang wieder der schneidende Wind durch ihren Wollmantel. Der Winter kam ihr endlos vor.

Sie schaute auf und sah die beiden vor sich. Sie sah, wie sie in die Leeson Street einbogen, und ihr wurde klar, daß sie nach Hause gingen.

Über ihnen flog jetzt wieder ein »Eye in the Sky«-Hubschrauber. Sie war versucht aufzuschauen, aber sie gab sich Mühe, zu widerstehen.

Als sie an der Pressestelle der Sinn Féin vorbeikam, wurde sie unwillkürlich langsamer, um ihnen Zeit zu geben. Sie fragte sich, was sie da tat.

Sie erreichte die Haustür. Sie kramte nach ihren Schlüsseln und fand sie. Sie wartete und sah zu, wie ihr Atem in der Nachtluft kondensierte. Ganz leise steckte sie den Sicherheitsschlüssel in das Schloß und drehte ihn um. Von oben hörte sie Catherines harmlosen Schrei und das Geräusch von laufendem Wasser. Sie hörte die Stimme ihrer Mutter. Sie stand jetzt im Flur. Von hinten kam ein kalter Luftzug, und von vorne spürte sie die Wärme. Sie wollte gerade die Tür schließen, als sie

Stimmen hörte. Sie hielt den Atem an und trat einen Schritt vor. Der Luftzug von draußen wehte ihr nach.

Die Tür zum vorderen Zimmer stand offen, und sie wußte, daß sie in ihrer Nähe waren. Sie hatte das Gefühl, daß sie sie berühren konnte.

Gerrys Stimme: »Ich kann es erledigen. Wir sind fast fertig, und wenn wir es hinkriegen, wird das diese Gespräche ein für allemal beenden.«

Unwillkürlich machte sie noch einen Schritt. Murphys Stimme war rauh und leise: »Der Fallout wäre groß. Sehr groß.«

»Vielleicht«, sagte Gerry »Aber bei einigen würde es gut ankommen – und zwar bei so vielen Leuten, daß es funktionieren wird.«

»Na gut. Ihr habt unsere stillschweigende Unterstützung. Nicht offen. Hinterher werden die Leute erfahren, daß wir es wußten und daß wir es gebilligt haben. Aber wenn ihr uns mit reinzieht, *ehe* es passiert, dann wird euch das teuer zu stehen kommen.«

Eine plötzliche Bewegung. Lähmende Angst. Es gelang ihr knapp, ein Stück zurückzutreten und die Haustür zu berühren.

»Colette.« Gerry lächelte erstaunt. »Ich habe dich nicht hereinkommen hören.«

Sie drehte ihm den Rücken zu und schloß die Tür. »Ich habe genügend Scheiße für alle Ewigkeit gehört«, sagte sie. Sie hörte sie lachen und drehte sich um. Sie gratulierte sich zu ihrer Schlauheit und ging ohne ein weiteres Wort die Treppe hinauf.

Als sie ins Badezimmer kam und Mark und Catherine sah, bemerkte sie, daß ihre Hände zitterten.

»Mami, Mami«, riefen beide im Chor.

Sie hörte, wie jemand die Haustür schloß. Ihr wurde klar, daß das ihre Chance war. »Ich bin gleich wieder da«, murmelte sie.

Sie ging die Treppe hinunter und betrat das vordere Zimmer. Gerry wandte ihr den Rücken zu. Dann drehte er sich um.

»Was ist los?« fragte er.

»Mach mir Gedanken wegen diesem Jungen«, sagte sie.

Er machte eine wegwerfende Handbewegung. »Mach dir keine Sorgen.«

»Mach ich aber.«

»Vergiß es. War nicht dein Fehler …«

»Kannst du mir einen Gefallen tun?«

Er machte ein böses Gesicht – als ob schon die Bitte um einen Gefallen eine Zumutung wäre. »Kannst du hingehen und ihn besuchen?« fragte sie. »Oder könnten wir auch zusammen hingehen, nur mal sehen, wie es ihm geht?«

Gerry war verwirrt. »Was soll der Aufstand?«

Colette setzte sich auf die Armlehne des Sofas und sah zu Boden. »Du könntest uns hineinbringen. Ich weiß, daß es nicht mein Fehler war, aber es fällt mir schwer, mich nicht verantwortlich zu fühlen ...«

»Vergiß es, Colette.«

Sie sah zu ihm auf. »Bitte, Gerry. Ich bitte dich nicht oft um einen Gefallen. Weißt du, ich fühle mich schuldig wegen dem Jungen. Ich meine, ich würde ihn gerne besuchen, ihn vielleicht ein bißchen trösten ...«

Wieder runzelte Gerry die Stirn. Ihr fiel auf, daß seine Brille schmutzig war. Er nahm seinen Regenmantel vom Sofa. »Ich gehe und finde heraus, wie es steht«, sagte er. »Aber zerbrich dir darüber nicht den Kopf. Von denen gibt es jede Menge.«

Als Gerry die Haustür ins Schloß gezogen hatte, lehnte Colette sich an die Sofakante und seufzte tief. Sie schloß die Augen. Ihr war schlecht. Schlecht bei dem Gedanken an das, was sie vorhatte, und schlecht, weil sie mit Gerry zu tun hatte.

Sie stellte sich den Jungen vor, wie er in seinem Krankenhausbett lag. Sie überlegte sich, wie sie es machen würde. Würde es einfach sein, so wie einen Schalter zu betätigen oder an einem Schlauch zu ziehen oder ...? Gott, sie wußte nicht, ob es überhaupt einfach sein würde.

Sie fragte sich, wie sie sich fühlen würde.

Sie dachte, daß es nachließ. Sie sagte sich, daß der Junge ein häßliches Nichts war. Aber er war kein *Brit*.

Sie fragte sich, ob sie den *Brit* um Hilfe bitten sollte. Sie überlegte, wie er reagieren würde. Moralische Entrüstung? Oder Pragmatismus?

Würde er wirklich für den Tod des Jungen sorgen? Sie war sich nicht sicher. Sie konnte ihn nicht einschätzen. Sie dachte an das, was er über Loyalität gesagt hatte, und sie fragte sich, wie weit diese reichte. Sie wußte einfach nicht, ob sie so weit reichte. Sie stellte sich vor, zu ihm zu sagen: »Er oder ich, Sie haben die Wahl.« Sie versuchte, sich seine Reaktion vorzustellen. Für eine Weile genoß sie den Gedanken an die Unsicherheit, die das vielleicht in ihm auslösen würde.

Klär das, du Mistkerl, dachte sie.

Sie hörte, daß die Haustür geöffnet wurde, und sie sah Gerry an, als er eintrat.

»Tut mir leid, Colette«, sagte er, »aber der Junge ist tot.«

Sie schloß für einen Moment die Augen, und währenddessen hörte sie, wie Gerry ging. Sie atmete tief ein und spürte, wie die Erleichterung sie durchflutete.

Ryan lag mit einem heißen Waschlappen auf dem Gesicht in der Badewanne und dachte an nichts Bestimmtes. Er war müde. Es war spät, und er hatte verschlafen. Das machte ihn immer müde.

Das Telefon klingelte. Er ignorierte es, denn er hatte jetzt einen Piepser. Es klingelte weiter. »Verpiß dich!« rief er, und es verstummte, als hätte ihn jemand gehört.

Wenig später klingelte es wieder, und dieses Mal stieg er widerwillig aus der Badewanne und wickelte sich ein Handtuch um die Hüften. Er nahm den Hörer ab. »Hallo«, sagte er.

»Ich bin's.«

»Das habe ich mir gedacht.«

»Kommen Sie sofort her.«

»Was ist los?«

»Kommen Sie her.«

Die Leitung war tot. Ryan nahm das Handtuch und trocknete sich ab. Er wühlte in seiner Tasche nach einem sauberen T-Shirt und zog es an – er hatte immer noch nicht ausgepackt. Er suchte gerade verzweifelt nach einem sauberen Paar Boxershorts, als das Telefon wieder klingelte. »Ja«, sagte er unwirsch.

»Wenn ich's mir überlege, fahren Sie nach Garnerville.«

»Wieso?«

»Machen Sie es einfach. Wissen Sie, wo das ist?«

Er wußte es. Er zog sich fertig an und lief hinaus zu dem alten blauen Vauxhall Cavalier, den man ihm inzwischen verschafft hatte. Er schaltete das Radio nicht ein, denn er war zu sehr damit beschäftigt, sich Sorgen zu machen.

In Malone Beeches bog er links ab und etwas später nach rechts. Er fuhr die Stranmillis Road entlang und dann zur Lagan hinunter. Er hatte keine Ahnung, ob das der schnellste Weg war, aber diesen kannte er, und er hatte nicht die Zeit, sich zu verfahren.

Er stellte sich tausend Szenarien vor. In den meisten ging es um ihren Tod.

In dem schlimmsten ging es um ihre Gefangennahme.

Er verfluchte Allen, weil er ihm nichts gesagt hatte.

Er überfuhr beinahe eine Frau, die mit einem Kind an jeder Hand die Ormeau Road überquerte. Reg dich ab, dachte er.

Er kam am Uhrenturm vorbei und sah, daß es elf Uhr war. Der Himmel über ihm war bis hin zu den grünen Bergen von einem klaren Blau. Er bog rechts ab und fuhr über eine Brücke an den großen gelben Kränen vorbei. Aus der Nähe sahen sie großartig aus.

Er dachte an ein trostloses Haus in South Armagh und an die Schreie einer Frau. Er dachte an Tage, die man damit verbrachte, im Grenzgebiet auf nassen Feldern und Hügeln herumzustapfen und mit Hubschraubern tausend trostlose Orte anzufliegen.

Und was würde man finden?

Er fragte sich, was zum Teufel sie ihr antun würden. Foltern? Ihre Kinder mißhandeln? Ihr das androhen? Er glaubte nicht, daß sie das auch nur fünf Minuten lang ertragen würde. Dann aber dachte er, daß sie vielleicht härter war, als er annahm.

Er erreichte jetzt das Tor und war froh, daß er es gefunden hatte. Er zückte seine Brieftasche, ließ das Fenster herunter und versuchte zu lächeln. »David Ryan. Bin mit Brian Allen verabredet.«

Der Constable am Tor wies geradeaus auf einen Wagen, der mit laufendem Motor am linken Straßenrand parkte. Als er auf ihn zufuhr, sah Ryan rechts von sich die neuen Rekruten paradieren. Sie sahen tadellos aus, und Ryan fragte sich, was in aller Welt er hier machte.

Er parkte hinter Allen und stieg aus. Allen tat es ihm nach. Er hatte einen sehr merkwürdigen Gesichtsausdruck. Er sieht verlegen aus, dachte Ryan.

»Tut mir leid, ich hätte Sie anpiepsen sollen«, sagte Allen. »Die Panik ist vorbei.«

Ryan dachte, daß Allen ein schrecklicher Lügner war. Er fragte sich, wie er damit umgehen sollte. Er sah zu den Reihen der tadellos geschniegelten Rekruten hinüber, die geduldig auf dem Truppenübungsplatz warteten. Er bemerkte, daß ihre Knöpfe die Sonne reflektierten. Er zeigte auf sie. »Irgendein besonderer Grund, warum wir hier sind?«

»Der Boss ist hier. Dachte, wir sollten ihn vielleicht treffen.«

Ryan kam einen Schritt näher. »Würden Sie mir bitte sagen, was zum Teufel hier los ist?«

Allen schwieg, und Ryan kam es lang vor. Er starrte seine Schuhe an und schien wirklich mit sich zu ringen. Ryan fand schon diese Tatsache beunruhigend. Er dachte daran, Allen noch mehr zu bedrängen, aber er spürte, daß das nicht gut wäre. Er wartete.

»Ich habe gerade etwas aufgeschnappt«, sagte Allen schließlich.

Wieder Schweigen.

Eine Kapelle begann zu spielen. Allen schaute zu ihnen hinüber und war offensichtlich in Gedanken versunken.

»Wissen Sie noch, was ich neulich gesagt habe?« fragte er und schaute auf. »Also, es *gibt* noch jemand anderen.«

»Spielt das eine Rolle?«

Wieder Schweigen. Ryan spürte, wie die Unzufriedenheit in ihm aufstieg. Er dachte, daß dies hier noch schlimmer war, als mit Colette zu verhandeln.

»Es ist ein Gerücht im Umlauf.«

»Was für eins?« fragte Ryan. Er versuchte, nicht ungeduldig zu klingen.

Wieder entstand eine lange Pause, und dann traf Allen eine Entscheidung. Er sah Ryan unmittelbar an. »Das Gerücht besagt, daß der andere Maulwurf gut ist – *sehr* hochrangig. Das Gerücht besagt, daß sie unsere Frau fallenlassen wollen.«

»Wer sagt das?«

»Ein Freund.«

»Wie zuverlässig?«

Allen machte ein finsteres Gesicht. Ryan wandte sich dem Gebäude hinter ihnen zu, und Allen nahm ihn am Arm. »Wo wollen Sie hin?« Er sah aufgeregt aus und klang nervös.

»Was glauben Sie wohl?«

»Es ist nur ein Gerücht.«

»Warum dann der Anruf?«

Allen ließ seinen Arm los. »Vergessen Sie's, David.«

»Vergessen? Es *vergessen?*«

»Es ist nicht unsere Entscheidung.«

»Sagen Sie mir eines, Brian.« Ryan zeigte auf ihn. »Neulich, der Versuch, mich loszuwerden. Ging es da gerade darum?«

Ryan wartete die Antwort nicht ab. Er ging an der Fassade des Gebäudes entlang und hörte der Kapelle zu. Das Ganze hatte etwas Absurdes an sich. Er ging die Treppe hinauf und spürte, daß Allen neben ihm war. Drinnen sah er zwei geschniegelte Männer in Uniform, mit polierten Schuhen und Kommandostäben. Er erkannte den Chief

Constable, aber er ließ es sich nicht anmerken. Im Korridor stand eine kleine Gruppe von Sekretärinnen und niedrigerrangigen Officers, und sie starrten ihn an. Ihm fiel ein, daß er Jeans und einen Pullover trug. Er sprach leise und versuchte, demütig zu klingen, obwohl das das letzte war, was er empfand. »Entschuldigen Sie, Mr. Long, hätten Sie einen Moment Zeit?«

Trevor Long verzog keine Miene. Er wirkte ziemlich ruhig, obwohl diese Angelegenheit offenkundig eine zeremonielle Bedeutung hatte. Er führte sie in ein angrenzendes Zimmer, und Ryan fing an zu reden, ehe die Tür geschlossen war.

»Es geht das Gerücht um, daß unsere Frau zum Abschuß freigegeben ist.«

Long legte den Kopf zur Seite. »Warum?«

»Um eine andere Quelle zu schützen.«

»Woher kommt dieses Gerücht?«

Ryan antwortete nicht. Peinlich berührt trat er von einem Fuß auf den anderen.

»Na gut. Lassen Sie es mich so sagen: Wer würde Ihrer Meinung nach diese Entscheidung treffen?«

Allen schritt ein. »Es geht ein Gerücht um, das ist alles.«

Long schlug mit seinem Kommandostab leicht gegen sein Bein. »Ich werde das prüfen.«

»Bei allem Respekt, Mr. Long«, sagte Ryan, »das wird nicht reichen.«

»*Mr.* Ryan. *Bei allem Respekt*, ich sagte, ich werde das prüfen. Sie können das so verstehen, daß das, worauf Sie sich beziehen, daraufhin nicht geschehen wird. Verstehen Sie, was ich meine? Wenn Sie mich jetzt entschuldigen wollen, ich muß mich um die Rekruten kümmern.«

Nachdem er gegangen war, nickte Allen Ryan zu. Als würde er auf eine unausgesprochene Frage antworten, sagte er: »Er ist sehr direkt.«

Sie gingen die Treppe hinunter nach draußen. Die Sonne strahlte jetzt, und es war beinahe warm. Eine Weile sah Ryan zu, wie die drei ranghohen Officers ihre Rekruten inspizierten und manchmal stehenblieben, um zu aufgeregten Gesichtern unter glänzenden Schirmmützen zu sprechen.

Er wandte sich ab und ging zu seinem Wagen zurück. Als er einstieg, sah er Allen auf sich zukommen. Er ließ den Wagen an und kurbelte das Fenster hinunter.

»Bis später«, sagte Allen. Er lehnte mit ausgestreckten Armen an Ryans Tür. »Und auf die Gefahr hin, überheblich zu klingen, vergessen Sie nicht, daß es letztlich heißt: wir gegen sie. *Wir* alle gegen *die* alle. Nehmen Sie's nicht persönlich.«

Ryan sah Allen an und fuhr langsam los. »Ich glaube nicht, daß es so einfach ist – oder?«

Sie saßen zu dritt im Auto, und Gerry versuchte, nicht zu schnell zu fahren. Sie hatten die Grosvenor Road genommen, denn seine jungen Späher hatten gesagt, daß dort kein Kontrollpunkt sei.

Sie bogen links ab und fuhren auf die Stadtautobahn. Sie fiel ab, und auf beiden Seiten standen hohe Mauern. Vor ihnen flatterte ein riesiger Union Jack über einem hohen Gebäude mit der Statue eines Mannes auf einem Pferd. Gerry fand diese Dinge erträglicher, wenn es regnete, und er freute sich nicht am Sonnenschein.

Aber er war unbesorgt.

Sie fuhren nach links von der Stadtautobahn ab und weiter bis zum Ende der Crumlin Road. Als er nach rechts in die Antrim Road einbog, konnte er geradeaus Crumlin Court und das Gefängnis sehen.

Im Wagen herrschte immer noch Schweigen, und er stellte fest, daß er das Kameradschaftsgefühl genoß. Sie waren drei Profis, und sie konnten auf sich selbst aufpassen.

Schließlich fuhren sie durch ein altes, schäbiges Eisentor und holperten langsam durch die Schlaglöcher bis zur Mitte des Parkplatzes. Gerry brachte den Wagen zum Stehen und sah durch die Windschutzscheibe geradeaus auf die zerbröckelnde Backsteinstruktur.

»Na gut, Martin«, sagte er, ohne sich umzusehen, »erklär's uns.«

Mulgrew schob sich in die Lücke zwischen den Vordersitzen. »Ganz einfach. Sie kommt runter – wir sehen abends nach, ob sie auch *wirklich* kommt –, und wir erschießen sie in der Bar, wo sie immer sitzt. Ganz einfach. Außerdem ist sie schwanger.«

»Eine *schwangere* RUC-Reservistin«, sagte Gerry. »Zwei Fliegen mit einer Klappe.«

Sie blieben noch ein paar Minuten, aber es gab sonst wirklich nichts zu sehen. Gerry wendete und fuhr zurück zum Tor. »Gut; ich verstehe, was du meinst. Einfach rein, einfach raus. Ich will nicht, daß wir noch mal Scheiße bauen. Wenn es so einfach ist, dann *mach* es.«

Ein Mann ging mit einem winzigen Hund am Tor vorbei. Gerry fuhr etwas langsamer, aber er hielt nicht an. Er wollte weg.

»Und wenn es so einfach ist, dann wird es hoffentlich kein verdammter Maulwurf vermasseln«, sagte er. Er lächelte und sah beide an – erst Mulgrew, dann Paddy. »Wer es auch ist, wir müssen ihn finden. Verstanden?«

Sie waren jetzt wieder auf der Antrim Road, und es war nicht viel Verkehr.

Gerry sah Mulgrew über seine Schulter hinweg an. »Du bist ein stiller Bastard, Mulgrew, weißt du das?«

Er bekam keine Antwort.

»Wärst ein toller Maulwurf. Siehst alles. Hörst alles. Weißt alles. Und sagst nie ein *verdammtes* Wort.« Gerry lachte. »Wären wir aber wahrscheinlich alle, was?«

Schweigend fuhren sie über die Grosvenor Road wieder zurück und dann durch Falls in Richtung Beechmount. Gerry hielt vor einem Zeitungsladen an und sah sich über die Schulter um. »Gib mir den Schläger, Martin.«

Gerry steckte den Baseballschläger unter seine Jacke, und Paddy und Mulgrew folgten ihm über die Straße.

Außer dem Besitzer war niemand in dem Zeitungsladen, und Gerry konnte sehen, daß ihm die Angst ins Gesicht geschrieben stand. Gerry klappte mit einem Knall den Ladentisch auf und drängte den Mann in ein kleines Hinterzimmer. »Paß auf die Tür auf, Mulgrew«, sagte er.

Der Mann war klein und beinahe kahl. Er trug eine dicke schwarze Brille und hatte Übergewicht. Gerry wußte, daß er eine Frau und fünf Kinder hatte – vielleicht brauchte er das Geld und war deswegen so verflucht schwierig.

»Ich glaube, wir haben zwei Dinge zu besprechen, Mr. Macauley«, sagte er.

»Ich habe keine Angst vor Ihnen und Ihren Schlägern.«

»Oh *bitte*«, sagte Gerry, »ersparen Sie uns doch Ihre kleine Darbietung von Mut und Tapferkeit.« Er zog den Baseballschläger unter seiner Jacke hervor und fing an, drohend damit gegen sein Bein zu klopfen. »Nun, wie ich schon sagte, wir haben zwei Dinge zu besprechen. Die Nichtzahlung unseres kleinen ›Versicherungsbeitrages‹ und, was fast noch schlimmer ist, einen Anruf bei der RUC wegen einer Beschwerde.«

»Fahr zur Hölle«, sagte der Mann.

Gerry dachte, daß er seine Angst hinter seiner Brille versteckte. Er war sehr klein, und Gerry schaute auf ein paar fettige, schwarze Haarsträhnen hinunter. Er dachte daran, wie sehr er häßliche Leute *haßte.* »Mr. Macauley, seien Sie nicht mutig; das nützt wirklich nichts.«

»Verpißt euch.«

Gerry spürte, daß die Wut in seinem Kopf explodierte. Er nahm den Schläger und zog ihn dem Mann über den Rücken. Er jaulte wie ein verängstigtes Tier und brach zusammen, während Gerry besinnungslos auf ihn eintrat. Er wand sich auf dem Fußboden, und Gerry schlug mit dem Baseballschläger auf seine Beine. Er hörte, wie die Knochen brachen. Der Mann schrie jetzt, und Gerry schlug immer wieder brutal auf ihn ein. Er genoß das Gefühl, Schmerz und Zerstörung zu verursachen. Die Schreie des Mannes klangen hysterisch, und Gerry hob den Schläger, um seinen beschissenen kleinen kahlen Kopf zu zerschmettern ...

Paddy fiel ihm in den Arm. »Es reicht, Gerry, um Gottes willen.«

Sein Gesicht zeigte Angst und Verwirrung. Er führte ihn nach vorn in den eigentlichen Laden, und auch in Mulgrews Augen sah Gerry Zweifel. Er war benommen und erschüttert. Paddy blieb plötzlich stehen. »Mensch, du trägst keine Handschuhe. Wir müssen den verdammten Schläger mitnehmen.« Er ging zurück, holte ihn und versteckte ihn unter seinem Regenmantel. »Nimm den Wagen«, sagte er zu Mulgrew. Dann ging er mit Gerry auf die andere Straßenseite und langsam die Beechmount Avenue entlang. Gerry wußte, daß am anderen Ende ein konspiratives Haus war, und er kramte in der Tasche nach seiner Schlüsselsammlung. Ehe er sie fand, hatte Paddy schon die Tür geöffnet, und sie traten ein. Im Haus stank es nach Moder und Verfall, und Paddy führte sie gleich in die Küche. Sie war verdreckt, und die Anrichte und das Spülbecken standen voll mit ungespülten Bechern und Tellern. Paddy drehte den Kaltwasserhahn auf und zog den Schläger unter seinem Regenmantel hervor. Er fing an, das Blut abzuwaschen, und es lief in das schmutzige Geschirr und in die Töpfe. Er fluchte und fegte sie zur Seite, um das Blut und das Wasser ablaufen zu lassen. Er zog seine Jacke aus, die auch voller Blut war, und stopfte sie in das Spülbecken. Dann wandte er sich Gerry zu und tat dasselbe mit seiner.

Gerry wartete in dem anderen Zimmer und sammelte sich, bis sein Bruder fertig war. Dort war es auch schmutzig, überall lagen Zigarettenkippen, und seine Hände zitterten noch immer. Er setzte sich auf den Stuhl, so wie er ihn vorfand, und schloß die Augen. Schließlich kam so etwas wie Ruhe über ihn.

Als er die Augen öffnete, stand sein Bruder vor ihm. »Das war nicht nötig«, sagte er.

»Arschlöchern muß man es zeigen«, antwortete Gerry.

Paddy setzte sich ihm gegenüber auf einen wackeligen Holzstuhl, oder was davon dem Kamin entkommen war. »Wenn du mich fragst, belasten dich die Dinge im Moment.«

»Ich glaube nicht, daß ich dich gefragt habe.«

Paddy antwortete nicht, und sie saßen schweigend da.

Es waren natürlich Vermutungen, und außerdem brauchte es seine Zeit, aber sein Instinkt sagte McIlhatton, daß dieser Mann hineingehen würde. Also folgte er ihm die Treppe hinunter zur Unterführung und sah aufmerksam zu, wie er sich dem Eingang näherte. Der Mann suchte nach seinem Ausweis, hängte sich ihn um den Hals und ging hindurch, ohne stehenzubleiben.

Der Polizist schien kaum Notiz von ihm zu nehmen und schaute sich den Ausweis offenbar nicht genau an.

Außerdem war es ein anderer Polizist als gestern.

Kurz vor dem Eingang wandte sich McIlhatton nach rechts und ging die Treppe zur anderen Straßenseite hinauf.

ELFTES KAPITEL

Ryan zündete sich eine Zigarette an, scharrte mit den Füßen und betrachtete den alten blauen Cavalier. Er stellte fest, daß das zur Gewohnheit wurde.

Nach seinen Berechnungen gab es zwar theoretisch kaum ein Risiko, aber es gab auch kaum einen Zweifel, daß es vollkommen unnötig war. Aber stimmte das denn?

Die Wahrheit war, daß ihn die ganze Sache seit seiner Rückkehr hierher in einer Weise beschäftigt hatte – verfolgt, könnte man sagen –, die er für nicht mehr gesund hielt. Und dann, letzte Nacht, hatte er den ganzen Vorfall, diese ganze verheerende, tragische Patrouille im Geiste durchgespielt. Er war bestürzt, wie stark die Bilder noch immer waren. Und die Wahrheit war einfach. Simpel und einfach. Er fühlte sich persönlich verantwortlich für Declan Walshes Tod. Das schlimmste war, daß er wußte, daß das nicht übertrieben war.

Als er letzte Nacht wachgelegen und an die Decke gestarrt hatte, war das deutlichste Bild in der Dunkelheit keines von dem Vorfall selbst gewesen, noch nicht einmal eines von dem Gesicht des toten Jungen.

Nein, das deutlichste Bild hatte den Ausdruck auf *Smilers* Gesicht gezeigt, kurz bevor sie ausgerückt waren. Er hatte diesen Ausdruck gesehen und *gewußt*, daß der Mann durchdrehen würde. Sie hatten fünf Monate und fünfundzwanzig Tage in dieser engen, unbequemen, dreckigen Kaserne überstanden, und die ganze Zeit war Smiler unaufhörlich von Jacko und den anderen schikaniert worden. Und er, der Commander der Einheit, hatte damals wie heute gewußt, daß er zuwenig dagegen unternommen hatte. Einiges war sicher nicht böse gemeint gewesen, und einiges war unvermeidlich, und er hatte sein Bestes getan, um Smilers Moral hochzuhalten. Er hatte mit ihm über seine Familie gesprochen und ihm mit den Scheidungspapieren geholfen. Aber im tiefsten Inneren hatte er gewußt, daß es im letzten Monat nicht mehr akzeptabel gewesen war. An diesem letzten Tag hatte er Smilers Gesicht vor der Patrouille gesehen, und er hatte gewußt, daß Smiler an seinen Grenzen angekommen war.

Und er hatte ihn trotzdem mitgenommen.

Ryan warf die Zigarette in das Blumenbeet und stieg in den Wagen. Er dachte noch einmal kurz an das Risiko, aber er wußte, daß der Wagen alt und schäbig war, und er faßte Mut. Er bog rechts ab in die Balmoral Road und fädelte sich langsam in den Verkehr ein. Er versuchte, nicht daran zu denken, aber das gelang ihm nicht.

Was ihn jetzt beschäftigte, war nicht so sehr der Tod, der Mord. Damit hatte er sich weiß Gott genug gequält. Es waren die Lügen. So viele verdammte Lügen.

Lüge eins: daß die Soldaten Walshe dreimal zum Stehenbleiben aufgefordert hatten, ehe sie das Feuer eröffneten.

Lüge zwei: daß Walshe eine verdächtige Wölbung in seiner Tasche gehabt hatte, die auf eine Pistole schließen ließ.

Lüge drei: daß die Soldaten Walshe aufgefordert hatten, seine Taschen auszuleeren, und daß er deshalb weggelaufen war.

Die Tatsachen: Declan Walshe war nur ein gewöhnlicher katholischer Junge, der routinemäßig angehalten worden war. Die begleitenden RUC-Detectives waren am anderen Ende der Beechmount Avenue gewesen, und er, Lieutenant David Ryan, hatte auf der Straße nach unmittelbarer Gefahr Ausschau gehalten.

Es war Smiler gewesen, der den Jungen angehalten hatte (wie er später erfuhr), und Smiler hatte gedroht, ihm die Zähne einzutreten. Als der Junge losrannte, war es Smiler gewesen, der ihm etwas nachgerufen hatte (»Du Fenier-Arsch!«), und Smiler hatte zuerst auf ihn geschossen. Jones hatte unerklärlicherweise auch geschossen. Ryan war nicht imstande gewesen, seine *eigenen* Gedankengänge nachzuvollziehen und zu verstehen, weder damals noch seither.

Er umrundete den Kreisverkehr am Ende der Balmoral Road, und seine Gedanken wurden klarer. Es war noch immer viel Verkehr, und es dauerte eine Weile, bis er Andersonstown Road erreichte.

Er bog rechts ab, fuhr langsam weiter Richtung Milltown und fragte sich, ob er jetzt wirklich irgend etwas anders machen würde. Es waren seine Leute, seine Soldaten, und er hatte gelogen, um sie zu schützen, aber Herrgott, verdammt …

Manchmal wollte er Walshes Eltern suchen und sich entschuldigen. Nein, er wollte Walshes Eltern suchen und ihnen sagen, wie verdammt leid es ihm tat. Er wollte erklären, daß … was erklären? Daß sie auf ihrem Weg durch dieses Gebiet dreimal angegriffen worden waren? Daß einer seiner Soldaten einen Arm verloren hatte? Daß sie nur noch fünf Tage vor sich hatten und daß er sie zählte, als ob sein Leben davon abhinge? Daß die Atmosphäre in der Kaserne scheiße war, daß Smiler schikaniert wurde und daß er das wußte und verdammt noch mal nichts dagegen tun konnte, außer *immer wieder* zu versuchen, Jako zu seiner verdammten Vernunft zu bringen?

Es kam nicht hin. Es war keine Entschuldigung für alle diese Lügen, es rechtfertigte nichts.

Noch eine Perle der Weisheit von seinem Vater: »Sag die Wahrheit. Das ist *immer* einfacher.«

Und noch eine: »Taten haben Folgen.«

Er war jetzt am Ende der Whiterock Road angekommen und ließ das Fenster ein Stück herunter. Draußen war es kalt, und er dachte, daß es vielleicht schneien würde.

Vor einem Zebrastreifen mußte er fest auf die Bremse treten. Er hatte die Frau nicht gesehen, und er spürte jetzt wieder den Schweiß auf seinen Handflächen. Etwa zweihundert Meter weiter – wenn man zu Fuß ging und fürchtete, erschossen zu werden, schien es mehr zu sein – bog er in die Beechmount Avenue ein. Er betrachtete das Wandgemälde – eine Hand, die ihre Ketten zerbrach, vor einem Bild von Irland. Er fuhr zur rechten Straßenseite hinüber und hielt nach etwa zwanzig Metern an. Er ließ den Motor laufen. Er glaubte, sein Herz klopfen zu hören.

Aber er fühlte nichts. Das war die Stelle, und er hätte auf den Zoll und die Sekunde genau beschreiben können, wo und wann es passiert war. Aber jetzt war Tag, und auf der anderen Straßenseite rannten drei kleine Mädchen vom Einkaufen nach Hause, und ein Mann zerrte seinen Hund hinter sich her. Ryan schloß die Augen und versuchte, es sich vorzustellen, aber er stellte fest, daß kein Bild erschien. Er stieg aus dem Wagen und stützte sich auf das Dach. Er zündete sich eine Zigarette an und schloß die Augen wieder. Jetzt konnte er die Rufe hören, und er erinnerte sich, daß er sich umgedreht und kurz gesehen hatte, wie der Junge davonlief. Er konnte das Gewehr an Smilers Schulter sehen, und er erinnerte sich, daß er sich gefragt hatte, was zum Teufel da vorging, und daß er in der Sekunde, in der es passierte, gedacht hatte, daß er jetzt nicht nach Hause fahren konnte – in den Wochen zuvor hatte er nichts anderes im Kopf gehabt –, und er erinnerte sich an das Gesicht des Jungen auf dem Asphalt und an das plötzliche Bedürfnis, sich zu übergeben, und …

»Geht es Ihnen nicht gut, mein Sohn?« Die alte Frau sah ihn fragend an. Sie hatte eine Einkaufstasche in der einen Hand und in der anderen eine Hundeleine. Sie wirkte interessiert, wirklich freundlich und interessiert. Um nichts sagen zu müssen und trotzdem zu zeigen, daß es ihm gutging, machte er ein schnaubendes Geräusch und zuckte mit den Schultern.

Er stieg in den Wagen und fuhr langsam zur linken Straßenseite hinüber. Etwas weiter oben, bei der Wand, auf der in großen Buchstaben »IRA« stand, wendete er und hielt dann wieder an. Er atmete tief ein. Nach einer Weile schaltete er das Radio ein. Es kamen Nachrichten, und er hörte, daß die Beerdigung von Declan Martin jetzt begann, dem jungen Mann, der bei einem IRA-Anschlag ums Leben gekommen war, den die Sicherheitskräfte vereitelt hatten.

Es gab keinen Grund hinzugehen – und keinen, es nicht zu tun. Vor ein paar Jahren waren zwei Corporals versehentlich in einen Beerdigungszug geraten. Man hatte sie aus dem Wagen gezerrt, geschlagen, brutal gefoltert und schließlich ermordet. Es war gefährlich und überflüssig. Er fuhr wieder an, und in dieser Sekunde wußte er, wohin er wollte.

Die RUC wird da sein, dachte er, und er wollte Colette bei ihren eigenen Leuten sehen, er wollte sehen, mit wem sie dort war und wie sie miteinander umgingen – und außerdem war er schließlich ein Intelligence Officer.

Und im Moment verhielt es sich ohnehin so, daß er sich einen Dreck um Risiken und Grundregeln scherte.

Colette zog die Haustür hinter sich zu und spürte die Spannung sofort.

Zwei Land Rover kreuzten das Ende der Leeson Street, und als sie in die Falls Road einbog, sah sie, daß es die beiden letzten Wagen einer langen Reihe waren. Es mußten dreißig oder vierzig große, blaue, gepanzerte Land Rover sein, die beide Straßenseiten säumten.

Sie ging auf sie zu. Es schneite ein wenig, und leichte Flocken wehten ihr langsam ins Gesicht. Sie zog ihren roten Hut und den Schal aus der Tasche und packte sich warm ein.

Sie sah, daß weiter vorn zwei große Trikoloren vom Dach des Divis Tower wehten. Sie fühlte sich merkwürdig leer.

Als sie näher kam, sah sie, wie viele *Peeler* tatsächlich da waren: buchstäblich Hunderte, fünfhundert vielleicht oder noch mehr, und alle trugen volle Schutzausrüstung, wie eine schwarze Weltraumarmee aus einem fernen Jahrhundert.

Sie dachte kurz daran, umzukehren, aber sie beschloß, daß sie weitergehen mußte. Die Pflicht, dachte sie, und mußte beinahe lächeln.

Sie erreichte Divis Tower. Die Trauernden waren hier fast völlig eingekreist, und beide Gruppen standen dicht beieinander. Die *Peeler* umringten die Trauernden ungerührt mit offenen Visieren und lässig gehaltenen Schlagstöcken. An einem Ende hatten sie einen Durchgang gelassen, und Colette ging nach vorne zu Gerry und Paddy. Sie nickten ihr zu, als sie ihren Platz neben ihnen einnahm.

Sie sah sich um. Sie dachte, daß sie wie zwei Armeen vor der Schlacht aussahen, und sie betrachtete den Feind und haßte ihn.

Sie warteten geduldig, bis der Sarg kam, und sie stampfte leicht mit den Füßen auf, um ihren Kreislauf anzuregen. Gerry und Paddy standen neben ihr. Sie wußten alle, daß es ein schwerer Tag werden würde. Er hatte schon schlecht angefangen; Declan Martins Mutter machte sich offenbar nicht viel aus militantem Republikanertum und hatte einem ›angemessenen‹ Begräbnis nur unter Zwang zugestimmt.

Declan Martin war im Einsatz gefallen, während er in der Irish Republican Army diente, wie auch immer er dazu gekommen war. Colette wußte, daß die große Beteiligung heute sein Opfer ehren sollte. Alle Führungsmitglieder der IRA aus Belfast waren da, und die meisten bereiteten sich darauf vor, den Sarg auf seinem Weg ein Stück zu tragen.

Die IRA wollte ihn als Soldaten beerdigen, die RUC als einen Mordverschwörer, der bei einem Anschlag auf einen der Ihren getötet worden war. Sie wußte, daß die RUC bei jedem Versuch, Salutschüsse abzufeuern, sofort und gnadenlos eingreifen würde. Die Luft war schwer von Feindseligkeit.

Jedem war klar, daß Martin vor ein paar Tagen bei dem Anschlag auf Derek Henderson umgekommen war, aber sie wußte, daß die Sympathien gänzlich bei seiner Familie und der IRA lagen. Die meisten Leute um Colette sahen in seinem Tod einen politischen Mord, ganz ungeachtet seiner Absichten. Sie wußte, daß sie nicht an Martins potentielles Opfer dachten.

Der Schnee blieb nicht liegen, aber es war kalt, und Colette rieb sich die Hände, um sie zu wärmen. Hier gibt es so viel Zorn, dachte sie. Eine Menschenmenge, die für ein wenig feindliches Blut ihr eigenes gegeben hätte.

Einige Leute in ihrer Nähe unterhielten sich leise, aber die meisten standen schweigend da und warteten darauf, daß der Trauerzug begann. Ein schwarzer Leichenwagen bog um die Ecke, um den Sarg nach der Trauerfeier zum Friedhof zu bringen. Medienleute hatten sich unter die Trauergäste gemischt und versuchten, ihre Kameras unauffällig auf einige den Reportern bekannte Gesichter zu richten. Sie wurden sofort verwarnt, und die größeren Männer stellten sich mit dem Rücken vor die Kameras. Die Drohung war unmißverständlich, und die Kameramänner schalteten ab und warteten darauf, daß der Sarg erschien.

Langsam versammelte sich eine kleine Gruppe von Männern vor dem Eingang zum Tower. Sie trugen schwarze Lederjacken, schwarze Hosen, schwarze Krawatten, schwarze Schuhe und weiße Hemden. Als der Sarg auf sie zukam, bildeten sie zwei Reihen, um ihn zu tragen. Gerry stand bei ihnen und hatte wegen der Kälte den Kragen seiner grünen Kordjacke hochgeschlagen.

Martin Mulgrew stand neben ihm. Er drehte sich um und lächelte sie an, und sie lächelte mit einstudierter Schüchternheit zurück.

Der Commander der RUC hatte gut aufgepaßt. Er stand in der Nähe der Trauernden, und an seinem Schlagstock aus poliertem Holz sowie an seinen braunen Lederhandschuhen konnte man seinen Rang und seine Rolle erkennen. Jetzt drängte er sich langsam durch die

Männer zu ihnen nach vorn. Der Officer kannte Gerrys Rang genau und ging davon aus, daß er unter den Anwesenden die wichtigste Figur war. Instinktiv ging Colette näher zu ihnen hin. Der Officer hob seinen Schlagstock, aber seine Stimme blieb ruhig. »Wir haben vereinbart, daß es so etwas nicht geben wird.«

Der Mann gab Gerry zu verstehen, daß er das Problem abseits in Ruhe besprechen wollte, und Colette spürte die Feindseligkeit, die sie umgab. Gerry ignorierte ihn und sah sich um, um den Sarg hinausgeleiten zu können.

Der Commander trat noch näher auf ihn zu. »Wir haben vereinbart, daß es keine paramilitärischen Zurschaustellungen geben wird.«

Gerry schaute zurück. »Das sind keine.«

Der Commander wies mit seinem Schlagstock auf die beiden Reihen. »*Das* sind Uniformierte.«

»Das ist eine Gruppe von Männern in Lederjacken.«

»Hören Sie, ich spiele hier nicht mit Worten. Lösen Sie sie auf, und lassen Sie andere mittragen, sonst rührt sich hier niemand vom Fleck.«

Die Frau neben Gerry spuckte den Officer wütend an. Gerry hob die Hand, um sie zurückzuhalten, der Commander rührte sich nicht. Er beherrschte seine Wut. »Ich wiederhole: Lösen Sie das auf, oder niemand geht hier irgendwohin.«

Colette haßte ihn. Sie wußte, daß alle das taten. Sie dachte, daß sie ihn bestimmt gerne töten würden.

Er zog sich zurück, wischte sich sorgfältig den Speichel aus dem Gesicht und ignorierte die Blicke und das Gemurmel der Trauergäste.

Gerry, Paddy und Mulgrew verschwanden im Divis Tower, und etwa eine halbe Stunde lang warteten alle mit Spannung. Schließlich kamen sie wieder heraus. Gerry nickte den Männern zu, die die beiden Reihen bildeten, und ging hinüber zum Commander. Er zeigte auf die Männer, die bei dem Sarg standen und sich jetzt zerstreuten. »Wir willigen ein, aber nur aus Rücksicht auf die Familie.«

Colette mußte an die Augen des jungen Mannes vor dem Anschlag denken und an seinen anklagenden Blick.

Sie spürte die ersten schuldbewußten Stiche. Sie dachte an das, was sie im Krankenhaus hatte tun wollen.

Vom Leichenwagen angeführt, setzte sich der Trauerzug in Bewegung. Colette ging hinter dem Sarg, betrachtete die Füße der Sargträger und sah zu, wie sie mehr oder weniger im Gleichschritt langsam vorwärtsgingen.

Sie stellte sich die Leiche im Sarg vor. Das Bild brachte sie durcheinander, und wie immer war es schwierig für sie, die Vorstellung von einem lebenden, atmenden Wesen mit einem kalten, reglosen Leichnam zu verbinden.

Das Geräusch ließ sie erstarren.

Eine Maschinengewehrsalve, und dann eine unheimliche Stille. Sie schien sehr lange zu dauern und wurde dann von einer weiteren Salve erschüttert.

Colette hörte Schreie. Sie spürte, wie ihre Beine versagten.

Die Schüsse hörten auf, aber es wurde nicht still. Rufe und Schreie waren zu hören, und dann eine neue Salve.

Colette lag mit dem Gesicht auf dem Asphalt. Sie konnte nichts denken. Ihr Kopf war leer.

Es hörte wieder auf. Sie hob den Kopf und sah, daß Gerry rechts von ihr noch immer aufrecht stand und den Sarg zusammen mit einem anderen Mann auf seiner Schulter hielt. Alle anderen waren zu Boden gefallen. Sie hörte, daß er die Leute anschrie, daß sie ruhig bleiben sollten, aber die Menge war unsicher und verängstigt.

Dann waren die Leute wieder auf den Beinen. Ein Raunen erhob sich um sie herum. Sie hörte jemanden »Loyalisten!« rufen, dann noch jemanden. Alle blickten nach rechts zur Peace Line, und jetzt sah sie dort einen Wagen. Plötzlich setzte er sich in Bewegung und fuhr rückwärts davon. Hinter ihm erschien ein Black Taxi und versperrte ihm den Weg. Der Wagen prallte gegen das Taxi und versuchte zu entkommen. Aber die Trauergäste waren wieder auf den Beinen, und einige Männer standen im Weg. Der Mann am Steuer hätte sie überfahren müssen.

Dann explodierte die wütende Menge. Einige Männer stürmten vorwärts, dann drängten alle zum Wagen. Sie spürte den Zorn und die Blutgier und wurde mitgerissen.

Sie wollte sie in Stücke reißen.

Jetzt nahmen sie sich den Wagen vor, und sie sah, daß sie einen Mann herauszerrten. Sie sah eine Waffe, die zum Himmel gerichtet war. Sie sah, wie er zu Boden gerissen wurde. Sie drängte sich näher heran, wurde von hinten gestoßen und fiel selbst zu Boden. Sie wurde zerschürft und getreten, als die Polizisten über sie hinwegstürmten. Sie rollte sich zu einem Ball zusammen und lag eine Weile reglos da.

Dann waren die Polizisten fort, und sie stand auf. Sie sah, daß sie die Menge zurückprügelten. Sie sah, daß sie den Mann aufrichteten.

Dann sah sie sein Gesicht.

Er ließ den Kopf hängen, und sie sah, wie das Blut seine Wange hinunterlief. Er schaute zu Boden, als ob er sich schämte oder Angst davor hatte, erkannt zu werden.

Sie starrte ihn an und traute ihren Augen nicht.

Die Menge kam auf sie zu, aber sie rührte sich nicht. Die Leute gingen auf beiden Seiten an ihr vorbei, und sie ahnte Gefahr, aber sie konnte die Augen nicht von ihm wenden. Langsam dämmerten ihr die Fragen. Was machte er hier? Was würde geschehen, wenn sie ihn verriet? Wer hatte geschossen?

Sie sah, daß er kein Maschinengewehr hatte.

Er stand jetzt direkt vor ihr, und er schaute auf und sah sie. Für den Bruchteil einer Sekunde sahen sie sich an.

Es wurde noch eine Salve abgefeuert, und diesmal war es offensichtlich, daß sie von der anderen Seite der Peace Line kam. Sie hörte jemanden rufen: »Hoch die UFF!«

Alle hatten sich umgedreht und sahen die Straße hinunter. Ein Land Rover raste auf die Mauer zu, und zehn oder zwanzig Polizisten in Schutzausrüstung rannten hinterher. Neben sich hörte sie den Commander in sein Funkgerät schreien.

Noch einige Sekunden herrschte Chaos. Die Polizisten versuchten, die Menge zurückzudrängen. »Ein loyalistischer Anschlag, gehen Sie weg!« schrien zwei Polizisten sie an, aber sie rührte sich nicht. Als sie sie packten und wegzerrten, wandte sie sich um und sah, wie Ryan hinter einem Land Rover verschwand. »Was ist mit ihm?« hörte sie sich sagen, beinahe schreien.

»Das ist kein verdammter Loyalist«, sagte ein Polizist wie zu sich selbst. Sonst schien sich niemand dafür zu interessieren. Die allgemeine Aufmerksamkeit war auf die Mauer am anderen Ende der Straße gerichtet.

So schnell, wie es entstanden war, löste sich das Chaos wieder auf. Die Polizisten ließen sie los, und sie schloß sich dem Trauerzug wieder an. Die Menge bewegte sich jetzt langsam weiter. Die Uniformierten hatten den Sarg wieder aufgehoben. Colette schaute sich um, aber sie konnte ihn nicht mehr sehen.

Sie ging weiter und sah nicht mehr zurück. Plötzlich hatte sie Angst. Sie spürte, daß ihre Handflächen trotz der Kälte feucht waren. Sie ließ ihre Augen über die Menge vor sich wandern. Sie konnte Mulgrew nicht sehen.

Sie fragte sich, wo er gewesen war und was er gesehen hatte.

Was, wenn er den Schock in ihrem Gesicht gesehen hatte?

Der Trauerzug bog um die Ecke und bewegte sich auf St. Peter zu. Die Leute gingen langsam. Wut und Zorn waren einer feierlichen Lethargie gewichen. Es war unwirklich.

Im Gehen dachte Colette an den Vorfall in der Bibliothek. Sie fragte sich, ob es möglich war, daß Mulgrew Ryan wiedererkannt hatte. Sein einziger Anhaltspunkt wäre dieser eine kurze Blick auf den Zeitungsausschnitt gewesen. Wenn er nicht zurückgegangen war ...

Sie sah sich noch einmal um, aber keiner von beiden war zu sehen.

Alle standen jetzt vor der Kirche, und Colette war nach vorne zu Gerry gegangen, als ob seine physische Nähe sie retten könnte. Gerry stand da und schaute den Priester an, und er hatte die Fäuste in die Seite gestemmt. Seine Stimme war von eisiger Höflichkeit, aber sie hatte einen bedrohlichen Unterton. »Father«, sagte er, »lassen Sie es mich wiederholen. Dieser Leichenzug ist gerade von Loyalisten angegriffen worden, und wie Sie sehen, ist Mrs. Martin außerordentlich mitgenommen. Wenn Sie uns jetzt *bitte* in die Kirche lassen würden.«

Father Collins war ebenso höflich und ebenso selbstsicher, und Colette glaubte in seinen Augen so etwas wie Haß zu sehen. »Mr. McVeigh«, sagte er, »lassen Sie mich wiederholen, daß ich Mrs. Martins Verzweiflung nur zu gut verstehe. Sie ist ein loyales Mitglied und eine Stütze meiner Herde, und ich kann und werde nicht erlauben, daß Declans Leichnam mit den Abzeichen paramilitärischer Gewalt bedeckt hier hineingebracht wird.«

»Father ...« Gerrys Lippen waren zusammengepreßt, und seine Stimme klang angestrengt.

»Ich bin schon lange hier, Mr. McVeigh. Sie können mich nicht unter Druck setzen. Nehmen Sie die Abzeichen weg, oder wir stehen den ganzen Tag hier.«

»Was ist mit Mrs. Martin, Father?«

»Glauben Sie mir, mein Beileid und mein Herz sind mit ihr. Wo Ihr Herz ist, Mr. McVeigh, weiß Gott allein.«

»Auf welcher Seite stehen Sie, Father?« Gerry hatte seine Stimme jetzt gesenkt, und Colette wußte, daß seine Nerven am Ende waren. Sie betrachtete die silbernen Locken und die sorgenvolle Stirn des alten Priesters und konnte nicht umhin, seinen Mut zu bewundern.

»Auf die Gefahr hin, banal zu klingen«, sagte er, »ich stehe auf der Seite des Herrn. Es muß jemanden geben, den Sie nicht unter Druck setzen können, so wie Sie Declan Martin unter Druck gesetzt haben.« Gerry bezwang seine Wut und drehte sich um, um ruhig mit Mrs. Martin zu sprechen. Die Trauergäste, die auf dem Hof von einem festen Ring aus Schwarz umschlossen waren, schauten schweigend zu. Ein paar Minuten später drehte er sich wieder um und trat auf Father Collins zu. »Um Mrs. Martins willen werden die Kappe, der Gürtel und die Baskenmütze weggenommen. Die Trikolore bleibt.«

Der Priester sah einen Moment lang so aus, als würde er ablehnen, aber schließlich nickte er grimmig, drehte sich um und führte den Zug in die Kirche.

Colette folgte zusammen mit Gerry. Sie setzte sich vorn auf eine Bank und saß benommen da. Sie wagte nicht, sich umzusehen.

Sie fragte sich, ob Mulgrew in einer der Reihen hinter ihr saß, und sie stellte sich vor, wie seine Augen auf ihren Hinterkopf gerichtet waren. Sie stellte sich vor, wie er nachdachte, abwog, überlegte. Sie versuchte sich vorzustellen, was er in diesen wenigen Momenten in ihrem Gesicht gesehen haben könnte. Sie konnte es nicht sagen, denn sie wußte nicht, wieviel von ihren Gefühlen, dem Schock und der Überraschung, sich auf ihrem Gesicht gezeigt hatte. Und das würde nur dann eine Rolle spielen, *wenn* er sie gesehen hatte. Er hätte tausend andere Dinge tun können. Sie versuchte, ihre Gedanken davon loszureißen und sich auf die Worte des Priesters zu konzentrieren.

Sie hörte zu. Der Priester sprach über ein verschwendetes Leben; über einen Jungen, der Gaelic Football gemocht hatte und seiner Mutter treu ergeben gewesen war; über einen Jungen, der schwer gearbeitet hatte und ein guter Student war, den seine Lehrer, seine Freunde und seine Familie geliebt hatten.

Hauptsächlich sprach Father Collins von der Tragödie, die sie alle getroffen hatte, aber er schonte seine Zuhörer nicht. Seine Stimme war emotionsgeladen. »Und jetzt muß ich die paramilitärischen Führer, die Declan in den Tod geschickt haben, fragen: warum? In Gottes Namen frage ich Sie, warum haben Sie einen jungen Mann in den Tod geschickt? Was wollen Sie nach so langer Zeit, nach so viel Blutvergießen und Bitterkeit und Haß erreichen?«

Colette sah Gerry an. Er betrachtete gelassen den Priester, aber die Muskeln seiner Wangen zuckten heftig.

»Wann wird es aufhören?« fragte der Priester. »Wann werden *Sie* ein Ende machen? Wir wissen um Ihren Schmerz, um Ihr Engagement für Gerechtigkeit und Freiheit, aber ich kann es nicht mehr ertragen.

Nach fünfundzwanzig Jahren frage ich Sie, was erreichen Sie mit dieser täglichen Litanei des Todes?«

Man hörte Turnschuhe auf dem Steinboden quietschen. Leute gingen, und Colette nutzte ihre Chance. Sie drehte sich um und suchte die Kirche ab, von rechts nach links und wieder zurück.

Sie konnte Mulgrew nicht entdecken.

Sie drehte sich wieder um und versuchte zuzuhören. Der Priester fuhr fort. »Die Zukunft liegt in Ihren Händen. Sie haben die Macht, dem ein Ende zu setzen und die übrigen wertvollen jungen Männer vor einem frühen Grab zu bewahren. Im Namen aller Menschen in diesem ruhelosen Land bitte ich Sie, haben Sie den Mut und machen Sie ein Ende –«

Sie versuchte zu begreifen, was sie gerade erlebt hatte. Es war ein loyalistischer Anschlag gewesen, also was hatte Ryan dort gemacht? Zufall oder Absicht? Absicht bestimmt. Das beunruhigte sie. Es erschreckte sie.

Sie merkte, daß sie begonnen hatte, ihm zu vertrauen.

Gerry saß kerzengerade neben ihr und starrte Father Collins mit kalter Wut in den Augen an.

Sie betrachtete den Sarg, der vor ihr stand. Sie konnte das alles kaum glauben.

Da draußen war ein *Brit*, und sie hatte gewollt, daß er lebt.

Vor ihr lag ein Patriot, und sie hatte gewollt, daß er stirbt.

Das schlimmste war, daß sie sich nicht schuldig fühlte.

Sie senkte den Kopf und sprach unwillkürlich ein stilles Gebet.

Sie betete für den Tod von Martin Mulgrew.

Sie spürte, daß Gerry sich neben ihr rührte, und öffnete die Augen. Er war aufgestanden, und sie folgte ihm instinktiv.

Nach der Dunkelheit in der Kirche war es draußen strahlend hell, und als sie auf die Gruppe der Männer zugingen, mußte sie blinzeln. Als sie bei der Gruppe ankamen, blieb Colette ein wenig zurück, damit Gerry in den Kreis eintreten konnte. Teils tat sie das aus Angst, teils weil sie merkte, daß sie nicht wirklich erwünscht war.

Es waren Männer der Internal Security, und sie fragte sich, ob sie sie wegschicken würden.

»Eines schönen Tages wird Father Collins kriegen, was er verdient«, sagte Gerry

Niemand antwortete.

Terence O'Hanlon stand in der Mitte der Gruppe, und alle anderen überragten ihn. Er war in Turnschuhen eins sechzig groß und mochte es nicht, wenn man Anspielungen auf seine Größe machte. Normalerweise hielten sich alle daran.

»Der Greyhound-Anschlag ist vereitelt worden, haben wir gehört«, sagte O'Hanlon. »Es hat Verhaftungen gegeben.«

Colette verspürte einen kurzen Anflug von Erleichterung. Sie hatte von dem Greyhound-Anschlag nichts gewußt. Andererseits, hatten sie gewußt, daß sie es nicht gewußt hatte?

»Es gibt keinen Zweifel, daß wir einen Maulwurf haben«, sagte O'Hanlon.

»Sieht so aus«, antwortete Gerry, »aber wir kümmern uns darum. Mulgrew untersucht es.«

»Mulgrew ist euer Intelligence Officer. Er hat nicht genug Erfahrung für eine richtige Maulwurfjagd, also kümmern *wir* uns jetzt darum.«

Für einen Augenblick herrschte Stille. Gerry wandte Colette den Rücken zu, aber sie konnte die Anspannung in den Gesichtern der Männer erkennen, die ihm gegenüberstanden. Jetzt grinste Chico sie an, und sie schauderte. Er war so abstoßend.

»Ich glaube«, sagte Gerry eisig, »daß wir uns darum kümmern sollten, wenn du nichts dagegen hast. Ich ...«

»Wir wissen, wer es ist«, sagte O'Hanlon. Chico grinste sie immer noch an.

Noch eine Pause. Gerry legte den Kopf zur Seite. »Wärst du so nett, mir zu sagen, wer es *eurer Ansicht* nach ist?«

»Wir prüfen es noch. Wir sagen es dir, wenn es soweit ist.« O'Hanlon lächelte jetzt, und das war ein beunruhigender Anblick. »Wie du weißt, möchten wir ganz sichergehen, Gerry.«

Gerry zögerte einen Moment. »Gut«, sagte er langsam, »hoffentlich habt ihr recht. Oder ihr werdet es bereuen.«

Er drehte sich um, und für einen Augenblick sah Colette den Zorn in seinem Gesicht. Dann war er vorbeigegangen, und sie folgte ihm. Sie wandte sich nicht um.

Sie konnte Gerrys Wut an der Geschwindigkeit erkennen, mit der er ging. Sie mußte beinahe laufen, um Schritt zu halten. Er sagte kein Wort, und als sie Falls Road erreichten, kam Mulgrew auf sie zugerannt. Er war ein wenig außer Atem, und er sah sie an, ohne zu lächeln.

»Hast du einen Moment Zeit, Gerry?« fragte er.

»Jetzt nicht, Martin.«

»Dauert nur eine Sekunde. Es ist ...«

»Jetzt nicht.«

Er ging weiter, und Colette wollte ihn einholen, aber Mulgrew legte ihr seine Hand auf die Schulter. »Wie geht's denn so?« fragte er. Sie war gezwungen, langsamer zu gehen, und Gerry entfernte sich.

»Gerry ist wütend«, sagte Mulgrew.

»Was du nicht sagst.«

»Was ist los? Ist es wegen der Greyhound-Sache?«

Sie ging weiter. Sie waren jetzt nahe an Leeson Street, und sie sah, daß Gerry an der Abzweigung vorbei und weiter die Falls Road hinaufging. »Ein Streit mit Internal«, sagte sie.

»Aha. Na ja, vielleicht sind wir schneller.«

Colette knurrte und bog nach links in die Leeson Street ein. Sie blieb stehen. »Mach's gut, Martin«, sagte sie.

»Wir sind ziemlich sicher, daß wir wissen, wer es ist.«

Er sah sie an. Wieder einmal wußte sie nicht, ob sie seine Heftigkeit bedrohlich oder lächerlich finden sollte. Sie wußte nicht, ob sie in ihm noch den ›kleinen Martin‹ sehen sollte.

»Gut«, sagte sie. »Gebt es dem Arschloch richtig, wer er auch ist.« Sie wandte sich ab.

»Oder *sie.*«

Colette wandte sich wieder um. »Wie bitte?«

Mulgrew starrte sie immer noch an. »Du hast ›er‹ gesagt, aber wer hat überhaupt gesagt, daß es ein Mann ist?«

Für einen Moment hatte sie Angst, und sie spürte, wie die Panik ihre Gedanken überschwemmte. Dann änderten sich plötzlich seine Laune und sein Ton. Er tippte ihr auf die Schulter. »Erste Spielregel, Colette: Setze nie etwas voraus, sonst schaust du schließlich an den falschen Orten nach.« Jetzt legte er ihr den Arm um die Schulter, und das ekelte sie an. »Machst du mir eine Tasse Tee?«

»Sicher«, sagte sie, und gleichzeitig bereute sie, daß ihr keine glaubwürdige Ausrede eingefallen war.

Als sie wenig später die Haustür aufschloß, bemerkte sie die Stille im Haus. Ma und die Kinder waren noch nicht zurück.

Sie kochte schweigend eine Tasse Tee für ihn, aber demonstrativ nicht für sich. Er bedankte sich, zog seine Jacke aus und hängte sie über die Lehne eines Küchenstuhls.

Bis auf das Geräusch, mit dem er seinen Tee schlürfte, war es still.

»Wie geht's den Kindern?« fragte er.

»Gut.«

Schweigen. Es hatte etwas Unangenehmes, als wäre seine Anwesenheit eine Entweihung. Die Intimität der Situation machte ihr angst, und sie fühlte sich unwohl.

Geräuschvoll trank er noch einen Schluck Tee und sah sie direkt und eindringlich an. »Wir müssen diesen Maulwurf knacken«, sagte er, »wer er – oder *sie* – auch ist.«

»Ja«, sagte sie, und dabei dachte sie wieder, ich wette, du bist es, du Mistkerl.

Er stellte seinen Tee auf die Anrichte und kam auf sie zu. Er war nur noch ein kleines Stück entfernt, und sie schaute über die Schulter zur Hintertür. »Die Kinder kommen gleich heim«, sagte sie.

Sie sah ihn wieder an, und sie wußte, daß das gefährlich werden könnte. Er starrte sie immer noch an, und sie lächelte. »Was machst du denn, Martin?«

»Du hast mir schon immer gefallen, Colette«, sagte er.

Als sie ihn jetzt ansah, konnte sie das Begehren in seinen Augen deutlich sehen. Sie verfluchte sich, weil sie dessen Intensität nicht vorher bemerkt hatte. Aber die Bedrohung war noch immer da. »Ich weiß«, sagte sie.

Er kam auf sie zu und wollte sie küssen, aber sie schob ihn weg und trat einen Schritt zurück. »Nein, Martin.«

»Warum nicht?«

»Die Kinder kommen zurück. Ich finde … ich finde, wir sollten einfach Freunde sein. Weißt du?«

Er starrte sie wieder an. »Chico ist gut genug für dich, aber ich nicht, ist es das?«

»Hast du mich beobachtet?«

»Das spricht sich herum. Noch jemanden gevögelt? Hast den *Brits* eine gute Nummer geboten, damit sie dich rauslassen?«

»Raus hier, Mulgrew.«

»Ich glaube, das wäre vernünftig gewesen.«

Schweigen. Sie sah zu Boden. »Was soll das heißen?«

»Ich glaube, es wäre vernünftig, habe ich doch gesagt.«

»Du mieses Stück Dreck«, sagte sie leise. »Ich weiß nicht, was du meinst.«

»Die Welt ist gefährlich.«

»Raus«, flüsterte sie.

Schweigen.

Er nahm seine Jacke vom Stuhl und zog sie an. »Na gut«, sagte er. »Jeder trifft seine Entscheidungen. Ich hoffe nur, daß du deine nicht bereuen mußt.«

Wenig später hörte sie die Haustür zufallen. Sie öffnete die Hintertür, setzte sich auf die Stufe und zündete sich eine Zigarette an.

Sie bemerkte, daß ihre Hand zitterte.

Auf der Gasse war es ruhig. Sie stellte sich Martin Mulgrew als kleinen Jungen vor. Es war schwer zu begreifen. Sie war zornig, aber der Zorn machte sie nicht ängstlich, sondern zuversichtlich.

Sie dachte an die Beerdigung, und plötzlich sah sie Mulgrew vor sich, wie er neben dem Bett des pickligen Jungen im Krankenhaus kniete und sich vorbeugte, damit der Junge ihm kraftlos etwas in sein Ohr flüstern konnte ...

Sie nahm einen letzten langen Zug von ihrer Zigarette und zertrat sie dann. Nein, dachte sie, er weiß es *nicht*. Niemand weiß es.

Sie stand auf und überlegte, was sie den Kindern zum Abendessen geben könnte.

Als Ryan am City-Airport vorbeikam, fiel ihm auf, daß er sehr langsam fuhr. Er war müde und mußte sich anstrengen, um überhaupt auf die Straße zu achten. Nach etwa einer Meile kam er an einem Schild vorbei, das zu den Holywood Barracks wies, und gleich dahinter sah er zwanzig oder dreißig Männer bei Flutlicht auf einem Rugbyfeld trainieren. Er sah, wie ihr Atem in der kalten Abendluft kondensierte.

Beim ersten Mal verpaßte er die Abzweigung, und er mußte auf der Karte nachsehen, wenden und zurückfahren. Als er sicher war, daß er die richtige Straße gefunden hatte, fuhr er langsam weiter und suchte nach der Schranke, vor der Hopkins ihn gewarnt hatte. Er kam an, wartete, bis sie sich öffnete, fuhr um die letzte Kurve und dann unter einem Uhrenturm hindurch in einen Hof. Hopkins' Haus war das erste links, und als Ryan vorfuhr, standen er und Grant wie besorgte Eltern im Türrahmen. Ohne warme Begrüßungsworte und ohne ihm etwas zu trinken anzubieten, führte Hopkins ihn ins Wohnzimmer. Unter anderen Umständen hätte es ihn amüsiert, wie Grant und Hopkins nebeneinanderstanden und so taten, als wären sie die besten Freunde, obwohl jeder wußte, daß sie sich nicht gut verstanden. Aber er war nicht in der Stimmung, irgend etwas von der komischen Seite zu sehen.

Grant sprach zuerst. Er benahm sich wie ein ärgerlicher Schulmeister. Zum ersten Mal nahm Ryan ihm etwas übel.

»Sie werden natürlich nach England zurückkehren.« Er hielt inne, als ob er Widerspruch erwartete. »Bis zu einem gewissen Grad gebe ich mir selbst die Schuld. Ich glaube, das war alles zu früh für Sie.«

»Es war ein Fehler.«

»Fehler kosten hier Leben, David«, sagte Hopkins.

Ryan überhörte das. »Es war ein Fehler. Ich habe es nicht zu Ende gedacht. Es wird nicht wieder vorkommen.«

»Ich weiß nicht, was zum Teufel Sie sich dabei gedacht haben«, sagte Grant.

»Ich wollte sehen, mit wem sie da ist und ...«

»*Antworten* Sie nicht, verdammt noch mal.« Grant atmete tief aus.

»Ziehen Sie mich nicht zurück.«

»Wir haben keine Wahl mehr.«

»Das akzeptiere ich nicht.«

»Es spielt keine Rolle, ob Sie das akzeptieren oder nicht«, sagte Hopkins. »Es ist entschieden.«

Ryan spürte, wie der Ärger in ihm aufstieg. Es war eine Szene aus seiner Vergangenheit; zwei Schulmeister und ein Junge, der keinen Respekt vor Autoritäten hat. Er bemühte sich, nicht verächtlich zu klingen. »Bitte geben Sie mir noch eine Chance.« Das war an Grant gerichtet.

»Das steht nicht in unserer Macht. Sie sind kompromittiert.«

»Wer soll sie führen?« Er hörte, daß in seiner Stimme ein Anflug von Verzweiflung mitschwang.

»Die Hauptsache überlassen wir der RUC. Jenkins kommt ein- oder zweimal im Monat rüber, um sie zu schröpfen.«

»Sie könnten sie verlieren.«

»Wir könnten sie sowieso verlieren.«

»Nicht, solange ich hier bin.«

Hopkins runzelte die Stirn. »Sie sind äußerst arrogant.«

»Ich sage es, wie es ist. Sie wird Jenkins nicht richtig folgen, und sie mißtraut der RUC.«

Grant wirkte verärgert. »Das ist eine professionelle Transaktion. Das ist keine Frage von Persönlichkeiten. Wenn doch, ist das wahrscheinlich ein Teil des Problems.«

»Sie vertraut mir.«

»Das bezweifle ich inzwischen.«

»Das heute hat nichts verändert. Sie vertraut mir. Ich bitte Sie um eine zweite Chance.«

»Ich bin nicht sicher, ob das geht.«

»Ich würde Sie nicht fragen, wenn es nicht wichtig wäre.«

»Für Sie, für die Frau oder für uns?«

»Für alle drei.«

Sie reagierten nicht. Er suchte in ihren Gesichtern nach einer Antwort. Hopkins sah feindselig aus, Grant unsicher.

»Es gibt noch einen Grund«, sagte er. Er machte eine Pause, ehe er weitersprach. »Wenn ich gehe, werden Sie feststellen, daß sie nicht mehr lange lebt, glaube ich.«

»Könnten Sie uns das freundlicherweise erklären?« fragte Grant.

»Nicht wirklich, ich glaube nicht.«

»Nun ja, in diesem Fall ...«

»Die RUC hat jemand anderen.«

»Und?«

»In ihrer Nähe. Beunruhigend nah, glaube ich. Überall herrscht Mißtrauen, und sie reden darüber ... man sagt, sie soll fallengelassen werden.«

»Wer sagt das?«

»Ich glaube nicht, daß ich deutlicher werden kann. Man hat mir geholfen, aber wenn ich gehe, bin ich sicher, daß man sie auch zum Abschuß freigibt. Ich glaube, daß Internal Security nahe an dem Agenten der RUC dran ist. Die glauben, daß das deren Verdacht zerstreuen könnte.«

»Wir wissen, wie man das macht, Ryan.« Grants Stimme klang fest und etwas herablassend. Ryan sah ihn an und versuchte, seinem Blick standzuhalten.

»Na gut«, sagte Grant. »Bitte gehen Sie, und warten Sie ein paar Minuten in Ihrem Wagen.«

Ryan war entlassen und wandte sich zur Tür. Als er auf den Hof trat, war er schrecklich müde. Hopkins' Haus gehörte zu einem umgebauten Stallgebäude, und aus allen vier Ecken fiel jetzt Licht auf das Kopfsteinpflaster des Hofes. Hinter seinem Wagen schritten ein paar Pfauen gemächlich auf den Torbogen gegenüber zu, der auf die Felder hinaus führte. Es war außerordentlich schön und ruhig hier, aber Ryan wartete mit wachsendem Unbehagen. Mit jeder Minute empfand er stärker, wie wichtig dies alles für ihn war und wie sehr er sich wünschte zu bleiben. Er verfluchte sich innerlich mit der Unzufriedenheit eines Mannes, der verzweifelt ein Stück Zeitgeschichte verändern will und es nicht kann.

Grant erschien im Türrahmen, und er verkrampfte sich.

»Gut«, sagte Grant durch sein Wagenfenster. »Aber noch ein Fehler und Sie sind draußen.« Er richtete sich auf. »Und ich hoffe, es lohnt sich für mich.«

Grant ging langsam auf das Haus zu, und Ryan wendete und fuhr dann unter dem Uhrenturm hindurch davon.

Er war erleichtert, aber verstimmt.

Er war draußen in der Nähe von Cultra, und er brauchte fast zwanzig Minuten bis zur Malone Road. Es regnete ein wenig, und es waren nicht viele Autos unterwegs. Als er nach Malone Beeches einbog, sah er den vertrauten Umriß eines silbernen Granada, und sein Herz sank.

Als er die Haustür erreichte, stieg Allen aus. Ryan versuchte, freundlich zu klingen. »Wollen Sie auf einen Drink mit reinkommen?«

»Nein, danke.«

»Ich nehme an, Sie sind hier, um mich auch zur Sau zu machen.«

»Ja.«

»Na dann los.«

»Hat sie Sie gesehen?«

»Ja.«

Allen verzog das Gesicht. »Hat irgend jemand gesehen, daß sie Sie gesehen hat?«

»Weiß ich nicht.«

Schweigen. Ryan bemerkte, wie kalt es war. Er fand den passenden Schlüssel und steckte ihn in das Schloß. »Sind Sie sicher, daß sie nicht ...«

»Wenn es nicht auf Probe wäre –«

»Wie meinen Sie das?«

Allen zuckte die Achseln. »Es ist nicht gerade ein verdammtes Staatsgeheimnis.«

»Dafür kann ich nichts.«

Allen seufzte. »Sie können etwas für heute. Das war verdammt bescheuert.«

»Hören Sie. Ich weiß das, ja? Es wird nicht wieder vorkommen. Also wollen Sie jetzt reinkommen und darüber reden, oder wollen Sie mir diese Scheiße den ganzen Abend hier draußen unter die Nase reiben?«

Allen sah ihn an. »Ich fahre nach Hause. Wir sehen uns morgen früh im RUC-Quartier in der Grosvenor Road. Mal sehen, was passiert ist.«

Ryan ging hinein und warf seine Jacke über den Haken an der Tür. In der Wohnung war es warm, beinahe zu warm. Er ging ins Wohnzimmer und schaltete den Fernseher ein, um Gesellschaft zu haben. Er schaltete um auf *Newsnight* und sah sich kurz eine Diskussion über die Friedensaussichten in Irland an. Es war ein bißchen unwirklich – und er konnte nicht umhin, sich nach einer Flasche Whiskey zu sehnen.

ZWÖLFTES KAPITEL

Colette öffnete den Schrank, und ein Besen fiel ihr auf den Kopf. Jemand hatte alles in den Schrank gestopft, und wenn sie ihn jetzt öffnete, kam ihr alles entgegen. Sie hob den Besen, den Mop, das Kehrblech und den Handfeger auf und stellte alles wieder hinein. Dann griff sie nach dem Staubsauger und zog ihn heraus. Der Besen fiel wieder um.

Der Staubsauger war alt, vielleicht von 1975, und sehr schwach. Der Beutel hatte ein Loch, und sie brauchten wirklich einen neuen.

Sie fing im Badezimmer an. Der Teppich war hier nicht mit dem Boden verklebt, und trotz der schwachen Saugkraft mußte sie ihn mit dem Fuß neben dem Staubsauger festhalten, damit er keine Falten schlug.

Sie arbeitete sich zum Treppenabsatz vor und betrat dann das Schlafzimmer ihrer Eltern. Es war seltsam, für sie war es immer noch das Schlafzimmer ihrer *Eltern.* Das Bett war ordentlich gemacht, und sie setzte sich für einen Augenblick darauf. Auf dem Nachttisch stand in einem Holzrahmen ein großes Bild von Pa. Er trug eine schwarze Schlägermütze und lächelte. Gott, er sah so jung aus! Außerdem stand dort ein Bild von Paddy, der ungefähr elf Jahre alt war und Football-Sachen trug. Er hatte lange Haare und schmutzige Knie. Er reckte die Brust vor und hatte die Arme hinter dem Rücken verschränkt. Er grinste schelmisch, und Colette mußte lächeln. Es gab natürlich auch ein Bild von Sean, ein kleiner blonder Junge, der eine Sandburg baute, und sogar jetzt noch fiel es ihr schwer, länger darüber nachzudenken. Armer Sean.

Im zweiten Fach des Nachttischs lag ein zerfleddertes schwarzes Fotoalbum, und Colette zog es heraus. Ihr fiel auf, daß sie es schon ewig nicht mehr gesehen hatte. Sie schlug es auf und begann, darin zu blättern.

Es waren alte Schwarzweißfotos mit weißem Rand. Die meisten waren unscharf, und der Ausschnitt war schlecht gewählt: Ma und Pa auf der Hochzeitsreise in Galway, sie standen verlegen nebeneinander, und Ma war unsicher, ob sie in die Kamera lächeln sollte oder nicht. Colette dachte, daß sie unglaublich schön aussah. Es schüttelte sie, und sie fragte sich, ob sie *wirklich* glücklich gewesen waren. Sie dachte, daß es merkwürdig war, daß man als Kind nie auf solche Dinge achtete, und daß es nun zu spät war. Jedenfalls sahen sie glücklich *aus*, und alle sagten immer, daß sie es gewesen waren. Ma selbst hatte es zahllose Male gesagt. Als Kind war es Colettes Traum gewesen, einen Mann wie Pa zu finden und eine Ehe wie ihre Eltern zu führen. Als sie daran dachte, wie verkorkst ihr Leben war, verspürte sie einen Anflug von Melancholie. Vielleicht ist noch Zeit, dachte sie hoffnungsvoll.

Die Fotos von der Hochzeitsreise machten sie auch wegen Ma so traurig. Sie war so stark, geradezu heroisch, aber Colette dachte, daß es unglaublich hart sein mußte, jemanden so zu lieben und ihn dann zu verlieren. Sie fragte sich, ob es nach Pa noch jemanden gegeben hatte. Soweit sie wußte, nicht. Ma verbrachte viel Zeit mit ihren Freundinnen, sie redeten über ihre Familien und stritten ein wenig über Politik, denn Ma haßte den Krieg und verteidigte verbissen ihren Standpunkt, wenn man daran rührte. Aber das war schon alles. So gesehen war es kein großartiges Leben. Aber wenn sie das traurig machte, zeigte sie es nicht – jedenfalls nicht oft. Sie interessierte sich immer sehr für alle und für alles, was geschah. Manchmal zu sehr.

Nach den Bildern von der Hochzeitsreise blätterte sie weiter. Es gab Fotos von Dad am Strand in Donegal, mit einem Baby – das mußte Gerry sein. Es gab Aufnahmen von Gerry und Paddy, und dann von allen dreien zusammen. Ein Bild von allen sechsen war in einem Hof aufgenommen worden. Sie fragte sich, wer es aufgenommen hatte. Sean war winzig, und sein Kopf ruhte am Knie seines Vaters.

Sie stellte fest, daß es nicht viele Fotos von ihr gab. Pa hatte den Jungen immer mehr Aufmerksamkeit geschenkt. Sie kam zur letzten Seite, und ein Stück Papier fiel heraus. Sie bückte sich und hob es auf. Es war verknittert, und mit Bleistift hatte jemand eine Nummer darauf geschrieben: 240781. Es war nicht Mas Handschrift.

Sie hörte das vielsagende Knallen von Land-Rover-Türen, stand auf und ging zum Fenster. Aus vier Land Rovern, die auf der anderen Straßenseite parkten, stiegen Polizisten und Soldaten. Sie schaute zu, wie sie an die Türen klopften, aber sie machte sich keine Sorgen. Sie glaubte nicht, daß sie zu ihr kommen würden.

Sie ging zurück zur anderen Seite des Bettes und legte das Album an seinen Platz.

Sie hörte das Klopfen an der Tür und lehnte sich an die Wand. Sie atmete tief ein und hoffte, daß es aufhören würde.

Es klopfte wieder. Sie stieß sich von der Wand ab und ging die Treppe hinunter. Unten schaute sie in den Garderobenspiegel und bedauerte, daß sie einen Trainingsanzug trug. »Arschlöcher«, murmelte sie und öffnete die Tür.

Fassungslos erkannte sie, daß er es war.

Er trat einen Schritt vor und schob sie zurück in den Flur.

»Ich fürchte, wir sind befugt, diese Räume zu durchsuchen.«

Sie antwortete nicht. Er trug die üblichen Stiefel, Jeans, ein T-Shirt und einen dunklen Pullover. Er überragte sie.

»Sind Sie allein im Haus?« flüsterte er.

Sie nickte.

»Die Kinder?«

»Spielgruppe.«

»Ihre Mutter?«

»Unterwegs.«

Er entspannte sich sichtlich und ging in das vordere Zimmer. Sie folgte ihm. Er ging zum Fenster, zog die Gardine zurück und sah hinaus.

Er drehte sich zu ihr um. »Wir durchsuchen die Straße«, sagte er.

»Ja, das sehe ich.« Sie biß sich auf die Unterlippe und sah zu Boden.

»Ich wollte nachsehen, ob nach gestern alles in Ordnung ist.«

»Was haben Sie da gemacht?« fragte sie und sah ihn an.

»Überwachung. Sie müssen sich keine Sorgen machen.«

»Sie scheinen mir überallhin zu folgen, wissen Sie. Der Friedhof, gestern; wo kommen Sie noch überall hin ...«

»Machen Sie sich keine Sorgen.« Jetzt gestikulierte er mit der flachen Hand. Durch seine Größe wirkte das sehr kraftvoll. »Wir müssen unseren Job machen, und wir machen ihn. Sie müssen sich nur darauf konzentrieren, was *Sie* tun.«

Er sah sie eindringlich an, und sie schaute wieder zu Boden.

Keiner sprach. Sie hörte, wie die Frau nebenan die Polizisten anschrie. »Pharisäer!« schrie sie. »Pharisäer!«

»Sie reden über Loyalität«, sagte Colette leise. »Na ja, genau die habe ich gestern gezeigt.«

»Ich bin nicht sicher, ob ...«

Sie sah zu ihm auf. »Sie wissen, was ich meine.«

Schweigen. Er wirkte verwirrt.

»Sie wollen über Loyalität reden«, sagte sie. »Na gut, ich habe Sie gestern am Leben gelassen.«

»Ich glaube, ich kann Ihnen nicht folgen.«

»Es gibt hier noch mehr Leute, die wissen, was Sie getan haben.«

»Wenn ich Sie richtig verstehe, ist das eine verdeckte Drohung.«

»Verstehen Sie, was Sie wollen.«

Er trat einen Schritt vor und nahm ihr Gesicht in seine Hände. »Versuchen Sie mir irgendwie zu drohen, Colette, und das hier wird die kürzeste Beziehung in der Geschichte sein. Verstehen Sie mich?«

Aus irgendeinem Grund stiegen ihr die Tränen in die Augen. »Ich habe Ihnen nur gesagt, daß ich loyal bin«, sagte sie leise. »Das ist alles.«

Er ließ sie los, trat zurück und schaute wieder aus dem Fenster.

»Na gut«, sagte er schließlich. »Ich wollte nur nachsehen, ob Sie okay sind.« Er betrachtete den Tisch, der links neben ihm stand, und sie folgte seinem Blick. Ma hatte Weihnachtsschmuck gekauft.

»Ich wollte es gerade aufhängen«, sagte sie. »Helfen Sie mir?«

Er lächelte. »Ich schaue, daß ich wegkomme.«

Sie folgte ihm, und als er die Tür erreichte, berührte sie seinen Rükken. Er drehte sich nicht um.

Sie schloß die Tür und ging zurück in das vordere Zimmer. Etwas Weihnachtsschmuck war zu Boden gefallen. Sie hob ihn auf und wikkelte das Ende einer Papierschlange um ihre Finger.

Sie hörte die Land Rover wegfahren. Dann war es plötzlich still.

Colette wachte auf. Sie brauchte einen Moment, um die beiden Gestalten zu erkennen, die auf ihrem Bettende saßen, obwohl sie ihr Gewicht sofort gespürt hatte.

Sie hob den Kopf ein wenig. »Wie spät ist es?«

»Zeit zum Aufstehen!« rief Mark aufgeregt.

Sie hob den Arm und schaute mit großer Geste auf die Uhr. »Halb sechs! Das ist viel zu früh! Geht wieder schlafen.«

Sie legte sich wieder hin, schloß die Augen und tat so, als würde sie leise schnarchen. Für einen Moment rührten sich die beiden nicht, aber dann merkte sie, daß eines der Kinder über das Bett kroch. Es war Catherine, und jetzt pustete sie ihr ins Gesicht. Sie öffnete die Augen. »Geh wieder ins Bett, junge Dame, oder Santa Claus nimmt die Geschenke wieder mit.«

Mark kroch ebenfalls über das Bett, und Catherine küßte ihre Mutter sanft. »Bitte, Mami«, sagte sie. »Bitte, bitte ...«

Colette setzte sich auf und stellte fest, daß Catherines Stottern wieder aufgehört hatte. »Na gut«, sagte sie. »Es ist Weihnachten. Macht das Licht an.«

Mark machte Licht, und es blendete sie. Plötzlich spürte sie einen dumpfen Schmerz hinter den Augen, und sie erinnerte sich an die vergangene Nacht nach der Messe. Die Messe wurde jetzt am Weihnachtsabend um acht Uhr gehalten, damit die Leute nicht besoffen aus dem Pub in die Kirche kamen. Aber dann wurde eben danach getrunken.

»Mark, mein Schatz«, sagte sie. »Hol mir ein Glas Wasser, ja, und dann kannst du deinen Strumpf aufmachen.«

Er rannte ins Badezimmer. Wenig später kam er zurück und fiel über seinen Strumpf her. Colette sah den beiden zu und versuchte, ihre Schuldgefühle zu unterdrücken. Es war nicht viel – Bleistifte, Buntstifte, Radiergummis, Pauspapier, Mäuse zum Aufziehen, ein paar Scherzartikel, Süßigkeiten –, fast alles hatte Ma gekauft. Aber es war trotzdem schön, sie so glücklich zu sehen. Sie stand auf, und noch nicht einmal ihr Kater konnte ihr die Laune verderben.

Der Tag verging sehr schnell, und sie verbrachte den größten Teil davon zusammen mit Ma in der Küche. Am Vormittag kam Paddy vorbei, und sie packten ihre Geschenke aus. Er schenkte Colette ein paar schöne Messingohrringe, und von ihrer Mutter bekam sie einen gestreiften Pullover. Sie wußte nicht recht, was sie davon halten sollte, aber sie sagte nichts.

Zum Mittagessen kamen Gerry und Christy vorbei, und Christy war noch stiller als sonst. Sie sahen aus, als hätten sie wieder Streit. Colette versuchte, Gerrys Sohn Sean im Auge zu behalten, der sich zu einem schrecklichen Tyrannen entwickelte. Sie wußte, daß er hinter Mark her war, wenn sie nicht hinsah.

Nach dem Essen trocknete sie gerade das Geschirr ab, als sie hörte, wie Gerry seinen Sohn anschrie. »Setz dich hin, Sean!« blaffte er mit zunehmendem Ärger. »*Sofort!* Du tust, was ich dir verdammt noch mal gesagt habe.«

»Fluch nicht vor dem Jungen, Gerry«, sagte Ma.

Der Fernseher unterbrach sie. Er war den ganzen Tag gelaufen, und jetzt plötzlich zog er die allgemeine Aufmerksamkeit auf sich. Die Rede der Queen hatte begonnen, und alle beschimpften den Bildschirm, ehe jemand zum ›Aus‹-Knopf stürzte.

Ma kam in die Küche, um beim Abtrocknen zu helfen – Colette ärgerte sich, daß weder Christy noch einer der Jungs einen Finger gerührt hatte. In Anspielung auf einen alten Scherz zwischen ihnen hob Ma die Augenbrauen. Colette lächelte zurück, aber sie sagte nichts.

Catherine saß am Tisch und betrachtete ihr neues Fotoalbum, und Colette sah ihr über die Schulter. Sie fand, daß das ein merkwürdiges Weihnachtsgeschenk war, aber sie hatte es sich nun einmal gewünscht. Catherine blätterte die Seiten um. »Das bin ich, ich, ich«, schnatterte sie aufgeregt. Colette betrachtete die Seite und korrigierte sie. »Nein, das ist Mark, Schatz.«

»Er ist häßlich.«

Colette lachte. »Er sieht genauso aus wie du als Baby. Heißt das jetzt, daß du auch häßlich bist?«

Catherine blätterte die Seite um. »Das bin ich!«

»Nein, das ist auch Mark.« Sie bückte sich und legte ihren Kopf gegen Catherines. »Komm, wir suchen ein Bild von dir. *Das* bist du, siehst du? Nicht sehr hübsch.«

»Nöööö.« Catherine lächelte und bohrte ihren Kopf in Colettes Seite. Sie blätterte um. »Das ist Daddy«, sagte sie.

Ja, das ist er, dachte Colette.

Beide Kinder hatten Papier und Buntstifte in ihren Strümpfen gehabt, und Colette nahm einige ihrer Zeichnungen vom Tisch. Catherines zeigte ein Haus mit ihnen allen darin. Es war von Soldaten umzingelt. Marks zeigte einen Mann, der blutend am Boden lag und offenbar von einer Gruppe von Männern erschossen worden war. Sie wußte nicht, wer die Bösen waren und wer die Guten. Sie fand das passend.

Sie zerzauste Catherines Haar. »Gehst du nicht raus zum Spielen?«

»Nein.«

Colette schubste sie vom Stuhl. »Geh schon. Schnapp ein bißchen Luft, oder ich gebe dich den *Brits*, und die behalten dich.«

»Aaaaah!« schrie Catherine und rannte hinaus. Colette stellte fest, daß ihr Stottern offenbar wirklich verschwunden war. Sie fand das sehr verwirrend.

Sie nahm sich ein schmutziges Geschirrtuch und trocknete einige Teller ab. Nebenan wurde es laut. Sie sah ihre Mutter an und runzelte die Stirn. Gerry fing jetzt an zu schreien. »Es ist mir *egal*, was andere Leute sagen.«

Sie steckte den Kopf durch die Tür. »Gerry, hör auf.«

»Ach, verpiß dich.«

Sie war empört über seine beiläufige, aber brutale Feindseligkeit. »Es ist *Weihnachten*, Gerry.« Colette sah, daß Christy den Tränen nahe war. Paddy tat so, als würde er die Zeitung lesen, Sean saß auf dem Fußboden, spielte und hörte dem Streit seiner Eltern zu.

»Es ist Weihnachten, und ich sagte, *verpiß dich*.«

Colette drehte sich um und ging in die Küche zurück. Sie legte das Geschirrtuch und den Teller hin. Ihre Mutter schüttelte den Kopf. »Vergiß es«, sagte sie leise, aber Colette ignorierte sie. »So leicht wird er nicht davonkommen«, murmelte sie.

Sie ging zurück in das vordere Zimmer, und Paddy sah auf, als ob er ihre Laune spüren konnte. »Könntest du mal mit rauskommen, Gerry«, sagte sie.

»Ein Duell?«

»Bitte komm einfach mit raus.«

Gerry stand auf und hielt es nicht für nötig, seine Schuhe wieder anzuziehen. Sie ging mit ihm nach draußen und versuchte, ihn weiter vom Haus wegzuführen. Er war unwillig.

»Was zum Teufel ist mit dir los?« fragte sie.

»Nimm dich zusammen, Colette.«

»Es ist *Weihnachten*.«

»Na und?«

»Ja natürlich, warum solltest du auch deine lebenslangen Gewohnheiten ändern und irgendeine Anstrengung unternehmen, *nett* zu jemandem zu sein.«

»Halt die Klappe, Colette.«

»Halt selbst die Klappe, Gerry.« Mißmutig wandte Colette sich ab, dann drehte sie sich wieder zu ihm um. »Was ist los mit dir, Gerry? Was hast du denn? Du bist wie besessen.«

»Ich sage dir, was los ist. Wenn du es wissen willst, sage ich es dir. Ich habe die Nase gestrichen voll davon, in diesem Haus zu sitzen und mir anzuhören, wie ihr alle – Christy, Ma, du – das untergrabt, was wir vorhaben. Ihr seid alle Feiglinge, jede einzelne von euch, und mir reicht es jetzt, ich habe verdammt noch mal die Schnauze voll –«

»Seit wann …«

»Wenn du es nicht bist, ist es jemand anderes – wie eine kleine Mafia stachelt ihr euch gegenseitig auf. Krittelt herum.«

»Ich weiß nicht, was …«

»Ach, halt's Maul.« Er bohrte seinen Finger in ihre Brust. »Ich habe genug davon. Es ist die reine Feigheit.«

Er drehte sich um und stürmte ins Haus zurück. Colette stand noch eine Weile draußen und sah zu, wie ihr Atem in der Abendluft kondensierte.

Sie ging zurück zur Haustür, die fast geschlossen war. Drinnen hörte sie Paddy und Gerry reden. »Wir müssen es tun«, sagte Gerry. Als sie die Haustür öffnete, drehte er sich um und sah sie mit einem Blick an, in dem echter Haß zu liegen schien. Dann drängte er sich an ihr vorbei und ging. Als er die Tür hinter sich zugezogen hatte, lächelte sie Paddy müde an, und er lächelte zurück.

Sie ging zurück in die Küche, schenkte ihrer Mutter keine Beachtung und trat zur Tür hinaus. Sie stand in der Gasse und zündete sich eine Zigarette an. Sie hörte eine Gruppe Kinder spielen, wahrscheinlich Catherine, Mark und ihre Freunde.

Sie schaute zu dem grauen Himmel über ihr hinauf. »Wo bist du, wenn ich dich brauche?« flüsterte sie.

Auf dem Rücksitz des Taxis war es warm und behaglich. Der Fahrer gab sich keine Mühe, Konversation zu machen, und als Ryan aus dem regennassen Fenster sah, verspürte er tiefe Melancholie.

Weihnachten war immer so, und er nahm an, daß er dankbar sein sollte, nicht zu Hause zu sein.

Er bezahlte den Fahrer in bar und stand in der Einfahrt des großen Hauses im imitierten Tudor-Stil. Es gab einen geräumigen Hof und zwei Garagen. Seine Ankunft hatte eine Reihe von Scheinwerfern ausgelöst, die den Garten und den größten Teil des Bungalows nebenan beleuchteten. Das Haus lag am Ende der Sackgasse, und Ryan war klar, daß man es aus Sicherheitsgründen ausgewählt hatte.

Er wollte gerade an die große Eichentür klopfen, als die sich mit einem weiten Schwung öffnete.

»Box!«

Ryan lächelte nervös. Er war unsicher, wie er auf seinen neuen

Spitznamen reagieren sollte. Nicht sehr originell, denn »Box« war einfach nur Geheimdienstslang für MI5. Er hielt Champagner und Pralinen in den Händen. Allen strahlte, seine Wangen hatten Farbe, und seine Nase war rot. Er trug eine große, leuchtendrote Mütze, auf deren Vorderseite in großen Buchstaben Santa Claus stand.

Er legte seine Hand auf Ryans Schulter und führte ihn hinein. Das Haus war warm und einladend. Die Atmosphäre erinnerte Ryan unangenehm an Weihnachten zu Hause, als sein Vater noch gelebt hatte. Der Flur war eng, und die Wände waren mit dunklem Holz getäfelt. Er war ziemlich düster, wurde aber von einer chinesischen Lampe neben dem Telefon gut beleuchtet, die ihr Licht an die Decke und auf die Treppe warf. Allen führte Ryan ins Wohnzimmer. Als er eintrat, stockte das Gespräch, und alle standen höflich auf. Er konzentrierte sich auf die Namen. Allens Frau Sally war eine angenehme, attraktive, fröhlich wirkende Frau mit dunklem Haar und einem ungezwungenen Lächeln. Sein Sohn Jonathan war so groß wie sein Vater und viel besser in Form. Er sah aus wie ein Rugbyspieler und hatte einen festen Händedruck und ein freundliches, offenes Gesicht. Allens Tochter Annie sah aus wie sechzehn und hatte etwas Widerborstiges an sich. Sie war hübsch, aber offensichtlich schüchtern.

Als sie sich zum Essen niederließen, fühlte sich Ryan ein wenig beschwipst. Während der ersten Hälfte des Essens stand er im Mittelpunkt, alle fragten ihn höflich nach seiner Familie und seinem Leben zu Hause und wollten wissen, was er über Nordirland dachte. »Hier sind alle sehr freundlich«, hörte er sich mehr als einmal sagen und dachte, daß das eine schamlose Lüge war. Mitten im Hauptgang wandte sich die Aufmerksamkeit Annie zu, die noch kaum etwas gegessen hatte. Sally bat sie leise, aufzuessen, ehe es kalt wurde, und ein hitziger Streit flammte auf.

Ryan war hungrig und nahm von allem ein zweites Mal, auch vom Christmas Pudding, den er noch nie sonderlich gemocht hatte. Er trank viel und fühlte sich wohl. Als die Partyhütchen aus den Knallbonbons ploppten, stritt die Familie immer noch, und es amüsierte ihn, wie Allen von seinen Kindern ausgeschimpft wurde.

Nach Käse und Kaffee schenkte Allen Ryan einen Portwein ein und führte ihn ins Wohnzimmer, während die anderen in der Küche aufräumten. Ryan protestierte und wollte helfen, aber er bekam einen Korb.

Allen schien für die Ohrensessel am Kamin gemacht zu sein, und er stellte sein Glas auf seinem Bauch ab. Ryan fand, daß er aussah, wie einem Giles-Cartoon entstiegen; mit rotem Gesicht, leicht glasigen Augen, loser Krawatte, offenem Hemd und ein paar weißen Haaren, die oben herausschauten. Er beugte sich kurz vor, um das Feuer zu schüren, und zog dann seine Schuhe aus.

»Tut mir leid wegen neulich«, sagte er schlicht.

»Was genau?«

Allen zuckte die Achseln. »Alles. Ich war nicht so hilfreich, wie ich hätte sein können, und das tut mir leid.«

Ryan lächelte. »Ich habe etwas gelernt.«

Allen trank einen Schluck Portwein und griff nach einer Kiste Zigarren, die hinter ihm im Regal stand. Er bot Ryan eine an, aber der lehnte ab und nahm sich statt dessen eine Zigarette.

»Bis jetzt war es ein bißchen hektisch, oder?« fragte Allen.

Ryan nickte. Er wußte, daß Allen etwas loswerden wollte.

»Es ist natürlich verdammt schwierig, und wie lange man es auch macht, es wird nicht leichter. Aber wissen Sie, Sie müssen aufpassen, daß Sie in diesen Leuten das sehen, was sie sind.«

Ryan war verwirrt. »Wie meinen Sie das?«

»Ich meine, hängen Sie nicht zu sehr an ihr.«

»Ich glaube nicht, daß ich das tue.«

»Da bin ich nicht so sicher. Wie ich neulich sagte: Im Endeffekt *heißt* es, wir oder sie. Es ist nichts Persönliches.«

»Ich habe sie rekrutiert.«

»Ja, aber ...«

»Ich habe ihr Versprechungen gemacht.«

»Ja – aber wenn ...« Allen hielt kurz inne, ehe er weitersprach. »Schauen Sie, ich meine folgendes: Obwohl wir vielleicht einer Person besonders nahestehen, sind wir doch am Ende nicht fähig, das ganze Bild zu sehen, und manchmal ist es das beste, die Entscheidungen denen zu überlassen, die das Ganze ...«

»Warum haben Sie mich dann gerufen?«

Allen sah ihn an und zuckte die Achseln. »Ich mache das schon länger, als Sie sich vorstellen können, und es *ist* ein schwieriges Geschäft. Sie ist ein attraktives Mädchen. Unter anderen Umständen wäre *sie* vielleicht anders.«

»Ich bin nicht sicher, ob ich Ihnen folgen kann.«

»Denken Sie immer an die erste Entscheidung, die sie getroffen hat. Sie ist schließlich nicht zu den Pfadfindern gegangen.«

»Und jetzt ist sie für immer verdammt?«

»Nein, das meine ich nicht, aber sie wird es niemals bereuen. Niemand von denen tut das. Jedenfalls nicht, ehe sie geschnappt werden und es ihnen in den Kram paßt, so zu tun.«

Allen nahm einen kräftigen Zug von seiner Zigarre, und eine dicke Rauchwolke wallte zur Decke hinauf.

»Manche von diesen Leuten sind intelligent, manche sind nur Schläger. Ich weiß, was Sie denken: Was hätte *ich* unter diesen Umständen gemacht, was wäre aus *mir* geworden? Sie dürfen einfach das Wesen der Entscheidung nicht vergessen, die sie getroffen hat. Was sie tun, ist unumkehrbar, und das unterscheidet sie von anderen.«

Ryan sah in das Feuer. »Was wird ihr also passieren?«

»Sie wird eine Weile überleben – wenn wir schlau sind und wenn sie vorsichtig ist.«

»Und was dann?«

»Vielleicht kommt sie raus.«

»Vielleicht?«

Allen seufzte. »Ja, vielleicht. Manche schaffen es, manche nicht. Das Leben ist hart.«

»Also ist sie entbehrlich?«

»Nein. Das habe ich nicht gesagt. Aber, wie gesagt, diese Leute haben ihre Wahl vor langer Zeit getroffen. Sie mußten nicht der IRA beitreten. Niemand hat sie gezwungen.«

Ryan starrte lange ins Feuer, ehe er antwortete. Die Küche lag am anderen Ende des Hauses, und es war still. Er hatte das Kameradschaftsgefühl mit Allen genossen, aber jetzt spürte er, wie es schwand. Er fragte sich, ob das Programm war.

Er dachte an seine Vergangenheit, betrachtete die dunkelroten Kohlen und spürte ihre Hitze auf seinem Gesicht.

»Ich glaube nicht, daß jemand ein Monopol auf Schuld hat«, sagte er schließlich wie zu sich selbst.

»Wir alle machen Fehler, David. Ich glaube, die beiden Seiten lassen sich nicht vergleichen, welche Kriterien man auch anlegt.«

Ryan sah ihn an. »Nein?«

Allen beugte sich vor und war plötzlich erregt. »Nein.« Er wies mit seiner Zigarre auf Ryan. »Schauen Sie, ich will nicht überheblich sein, aber vielleicht verstehen Sie, was ich meine. Als ich anfing, wurde ich in einer kleinen Stadt unten in Tyrone stationiert, die jahrelang geteilt war. In der Stadt gab es einen jungen Mann – einen fröhlichen, gescheiten, fleißigen Kerl. Er arbeitete auf einer Baustelle, aber er kam aus einer großen Familie mit sehr wenig Geld, und sie hatten nicht genug, um ihm ein vernünftiges Mittagessen zurechtzumachen.«

Allen gestikulierte wieder mit seiner Zigarre. »Soweit klar?«

Ryan nickte.

»Jedenfalls hatte Joe einen protestantischen Arbeitskollegen – wir wollen ihn Jim nennen, theoretisch. Jim war ein großmütiger Mann, und jeden Tag mußte seine Frau ihm ein Mittagessen machen, das für zwei reichte, damit auch Joe genug zu essen hatte. Das war gut, und die beiden waren Freunde. Aber Jim war Reservesoldat, und einmal muß ihm das Joe gegenüber rausgerutscht sein. Ein paar Wochen später ist Jim zu Hause und hört vor dem Haus eine gewaltige Explosion. Er rennt raus, und zu seinem Schrecken und seiner Überraschung sieht er seinen Kumpel Joe vor sich auf dem Boden liegen. Er steht da und kapiert, daß Joe in der IRA ist und daß er gerade unter seinem Wagen eine Bombe legen wollte. Nur ist die Bombe zu früh hochgegangen, Pech für Joe. Joe sind beide Arme abgerissen worden, und sein IRA-Kollege ist netterweise abgehauen und läßt ihn da verbluten. Jim ruft den Notarzt und versucht, erste Hilfe zu leisten. Er hält Joe in den Armen, als er stirbt.«

»Und was wollen Sie damit sagen?«

Allen schwieg für einen Moment und saugte aggressiv an seiner Zigarre. »Was ich sagen will: Man könnte meinen, daß all das zeigt, an was für eine große Sache diese Leute glauben. Aber es gibt einen menschlichen Grundsatz, einen Grundsatz, der folgendes besagt. An was auch immer man intellektuell glauben mag, den eigenen Arbeitskollegen und Freund zu töten ist ein Akt von außerordentlicher ...«

»Ich stelle die Grausamkeit der Sache nicht in Frage.«

»Denken Sie einfach immer daran, sie als das zu sehen, was sie ist. Verlieren Sie nicht Ihren Abscheu, nur weil sie ein hübsches Gesicht hat.«

»Sie ist aber auch nicht Adolf Hitler, oder?«

»Nein?«

»Ach, kommen Sie.«

»Das ist eine moralische Frage. Charakterstärke. Moralische Entscheidungen, nicht äußerer Anschein.«

Ryan zog seine Zigarettenschachtel hervor und zündete sich eine weitere an. »Ja, aber wenn Sie über moralische Rechtfertigungen reden, da gibt es eine Menge Leute, die Dreck am Stecken haben. Was ist mit den Amerikanern in Vietnam oder uns hier am Bloody Sunday? Moralisch falsch.«

»Vergessen Sie nicht, auf welcher Seite Sie stehen.«

»Ich vergesse das nicht, verdammt noch mal. Aber sie ist ein menschliches Wesen, und das werde ich *auch* nicht vergessen.«

Ryan kam plötzlich etwas in den Sinn, und er schaute Allen wieder an. »Sie wissen, wer dieser Mann ist, oder?«

»Welcher?«

»Der andere Maulwurf.«

Allen schüttelte den Kopf. Fast schien er zu lächeln. Er schaute Ryan mit einem merkwürdigen Ausdruck an, als ob er wegen irgend etwas beunruhigt wäre.

»Ich bin damit vielleicht nicht einverstanden, aber wenn Sie die Möglichkeit haben, warum sehen Sie sich nicht noch einmal die Akte unserer Frau an? Die ganze. Sie ist elektronisch erfaßt, und sie haben von Stormont aus sicher Zugriff darauf.«

Mehr sagte er nicht.

McIlhattons Weihnachten war beschissen gewesen.

Er hatte sich noch nie so niedergeschlagen gefühlt.

Jetzt ging er eine Straße in Hammersmith entlang – sie sah genauso aus wie jede andere Straße in dieser miesen Stadt. Er fand das Haus leicht wieder, Nummer 47. Er klingelte einmal.

Derselbe Mann kam an die Tür. Er hatte ein braunes Päckchen in der Hand und gab es ihm, ohne ein Wort zu sagen. Er schlug die Tür zu.

McIlhatton stand eine Weile da, dann wandte er sich ab. Ihm war nicht klar gewesen, wie gerne er die Stimme eines anderen Menschen gehört hätte.

DREIZEHNTES KAPITEL

Ryan schob den Papierstapel zur Seite und schaltete seine Schreibtischlampe ein. Es war Silvester, und alle anderen waren längst nach Hause gegangen. An der Wand gegenüber konnte er undeutlich die Uhrzeiger sehen. Noch drei Stunden, dachte er, dann war wieder ein Jahr vorbei.

Heute war ein merkwürdig einsamer Abend. Ihm fiel auf, daß er in den letzten Monaten mit keinem seiner Freunde gesprochen hatte. Tatsächlich wußten wohl die meisten nicht einmal, daß er hier war. Er hatte sich angewöhnt, sich auf Isabelle zu verlassen, die den Kontakt mit ihren und mit seinen Freunden hielt. Sie hatte immer Sachen arrangiert, und er hatte sich gewöhnlich angeschlossen, wenn und wann er konnte, normalerweise in letzter Minute.

Er bemerkte, wie besessen und wie geistesabwesend er in den letzten Wochen gewesen war.

Er hob den Schirm der Schreibtischlampe ein wenig an, lehnte sich in seinem Stuhl zurück und sah sich im Büro um. Auf allen Schreibtischen türmte sich Papier, und auf den Monitoren lagen Tastaturen. Es sah aus wie jedes andere Büro. Sie waren im zweiten Stock von Stormont Castle, und auf dem Schild an der Tür stand »Abteilung für Einstellungen«. In den anderen Büros auf dem Korridor, eigentlich sogar im ganzen Gebäude, beschäftigte man sich mit Pensionen und sozialer Sicherheit und Umwelt und Erziehung und sogar tatsächlich mit Einstellungen. Nur dieses Büro war anders.

Er betrachtete den Schreibtisch neben seinem, den ordentlichsten im Raum. Es standen keine Fotos darauf – kein Mann oder Freund und bestimmt keine Kinder –, und fast wünschte er sich, daß seine Inhaberin noch da wäre. Alison Berry hätte er heute abend gut brauchen können.

Er zog die Tastatur zu sich heran. Allens Worte waren ihm in den letzten Tagen ständig durch den Kopf gegangen, und jetzt hatte ihn die Neugier gepackt. Er war ziemlich sicher, daß er bis auf die Wachmänner allein im Gebäude war, denn er war draußen den gesamten Korridor entlanggegangen und hatte keinen Lichtstrahl gesehen. Er hatte das Deckenlicht nicht eingeschaltet und benutzte die Schreibtischlampe, die nur einen Teil des Raums erleuchtete.

Er begann, auf der Tastatur herumzutippen. Er gab seinen Namen ein – Ryan – und sein Passwort – Bombay, nach seiner Geburtsstadt. Er wartete, während der Computer allmählich erwachte. Seit er London verlassen hatte, hatte er sich nicht mehr eingeloggt, also sah er zuerst seine persönlichen Dateien durch. Es war nur eine Nachricht da, und er stellte enttäuscht fest, daß sie von Tina kam, Jenkins' Assistentin. »Benimm dich da drüben«, lautete sie. Tina gab nie auf.

Er wählte ein anderes Programm und gab IRA ein. Personen. M. Von hier aus konnte er sowohl Dateien der Special Branch als auch die eigenen Dateien des Service einsehen, und das hieß, daß es Tausende von Einträgen gab.

Er wußte nicht genau, wo er anfangen sollte. Er fand eine Datei, die man über den Anschlag auf Henderson angelegt hatte. – Sie enthielt eine sachliche Darstellung des Anschlags und der beteiligten Personen, und er stellte fest, daß gegen Seamus McGirr gerichtliche Maßnahmen eingeleitet worden waren.

Ryan fragte sich, wie zum Teufel Paddy ungeschoren davongekommen war.

Dann blätterte er weiter und fand zu seiner Überraschung einen Abschnitt, in dem es um ihren »Backgrounder« ging. Der Bericht besagte, daß die Informationen zu dem Anschlag über einen Zeitraum von zwei Monaten hinweg gesammelt worden waren, und alle Agenten, die daran beteiligt gewesen waren, wurden aufgezählt. Der Tag und sogar die Uhrzeit, zu der Gerry McVeigh seine endgültige Zustimmung gegeben hatte, waren festgehalten worden.

Ryan wußte, daß sie das nicht von Colette gehört hatten.

Er durchsuchte die Dateien noch einmal, bis er das aktuellste Profil von Gerry fand. Er öffnete die Datei und war sprachlos über den ersten, in fetten Buchstaben geschriebenen Satz:

WARNUNG: »Foxglove« hat deutlich gemacht, daß Gerry McVeigh eine wirkliche Bedrohung für den Friedensprozeß darstellt. Er bleibt ein erbitterter Gegner jeden Versuchs, über den Frieden zu verhandeln, und er versucht, unter anderen führenden Republikanern Zwietracht zu säen.

Ryan lehnte sich zurück und atmete hörbar aus. Wer ist Foxglove, fragte er sich. Der inzwischen verstorbene Gingy Hughes oder jemand anderes? Der andere Maulwurf?

Er fühlte sich plötzlich zurückversetzt in den Garten seiner Mutter, zu den hohen, geneigten, malven- und cremefarbenen Blumen in den Beeten bei der Veranda. Er konnte sich genau erinnern, wie sie ihm den Namen erklärt hatte. Foxglove – Fingerhut. Und er konnte sich daran erinnern, daß die Bienen schnell hinein- und hinausgeflogen waren.

Hier war ein Gärtner am Werk …

Er las weiter in Gerrys Datei und fand noch zwei Bemerkungen über

Foxgloves Warnungen. Er folgte einer Ahnung und öffnete auch Paddys Datei. Dort fand er noch eine Bemerkung.

In Colettes Datei fand er nichts. Sie sah aus, als wäre sie nicht aktualisiert worden, und er fragte sich, ob das Absicht war. In dem Bericht über ihre Mutter fand er nur einen verdeckten Hinweis. Die Datei hielt ihren Werdegang überraschend genau fest. Sie dokumentierte die Auswirkungen des Todes ihres jüngsten Sohnes Sean in den späten siebziger Jahren. Dort stand:

»Foxglove« hat berichtet, daß es in der McVeigh-Familie ernste Spannungen gibt. Obwohl Mrs. McVeigh in eine republikanische Familie hineingeboren ist, scheint sie sich nach dem Tod ihres jüngsten Sohnes Sean durch die Army konsequent von der Gewalt abgewandt zu haben. Ihre Einstellung, konfrontiert mit der ihres ältesten Sohnes, hat wiederholt Zusammenstöße hervorgerufen. Dies wurde verschärft durch den Krebstod ihres Mannes vor vier Jahren. Gerry McVeigh versucht offenbar das Vermächtnis seines Vaters weiterzuführen, der als republikanischer Hardliner berüchtigt war.

Ryan lehnte sich in seinem Stuhl zurück und klopfte mit seinem Bleistift auf den Tisch.

Sein Vater war auch an Krebs gestorben. Er dachte an Colette, die dasselbe durchgemacht hatte, was er hatte ertragen müssen.

Das rief ein merkwürdiges Gefühl hervor – eine plötzliche Verbundenheit, die keine weiteren Vertraulichkeiten brauchte.

Er fragte sich, ob sie ihren Vater so sehr vermißte wie er den seinen.

Vergeblich blätterte er die restlichen Dateien durch. Er wollte gerade aufhören, als ihm eine auffiel, die ihn an Allens Bemerkung und an den eigentlichen Grund für sein Hiersein erinnerte.

Irgendwie wußte er es schon.

Die Datei hieß einfach »England«. Er öffnete sie und erstarrte. Es war kalt im Zimmer, aber der Schock ließ ihn schwitzen. »Oh mein Gott«, murmelte er leise.

Am nächsten Morgen erwachte Ryan, kurz bevor sein Wecker klingelte. Die ersten Sonnenstrahlen drangen durch eine Lücke im Vorhang, und ausnahmsweise fiel ihm das Aufstehen leicht. Er hatte nicht gut geschlafen.

Er stand nackt mitten im Zimmer und wühlte in seinem braunen Matchbeutel, den er noch immer nicht ausgepackt hatte. Seine Joggingkleidung war in eine Plastiktüte verpackt und deshalb leicht zu finden. Sie stank furchtbar, als er sie herauszog. Seine Shorts und die Boxershorts aus Lycra waren immer noch schweißfeucht von seinem letzten Lauf vor Wochen, und er zuckte zusammen, als er sie anzog. Unten im Beutel fand er ein schmutziges T-Shirt. Er zog ein langes, warmes Adidas-Sweatshirt darüber.

Er nahm seine Zigaretten vom Nachttisch und ging hinaus zum Wagen, der gleich ansprang. Er fuhr am House of Sport vorbei und bog dann rechts ab zu dem Parkplatz am Fluß. Es war ein schöner Morgen, und es standen schon viele Autos dort. Als er ausstieg, sah er einen Mann mit Tweedhut, der mit einem jungen Boxer an der Leine auf ihn zu schlenderte. Als Ryan loslief, sprang der Hund spielerisch auf ihn zu, und er gab ihm einen Klaps auf den Kopf.

Dann war er am Lagan-Fluß und betrachtete das ruhige Wasser. Fluß und Weg wandten sich nach links, und er versuchte, sich allmählich zu entspannen. Er war wirklich wütend, aber trotzdem fiel es ihm schwer, eine schmale, hübsche Frau mit all dem Leid seiner Familie in Verbindung zu bringen. Er fragte sich, ob er sich eine Strafe für sie wünschen sollte. Er dachte an den anderen Maulwurf-Foxglove oder wie auch immer er hieß. Es wäre so einfach, sie zu bestrafen, sie fallenzulassen, dachte er.

Er brauchte etwa zwölf Minuten bis zur Brücke über den Fluß. Er überquerte sie und lief auf der anderen Seite zurück. Jetzt waren ziemlich viele Leute unterwegs, die liefen oder ihre Hunde spazierenführten, und es war eine seltsam erfreuliche Erfahrung, im Freien zu sein und etwas ganz Normales zu tun. Schließlich konnte er die alte Brücke sehen, die über den Fluß zurückführte, und legte auf dem letzten Stück einen Sprint ein. Er verbrachte eine Weile damit, sich zu dehnen und Atem zu schöpfen, dann stieg er in den Wagen und schaltete das Radio ein. Es war kurz vor neun.

Er stellte fest, daß er Gerry McVeigh in einem neuen Licht sah. Es fiel ihm schwer, sich *nicht* in einen Mann einzufühlen, der das Vermächtnis seines Vaters weiterführte.

Als er am House of Sport vorbeifuhr, kamen gerade die Nachrichten, aber es war nichts Dramatisches dabei. Ein paar hausgemachte

Bomben in Derry und ein Mörseranschlag in Crossmaglen. Keine Opfer.

Während er nach Malone Beeches zurückfuhr, hörte er ein Interview, in dem Gerry Adams eine Präzisierung der Friedenserklärung forderte.

Zu Hause duschte er schnell und aß eine Schüssel Cornflakes, ehe ihm von einer Zigarette beinahe schlecht wurde. Um etwa Viertel vor zehn stieg er wieder in den Wagen und fuhr nach Castlereagh. Als Zugeständnis an das, was die Polizisten normalerweise trugen, hatte er eine halbwegs anständige Jeans und ein Tweedjacket angezogen.

Es war viel Verkehr, und er brauchte fast eine halbe Stunde, um durch die Stadt nach Castlereagh zu kommen. Er zeigte dem Mann an der Pforte seinen Ausweis und parkte auf der Rückseite. Am Empfang wartete er etwa zwanzig Minuten auf Allen, obwohl er dachte, daß er sich dem Stadium näherte, in dem er auch allein hineingehen konnte.

Als Allen kam, sah er so zerzaust aus wie üblich, und als sie den Korridor betraten, fragte Ryan ihn leise: »Woher wußten Sie das?«

Allen wirkte verwirrt, und Ryan fügte hinzu: »Die Sache in England. Ich habe mir die Dateien angesehen.«

Allen blieb abrupt stehen. Der Korridor war leer. »Ich fürchte, ich wußte das nicht«, sagte er. »Es war eine Vermutung. Ich habe *Ihre* Datei gesehen. Ich habe den Mädchennamen Ihrer Mutter gesehen und mich an die Sache erinnert.« Er zuckte mit den Schultern. »Es tut mir leid. Ich habe ein Gedächtnis wie ein Elefant. Ein Bruder?«

»Onkel.« Ryan zog seine Zigaretten hervor und drehte die Packung geistesabwesend zwischen den Fingern.

Allen beugte sich vor. »Tut mir leid. Wirklich.«

Ryan seufzte. »Ist schon gut. Was bedeutet das?«

»Es bedeutet nichts. Es ändert nichts. Benutzen Sie es.«

Jetzt war es an Ryan, verwirrt zu sein.

»Vielleicht hat sie ein Gewissen«, sagte Allen.

»Ich dachte, Sie hätten gesagt, daß die nie etwas bereuen.«

Allen zuckte mit den Schultern. »Jeder hat ein Gewissen.«

Allen drehte sich um. Er ging den Korridor entlang, und Ryan folgte ihm schweigend. Ehe sie am Ende ankamen, fragte Ryan: »Wer ist Foxglove?«

Allen blieb wieder stehen. Er lächelte. »Ich dachte, Ihnen ist klar, daß Sie mich das nicht fragen sollten.«

»Aber Sie wissen es.«

»Vielleicht.«

»Warum können Sie mir keine klare Antwort geben?«

»Weil Sie dann gar nicht mehr aufhören.«

»Aus der Belfast Brigade?«

Allen lächelte. »Sehen Sie, was ich meine?«

»Ach kommen Sie, Brian, verdammt noch mal …«

Allen nahm ihn am Arm. Er stand dicht neben ihm, und Ryan konnte seinen Atem riechen. »Manchmal sind die besten Maulwürfe *Player*«, sagte er. »Aber sie haben ihre Nachteile. Wenn sie etwas wissen und wir darauf reagieren, ist die undichte Stelle leicht zu finden. Ich meine also folgendes: Manchmal sind die Leute in der Nähe der Wichtigen die besten Maulwürfe. Sie wissen vielleicht nicht alles, aber sie werden nicht so leicht verdächtigt, weil sie eigentlich nichts wissen sollten – so wie bei unserer Frau und dem Anschlag auf Henderson.«

»Und?«

Allen lachte und wandte sich wieder ab. »Mehr sage ich nicht.«

»Arschloch«, sagte Ryan, und Allen lachte wieder.

Jetzt waren sie bei der Source Unit angekommen, und Allen ging hinein. Der Chief Inspector stand da und rauchte. Ryan fand, daß er um einiges älter wirkte als beim letzten Mal. In diesem Job altert man ziemlich schnell, dachte er. Er setzte sich und lehnt sich zurück. Er starrte auf die gegenüberliegende Wand, die mit einer großen Karte von der Region Belfast bedeckt war. Die Karte war mit Stecknadeln und Notizen übersät.

Ryan betrachtete die Karte, und die Fächer links davon zogen seine Blicke an. Es waren insgesamt etwa zwanzig oder dreißig, aber zwei davon erregten seine Aufmerksamkeit – die beiden größten Fächer gleich neben der Karte.

Unter dem einen stand »Shadow Dancer«, unter dem anderen »Foxglove«.

Das Zimmer war vollkommen verräuchert, und Ryan bekam so wenig Luft, daß er selbst keine Lust zum Rauchen hatte.

Der Chief Inspector schlug die Akte auf, die vor ihm auf dem Tisch lag, und blies eine Rauchwolke in die Luft. »Im Moment nichts Besonderes«, sagte er. »In ihrem Gebiet ist im Moment nicht viel los, soweit wir das einschätzen können – eine Menge Operationen sind im Wartestand, weil sie befürchten, daß sie einen Maulwurf haben …« Der Chief Inspector sah auf und grinste, ehe er weitersprach. »Wir erwarten ein paar Waffen, die in den nächsten Paar Wochen rüberkommen sollen – eine Sammlung AK-Ms, ein paar Handfeuerwaffen, Semtex –, sie scheinen knapp zu werden, aber eigentlich muß man sie nur intensiv – wirklich intensiv – auf die internen Mechanismen der Vorgänge ansetzen, die gerade laufen. Wir wissen, daß die Hardliner im Moment gar nicht glücklich sind, allen voran Gerry McVeigh, und wir müssen jetzt wirklich alle drängen, damit wir so langsam festlegen können, was wir machen.«

Der Chief Inspector nahm noch einen tiefen Zug von seiner Zigarette, lächelte sie an und wies zur Decke. »Ich kann Ihnen sagen, der Druck wegen der Informationen wird jetzt langsam ziemlich heftig, also haben Sie keine Hemmungen, sie zu bearbeiten ...«

Die Einsatzbesprechung dauerte noch ein paar Minuten, dann sah Allen plötzlich auf die Uhr und stand auf. Ryan verspürte einen kurzen Adrenalinstoß. Er folgte Allen die Treppe hinunter, und sie setzten sich vorn in einen wartenden grauen Granada. lhm fiel auf, daß sie diesmal keinen Fahrer hatten.

Allen fuhr die Castlereagh Road entlang, und als sie an der Central Station vorbeikamen, lächelte er. »Ich glaube, wir müssen mit unserer Frau ein bißchen arbeiten.«

Ryan runzelte die Stirn.

»Haben Sie Ihre Wanderschuhe dabei?«

Ryan nickte langsam.

»Ich dachte mir, wir könnten mit ihr einen kleinen Spaziergang machen. Sie beruhigen. Sie für uns gewinnen. Sie wissen, was man über dieses Spiel sagt; es ist ein Krieg der Herzen und der Hirne.«

Ryan antwortete nicht.

Sie warteten in einer ruhigen Sackgasse gegenüber der Zentrale von Northern Ireland Electricity auf Colette, gleich in der Nähe der Malone Road. Allen hatte ein kleines Funkgerät in der Hand, und zwei Land Rover zu ihrer Unterstützung warteten außerhalb ihres Blickfeldes um die Ecke.

Die Überwachungsteams waren unterwegs, um ihren Weg »sauberzuhalten«, und man hörte ihre eindringlichen Stimmen abgehackt über Funk.

Colette ging in den Flur, um Marks Jacke zu holen, und als sie sie vom Haken nahm, hörte sie Catherine weinen. Sie ging zurück in das vordere Zimmer. »Was hast du gemacht, Mark?« fragte sie.

»Er h-h-h-hat mich gehauen ...«, sagte Catherine.

Colette seufzte, trat vor und hielt Mark die Jacke hin. Er hielt seine Arme fest an den Körper gepreßt und weigerte sich, in die Ärmel zu schlüpfen.

»Komm schon, Mark«, sagte sie.

Er gab nicht nach.

Sie kauerte sich hin, nahm seine Arme und schüttelte ihn. »Komm schon«, sagte sie. »Was ist denn nur los mit dir?«

Er schaute sie schmollend an.

»Hör mal, es reicht jetzt.« Sie verspürte einen Anflug von Panik. »Mami ist spät dran, also zieh das jetzt bitte an – und hör auf, deine Schwester zu tyrannisieren.«

Er rührte sich nicht.

»Mark! Zieh das an. Sofort!« Sie nahm seine Arme und zwang sie in die Ärmel des Anoraks. Als sie sich umdrehte, stand ihre Mutter im Türrahmen. »Ist es wirklich okay, daß du sie später abholst?« fragte Colette.

Ihre Mutter nickte. »Wo gehst du hin? Warum nimmst du sie nicht mit?«

»Ich gehe nur in die Stadt, aber ich kann sie nicht ...«

»Ach komm, sie sind schon ewig ...«

»Ich glaube, es ist besser so, Ma. Solange es für dich in Ordnung ist, sie ...«

»Nimm sie mit.«

»Ich *kann* nicht, Ma.« Colette wußte, daß ihre Stimme jetzt gereizt klang. »Schau mal, ich weiß einfach nicht, wie lange ich unterwegs sein werde, klar?« Sie schaute auf, sah den Zweifel, die Unsicherheit und auch den Zorn in den Augen ihrer Mutter, griff nach Catherine und Mark und zerrte sie mehr oder weniger zur Haustür hinaus.

Sie ging schnell hinüber zu Margaret, umarmte die Kinder kurz und nahm dann ein Taxi zum Stadtzentrum. Als sie ausgestiegen war und sich auf den langen Weg zur Malone Road machte, hielten Angst und Schuldgefühle sich die Waage.

Sie fühlte sich mies. Das Schuldgefühl griff um sich. Wieder nahm sie es Mark übel, daß er sie nicht verstand, aber wie zum Teufel sollte er auch? Sie sagte sich, daß sie keine Wahl hatte, aber im Hinterkopf spürte sie ...

Aber wenn sie keine Wahl hatte, warum fühlte sie sich dann schuldig?

Als sie an der Queens University vorbeikam, sah sie auf die Uhr und merkte, daß sie viel zu spät kommen würde. Sie geriet in Panik und rannte los.

Zuerst rannte sie schnell, dann ging sie langsamer an der Eglantine Avenue vorbei, und an der Tankstelle fing sie wieder an zu laufen. Sie war außer Atem, und sie wußte, daß die Arschlöcher sie nicht verstehen würden.

Sie ging das letzte kurze Stück und spürte die Feuchtigkeit in ihren Achselhöhlen. Als sie um die Ecke auf die Stranmillis Road bog, sah sie den grauen Granada. Der Motor lief, und der Auspuff stieß gemächlich die Abgase aus.

Sie öffnete die ihr zugewandte hintere Tür und stieg ein. Ihr Mann saß auf dem Beifahrersitz, und der dicke *Prod* fuhr. Er drehte sich zu ihr um. »Sie kommen zu spät«, sagte er.

Sie lehnte sich in ihrem Sitz zurück und schloß die Augen.

»Sie kommen zu *spät*«, sagte er noch einmal, bedrohlicher jetzt.

Sie seufzte hörbar. »Verdammt noch mal ...«

»Schon gut«, sagte Ryan. Er schaute über den Rand des Sitzes. »Schon gut. Zuspätkommen bedeutet eben einfach Gefahr.«

»Zuspätkommen bedeutet einfach zwei Kinder, die nicht tun, was man ihnen sagt«, antwortete sie.

Sie schaute aus dem Fenster. Sie schwiegen einen Moment, und sie betrachtete eine junge Frau, die gleich neben ihr ihren Kinderwagen über den Gehweg schob.

Der Dicke drehte sich zu ihr um. »Wir haben einiges vor. Haben Sie irgendwelche Verpflichtungen?«

Colette verstand ihn nicht.

»Erwartet Sie jemand?«

Sie schüttelte den Kopf. »Ma. Die Kinder. Ich habe gesagt, daß ich zum Abendessen zurück bin.«

Der Dicke sprach leise in das Funkgerät, entließ die Unterstützungseinheiten und fuhr los. Er fuhr zur Ringstraße, dann durch Saintfield nach Ballynahinch und weiter. Um zwei Uhr nachmittags war relativ wenig Verkehr.

Colette verstand nicht, was sie vorhatten oder wohin sie fuhren. Der *Brit* drehte sich einige Male zu ihr um, aber sein Gesichtsausdruck war leer, und wenn sie ihn anlächelte, lächelte er nicht zurück.

Als sie sich weiter und weiter von Belfast entfernten, wuchs ihr Unwohlsein. Sie dachte daran, Fragen zu stellen, aber sie bemerkte, daß sie effektiv ihre Gefangene war.

Ohne den *Brit* hätte sie Angst gehabt.

Sie merkte, daß es dumm war, sich auf ihn zu verlassen. Was für einen logischen Grund gab es, irgendeinem von ihnen zu vertrauen? Sie waren immer noch der Feind.

Sie kamen an dem kleinen Feriendorf Newcastle vorbei und fuhren die Küstenstraße entlang, die weit nach Süden in Richtung Republik Irland führte. Es war ein schöner Tag, die Wintersonne strömte dramatisch durch die wirbelnden Wolken und warf ihr strahlendes Licht auf das Meer und auf die grünen Hügel, die sich ihm entgegenstreckten.

Sie fuhren etwa fünf Meilen die Küstenstraße entlang, dann bog der Dicke – Allen – landeinwärts ab. Eine Meile weiter hielt er in einer Parkbucht an, die in einer Kurve lag. Er schaute Colette über die Schulter an. »Ich hoffe, Sie gehen gerne spazieren.«

Sie antwortete nicht. Allen deutete nach rechts auf einen Pfad. »Alles in Ordnung.«

Colette rührte sich nicht. Sie hatte jetzt Angst.

»Es ist alles in Ordnung«, sagte Ryan, aber er sah sie finster an. Sie folgte ihnen zögernd den Pfad entlang. Der Boden unter ihren Füßen war ein wenig feucht, und ihre weißen Turnschuhe wurden schlammig. Sie fragte sich, wie sie das ihrer Mutter erklären sollte.

Fünfzig Meter weiter wandten sie sich dem Berg zu und begannen mit dem Aufstieg. Sie folgten einer gepflegten Steinmauer, die ein grünes Feld voller Schafe umfaßte. Sie gingen jetzt nicht mehr in der Sonne, und der Wald auf der linken Seite hatte dafür gesorgt, daß der Weg noch immer hart vom Nachtfrost war.

Der Pfad war steil, Ryan ging voran, und Allen fiel zurück. Nach ein paar hundert Metern blieb Ryan stehen, um zu Atem zu kommen, und sie blickten beide zurück. Die Felder waren noch immer leuchtend hellgrün und das Meer strahlend blau. Zu ihren Füßen teilten gepflegte Steinmauern das Land und gaben dem Ganzen einen Anschein von Ordnung und Zweckmäßigkeit. Schweigend warteten sie auf Allen.

Als er sie einholte, war er außer Atem. »Tut mir leid, ich bin verdammt schlecht in Form. Geht ruhig weiter.«

Ryan schaute ihn fragend an, aber Allen machte eine vage Handbewegnng, als ob er sagen wollte: Geht weiter, nun macht schon.

Sie gingen weiter. Über ihnen erstreckte sich Mourne Wall durch das Tal, ein weitläufiges, festes Bauwerk, dessen Errichtung Jahre gedauert haben mußte. Sie fragte sich, wozu es gut war, wenn denn solche Dinge zu etwas gut sein mußten.

Für etwa zehn Minuten gingen sie schweigend weiter. Er schritt vor ihr aus, aber schließlich wurde er langsamer, damit sie ihn einholen konnte. Sie erreichten die Kuppe des ersten kleinen Hügels, und der Pfad fiel ab, ehe er dann wieder zum Berg hin anstieg.

»Was ist los?« fragte sie.

Er deutete den Hügel hinunter zurück. »Eins von seinen dummen Spielchen.«

Sie antwortete nicht, und eine Weile gingen sie schweigend den Weg entlang. Dann drehte Ryan sich plötzlich zu ihr um. »Wir sind hier, weil ich Ihre Akte gelesen habe«, sagte er.

Sie verstand ihn nicht.

»Da gibt es einen Abschnitt mit der Überschrift ›England‹. Klingelt da was?«

Sie schüttelte den Kopf.

»Sollte es aber. Im Sommer 1982 waren Sie in England.«

Na und? dachte sie.

»Ich nehme an, Sie leugnen, daß Sie damit zu tun hatten.«

»Mit was?«

In ihrer Stimme lag jetzt ein Anflug von Verzweiflung. Er spie die Worte aus. *»Hyde Park.«*

Sie antwortete nicht.

»Ich erinnere mich gut an diesen Sommer. Er war heiß, ich erinnere mich; sehr heiß für England. Sorgenfrei im Gras liegen – bis zu diesem Tag. Das Gesicht meiner Mutter war weiß, als ob sie ein Gespenst gesehen hätte.«

Sie schaute weg.

»Warum, Colette? Womit hat mein Onkel Sie jemals verletzt? Er war ein freundlicher, anständiger Mann, und Sie haben ihn ermordet. Sie haben jeden Tag zugesehen, wie seine Truppe vorbeizog. Sie haben sich Notizen gemacht, und dann haben Sie sie in Stücke gesprengt.«

Sie sah auf. »Schauen Sie, es tut mir leid. Ich wußte nicht, wer er war, und wir haben alle Opfer ...«

Ryan trat einen Schritt vor und brüllte sie nieder. »Sie haben verdammt recht, daß Sie nicht wußten, wer er war! Na gut, ich werde es Ihnen sagen – für mich und meine Mutter war er kein Soldat. Und für seine Frau und seine beiden Kinder war er auch kein Soldat. Wollen Sie etwas über seine Kinder wissen, Colette?«

Sie schüttelte wütend den Kopf.

»Zwei ganz kleine Kinder. Ungefähr so alt wie Ihre. Fünf und vier. Und wollen Sie wissen, was sie jetzt machen? Im Schlaf schreien sie immer noch nach ihrem Vater. Und warum? Können Sie mir sagen, wozu das alles gut war?«

»Halten Sie mir keinen Vortrag.« Sie wies mit dem Finger auf ihn. »Ich habe gesagt, das mit Ihrem Onkel tut mir leid, aber er ist nicht der einzige. Ich habe keinen von euren Leuten weinen sehen, als sie Davey auf einem stinkigen Friedhof erschossen haben.«

»Er hatte ein Gewehr in der Hand.«

»Und das rechtfertigt es.«

»Es ist nicht dasselbe.«

»Ach, und was ist mit dem Jungen, den Sie und Ihre Soldatenfreunde niedergeschossen haben? Declan Walshe. Er hatte kein Gewehr, oder? Er war noch nicht mal ein *Provo!*« Sie schrie ihn jetzt an. »Oh ja, keine Sorge, ich weiß über Sie Bescheid.«

»Das war ein Irrtum.«

»Ein Irrtum? Oh, *bitte.*« Colette trat ärgerlich gegen einen Stein. »Die Männer im Hyde Park, das waren Soldaten. Sie sind gestorben. So ist das eben. Das ist der Krieg.«

Ryan zeigte auf sie. »Das ist *Ihr* Krieg.«

Er wandte sich ab, als wollte er weggehen, aber dann schrie sie ihn an. *»Mein* Krieg? *Mein* Krieg?« Sie rannte ihm nach und zerrte an seiner Schulter, so daß er das Gleichgewicht verlor und zu Boden fiel. Während er sich aufrappelte, schrie sie ihn weiter an, und ihre Stimme klang stählern vor Aggression. »Ich habe keine Soldaten auf die Straße geschickt. Ich habe nicht auf unbewaffnete Demonstranten geschossen, die ihre legitimen Rechte einforderten. Ich habe den Leuten nicht die Türen eingeschlagen und sie mitten in der Nacht aus den Betten geholt. Ich habe die Leute nicht gefoltert und geschlagen und schikaniert …« Ihre Stimme war immer lauter geworden. »Das hier ist mein Land, und Sie haben kein Recht, hier zu sein, also sagen Sie nie – *niemals* –, daß das *mein* Krieg ist.«

Sie streifte ihn und rannte davon. Der Pfad stieg jetzt wieder leicht an, und sie ermüdete bald und ging langsam weiter. Nach einigen hundert Metern wandte sie sich nach links, erkletterte Mourne Wall und ging darauf weiter.

Scheiß*brits*, dachte sie.

Im Gehen verloren sich ihr Zorn und ihr Haß.

Sie schaute sich um. Eingerahmt vom goldenen Licht der Sonne, die am Horizont sank, krochen links von ihr die weißen Wolken über den Grat. Der Himmel über ihr war noch immer leuchtend blau. Es war schön hier, dramatischer als an irgendeinem anderen ihr bekannten Ort. Es wirkte friedlich, aber es half ihr nicht, ihre Gedanken zu ordnen.

Sie wußte nicht genau, wie lange sie so gingen, aber es war etwa eine Stunde. Als sie schließlich stehenblieb, waren sie in den Bergen, und hinter ihnen erstreckte sich die Mauer wie eine Nabelschnur, die mit dem Meer unter ihnen verbunden war.

Wind war aufgekommen, und während sie zusah, wie er näher kam, spürte sie die ersten Regentropfen im Gesicht. Schnell wurde es kalt und dunkel. Keiner von ihnen hatte einen Mantel. Als er ankam, setzte sie sich auf die Mauerkante, und er setzte sich neben sie.

Niemand sprach.

Sie stellte fest, daß das Schweigen angenehm war. Sie wollte nicht, daß er wegging. Sie dachte, daß sie etwas sagen würde, damit er nicht ging.

Wie um hinunterzuspringen stemmte er seine Hände auf die Mauer. »Es tut mir leid«, sagte sie leise. »Sie müssen mir nicht glauben, aber es tut mir leid.«

»Ich glaube Ihnen.« Er schaute zum Berg hinauf, der vor dem dunkler werdenden Himmel nur noch als Umriß zu erkennen war.

»Sie werden Ihre Rache bekommen.«

Er wandte ihr sein Gesicht zu. »Wie meinen Sie das?«

»Ich werde nicht lange überleben. An so einem Ort werde ich enden. Barfuß. Mit einer Kapuze. Tot. Wenn ich auch nur einen Augenblick nachdenke, weiß ich das.«

Sie sah ihm nicht in die Augen.

»Das ist nicht wahr.«

»Ist es doch, und Sie wissen das.«

»Nein, ist es nicht.«

Sie seufzte tief. »Sie erhalten mich am Leben, solange ich nützlich für Sie bin, und dann, eines Tages, peng.« Sie schnippte mit den Fingern.

»Das ist nicht wahr.«

Zum ersten Mal sah sie ihm in die Augen. Sie hatte Schmetterlinge im Bauch.

»Sie müssen mir nicht glauben«, sagte er, »aber ...«

»Ich bin nicht dumm. Ich weiß, was Sie über mich denken. Wenn es soweit ist, werden Sie Ihre Rache bekommen.«

»So denke ich nicht über Sie. Sie haben gesagt, daß es Ihnen leid tut. Ich akzeptiere das.«

Sie runzelte die Stirn. »Ich weiß, was Sie denken. Ihr seid alle gleich.«

Ryan wies den Hügel hinunter. »Vielleicht denkt er das, aber ich nicht.«

Sie beugte sich etwas weiter zu ihm hin. Seine Wangen waren rot vor Kälte, und sein Haar war vom Nieselregen feucht. Sie verspürte das nahezu unwiderstehliche Verlangen, ihren Kopf an seine Schulter zu legen.

Sie schaute in sein Gesicht. Auf seiner Nasenspitze saß ein Regentropfen, und sein Haar und seine Augenbrauen waren noch dunkler als gewöhnlich. Sie wollte seine gebrochene Nase berühren und ihre Hand auf seine Wange legen.

Er sah sie an, ohne zu lächeln. Sein Blick fesselte sie.

Sie dachte, daß er sie küssen würde. Sie befahl sich, ihn dann abzuweisen.

Er wandte sich ab und sprang von der Mauer.

Er streckte eine Hand aus. Sie hätte ihn gerne beschimpft. Sie sprang hinunter, ohne seine Hand zu nehmen.

Er ging los und steckte seine Hände in die Taschen. Der Himmel wurde jetzt schnell dunkler, und sie mußte genau auf ihren Weg achten. Irgendwie fühlte sie sich ausgelaugt. Leer.

Schweigend gingen sie nebeneinander her.

Als sie die Kuppe des ersten Hügels erreichten, rutschte sie aus. Er stützte sie, und sie hatte das Gefühl, daß er ihren Arm ein klein wenig länger festhielt, als nötig gewesen wäre. Er sah ihr nicht ins Gesicht. Inzwischen fragte sie sich, ob ihre Gedanken ihr Streiche spielten.

»Sie sind keine von denen«, sagte er leise.

Plötzlich blieb sie stehen. »Machen Sie sich nichts vor. Wäre es so leichter zu akzeptieren?«

Er stand jetzt genau oberhalb von ihr. »Ich glaube nur einfach nicht, daß Sie das haben, was man da braucht.«

Sie lächelte ihn höhnisch an. »Und was braucht man, Mr. Geheimagent?«

»Man braucht Haß. Man braucht Ignoranz. Man braucht Rücksichtslosigkeit.«

Sie drehte sich um und ging weiter. »Sie sind sich Ihrer selbst sehr sicher.«

Er antwortete nicht, und sie schwiegen wieder. Die Bewölkung hatte sich etwas aufgeklärt, und sie konnten schneller gehen, denn der Mond erleuchtete den Pfad. Sie kamen zu der Stelle, wo sie Allen verlassen hatten. Sie blieb abrupt stehen. Plötzlich hatte sie ganz deutlich Martin Mulgrews Bild vor Augen, und sie geriet in Panik. »Sie sind dicht an mir dran«, sagte sie.

»Wie kommen Sie darauf?«

Er stand nahe bei ihr, gleich oberhalb von ihr am Hang. Hinter ihm verblaßte das Licht, und sie konnte sein Gesicht nicht genau sehen.

Langsam lehnte sie sich an seine Brust. Sie wollte die beruhigende Wärme einer menschlichen Berührung spüren, und sie war erleichtert, daß er sie nicht wegschob.

Wie um zu betonen, daß er nur widerwillig reagierte, legte er erst nach einigen Augenblicken die Arme um sie.

»Ich habe solche Angst«, sagte sie. »Mein Gott, ich habe solche Angst. Ich rede mir ein, daß ich okay bin, und dann ...« Ihre Stimme versagte. Sie weinte. Er hielt sie jetzt ganz fest.

»Alles in Ordnung«, sagte er. »Ich verstehe deine Angst, aber sie sind nicht hinter dir her.«

»Sie sind ...«

»Sind sie nicht. Du bist nicht die einzige. Andere machen das schon seit Jahren, und vielleicht sind sie hinter einem von denen her. Aber hinter dir sind sie nicht her. Wenn sie es wären, wüßten wir das.«

Er hielt sie fest, und sie weinte in stillem Unglauben. Sie war nur halb beruhigt, aber sie wußte, daß halb besser war als gar nicht. Er richtete sie auf und wischte ihr mit dem Ärmel seines Sweatshirts die Tränen aus den Augen. Das kam ihr auf absurde Weise freundlich vor. »Geht's dir gut?« fragte er.

Sie wollte nein sagen, damit er sie nicht losließ, aber sie hatte Angst, ihn zu verärgern. Sie nickte unsicher, und sie gingen weiter.

Als sie zum Wagen zurückkamen, lehnte Allen mit gekreuzten Beinen an der Motorhaube. Er stieg ein und ließ den Wagen an, ohne ein Wort zu sagen. Während der ersten zehn Minuten schwiegen sie.

Sie fuhren durch Newcastle, und als sie den Weg erreichten, der nach Murlough Bay in das Gebiet des National Trust führte, hielt Allen am Straßenrand an und gab Ryan zu verstehen, daß er fahren sollte. Sie stiegen aus, und Allen setzte sich auf den Rücksitz.

»Irgendwas Neues?« fragte Allen vorsichtig.

Schweigen. Ryan schaute sich besorgt um.

»Colette?« Allens Stimme war sanft.

»Es hat ein Treffen gegeben«, sagte sie bestimmt. »Sie werden das schon wissen. Die Führung war da, wegen einer sogenannten Einsatzbesprechung. Seltsame Mischung. Es war irgendwie Mundpropaganda, aber es waren nur Leute mit einer gewissen Bedeutung und Erfahrung da.«

»Wer war da?« fragte Allen. Sie wußte, daß er nicht zugeben würde, daß sie schon von dem Treffen wußten.

Sie hielt für einen Moment inne, als ob sie sich die Details in Erinnerung rufen würde. »Gerry war da – hat eine Menge geredet. Paddy, Sean Fox aus Fermanagh ...«

»Ist weit gefahren«, warf Ryan ein.

»Ich sage nur, was ich gesehen habe«, sagte Colette gereizt. »Es waren viele wichtige Leute dort, von überallher. Murphy aus South Armagh, Mallon aus East Tyrone.«

»Was meinten die?« fragte Allen.

Colette schüttelte den Kopf. »Sie haben gar nichts gesagt. Fox hat alles mögliche in Frage gestellt, aber ich hatte den Eindruck, daß er nicht prinzipiell gegen den Friedensprozeß ist. Er wollte nur, daß sie sich sicher sind, was sie tun. Er sagte, daß er nicht will, daß sie es sich anders überlegen. Unter der Hand haben alle schon gehört, daß mit den *Brits* ein geheimer Deal gemacht wird.«

»Und, glauben sie das?«

Sie zuckte mit den Schultern. »Manche ja, manche nein.«

»Wer hat noch gesprochen?« fragte Allen.

»Gerry.«

»Was hat er gesagt?«

»Daß er die ganze Sache für einen Fehler hält.«

»Hat ihm jemand zugestimmt?«

»Schwer zu sagen. Ich habe nicht da gewartet, um sie zu fragen.«

»Es gibt noch etwas, oder?« Colette zuckte die Achseln. »Als ich nach Hause kam, hat Gerry im Flur mit Murphy geredet«, sagte sie. »Ich habe nur kurz hören können, was sie gesagt haben, aber es war etwas wie ›Wir müssen es tun‹ oder ›Wir müssen es jetzt tun‹.«

Allen pfiff leise. Ryan drehte sich um und lächelte sie an. Sie fühlte sich schwach. Sie sah ihm nicht in die Augen. Allen berührte sie am Arm. »Hat jemand was über einen Maulwurf gesagt?«

Sie nickte, und Allen fuhr fort. »Irgendeine Ahnung, wer es ist?«

Sie schüttelte den Kopf.

Allen tätschelte ihren Arm. »Alles in Ordnung. Alles ist in Ordnung.«

Sie schloß die Augen und hielt sie geschlossen. Nach ein paar Minuten setzte Allen sich auf den Beifahrersitz. Schließlich hörte sie, wie die beiden Männer sich leise unterhielten.

»Gibt es einen geheimen Deal?« fragte Allen.

»Nein«, sagte Ryan.

Sie schwiegen eine Weile, und dann hörte sie Allen sagen: »Eine Menge von unseren Leuten würde das gerne glauben.«

»Warum?« fragte Ryan.

»Eine Menge Leute hier glaubt, daß diese perfiden *Brits* uns auch gerne verkaufen würden, damit ihre geliebte Hauptstadt nicht mehr bombardiert wird.«

»Sind Sie einer davon?« fragte Ryan.

»Ich weiß es nicht«, sagte er, und dann waren sie still. Colette öffnete kurz die Augen und sah, daß sie Belfast erreicht hatten. Trotz allem mußte sie beinahe lächeln. Gerry und der *Prod* waren die merkwürdigsten Verbündeten, die sie sich vorstellen konnte.

Magee war neu. Sie hatten sich am Trafalgar Square getroffen – McVeighs Befehl, durch das Reisebüro übermittelt – und waren dann hierher zur Westminster Bridge gegangen.

Sie beugten sich über die Brüstung und betrachteten Stranger's Terrace.

»Ganzes Stück bis zum Wasser«, sagte McIlhatton, und Magee grunzte.

Sie schwiegen eine Weile und schauten weiter vor sich hin. McIlhatton mochte seinen Teil des Plans nicht. Im Grunde gab es eine Menge Details, die ihn nervös machten, aber dieses war das schlimmste.

»Sie werden ins Wasser springen müssen, und Sie werden sie rausziehen«, sagte McIlhatton schließlich.

Magee grunzte wieder.

»Ist das Boot klar?« fragte er schließlich.

»Ja«, sagte Magee.

Sie schlenderten Richtung St. Thomas' Hospital davon.

VIERZEHNTES KAPITEL

Ihre Periode hatte eingesetzt. Endlich.

Gut, dachte sie, wenigstens bist du nicht schwanger. Der Gedanke, von Chico ein Baby zu bekommen, ließ sie schaudern. Was zum Teufel hatte sie sich dabei gedacht?

Sie hatte an ihren Tagen immer sehr gelitten, und auch die lebenslange Erfahrung hatte ihr keine Kontrolle über die Gefühle gegeben, die sie in dieser Zeit über sich ergehen lassen mußte. Sie erinnerte sich sehr gut an Daveys Reaktion. Er war immer in derselben Weise damit umgegangen. Je nach Laune hatte er es wegreden oder -brüllen wollen. Solange er nichts getrunken hatte. Dann hatte er versucht, es wegzuprügeln.

Sie sagte sich immer noch, daß er kein schlechter Mann gewesen war, aber sie erinnerte sich mit Schaudern an die Nächte, in denen sie zusammengerollt im Bett gelegen und das Gefühl gehabt hatte, daß die Welt unterging. Sie hatte sich einen Ausweg gewünscht und doch nicht gewünscht – während Davey schnarchte, nachdem er sie umgelegt hatte. Wenn er getrunken hatte, hatte er sie immer umgelegt.

Sie schaute zu Gerry hinüber und fragte sich, ob er mit Christy auch so umging. Wahrscheinlich. Er war wie Davey, nur ohne die netten Momente.

Seit sie Belfast verlassen hatten, hatte Gerry kaum etwas gesagt. Er war kurz nach dem Mittagessen bei ihr vorbeigekommen und hatte sie gebeten, ihn zu begleiten. Sie hatte nicht nein sagen können. Sie fragte sich, ob das an ihrem Schuldgefühl lag, aber sie kannte sich gut genug, um zu wissen, daß sie schon sehr viel länger als seit heute morgen Gerry gegenüber nicht nein sagen konnte.

Sie waren in einem Haus kurz vor dem Dorf Crossmaglen in South Armagh gewesen, um Murphy zu treffen, den Leiter der IRA-Brigade von South Armagh. Sie war im Wagen geblieben, denn sie diente nur als Tarnung, falls sie an irgendeiner provisorischen Straßensperre in eine Armeekontrolle geraten würden. Sie waren Bruder und Schwester, hatte Gerry ihr gesagt, die einen Onkel besuchen wollten, der krank und ans Bett gefesselt war. Er wollte Gesellschaft, weil er schon so oft allein von Soldaten angehalten worden war.

Sie hatte versucht, etwas über das Treffen herauszufinden, aber als Antwort hatte sie nur ein Grunzen erhalten. Sie konnte mit Gerry keine Konversation machen, das hatte sie noch nie gekonnt. Sie stellte fest, daß sie absolut nichts gemein hatten, außer dem zufälligen Umstand, daß sie in dieselbe Familie hineingeboren worden waren. Manchmal dachte sie, daß sie ihn haßte.

Sie fühlte sich schrecklich. Heute kamen ihre Probleme ihr riesengroß vor. Das schlimmste war die Einsamkeit. Sie fühlte sich vollkommen und zutiefst isoliert. Sie wollte ihre Last bei einer teilnahmsvollen Seele abladen, sie wollte reden, und sie wollte, daß jemand zuhörte. Nichts in ihrem Leben hatte sie hierauf vorbereitet, weil sie nie zuvor allein gewesen war. Die Welt, in der sie gelebt hatte, war vor allem anderen eine Gemeinschaft gewesen, mit Onkeln und Tanten und Freunden, die ein soziales Netz schafften, das West Belfast und mehr umspannte. Sogar im Gefängnis in Armagh war sie von ihresgleichen umgeben gewesen. Sie hatte den Verlust ihrer Freiheit verabscheut, aber die Frauen um sie herum waren Republikanerinnen gewesen, die ihren Glauben und ihre Sorgen teilten.

Jetzt war niemand mehr da. Sie hatte daran gedacht, es ihrer Mutter zu sagen, aber sie wußte, daß das unmöglich war. Der Widerstand ihrer Mutter gegen die republikanische Gewalt reichte nicht so weit, daß sie einen Maulwurf tolerieren würde. Sie konnte nicht sicher sein, nicht absolut sicher, daß sie nicht zu Gerry oder Paddy gehen und sie bitten würde, das in Ordnung zu bringen. Sie hatte sich vergeblich nach jemandem zum Reden umgesehen. Sie wußte, daß sie sich deshalb zu dem *Brit* hingezogen fühlte. Im Augenblick waren die Mitglieder ihrer Familie wie Fremde für sie.

Manchmal, ganz selten, war sie fähig, das alles klar zu sehen und zu verstehen. Aber heute nicht. Heute war sie verzweifelt. Heute morgen im Bett, als sie versuchte, die Kräfte zum Aufstehen zu sammeln, hatte sie kurz daran gedacht, mit Mark und Catherine zu sprechen. Sie wußte, daß das Wahnsinn war, aber sie hörten wenigstens zu. Wenigstens würde ihr jemand zuhören.

Von Crossmaglen aus hatten sie die Newry Road genommen und schlängelten sich jetzt durch die Täler von South Armagh, während das Sonnenlicht dramatisch auf die schneebedeckten Hügel fiel. Auf jedem stand ein in kaltem, dunklen Grün gestrichener Wachturm der britischen Armee. Colette taten die *Brits* beinahe leid, die ihr Leben meilenweit weg von zu Hause verbrachten und zusahen, wie im Tal die Autos hin und her fuhren. Es gab keinen Zweifel, daß sie von da oben beobachtet wurden.

Der Gedanke kam plötzlich, und ihr Herz setzte für einen Schlag aus. Sie wußte, daß es Wahnsinn war, aber sie hatte das Gefühl, dem Selbstmord nahe zu sein. Das war ein einfacher Ausweg. Die republikanische Bewegung hatte immer gesagt, daß sie denen vergeben würde, die sich stellten. Sie wußte, daß ihre Familie sie dafür hassen würde, wenn sie ihr das Leben zur Hölle auf Erden machte. Aber sie konnte sich der Gedanken, die auf sie einstürmten, nicht erwehren.

»Gerry?« Sie merkte, daß ihre Stimme zitterte. Er war ganz in Gedanken und grunzte abwesend. »Was würdest du denken, wenn ...«

Sie hielt inne.

Er sah sie kurz von der Seite an. »Ja. Wenn was?«

Sie merkte, daß sie noch immer Angst vor Gerry hatte. Sogar jetzt. »Glaubst du an Gott?«

Er schnaubte unwirsch. »Nein.« Er sah sie wieder an. »Warum?«

»Nur so. Ich weiß eben, daß Ma das möchte.«

»Ma möchte eine Menge Sachen, die es nie geben wird.«

Colette sagte nichts, und das Schweigen zog sich in die Länge. Sie wußte instinktiv, daß der Moment vorüber war.

»Was machen wir?«

Er runzelte die Stirn. »Wir fahren zurück nach Bel ...«

»Nein, ich meine, was machen wir im allgemeinen? Was geht vor?« Der Mut hatte sie verlassen, und sie war froh darüber. Gerry hatte sich ihr nie geöffnet. Er redete mit ihr, aber sie hörte nicht mehr zu. Sie konnte einfach nicht verstehen, was in ihm vorging: Wie jemand so vollkommen besessen von dem Gedanken sein konnte, daß man die *Brits* nach all der Zeit noch zum Aufgeben zwingen konnte.

Sie versank wieder in Verzweiflung. Dann sah sie vor sich an der Straße ein kleines rotes Licht. Die Sonne war hinter den Hügeln gesunken, und der Feldweg war dunkel. Sie konnte nur die Umrisse der Soldaten erkennen. »Verdammt. Genau das, was wir brauchen«, murmelte Gerry in sich hinein.

Er bremst hart, und der Wagen schleuderte, ehe er zum Stehen kam. Er drehte das Fenster hinunter, aber er sagte nichts. Ein Mann leuchtete ihnen mit seiner Taschenlampe in die Augen.

»Guten Abend. Papiere bitte.«

Das war keine Bitte, sondern ein Befehl, und Colette dachte, daß der Mann genau wie Ryan klang. Sie dachte, daß diese Officer immer so verdammt arrogant waren. Gerry griff in seine Jacke, und sie kramte in ihrer Handtasche. Schließlich fand sie ihren Führerschein und gab ihn Gerry, der ihn wortlos durch das Fenster reichte.

»Schöner Abend heute.« Der Mann lächelte, und die Taschenlampe erhellte jetzt sein Gesicht.

Gerry lächelte zurück. »Soweit ganz schön.«

»Weit weg von zu Hause. Was machen wir denn so in dieser feindlichen Gegend?«

»Nur Verwandte besuchen.«

»Verwandte, hä? Und wer sind die wohl?«

»Crossmaglen drüben.«

Der Mann senkte die Stimme. »Ich sagte *wer*, nicht wo.«

»Hughes. Onkel. Ist ziemlich krank.«

»Ist er das? Wirklich? Das *tut* mir aber leid.«

Gerry ignorierte den Sarkasmus des Mannes und schaute geradeaus. Er war schon zu lange dabei, um sich noch provozieren zu lassen.

»Ein paar Minuten Geduld, bitte.«

Der Mann drehte sich um und ging ein paar Schritte, um mit jemandem zu reden, der hinter ihm gewartet hatte. Colette konnte nicht hören, was sie sagten. Gerry starrte geradeaus, als wäre er eine Puppe. Er sagte nichts, aber Colette sah, daß die Muskeln in seinem Gesicht nervös zuckten. Sie fragte sich, was sie in ihrem Wagen hatten, das Gerry so nervös machte.

Die Männer redeten weiter, und es schien ewig zu dauern. Schließlich drehte sich der Officer um und kam wieder auf sie zu. Er öffnete Gerrys Tür, und Colette spürte einen Anflug von Angst und Besorgnis.

»Bitte steigen Sie aus, wenn es Ihnen nichts ausmacht.«

Colette bemerkte die Veränderung in seinem Ton. Sie spürte die Gefahr. Sie stieg ebenfalls aus und ging um den Wagen herum auf den Officer zu. In Gerrys Nähe fühlte sie sich sicherer. Der Officer drehte sich zu den Männern um, die hinter ihm standen.

»Okay, Jungs, nehmt ihn auseinander.«

Sie nahmen sich den Wagen vor, aber der Officer blieb stehen und sah ihnen zu. Der Mann, mit dem er geredet hatte, lungerte immer noch im Hintergrund herum. Colette konnte sich nicht erklären, was vorging. Der Mann vor ihnen war ihrer Meinung nach eindeutig der Officer, und jetzt schien er sich dem Soldaten im Hintergrund zu fügen. Der Officer trat ein paar Schritte zurück, ohne sie aus den Augen zu lassen. Colette lief es kalt den Rücken herunter. Die Stimme des Mannes hinten ließ ihr das Blut gefrieren. Eine harte Stimme; Nordengland, dachte sie. Nicht der Tonfall eines Officers. Der Mann kam lächelnd auf sie zu. Ein enervierendes Lächeln. Er trug einen kurzen, ungepflegten Bart, und man konnte deutlich sehen, daß er kein gewöhnlicher Soldat war. SAS, dachte sie. Aber es war nur einer, und das verwirrte sie.

»Erinnern Sie sich an mich?« fragte er. Sie tat es nicht. Er schaute Gerry an. »Nicht Ihr Tag, Mr. McVeigh.«

Die Drohung war unmißverständlich. Er lächelte immer noch. Gerry schaute geradeaus und vermied es sorgfältig, ihm in die Augen zu sehen.

»Nein, ganz bestimmt nicht Ihr Tag. Ich nehme nicht an, daß Sie sich an mich erinnern, aber in einer früheren Inkarnation habe ich in Ihren Breiten gearbeitet. Ich habe Bilder aus dieser Zeit. Nicht gerade Urlaubsschnappschüsse. Nein. Da gibt es eins von meinem Freund John. Richtig guter Typ; wir zwei sind zusammen eingetreten und wurden zusammen Corporals.«

Er hatte sie umkreist. Gerry schaute immer noch geradeaus. Colette sah, daß die Muskeln in seinem Gesicht heftig zuckten.

»Das waren wir also. Wir beide zusammen. Sind zusammen aufgewachsen und dachten, wir werden zusammen alt. Aber da haben wir natürlich nicht mit Ihren Jungs gerechnet, was? Haben nicht damit gerechnet, daß Ihre Jungs ihm seine verdammten Beine wegpusten würden –«

»Nimm dich in acht, *Brit.*« Gerrys Stimme war fest.

»Mich in acht nehmen? Mich in acht nehmen? Du kleines Stück Schweinescheiße.« Er trat von hinten fest gegen Gerrys Beine, und der fachmännische Tritt ließ ihn in die Knie gehen.

Voller Angst, Verwirrung und Panik drehte Colette sich um und schrie: »Um Gottes willen –«

Der Mann schrie zurück, sein Gesicht war zu einem höhnischen Grinsen verzerrt, und sein Finger deutete auf ihr Gesicht. »Bleib da stehen, du kleine Ratte!«

Verunsichert blieb sie stehen und schaute Gerry hilfesuchend an. Der Mann trat unvermittelt vor und schlug fest gegen Gerrys Kopf, so daß er der Länge nach zu Boden fiel. Er trat ihn zweimal in den Bauch. Fest. Colette wollte schreien, aber sie stand wie angewurzelt. Sie wußte nicht, was sie tun sollte. Gerry stöhnte.

Der Mann zog Gerrys Kopf an den Haaren hoch, und Gerrys Brille blieb auf dem Asphalt liegen. Der Mann trat darauf, und das Geräusch ließ Colette zusammenzucken. Es kam ihr häßlicher und überflüssiger vor als die Schläge.

Colette dachte für einen Moment, daß es jetzt vorbei wäre, aber dann sah sie, daß der Mann eine Pistole an Gerrys Kopf drückte. Er preßte den Lauf gegen seinen Schädel.

»Das war's dann, du kleine Ratte. Wir blasen dir dein verdammtes Gehirn raus, und dann schaffen wir deine Leiche über die Grenze. Und weißt du, was wir dann machen? Wir setzen dir eine Kapuze auf und ziehen dir deine schönen neuen Turnschuhe aus, und deine Familie wird denken, daß eure eigenen Leute dich erschossen haben, weil du ein verfluchter kleiner Maulwurf warst.«

Bei diesem Wort wurde Colette blaß. Sie hatte das alles für bloße Schikane gehalten, aber es begann, aus dem Ruder zu laufen. Der Mann hatte den Verstand verloren. Sie dachte, daß er es wirklich tun würde, aber sie fühlte sich machtlos. Sie konnte nichts tun. Sie rührte sich nicht. Gerry hatte jetzt offensichtlich ebenfalls Angst. Er hatte den Ton des Mannes gehört. Er wußte, daß das kein gewöhnlicher Soldat war. Er war auf fremdem Gebiet, und er wußte nicht, was ihn erwartete.

»Entschuldige dich, du verfluchter kleiner Scheißkerl. Entschuldige dich, daß du geboren bist.«

Die drei waren allein. Der Officer war absichtlich weggegangen, und die Soldaten der Patrouille nahmen den Wagen auseinander. Sie befanden sich nur einige Meter entfernt auf der Straße, aber sie benahmen sich, als würde die Gruppe vor ihnen nicht existieren.

Sie hörte Gerrys Stimme. Er sprach leise. »Ich entschuldige mich. Ich entschuldige mich, daß ich geboren bin.« Seine Stimme klang ruhig, weder trotzig noch feige.

»Entschuldige dich schön, und vielleicht beschließe ich, dich am Leben zu lassen.«

Der Mann stieß ihm sein Knie fest in den Rücken, und Gerry stöhnte. Er klang schwächer. »Okay, es tut mir leid. Es tut mir leid, daß ich geboren bin.«

Colette hatte Gerry noch nie so gesehen, und sie hätte nie gedacht, daß er schwach sein, geschweige denn es zeigen würde. Sie war erschüttert. Der Mann flüsterte ihm ins Ohr. »Jetzt lasse ich Sie laufen, Mr. McVeigh, aber wenn Sie mir noch mal über den Weg laufen, töte ich Sie. Haben Sie mich verstanden?«

Gerry nickte.

»Ich sagte, haben Sie mich verstanden?«

»Ich habe Sie verstanden.«

»Gut. Schon besser. Sie lernen es. Und denken Sie daran, der Mann mit der Waffe hat die Macht, und es werden nicht immer Sie sein, der die Waffe hat ...«

Der Mann trat zurück, und der Officer tauchte wieder auf. Er gab Gerry die Führerscheine zurück. »Es tut mir leid, wenn ich Ihnen Unannehmlichkeiten gemacht habe, Sir.« Eine höfliche Stimme, selbstbewußt und spöttisch.

Colette wollte fahren, aber Gerry schob sie verächtlich weg, stieg auf den Fahrersitz, ließ den Wagen an und fuhr langsam los. Colette war zu benommen, um zu sprechen, und sie fuhren schweigend weiter. Als sie hinter Newry auf die Hauptstraße kamen, sah Gerry sie wieder an. »Verdammte Schweine. Einen Moment lang dachte ich, es ist vorbei.«

Colette wußte nicht, was sie sagen sollte, also griff sie nach ihm und berührte ihn an der Schulter. »Geht's dir gut?«

»Ja.« Er sah sie an und lächelte – ein warmes, sanftes Lächeln. »Übrigens ...« Er hielt inne und schien tief Luft zu holen. »Es tut mir leid ... Schau, es tut mir leid wegen neulich, ja?«

Colette sah ihn unsicher an, aber sie antwortete nicht. Sie konnte sich nicht erinnern, wann sie ihn das letzte Mal so gesehen hatte. Im Grunde hatte sie ihn noch nie so erniedrigt, so gedemütigt gesehen.

»Ich weiß, es war nicht in Ordnung, dich anzuschreien und zu beschimpfen.« Er griff hinüber und berührte ihr Bein. »Wir standen alle unter Druck. Ich weiß, das ist keine Entschuldigung, aber ...« Seine Stimme versagte, und sie fuhren eine Weile schweigend weiter. Beide starrten konzentriert auf die Straße.

»Ich weiß, es ist lange her«, sagte Gerry schließlich, »aber ich denke immer noch an Sean. Manchmal ist es so wirklich. Ich spüre ihn in meinen Armen, ich kann sein kleines Gesicht sehen, ich kann spüren, wie sein Haar sich anfühlt, das an manchen Stellen mit Blut verklebt ist. Ich kann es einfach nicht ... Es tut mir leid, ja?« Er schaute sie jetzt wieder an und griff noch einmal nach ihrem Bein. »Ich weiß, daß du kein Feigling bist. Es ist nur wegen ihm. Verstehst du das?«

Colette hätte viele Antworten geben können, aber sie sagte nichts. Sie wußte nicht, was sie fühlte. Vielleicht Mitgefühl und Wärme, aber auch Wut. Sie wollte ihn fragen, wie viele Seans noch nötig sein würden. Dann hörte sie sich fragen, wie lange der Krieg seiner Meinung nach noch dauern würde.

Er starrte auf die Straße und schüttelte den Kopf. »Ich weiß es nicht«, sagte er. »Ich weiß es nicht. Aber eins sage ich dir: Vergiß das dumme Geschwätz über diesen Friedensprozeß. Schließlich und endlich muß eine Seite gewinnen. Darum geht es. Wenn wir weitermachen, *werden* wir gewinnen, denn unser Wille zu kämpfen ist stärker als ihre Widerstandskraft, darauf wird es hinauslaufen.« Gerry fuhr jetzt mit einer Hand am Lenkrad, und mit der anderen gestikulierte er. »Und wenn ich solche Leute wie Gerry Adams höre, dann sage ich mir, denk daran, was Dad gesagt hat. Vertraue den *Brits* nie. Nie. Schließlich und endlich ist ihr Programm das genaue Gegenteil von unserem. Und nur, weil der Feind vielleicht ein menschliches Gesicht zeigt, ist er nicht weniger unser Feind.«

Gerry sah sie an. »Sag mir was, Colette. Würdest du je einem *Brit* vertrauen?«

Sie schaute durch das Fenster auf die vorbeifliegenden Hecken und schüttelte den Kopf. Sie schwiegen eine Weile.

»Weißt du, was du früher mal gesagt hast?« fragte er schließlich.

Colette sah ihn ausdruckslos an.

»Über das, was wir machen werden.«

»Ja.«

»Wir werden uns ergeben. Jedenfalls wird das passieren, wenn ich nichts unternehme. Deswegen war ich heute hier.«

Sie wußte nicht, was sie sagen sollte, also schwieg sie.

»Ich habe etwas vor, und das wird die Führung aufhorchen lassen. Etwas, das sie zwingen wird, den Kurs zu ändern. Wichtige Leute unterstützen mich, aber ich brauche noch ein bißchen Hilfe von Leuten, auf die ich mich verlassen kann. Leute, die nicht reden und nicht fragen. Paddy macht mit. Wirst du mir helfen? Es gibt sonst niemand, dem ich vertraue.«

Sie hörte sich ja sagen. »Was hast du vor?« fragte sie.

»Etwas Großes«, sagte er. »Etwas in England. Mehr kann ich dir nicht sagen.«

Innerlich war ihr kalt. »Was soll ich machen?« fragte sie leise.

»Dich einfach bereithalten«, sagte er. »Es dauert nur ein paar Tage. Mehr kann ich nicht sagen.«

Die Bar war voll. Lauter Werbemanager, dachte Ryan, und viele von ihnen schwul.

Normalerweise war ihm das völlig gleichgültig, aber heute abend wäre er ohne die einladenden Blicke ausgekommen.

Anfangs war die Erleichterung groß gewesen. Man hatte ihm gesagt, daß er ein paar Tage freinehmen sollte. Sie waren in die Londoner Innenstadt gefahren, und beim Anblick der schicken Cafés und Autos und der Leute, die ihre Nachbarn zwar nicht mochten, aber immerhin auch nicht haßten, hatte er sich wie jemand gefühlt, der in die Zivilisation zurückkehrte. Es war noch nie so schön gewesen, nach Hause zu kommen. Er hatte sich großartig gefühlt.

Bis jetzt. Jetzt fühlte er sich wie ein Fremder, der von vertrauten Dingen umgeben war, aber nicht länger dazugehörte. Was wußten sie schon, diese Leute? Mit all dem Gerede über Konten und Verkäufe und Karrieren und Befriedigung, was wußten die von einer Frau, deren Leben am seidenen Faden hing? Was wußten die über seine Zwänge und über seine Welt? Er war bockig wie ein Kind. Er wollte, daß diese Leute ihn ansahen und wußten, was er tat. Er wollte, daß sie mit ihm fühlten und ihn verstanden. Er wollte, daß sie wußten, daß er sich da draußen fertigmachte, damit sie da sitzen und in Sicherheit etwas trinken konnten. Er fühlte sich unbeachtet.

Er beugte sich vor, aber er konnte immer noch nicht hören, was Isabelle sagte. Sie hatte drauf bestanden herzukommen – eine Verabredung mit einer Freundin, die schon lange ausgemacht war und die sie auf keinen Fall absagen wollte. Das Mädchen hieß Charlotte, aber bei dem Lärm und der Musik konnte er nicht hören, was zum Teufel sie redeten. Isoliert saß er da, betrachtete die mondförmige Dekoration an der Wand und versuchte, mit keinem der anderen Gäste Augenkontakt aufzunehmen. Er dachte, daß diese Bars in London aussahen, als wären sie auf einer Art paneuropäischem Annäherungskurs. Mit ihren verchromten Tresen und den hohen Säulen sahen sie alle gleich aus. Er fand, daß er überall hätte sein können: in Paris, Madrid, Brüssel. Überall, außer in Belfast.

Danach spazierten sie Westbourne Grove in Notting Hill entlang und aßen in einem kleinen Thai-Restaurant, das in einer Seitenstraße gleich neben dem 7-Eleven-Supermarkt an der Ecke versteckt war. Sie aßen immer hier, und sie waren immer allein. Ryan wußte nicht, wie die Besitzer überlebten.

Das Abendessen schleppte sich hin. Die meiste Zeit redeten sie über gemeinsame Freunde. Ryan konnte sich nicht überwinden, irgend etwas über sein Leben in Belfast zu sagen, obwohl er gerne alles herausgelassen hätte. Wenn er anfing, würde es die ganze Nacht dauern, das wußte er. Und er war nicht sicher, ob sie das verstehen würde.

Er saß ihr gegenüber und fühlte sich nicht gut. Sie war ein schönes Mädchen, aber einfach nicht *seins*.

Er bestand darauf, zu bezahlen, und sie gingen zu ihr.

Sie schliefen miteinander. Er hatte gewußt, daß das passieren würde, obwohl er sich eingeredet hatte, daß er sie nicht deswegen hatte sehen wollen.

Danach fühlte er sich leer, und er dachte, daß es ihr genauso ging. Ihr Schlafzimmer lag im Obergeschoß des Hauses, die Vorhänge standen offen, und der Mond spendete ein mildes Nachtlicht. Schweigend lagen sie im Halbdunkel.

Schließlich setzte sie sich auf und sah ihn an. »Wie ist es wirklich da drüben, David?« fragte sie.

»Zynisch«, sagte er. »Manchmal aufregend – es gibt sehr aufregende und furchterregende Momente, dann tagelang Langeweile. Gefährlich. Verwirrend – das würden eine Menge Leute nicht glauben. Und manchmal übel. Man hat so viel Macht in der Hand, und dann fragt man sich, ob man sie auch *wirklich* hat. Es ist wie ein Spiegelsaal, und man wird so paranoid – so paranoid, daß man noch nicht einmal weiß, ob man der eigenen Seite vertrauen kann. Und weißt du, dann fragst du dich, was deine Kriterien sind. Welchen Krieg du führst. Willst du deine Quelle beschützen oder den Feind schlagen? Nur daß du weißt, daß du den Feind sowieso nie schlagen wirst ...«

Sie lag auf der Seite und sah ihn an. Es war warm im Haus, und von der Taille aufwärts war sie nackt. »Vielleicht solltest du es weniger persönlich nehmen. Geh auf Distanz ...«

»Leicht gesagt.« Er spürte einen Anflug von Ärger. »Isa, du wirst hierüber kein Wort verlieren, ja? Ich vertraue dir, aber sie können mich nach allen Regeln der Kunst fertigmachen, weil ich darüber geredet habe.«

Sie schüttelte den Kopf. »Werd nicht paranoid, David.«

Er lachte. »Solange du nicht da drüben gewesen bist, weißt du nicht, was dieses Wort bedeutet.«

Sie schwiegen wieder und hörten den Geräuschen der Stadt draußen zu – Verkehr, eine Hupe, entfernte Partygeräusche aus einem Haus in ihrer Straße.

»Sag mir was«, sagte sie. »Diese Leute – diese ... Agenten, mit denen du zu tun hast. Sind das Helden oder Verbrecher?«

Er lachte wieder und stand auf. »Sehr scharfsinnige Frage. Ich weiß es nicht.«

»Die meisten Leute finden, daß wir diese Typen einfach aufhängen sollten.«

»Die meisten Leute können ihr Wissen über Nordirland auf der Rückseite einer Briefmarke unterbringen.«

»Du bist zynisch wie immer.«

Er zuckte mit den Achseln und dachte, daß er sich nicht für einen Zyniker hielt.

»Dann sag mir bitte folgendes. Dieser Mann, mit dem du ... zu tun hast ...«

»Frau.«

»Frau?«

»Ja.«

»Verheiratet? Kinder?«

»War sie – und ja. Ich glaube nicht, daß ich noch mehr sagen sollte.«

»Okay, also, diese ... Frau. Was motiviert sie? Ich meine, warum beteiligt sie sich daran? Und warum arbeitet sie für dich?«

Ryan ging zum Fenster und blickte hinaus über die Dächer. Dann drehte er sich um und lehnte sich an die Heizung. Er sah sie an. »Die ehrliche Antwort ist, daß ich das nicht weiß, und ich glaube nicht, daß wir das je verstehen werden. Sie kommt aus einer republikanischen Familie, einer IRA-Familie. Sie ist mitten in alldem aufgewachsen. Ihre Brüder sind beteiligt, ihr Vater war beteiligt, also wollte sie die und ihre Freunde vielleicht beeindrucken. Ich weiß es nicht. Vielleicht hat sie sich über die Soldaten geärgert, vielleicht hat es irgendwelche Schikanen gegeben – in ihrem Fall wahrscheinlich viele. Es ist leicht zu erkennen, warum sie angefangen hat. Und wenn man drin ist, hängt man am Haken. Es ist nicht wie ... du kennst doch Leute, die in ihrer Jugend Dummheiten machen, sie treten den Socialist Workers bei oder was auch immer, und dann werden sie erwachsen und merken, daß die Welt nicht schwarzweiß ist, sondern daß es Tausende von Grautönen gibt, und sie lassen das hinter sich. Aber Gewalt bindet dich ein. Du tötest, du leidest, deine Freunde und deine Familie werden getötet, du gehst ins Gefängnis, du wirst schlecht behandelt, du wirst bitter, und dann, plötzlich, öffnest du die Augen ein bißchen und fragst dich, was zum Teufel du da machst. Aber es ist zu spät. Du stehst knietief im Blut – wie in dieser Szene aus *Macbeth*. Du verstehst vielleicht langsam, was dein Gewissen dir sagt, aber weitermachen ist eben einfacher als umkehren.«

»Und das ist es, was sie denkt?«

»Ich weiß nicht, was sie denkt. Ich glaube nicht, daß *sie* weiß, was sie denkt. Das ist vielleicht ein Stück davon, aber es können auch viele andere Dinge sein.«

»Vertraust du ihr?«

»Nein. Natürlich nicht. Das Lehrbuch sagt, daß sie alle hinterhältige Lügner sind.«

Er setzte sich mit dem Rücken zu ihr auf das Bett und sah aus dem Fenster. Sie streckte ihren Arm aus und berührte ihn. An ihm war keine Unze Fett, sein Körper war drahtig und straff.

»Aber?«

»Aber instinktiv traue ich ihr, ja. Ich weiß nicht, warum.«

Sie schwiegen eine Weile. Als Isabelle wieder sprach, war ihre Stimme leise. »Du magst sie, oder?« fragte sie.

»Nein.« Er stand wieder auf, ging zum Fenster und sah noch einmal hinaus. »Aber ich bin mir nicht mehr sicher. Ich weiß nicht, ob da ein menschliches Wesen drin ist, das raus will – und ich weiß nicht, ob ich das zulassen soll.«

»Ich glaube, ich möchte heute allein schlafen, David«, sagte sie.

Er widersprach nicht. Er zog sich schweigend an und küßte sie zum Abschied.

Früh am nächsten Morgen erwachte Ryan in seinem winzigen Schlafzimmer in der Wohnung in Clapham. Er blieb eine Weile auf dem Rücken liegen und starrte an die Decke, dann stand er auf.

Er duschte kurz, zog sich an und ging um die Ecke, um ein paar Sonntagszeitungen zu kaufen, die *Sunday Times* und den *Observer.*

Zurück in der Wohnung machte er sich eine Tasse Kaffee und zündete sich eine Zigarette an.

Die Titelseite der *Sunday Times* war interessant. Die Schlagzeile lautete IRA HARDLINER LEHNEN FRIEDENSANGEBOT AB, und der Artikel darunter war recht gut recherchiert, mit Informationen von der Special Branch der RUC oder von jemandem wie Hopkins oder Jenkins. Bis zu einem gewissen Grad war er sogar zutreffend, aber er vermittelte den Eindruck, daß der Friedensprozeß so gut wie erledigt war, und Ryan dachte, daß die Realität doch eindeutig ganz anders aussah. Die Hardliner hatten wirklich abgelehnt, aber das hieß nicht, daß man sie nicht zwingen konnte, ihre Meinung zu ändern. Diese Möglichkeit wenigstens ließ auch der Artikel offen.

Ryan dachte an Gerry McVeigh und an das Treffen, von dem Colette ihnen erzählt hatte. Er fragte sich unbestimmt, ob der Artikel auf Informationen basierte, die sich auf dieses Treffen bezogen. Der Gedanke, daß das sein könnte, war seltsam befriedigend.

Wieder dachte er an Gerry McVeigh – den Feind, den er nie getroffen hatte. Wenn er darüber nachdachte, stellte er fest, daß er sehr wenig über ihn wußte, und die Akten mit den Informationen in Stormont und in London kamen ihm plötzlich höchst unzureichend vor. Wenn es um Verständnis ging, klaffte da wirklich eine Lücke von der Größe der Irischen See. Natürlich konnte er mit theoretischen Rechtfertigungen und Begründungen ebenso schnell aufwarten wie jeder andere, aber das war keine *Erklärung.* Am leichtesten war es zu verstehen, wenn er in ihm einen Mann sah, der das Vermächtnis seines Vaters weiterführen wollte. Aber er war noch nicht einmal sicher, ob das stimmte. Die Wahrheit war, daß Gerry McVeigh und seinesgleichen ihre Leute zu weiteren Jahren sinnlosen Leidens verdammen wollten. Das hätte sein Vater sicher nicht gewollt. Und wenn er es gewollt hätte oder wollte – warum war das ein Vermächtnis, das es verdiente, weitergeführt zu werden?

Er dachte an Colette. *Sie* hielt das Vermächtnis nicht für wert, weitergeführt zu werden, da war er sich inzwischen sicher. Aber warum nicht?

Er dachte, daß es das war, was sie interessant machte. Er dachte, daß das rechtfertigte ... was rechtfertigte?

Er stellte sich noch eine Frage. War Gerry irgendwie *weniger* menschlich? Er fragte sich, warum er zwischen ihnen einen Unterschied machte.

Claire erschien. Sie trug ein langes T-Shirt und war schlaftrunken. Ryan fragte sich, ob sie so mehr oder weniger attraktiv war, und dann tadelte er sich, weil er als erstes daran gedacht hatte.

Verschlafen fragte sie ihn, ob er zum Mittagessen mit zu ihren Eltern kommen wollte.

Ryan las die restlichen Zeitungen, während Claire sich anzog. Dann fuhren sie in ihrem uralten blauen MG los. Es war ein klarer, kalter Tag, und als sie die Schottereinfahrt ihres Hauses kurz vor Newbury erreichten, hatte er eiskalte Ohren.

Ryan war noch nie dort gewesen, aber es war, wie er es sich vorgestellt hatte: ein bescheidenes Häuschen aus rotem Backstein mit einem gepflegten Garten, der in der Januarsonne ein wenig karg wirkte. An der Tür begrüßten sie ein schwarzer Labrador und ein großer roter Setter, und Claire kniete nieder, um sie zu umarmen und sich das Gesicht von ihnen ablecken zu lassen.

Auch Claires Eltern waren so, wie er es erwartet hatte. Ihr Vater – Peter – war ungefähr eins achtzig groß und trug eine wirre Mähne, die so weiß war, als hätte man sie oft gebleicht. Die Mutter – Sarah – strahlte Anstand und Gesetztheit aus. Sie waren genau das, was im Büro alle als »Mittelengland« bezeichneten, dachte Ryan.

Ihm war oft aufgefallen, daß seine weniger intelligenten Kollegen das ›Mittelengland‹-Etikett als allgemeine Rechtfertigung für ihre weniger zwingenden Vorurteile benutzten – dazu fiel ihm jedesmal Jenkins ein. Aber er fand, daß die Leute, von denen man sagen konnte, daß sie ›Mittelengland‹ repräsentierten, in ihren Ansichten eigentlich interessanter und verschiedenartiger waren, als irgend jemand im Büro ihnen zugestehen würde.

Entsprechend war er nicht überrascht, daß Peter nach der allgemeinen Unterhaltung und den Erinnerungen an das Haus der Familie in der Provence das Gespräch schließlich auf etwas brachte, wonach er eindeutig von vornherein hatte fragen wollen.

»Claire hat gesagt, daß Sie gerade nach Nordirland gegangen sind«, sagte er.

Ryan nickte. »Ja, vor ein paar Wochen.«

Es entstand eine kleine Pause. Sie war beinahe peinlich und zugleich komisch. »Und was machen Sie da, oder dürfen Sie das nicht sagen?«

Ryan unterdrückte ein Lächeln und sah aus dem Küchenfenster. Der Blick von hier über die Felder zum Wald war fabelhaft. Wahrheit oder Erfindung?

Erfindung. Mittelengland hin oder her, in dieser Sache hielt er sich an die Regeln.

»Ich arbeite im Northern Ireland Office. Claire hat Ihnen wahrscheinlich erzählt, daß ich im Civil Service bin und an politischen Angelegenheiten arbeite.« Ist ja auch irgendwie wahr, dachte er.

»Interessante Zeiten«, sagte Peter. »Was glauben Sie, was passieren wird?«

Noch eine Pause. Ryan nahm einen Bissen Rindfleisch und war sich der Tatsache bewußt, daß es alle am Tisch interessierte, was er sagen würde. »Ich glaube, daß eine Gruppe von IRA-Führern vor ein paar Jahren beschlossen hat, daß es Zeit ist, ein Ende zu machen …«

»Manche sagen, das liegt daran, daß ihre Kinder erwachsen werden. Wissen Sie, sie wollen nicht …«

»Dad.« Claire sah ihren Vater an. »Laß ihn doch ausreden.«

Ryan lächelte und ließ sein Besteck sinken. »Sie haben recht«, sagte er. »Es gab viele Gründe, ein paar politische oder taktische – und ein paar persönliche. Wie auch immer, die Hardliner – vielleicht zwanzig oder dreißig Prozent – gehen lieber ins Grab, als aufzugeben.«

»Also, was wird passieren?«

Noch eine Pause. Ryan fiel auf, daß er darüber wahrscheinlich zum ersten Mal nachdachte. »Ich glaube, die Hardliner werden fürs erste zum Schweigen gebracht. Aber sie werden immer dasein – und immer bereit, es allein zu machen, zurückzuschlagen. Ich glaube, die anderen haben entsetzliche Angst vor einer Spaltung und vor dem internen Blutvergießen.«

»Machen die Politiker alles richtig?«

Ryan lächelte wieder. »Ich bin im Civil Service.«

Peter lächelte zurück. »Aber Sie können doch heutzutage trotzdem eine Meinung haben, oder?«

»Okay. Also, ich bin nicht sicher, ob sie sich die richtigen Fragen gestellt haben.«

»Und die wären?«

»Was ist möglich, und wie können wir es erreichen.«

»Und wie lauten die Antworten?«

Ryan schaute sich um. Noch immer hörten alle zu, und er fühlte sich wie ein Betrüger – als ob seine Ansichten eine Rolle spielten. Er dachte sorgfältig darüber nach, und plötzlich wurde ihm bewußt, daß sein Wissen gut und lehrreich war. »Also, das erste, was man wissen und akzeptieren muß, ist, daß wir die IRA nicht schlagen können. Also haben wir zwei Möglichkeiten: einem Handel zustimmen oder die Gewalt andauern lassen. Wenn wir Zugeständnisse machen und einen Handel anbieten, wird es sehr spannend. Sie würden ihn nicht alle akzeptieren, also müßten wir auf eine Spaltung hoffen. Die würde die Hardliner letzten Endes auf einen kleinen Zipfel schrumpfen lassen, den wir wahrscheinlich kontrollieren könnten. Was wir uns also fragen müssen, ist, ob wir die erforderlichen Zugeständnisse machen wollen.«

»Ich dachte, wir hätten mit der Teilung schon eine Menge Ein-für-allemal-Zugeständnisse gemacht«, sagte Peter.

»Haben wir auch. Wenn die Protestanten beim Regieren Nordirlands nicht so ein Chaos angerichtet hätten, hätte es vielleicht gehalten.«

»Aber es hat immer eine IRA gegeben.«

»Ja, aber das Problem haben wir mit der Provisional IRA. Sie sind zu effektiv. Sie sind nicht zu schlagen. Man muß mit ihnen verhandeln.«

Schweigen. Ryan trank einen Schluck Wein und aß noch einen Happen.

»Interessant, daß Sie das sagen«, sagte Peter. Er sah Ryan an und lächelte ironisch. »Ich in meiner Eigenschaft als Staatsdiener erkenne einen echten Sympathisanten doch immer.«

Sie ließen das Nordirland-Thema fallen.

Nach dem Essen und dem Abwasch machten sie einen Spaziergang durch den nahen Wald. Ryan war klar, daß er sich nicht wie erwartet vor seiner Rückkehr nach Belfast fürchtete – wie es zum Beispiel während seiner Armeezeit gewesen war. Er fühlte sich auch nicht schuldig für den Umstand, daß er sein einziges Wochenende im Heimatland bei der Familie einer Freundin und nicht mit seiner Mutter verbrachte.

Er empfand ein Wohlgefühl, das nicht zu den Realitäten zu passen schien, die ihn umgaben. Er konnte sich nicht erklären, wie es kam, außer, daß seine Unabhängigkeit ihm Frieden gab. Es gibt Zeiten, dachte er, da ist man sich selbst genug.

FÜNFZEHNTES KAPITEL

Über ihnen dröhnte ein Hubschrauber. Gerry war versucht aufzuschauen, aber es gelang ihm, seine Augen fest auf den Boden zu richten. Das Vergnügen, sein Gesicht zu sehen, wollte er ihnen nicht gönnen.

Sie waren zu dritt und spielten Fußball, womit sie niemanden täuschen konnten. Gerry nahm den Ball auf und balancierte ihn auf seinem rechten Fuß. Er zählte: »Eins, zwei, drei, vier, fünf … Scheiße!«

Er sah O'Hanlon an, der sehr ernst die Stirn runzelte. »Menschenskind, sieht aus, als wärst du wirklich sehr gespannt, Terence.«

Gerry nahm seine Brille ab und putzte sie mit dem Ärmel seiner Jacke. Der Hubschrauber stieg höher, und der Lärm ließ etwas nach.

O'Hanlon verschränkte die Arme. »Also, wir haben zunächst nicht weitergemacht. Wir glauben, wir wissen es, aber wir wollen noch …«

»Wenn ihr so sicher seid, warum unternehmt ihr dann nichts dagegen?«

O'Hanlon lächelte. »Geduld, Gerry, Geduld.«

Wenn er ehrlich war, wußte Gerry McVeigh, daß er nicht so mächtig war, wie er gerne annahm. Folglich hatte er sich vorgenommen, diesmal bei O'Hanlon und Chico nicht die Beherrschung zu verlieren. Er hatte genau darüber nachgedacht, und er war fest entschlossen. »In Ordnung«, sagte er.

»Ist womöglich nahe an zu Hause, würde ich sagen«, sagte O'Hanlon.

»Das würde ich nicht sagen.«

»Gut«, sagte O'Hanlon lächelnd, »dein Bruder hat das mit Henderson ganz sicher gewußt – seine Einheit war beteiligt. Er wußte ganz sicher von dem Greyhound-Anschlag – wieder seine Einheit.«

»Was willst du damit sagen?«

»Was ich damit sagen will, ist sonnenklar.«

Gerry steckte die Hände in die Taschen seiner Jeans. »Wenn du damit sagen willst, daß mein Bruder ein Maulwurf ist, dann werden wir uns ziemlich böse streiten«, sagte er leise.

»Ich habe nicht gesagt, daß irgend jemand ein Maulwurf ist.«

Der Hubschrauber flog erneut tiefer, und der Lärm war plötzlich wieder ohrenbetäubend. Sie starrten einander schweigend an. Wäre passend, dachte Gerry, wenn *du* ein Maulwurf wärst. Hetzt alle gegeneinander auf.

Sie standen bewegungslos da, bis der Hubschrauber wieder aufstieg. Sie spürten alle, wie er sich hob und davonflog, aber niemand schaute auf.

»Also, sag es mir, Mr. O'Hanlon«, sagte Gerry sarkastisch, »damit ich klar Bescheid weiß: Du glaubst, daß mein Bruder, mein eigener Bruder, ein Maulwurf ist?«

»Das kann jedem passieren, McVeigh.«

»Du mußt es ja wissen.«

»Paß bloß auf.«

»Ich glaube, *du* solltest lieber aufpassen.«

O'Hanlon starrte ihn an. Das Geräusch des Hubschraubers war jetzt weit entfernt. »Die Sachlage ist unverändert.«

»Was für eine Sachlage?«

»Du hast ein Problem bei dir da drin, und es wird langsam Zeit, daß du ihm ins Gesicht siehst. Du bist der Commander der Brigade. Ich frage mich – wir fragen uns –, wie die *Brits* von der Operation gegen Henderson erfahren haben. Du sagst, es könnte Routineüberwachung gewesen sein, aber du und ich, wir wissen, daß das unwahrscheinlich ist, und selbst wenn es der Fall wäre – *wenn* es der Fall wäre –, dann hätten sie Paddy bestimmt gesehen, meinst du nicht? Sie hätten ihn doch bestimmt entdeckt, oder?« O'Hanlon wartete einen Moment, ehe er sein As ausspielte. »Und wenn das so ist, warum haben die *Peeler* dann nicht versucht, ihn zu schnappen? Seamus McGirr war tagelang drin, aber Paddy haben sie nicht angerührt.«

Gerry spürte, daß er kurz davor war, ihn körperlich anzugreifen. Er atmete tief ein und versuchte, sich zu beruhigen. »Ist gut. Ist gut. Wir haben ein Problem. Das weiß ich. Laßt uns darüber reden. Aber behaupte nicht einfach, daß mein Bruder ein verdammter Maulwurf ist.«

O'Hanlon versuchte, ihn zu beschwichtigen. »Schau mal, ich weiß, daß Paddy kein Maulwurf ist. Jeder weiß, daß er kein Maulwurf ist. Aber wir haben ein Problem.« Er machte eine effektvolle Pause und schaute Gerry an. »Wir wissen alle, daß wir ein Problem haben. Ein verdammt großes Problem. Also müssen wir es lösen. Und wie machen wir das? Wir machen es methodisch. Wir testen jeden aus. Jeden: Paddy, Mulgrew, Colette – sogar die Leute in ihrer Umgebung.« Beinahe flehentlich versuchte er jetzt, der Stimme der Vernunft Gehör zu verschaffen. »Wir müssen sie austesten. Sicher, die *Brits* treiben wahrscheinlich Spielchen mit uns. Paddy wird bestehen, und dann wissen wir es. Wir müssen Leute ausschließen. Wir können nicht sicher sein, wer es ist, wenn wir nicht ausschließen, wer es nicht ist. Aber wir müssen es wissen, von jedem einzelnen.«

Gerry seufzte. »Na gut. Was wollt ihr?«

O'Hanlon hatte es sich offenbar schon ausgedacht. »Etwas Einfaches. Ein paar Gewehre werden in die Stadt und in ein Haus gebracht, sagen wir, in der Hugo Street. Frühmorgens, übermorgen?«

Gerry nickte kurz. »In Ordnung.«

»Beiläufig erwähnt. Mach keine große Sache draus.«

Gerry wandte sich zum Gehen. »In Ordnung, aber ihr verschwendet eure verdammte Zeit.«

Er stolzierte davon.

Colette saß im Schneidersitz auf dem Bett. Mark und Catherine lagen neben ihr auf der Matratze. Sie las vor. »›Und du, du wirst nie vergessen, daß du ein Wolf bist?‹ fragte der Graue Bruder besorgt. ›Werden die Menschen dich das nie vergessen lassen?‹ ›Nie. Ich werde stets voll Liebe an dich und alle in der Höhle denken. Aber ich werde auch stets daran denken, daß man mich aus dem Rudel ausgestoßen hat.‹«

»Ist Mowgli lieber bei den Wölfen oder lieber bei den Menschen?« fragte Mark.

»Ich bin nicht sicher, Schatz. Ich glaube, er spürt, daß er in seiner Treue gespalten ist – und das ist natürlich sehr schwer für ihn.«

»Aber wo ist er am glücklichsten?« fragte Catherine.

»Also, ich glaube, das müssen wir abwarten.« Colette ergriff die Gelegenheit, schloß das Buch und stand auf.

»Nein!« rief Mark.

»Ja«, antwortete Colette. »Ihr seid müde. Ich lese euch morgen weiter vor.« Sie bückte sich, um die beiden zu küssen, und löschte dann das Licht.

Während sie die Treppe hinunterging, sah sie sich den zerfledderten Einband des Buches an. Rudyard Kipling, *Das Dschungelbuch*. Die Kinder hatten es wegen des Wandbilds von Mowgli und Baloo an der Wand in der Spielgruppe haben wollen, und Ma hatte es in der Bibliothek bestellt. Colette legte es im vorderen Zimmer auf den Tisch. Wegen der Ironie, die darin lag, mußte sie lächeln. »Imperialistenschwein«, murmelte sie. Sie dachte an dieses andere Gedicht von Kipling, das sie in der Schule gelesen hatten: »Wenn du einen klaren Kopf behalten kannst, während alle um dich den Kopf verlieren ... dann bist du ein Mann, mein Sohn.« Oder irgend so was. Das war natürlich sexistischer Quatsch, aber aus irgendeinem Grund hatte sie es in Erinnerung behalten.

Sie schaltete den Fernseher ein und sah die Nachrichten auf Channel Four. Sie erreichten sie nicht. Sie war nicht konzentriert.

Es gab einen Beitrag über den Friedensprozeß, und als sie die vertrauten Bilder aus den Straßen West Belfasts sah, mit Soldaten, Graffiti und irischen Flaggen, dachte sie an das, was Gerry ihr gesagt hatte. Es hatte so eine enorme Tragweite. Wenn der Frieden wirklich so nahe war, wie konnte Gerry dann daran denken, das alles wegzuwerfen, fragte sie sich. Sie dachte, daß ihre Mutter recht haben könnte, im Grunde wohl ganz sicher recht hatte. Es war Zeit, daß es ein Ende nahm – aber wie, fragte sie sich, und zu wessen Bedingungen? Es gab keinen Frieden in Schande und Kapitulation. Eine Lösung, die das Andenken von Davey und Sean und von vielen anderen beleidigte, würde keinen Frieden bringen. Und daß Gerry verprügelt worden war, hatte nur bewiesen, daß sich die *Brits* nie ändern würden und daß man ihnen niemals vertrauen konnte. Sie führte sich die Ironie vor Augen, die in diesem Gedanken lag. Sie mußte nicht lächeln.

Sie dachte an Gerry. Er war am späten Nachmittag mit Paddy hergekommen, und man konnte die Verletzungen in seinem Gesicht immer noch sehen. Sie hatten in der Küche gestanden und darüber gesprochen, was sie machen würden, beziehungsweise Gerry hatte darüber gesprochen. Er hatte ihnen wenig über die Operation erzählt, und noch immer wußte sie lediglich, daß sie nach London fahren sollten und daß das, was sie planten, dramatisch genug war, um den Friedensprozeß zum Einsturz zu bringen.

Sie würden bald fahren, hatte er gesagt, und sie würden nicht lange fort sein.

Colette dachte schon jetzt daran, von Mark und Catherine getrennt zu sein. Sie hatte das alles so schrecklich satt. Sie verspürte den verzweifelten Wunsch zu entkommen, aber sie wußte nicht, wie. Sie überlegte, ob sie Gerry sagen konnte, daß sie nicht mitkommen wollte. Aber ihr war klar, daß sie ihn noch immer fürchtete und daß ein Teil, ein kleiner Teil von ihr, noch immer seine Achtung gewinnen wollte.

Er hatte gesagt, daß sie in drei Tagen abreisen und getrennt über Paris nach London fliegen würden. Er hatte sie gebeten, sich bereitzuhalten.

Und da war noch etwas. Als sie den Kindern im vorderen Zimmer ihr Abendessen gegeben hatte, hatte sie zufällig mitangehört, wie Gerry Paddy etwas über Gewehre sagte, die in die Stadt kommen sollten und die man in einem Haus in der Hugo Street aufbewahren wollte. Sie hielt das nicht für wichtig – in Belfast war das eine Routinesache. Aber sie dachte, es würde die Geheimdienstleute heiter stimmen. Das würde sie ihr für eine Weile vom Hals halten.

Jetzt, wo sie allein war, griff sie zum Telefon und wählte die Nummer, die in ihr Gedächtnis eingebrannt war. Sie kannte die Stimme des Mannes nicht. Sie sprach leise.

»Shadow Dancer hier.«

»Okay. In fünf Minuten.«

Als sie wieder anrief, war derselbe Mann am Apparat. »Es tut mir leid, Ihre Leute sind nicht hier, aber ich arbeite mit ihnen. Kann ich eine Nachricht weitergeben?«

Sie dachte kurz nach und hätte beinahe aufgelegt. »Sagen Sie ihnen nur, daß übermorgen ein paar Waffen reinkommen. Frühmorgens. In ein Haus in der Hugo Street.«

Die Stimme des Mannes klang sicher und beruhigend. »Welches?«

Jetzt flüsterte sie. »Ich weiß es nicht. Das ist alles.«

»Gut, ich werde es sofort weitergeben.«

Sie wollte auflegen, aber sie hielt die Verbindung noch für einen Augenblick. In seiner Stimme lag echte Besorgnis. »Alles in Ordnung?«

»Ich brauche ein Treffen. Morgen. Üblicher Treffpunkt.«

Sie hängte ein, blieb ein paar Minuten sitzen und überlegte, ob sie ihnen etwas von der Sache in London sagen sollte. Sie wußte, daß sie mit dem Feuer spielte – mit katastrophalen Konsequenzen so oder so. Aber sie war jetzt beinahe sicher, wie sie weiter verfahren würde. Es war ihr Geheimnis. »Wissen ist Macht«, flüsterte sie leise in sich hinein.

So viel Geld.

Sie nahm den Hörer auf, wählte eine andere Nummer und wartete, bis Margaret sich meldete. Als sie ihre Stimme hörte, legte sie sofort auf. Sie hatten ihr gesagt, daß sie immer einen zweiten Anruf tätigen sollte, denn die IRA hatte einmal durch die einfache Wahlwiederholung einen Maulwurf ermittelt.

Sie wollte aufstehen, drehte sich um und sah, daß Mark seinen Kopf um die Ecke steckte. Sie atmete hörbar aus, winkte ihn heran, zog ihn auf ihren Schoß und kraulte sein Haar. »Du hast mich erschreckt.«

Seine Augen waren voll Schlaf. Sie fragte sich, wie lange er dort gesessen hatte. Sie strich sein Haar zur Seite und drückte ihn an ihre Brust. Er rollte sich zusammen, als ob er in den Mutterleib zurückkehren wollte. Er sprach leise. »Hast du uns noch lieb, Mami?«

»Ich hab euch lieb.«

Er kuschelte sein Gesicht an ihren Bauch. »Du gehst nicht wieder weg, oder?«

Sanft streichelte sie sein Haar. »Ich versuche es. Ich versuche es für dich …«

Sie hielt ihn fest, und bald war er eingeschlafen. Sie spürte die Müdigkeit in ihren eigenen Augen, und langsam trieb sie davon.

Ihre Träume waren auch diesmal sehr lebhaft. Sie war wieder auf dem Laufsteg, trug dasselbe Kleid aus dem Union Jack und schleppte es beim Gehen hinter sich her. Sie war keß, das war das Wort, das alle benutzten, und Herrgott, sie fand es wunderbar … stolzieren, sich wiegen …

Und dann war sie auf einer anderen Bühne. Es war eine Art Preisverleihung, und sie war die Königin der Stunde. Jemand – nein, nicht jemand, der *Brit* – stellte sie vor und präsentierte sie mit einer riesigen Bronzestatue ihrer selbst, sie war in eine Fahne gewickelt, und die Worte »Eine große britische Heldin« waren darauf geprägt ...

Dann war sie nicht mehr auf der Bühne. Sie war in einem Zimmer, und alle waren plötzlich still. Es dauerte eine Weile, bis sie verstand, was vorging. Aber schließlich merkte sie, daß sie jetzt so fest in den Union Jack gewickelt war, daß sie sich nicht mehr bewegen konnte. Sie lag flach auf dem Rücken, und ihr dämmerte, daß sie in einem Sarg lag. Sie spürte, wie die Panik in ihr aufstieg, als der Sarg sich wie auf einer Art Fließband in Bewegung setzte. Sie reckte den Kopf und konnte gerade eben die Flammen des Krematoriums sehen. Sie kämpfte und öffnete den Mund zu einem stummen Schrei ...

»Colette?«

Sie wachte auf. Gerry stand vor ihr. Einen Moment lang konnte sie nicht sprechen.

»Alles in Ordnung?« fragte er.

Plötzlich dachte und fühlte sie vieles zugleich: Panik, was sie im Schlaf gesagt haben könnte, Zorn, daß er noch immer kam und ging, als ob das hier sein Zuhause wäre, Treffen abhielt und nach Belieben herein und hinaus schlich ...

»Alles in Ordnung?« fragte er noch einmal.

Sie nickte. »Tut mir leid, ich habe geschlafen.«

»Ich muß gehen«, sagte er. »Aber die Sache ist soweit. Es geht los. Ich muß wissen, ob ich mich auf dich verlassen kann.«

»Ich weiß nicht«, sagte sie. »Ich habe den Kindern versprochen.«

»Ma kann sich um die Kinder kümmern. Bitte, Colette.« Er lächelte und drückte ihren Arm. »Ich muß mich auf dich verlassen können. Bitte. Tu es für Pa, für Sean – für Davey. Ich würde nicht fragen, wenn es nicht wirklich wichtig wäre.«

Sie schloß die Augen wieder. Sie schwieg für einen Moment.

»Na gut«, sagte sie.

»Danke, Colette«, sagte er. »Das vergesse ich dir nie.«

Sie hörte die Haustür gehen und strich Mark übers Haar. Er schlief immer noch, und als sie ihn ansah, mußte sie kämpfen, um nicht zu weinen. Sie hob ihn hoch und ging langsam die Treppe hinauf. Sie öffnete die Tür zum Schlafzimmer und blieb kurz stehen, während ihre Augen sich an die Dunkelheit gewöhnten. Schließlich ging sie hinein und legte Mark sanft auf sein Bett, breitete die Steppdecke über ihn und steckte sie an den Seiten fest.

Sie schlug ihre eigene Decke zurück und zog sich aus. Sie ging zum Fenster, um die Vorhänge ganz zu schließen. Dabei warf sie einen Blick auf die Gasse hinunter und bekam einen furchtbaren Schrecken.

Unten stand ein Mann. Er trug eine dunkelgrüne Cordsamtjacke. Es war unverkennbar Martin Mulgrew.

Er schaute auf, sah sie, drehte sich um und ging schnell davon.

Sie starrte weiter auf die Gasse hinunter. Wieder war sie den Tränen nahe, und sie wünschte sich, daß es aufhören würde.

Sie dachte, daß Gerrys Plan sie zumindest außer Landes bringen würde, so wahnsinnig er auch war.

Sie dachte an den *Brit* und betete zu einem Gott, an den sie nie geglaubt hatte, daß er den Alptraum beenden und sie befreien würde.

Woraus, wußte sie nicht genau.

Sie legte sich hin, schloß die Augen und hörte dem Atem der Kinder zu. In dem sanften Rhythmus lag Frieden, vielleicht lag er auch in ihrer Unschuld, dachte sie. Sie versuchte, Mulgrews Bild aus ihren Gedanken zu verdrängen. Er hatte so finster ausgesehen, wie er da stand und sich an die Mauer lehnte. Es war wie in einem Gangsterfilm aus den dreißiger Jahren gewesen.

Jemand klopfte an die Tür. Sie hörte es deutlich, konnte es aber kaum glauben. Sie sah auf die Uhr. Es war beinahe Mitternacht. Sie rührte sich nicht.

Es klopfte wieder, diesmal dringlicher. Sie stand auf und zog ihre Jeans und ihr Sweatshirt an. Als wer-auch-immer zum dritten Mal klopfte, ging sie zum Treppenabsatz und sagte laut: »Schon gut, schon gut.« Sie ging zur Tür. »Wer ist da?« fragte sie

»Mulgrew.«

Sie hielt einen Moment inne und fragte sich, was sie tun sollte. Sie stellte fest, daß sie keine Wahl hatte, und öffnete die Tür. »Was zum Teufel –«

»Dein Typ wird verlangt, Colette – nicht jetzt, ist schon in Ordnung. Noch drei Tage. Sieben Uhr abends. Das Haus in New Barnsley. Ich fürchte, du mußt hinkommen.«

Ehe sie etwas sagen konnte, drehte er sich um und ging weg. Sie schloß die Tür und lehnte sich an die Wand. Finstere Verzweiflung überwältigte sie.

»Also seid ihr hinter mir her«, sagte sie leise zu sich selbst. »In drei

Tagen. Das heißt, ihr zieht die Schraube ein bißchen an ... mal sehen, was ich mache.«

Sie glitt an der Wand herunter und legte den Kopf in die Hände.

Der nächste Tag war strahlend und klar, und Gerry fand das Haus mühelos, obwohl er erst einmal dort gewesen war. Macauley machte nicht gerne zu Hause Geschäfte.

Das Haus war klein, aber ordentlich. Es war frisch gestrichen, und in der Sonne strahlten die Wände blendend weiß. Der Garten war gepflegt und sauber, und es gab kaum ein sichtbares Lebenszeichen.

Er klopfte einmal und wartete. Die Frau öffnete die Tür ein kleines Stück und steckte den Kopf heraus. Ihr lockiges, grauschwarzes Haar wurde gegen die Wand gedrückt. Gerry versuchte, höflich zu sein. »Hallo, Mrs. Macauley. Sie werden sich nicht an mich erinnern. Ich komme aus Belfast und suche Seamus.«

Sie öffnete die Tür etwas weiter, aber sie lächelte nicht. »Wenn Sie ihn sehen wollen, müssen Sie ihn auch suchen.«

Gerry nahm an, daß sie Scherze machte, und wartete auf eine weitere Erklärung. Ehe sie weitersprach, hielt sie einen Augenblick inne. »Er ist oben auf dem Hügel, da in dem Winkel am Wald. Sie können ihn nicht verfehlen.«

Sie zeigte auf ein kleines Wäldchen, das sich oberhalb von ihnen über den Hügel erstreckte, und Gerry wandte sich ab. »Vielen herzlichen Dank, Mrs. Macauley.«

Die Tür wurde hinter ihm zugeschlagen. Er ging durch das Tor und fand den Weg, der auf den Hügel führte. Schließlich traf er auf ein Feld und ging an dessen Rand entlang. An seinen Schuhen klebten große Matschklumpen.

Er fühlte sich unwohl. Als er auf der Kuppe angekommen war, ging er am Rand des Wäldchens entlang und fragte sich, wo Macauley war. Am Ende blieb er stehen und schaute auf die rauhe Landschaft Cavans hinunter.

Es war ein wunderschöner Tag, aber seine Lungen stachen vom Aufstieg, und er verfluchte sich, weil er so schlecht in Form war. Er haßte Bewegung, und er haßte das Land. Er suchte in seiner Tasche nach den Zigaretten, zog die Schachtel hervor und zündete sich eine an.

Er spürte einen Gewehrlauf im Nacken und hörte Macauleys Stimme: »Hallo, Gerry.«

Er drehte sich um und sah ihn an. Der Lauf berührte seine Brust. »Hallo, Seamus.«

»Wem verdanke ich das Vergnügen, wenn es denn ein Vergnügen ist ...«

»Ich bin hier, weil ich was mit dir besprechen muß.«

Gerry sah ihn an und war seltsam nervös. Er spürte, daß das hier übel ausgehen konnte. Macauley zielte immer noch mit der Schrotflinte auf ihn, auch wenn er sie jetzt auf seinen Bauch gerichtet hatte. »Ich weiß, warum du hier bist. Wieso glaubst du, daß mich das interessiert?«

Gerry lächelte wenig überzeugend. »Woher weißt du, warum ich hier bin?«

Macauley lachte. »Die Leute reden, Gerry, das solltest du eigentlich wissen. Du weißt, was man über gedankenloses Gerede sagt ...«

Gerry spürte die Aufregung in seinem Bauch. Seamus Macauley war ein kleiner Mann mit verwahrlostem, ungepflegtem, lockigem schwarzen Haar und einem ausgeglichenen Temperament. Obwohl er kurz hinter der Grenze in County Cavan in der Republik Irland lebte, war er der Leiter des Northern Command der IRA, der Gruppe, die für den Ablauf der alltäglichen Kriegshandlungen in Nordirland verantwortlich war. Er saß im Army Council und wurde von der gesamten Bewegung ungeheuer respektiert. Er hatte einen ziemlich großen Einfluß.

»Ich bin hier, weil wir auf ein Desaster zusteuern.«

»Wer sagt das?«

»Jeder, der ein bißchen Verstand hat. Ich habe gehört, daß du mit der Richtung, die die Dinge nehmen, nicht ganz glücklich bist ...«

Mit etwas barscherer Stimme und stärkerem Akzent fiel ihm Macauley jetzt ins Wort: »Wer hat dir das erzählt?«

Gerry schwieg einen Moment und war nicht sicher, ob er sich auf festem Boden bewegte. »Das habe ich gehört.«

»Wie gesagt, Gerry, gedankenloses Gerede kostet Menschenleben.« Macauley schwang die Schrotflinte weg von ihm und suchte sich ein imaginäres Ziel draußen im Tal. »Schön hier, was, Gerry?«

»Ja, sehr«, log er.

Macauley ging los, er schlug die Richtung zum Haus ein. »Siehst du Gerry, in einer Gegend wie dieser hier werden die *Brits* niemals siegen. Manchmal tun sie mir leid. Sie kommen hierher mit ihren Truppen und ihren Hubschraubern, aber sie werden dieses Land nie verstehen.

Wenn sie sich umsehen, können sie nicht erkennen, wenn etwas nicht stimmt; ein Feld, das außerhalb der Jahreszeit gepflügt wird, Vögel, die im Sommer nicht singen. Es sind immer Zeichen da – wenn sie sie nur verstehen könnten. Aber das werden sie nie, weißt du? Sie werden unser Land nie so verstehen wie wir – und deshalb werden sie niemals siegen.«

»Warum kapitulieren wir dann?«

Macauley lachte. »Es ist keine Kapitulation, Gerry. Du weißt, was die Führung sagt. Wir sind in einer Position der Stärke ...«

»Ich weiß, was sie sagen. Aber nur, weil sie es sagen, ist es noch lange nicht die Wahrheit.«

Macauley blieb stehen und sah ihn an. »Ich weiß, was du vorhast, mach dir keine Sorgen. Murphy und ich informieren uns gegenseitig. Ich werde dich nicht unterstützen, aber ich werde dich auch nicht aufhalten.«

Gerry seufzte. »Ich brauche keine Unterstützung. Ich muß nur wissen, daß es keine Hexenjagd gibt, wenn ich Erfolg habe.«

Macauley schüttelte den Kopf. »Du bist ein ehrgeiziger Mann, Gerry McVeigh, und ehrgeizige Männer müssen vorsichtig sein.« Er schwang die Schrotflinte herum und zielte auf Gerrys Kopf. »Was könnte mich daran hindern, dir wegen Verrats den Kopf wegzupusten?«

»Nichts kann dich hindern.«

»Ich will ehrlich sein und dir sagen, daß es eigentlich meine Pflicht wäre, das zu tun. Meine Kollegen haben lange und hart gearbeitet – verfluchte Jahre lang –, um an diesen Punkt zu kommen, und jetzt wird das alles von diesem arroganten kleinen Leiter der Belfast Brigade versaut. Es ist doch meine Pflicht, das zu verhindern, findest du nicht?«

Gerry verspürte einen Anflug von Angst. Er wußte jetzt, daß es ein großer Fehler gewesen war, hierherzukommen. »Ich könnte mir auch vorstellen, nicht weiterzumachen ...«

Macauley lachte. »So feige wie niederträchtig. Ich glaube nicht, daß wir dir vertrauen sollten. Nicht mehr als einem Maulwurf ...« Er ließ die Flinte sinken und lachte wieder. »Du mußt auf dich aufpassen. Ich glaube nicht an das, was die Führung macht; im Gegenteil, ich halte es für gefährlich, was sie machen. Aber bei Verrat und Aufwiegelei mache ich nicht mit. Wenn wir nicht zusammenstehen und die Disziplin aufrechterhalten, machen die *Brits* uns fertig ...« Er schwieg einen Moment und ging weiter. »Murphy und ich sind übereingekommen, daß wir für uns behalten, was wir wissen. Wenn du den Mumm hast, das durchzuziehen, hast du sehr gute Chancen. Was die Zeit danach angeht, kann ich nichts versprechen. Das mußt du abwarten.«

Er führte das nicht weiter aus, und sie trotteten in angespanntem Schweigen den Hügel hinunter. Einmal blieb Macauley stehen und wies auf einen Vogel in der Hecke, von dem Gerry noch nie etwas gehört hatte. Am Haus grunzte er einen Gruß, und er hielt es nicht für nötig, ihm Glück zu wünschen.

Auf der Fahrt zurück nach Belfast war Gerry gereizt und ärgerlich. Er fand, daß Macauley herablassend gewesen war, und das haßte er besonders. Er fühlte, wie sein Entschluß sich verhärtete, und er wußte, daß er nun weitermachen mußte, wenn auch vielleicht nur, um Leuten wie Murphy und Macauley zu beweisen, daß er Wort hielt.

Er fuhr schnell. Er hatte ein Treffen mit seiner Brigade, und er hatte dafür gesorgt, daß seine wichtigsten Lieutenants früh da waren, damit er ihnen Instruktionen über sein Vorhaben geben konnte.

Als er seinen Wagen gegenüber dem Sinn-Féin-Hauptquartier in Andersonstown parkte, kam er am Reisebüro vorbei und sah, daß es geschlossen war. Er verspürte einen Anflug von Enttäuschung, aber er schob ihn beiseite und ging über die Straße zum Connolly House. Das eiserne Tor war verschlossen, aber er hatte schon lange einen Schlüssel und ging hinein.

Im Gebäude war es dunkel. Er machte Licht im Flur und ging in das vordere Zimmer. Die Stille war unheimlich, und er schaltete den Fernseher ein, um das Schweigen zu brechen.

Gedankenverloren saß er eine Viertelstunde lang da, dann ging die Klingel zum ersten Mal. Er schaute aus dem Fenster und sah Joey Clarke und Martin Mulgrew am Tor stehen. Er drückte den Summer, um sie hereinzulassen.

Joey Clarke ging nach hinten, um Kaffee zu kochen. Dann setzten sie sich alle an den Tisch im vorderen Zimmer und unterhielten sich leise. Gerry sah auf die Uhr und stellte fest, daß die Zeit knapp war. Er zündete sich noch eine Zigarette an und räusperte sich. Dann erklärte er, warum er das Treffen einberufen hatte. »Wir haben schon darüber gesprochen«, sagte er, »aber es ist an der Zeit, etwas dafür zu tun. Wir sind alle der Ansicht, daß dieser Friedensprozeß zu nichts führt und daß er aufgehalten werden muß.« Er atmete tief ein. »Ich habe für London etwas auf die Beine gestellt. Etwas Großes – ich kann euch nicht sagen, was –, und ich will, daß ihr hinter mir steht.«

Mulgrew atmete geräuschvoll aus. »Scheiße.«

»Ich brauche eure Unterstützung. Von euch beiden. Es gibt keine Sanktion dafür, und wir verlassen uns darauf, daß die Stimmung eine Hexenjagd verhindern wird. Wenn es geschehen ist, ist der Friedensprozeß so gut wie tot, und wir können den Krieg fortsetzen.« Er sah sie an. »Gut?«

Mulgrew schüttelte den Kopf. »Ohne Sanktion? Ohne offizielle Sanktion? Scheiße, Gerry, das ist riskant! Ich meine, wir wissen gar nichts darüber. Scheiße, die Führung dreht durch, wenn so was passiert. Die werden verrückt. Das wird die Hexenjagd aller Hexenjagden geben.«

»Das glaube ich nicht.«

»Warum bist du da so sicher?«

»Ich glaube es einfach nicht. Ich glaube nicht, daß sie das wagen werden. Sie werden vernichtet sein, und ihre Strategie ist ruiniert. Wir werden eine neue Strategie auf der Basis des fortgesetzten bewaffneten Kampfes aufbauen müssen. Ich habe auch meine Freunde.«

Joey Clarke unterbrach ihn. »Könnte sein, daß du dann nicht dabei bist, wenn irgend jemand irgendeine Strategie ...«

Gerry sah ihn verdrießlich an, und zum ersten Mal klang seine Stimme ärgerlich. »Ich habe zwar Freunde, aber meine eigene Brigade muß natürlich hinter mir stehen.«

Mulgrew schüttelte wieder den Kopf. »Du hast meine Unterstützung, Gerry«, sagte er leise. »Ich hoffe einfach nur, daß du verdammt noch mal weißt, was du tust.«

Es klingelte, und das Geräusch erschreckte sie alle. Gerry stand auf, zog die schäbigen orangefarbenen Vorhänge zur Seite und sah aus dem Fenster.

»Alles klar, es sind die anderen.« Er drehte sich um und wies mit dem Finger auf die beiden.

»Kein Wort. Zu niemandem. Es wird ziemlich bald vorbei sein, und dann sehen wir weiter. Okay?«

Sie antworteten nicht, und er ging zur Tür, um Sean Murray hereinzulassen, den Unit Commander des Poleglass Bezirks der Stadt. Die anderen folgten ihm eilig – Paddy war der letzte. Bald saßen zwölf Männer um den Tisch, die fast alle rauchten. Gerry mochte diese Treffen grundsätzlich nicht, denn er mußte immer wieder in die Runde schauen und sich fragen, wer von diesen stinkenden Scheißkerlen ein Maulwurf war. Er wußte nicht, wem er voll vertrauen konnte, also folgte er normalerweise seinem Instinkt und verhandelte mit den Unit Commanders, denen er am meisten vertraute. Aus diesem Grund war Paddys Einheit in Lower Falls eine der aktivsten in der Stadt. »Wenn du deinem eigenen Bruder nicht vertrauen kannst, wem zum Teufel kannst du dann vertrauen?« sagte Gerry oft.

Mulgrew kochte noch mehr Kaffee. Es waren nicht genug Tassen da.

Sie begannen, über den mißglückten Anschlag auf Henderson zu sprechen. Sean Murray brachte das Thema auf, und er schwor, sich persönlich mit dem Maulwurf zu befassen, wer auch immer es war. Einer seiner eigenen Leute war an der Besetzung des Hauses beteiligt gewesen, und wie so oft war er sehr bitter.

Wenn irgend jemand hier ein Maulwurf war, dann wahrscheinlich Murray, dachte Gerry. Er redete zuviel.

Gerry wollte gerade das Thema wechseln, als sie über sich ein gewaltiges Krachen hörten. Alle schwiegen und erwarteten irgendeinen Hinweis auf das, was vorging. Dann begann das Gewehrfeuer.

Glas flog durch das Zimmer und zerfetzte die Gardinen, und alle warfen sich zu Boden, um einigermaßen sicher zu sein.

Gerry kroch auf Mulgrew zu. Niemand sagte etwas. Keiner der Männer war bewaffnet.

Es waren zwei Gewehrsalven, vielleicht auch drei. Die Kugeln durchsiebten die Wände über ihnen, und kleine Stücke Putz regneten auf ihre Köpfe herab. Es dauerte nur ein paar Sekunden, dann füllte eine Stimme den Raum. »Seid gewarnt, Belfast Brigade der IRA. Wir beobachten euch ...« Der Mann lachte. »Hoch die Ulster Freedom Fighters. Hoch die Ulster Freedom Fighters!«

Es folgte noch eine Gewehrsalve, dann hörten sie einen Motor aufheulen und Reifen quietschen.

Einen Moment lang rührte sich niemand. Dann stand Gerry langsam und vorsichtig auf. Er strich mit der Hand über die Tischplatte und hustete nervös. Er ging in den Flur und schaute zur Haustür hinaus. Es war nichts zu sehen.

In der Ferne hörten sie die Sirenen.

Wenige Minuten später kamen drei Land Rover gleichzeitig und hielten vor dem Tor mitten auf der Straße an. Gerry hörte, wie einige Türen zugeschlagen wurden. Er schaute aus dem Fenster und sah, daß zwei Polizisten am Eingang standen. Er ging zurück in das Zimmer. Alle saßen fassungslos und schweigend da.

»Ich muß mit den *Peelers* reden. Sie werden Zutritt verlangen, also verschwindet ihr mal hinten über den Metallzaun.«

Gerry öffnete die Tür und schlenderte langsam zum Tor. In einem der Männer erkannte er einen Sergeant vom Polizeirevier in Andersonstown. In Gerrys Stimme lag ein Schuß Sarkasmus. »Ja?«

Der Mann war höflich. »Wir bitten um Zutritt, Mr. McVeigh.«

»Wollen Sie Ihre Arbeit bewundern?«

»Ich muß Sie bitten, es uns nicht so schwer zu machen, Mr. McVeigh. Wir machen nur unseren Job.«

»Das möchte ich verdammt noch mal wetten. Für Sie unglücklicherweise haben ihre Jungs es nicht geschafft, irgend jemanden zu töten. Nicht, daß sie sich nicht bemüht hätten.«

»Ich fürchte, wir müssen darauf bestehen, daß Sie uns den Zutritt zum Tatort gestatten.«

Gerry lachte. »Sie sind ungehindert reingerannt und ungehindert rausgerannt. Wozu gibt es sonst die RUC? RUC, UFF, UVF, ist doch alles dasselbe ...«

Er öffnete das Tor und ließ sie ein. Er ging ins Haus zurück und stand mürrisch schweigend da, während sie sich die Trümmer ansahen. Binnen weniger Minuten kamen einige der lokalen Sinn-Féin-Mitglieder, und er überließ es ihnen, sich um die Polizei zu kümmern. Draußen auf der Straße blieb er stehen und betrachtete das Loch im Dach, das der Sprengsatz gerissen hatte. Er stellte fest, daß dies das erste Krachen gewesen sein mußte, ehe die Schüsse anfingen. Sie hatten Glück gehabt.

Auf dem Nachhauseweg bemühte er sich, seine Wut unter Kontrolle zu halten. Er glaubte das, was er gesagt hatte; er glaubte, daß die RUC mit den loyalistischen Terroristen gemeinsame Sache machte – und die Auswirkungen waren schlimm. Die Loyalisten hatten eindeutig gewußt, daß zu dieser Zeit und an diesem Ort ein Treffen der Belfast Brigade der IRA stattfinden würde. Das bedeutete, daß sie mindestens einen Maulwurf hatten – oder es bedeutete, daß die Überwachung der *Brits* besser war denn je. Es bedeutete auch, daß mindestens ein Mann im Dienst der *Brits* Informationen an die Loyalisten weitergab. Das machte das Leben noch gefährlicher für ihn, seine Leute und deren Familien.

Die allerletzten Zweifel an dem, was er in London tun wollte, waren jetzt zerstreut.

Zu Hause ignorierte er Christys hoffnungsvolle und zärtliche Begrüßung und ging rasend vor Wut nach oben und zu Bett. Er konnte nicht schlafen und lag bis spät in die Nacht hinein auf dem Rücken und starrte an die Decke.

Diesmal wurde es ernst.

McIlhatton war nervös, aber nicht zu nervös. Wenn es zum Schlimmsten kam, überlegte er, konnte er immer noch rennen wie der Teufel.

Er nahm den Ausweis aus der Tasche, legte sich die Kette um den Hals, stieg aus der U-Bahn, wandte sich nach links und ging langsam die Treppe hinunter.

Er ging auf den Polizisten am Eingang zu und lächelte. Der Mann senkte den Kopf, um etwas genauer hinzusehen, aber er hielt ihn nicht auf.

Er war drin.

SECHZEHNTES KAPITEL

Colette saß auf der Hintertreppe. Sie hatte gerade den Küchenfußboden gewischt und hielt in der einen Hand eine Tasse Kaffee, in der anderen eine Zigarette. Das Radio lief, und sie hörte der langsamen, traurigen Melodie zu. John Lennon sang »Love« – das war ihre Zeit.

Sentimentales Zeug. Aber es berührte sie.

Sie stand auf, nahm den Spüllappen und wischte um das Becken herum. Dann ging sie in das vordere Zimmer und schaltete den Fernseher ein, um eine der morgendlichen Talkshows zu sehen. Sie dachte, daß sie sich das irgendwie eigentlich nicht ansehen sollte, aber …

Die Moderatoren saßen nebeneinander und stellten einen Mann vom FBI als Experten für Serienmörder vor.

Sie fragten ihn, was für Leute Serienmörder wurden, und er sagte, daß fast alle Serienmörder alleinstehende weiße Männer seien (na, wer hätte das gedacht, dachte sie), und daß Frauen selten Serienmörder würden, obwohl sie manchmal eine Reihe von Leuten töteten, die ihnen nahestanden.

Ja, dachte sie amüsiert, das wäre wirklich ganz reizvoll.

Sie fragten den Mann, was diese Männer nun zu Serienmördern werden ließ. Er antwortete, daß die Probleme ihre Wurzeln meistens in der frühen Kindheit hatten. Wenn sie Teenager sind, sagte er, ist es zu spät, um sie zu retten.

Und was die Anzeichen in der frühen Kindheit wären, fragten sie.

Nun ja, sagte er. Dysfunktionale Familien, oft ohne Vater. Ein männliches Kind zeigt, daß es sehr schwierig ist – Bettnässen vielleicht –, und schwankt zwischen Phasen der Introspektion und Momenten der Aggression ...

Colette schaltete den Fernseher aus.

Sie ging wieder nach draußen und zündete sich noch eine Zigarette an. Sie sah auf die Uhr und stellte fest, daß sie gehen mußte. Sie blieb noch eine Weile stehen, betrachtete gleichgültig die Backsteinmauer und dachte unbestimmt: »Das ist mein Leben.«

Sie ging wieder hinein, nahm ihren Mantel vom Haken und machte sich auf den langen Weg zur Malone Road.

Als sie beinahe dort war, merkte sie, daß sie wieder fünf oder zehn Minuten zu spät kommen würde, und sie begann, sich wegen der Reaktion der Männer Sorgen zu machen. Sie verspürte das kindliche Bedürfnis, sie zufriedenzustellen.

Allen saß auf dem Rücksitz des Granada und Ryan auf dem Beifahrersitz. Den Fahrer kannte sie nicht, aber sobald sie eingestiegen war, stellte er das Automatikgetriebe ein und fuhr in Richtung Lagan-Ufer. Der dicke *Prod* lächelte sie an. »Wir machen heute nur eine kleine Tour durch East Belfast, und dann bringen wir Sie zurück ins Stadtzentrum, okay?«

Sie nickte wie ein schüchternes Kind, das mit einem Fremden spricht. Sie biß sich leicht auf die Unterlippe. Allen schaute sie eindringlich an.

»Danke für Ihren Anruf. Hat die Sache völlig verändert. Wo haben Sie das gehört?«

Sie zögerte, ehe sie Antwort gab. »Ich habe mir deshalb Sorgen gemacht.«

»Wieder Paddy?«

Sie schüttelte den Kopf. »Ich habe zufällig gehört, wie Gerry es Paddy gesagt hat. Ich sollte es nicht ...«

»Schon gut. Wir sind vorsichtig. Wir sind immer vorsichtig. Sie müssen sich keine Sorgen machen.«

Sie lächelte dünn. Der Fahrer bog rechts ab in die Ormeau Road und hielt auf die Ringstraße an deren Ende zu. Die Scheiben waren getönt, damit niemand hereinsehen konnte. Sie beobachtete zwei übergewichtige Mütter, die sich mit Einkauf und Kindern ihren Nachhauseweg erkämpften. Allen redete immer noch auf sie ein. »Haben Sie noch irgendwelche Details über die Operation?«

Sie wandte sich ihm wieder zu. »Nein. Ich bin eigentlich nicht ... ich meine, wie gesagt, ich bin nicht in einer Einheit, also kann ich es nicht wissen. Paddys Einheit ist ziemlich aktiv, aber alle glauben immer noch, daß es da irgendwo einen Maulwurf gibt, also machen sie mit den meisten Operationen jetzt nicht weiter. Man hört, daß Internal Security herumschnüffelt ...« Ihre Stimme versagte, und sie zögerte einen Moment. Dann sagte sie leise: »Mir wird nichts passieren, oder? Ich meine, es ist doch alles in Ordnung, oder?«

Ryan hatte schweigend zugehört, aber jetzt drehte er sich um und streckte seinen Kopf zwischen den Sitzen hindurch. »Ihnen wird nichts passieren«, sagte er. Seine Stimme klang kräftig und fest.

Sie schaute ihm in die Augen, aber sie sah nur professionelles Mitgefühl.

»Ich weiß, das ist beängstigend, aber es ist okay. Wir überwachen Internal, und wir wissen, daß sie nicht hinter Ihnen her sind, also machen Sie sich keine Sorgen. Arbeiten Sie einfach weiter und vertrauen Sie uns.«

Colette wandte sich ab und schaute wieder aus dem Fenster. Sie waren jetzt auf der Ringstraße und fuhren schnell, und auf dem Hügel vor sich sah sie Stormont House. Seine weißen Wände reflektierten die Wintersonne und leuchteten hell. Sie fühlte sich nicht sicherer. Allen sah sie immer noch an. »Haben Sie noch mehr über Gerry und Murphy rausgekriegt?«

Ihre Brust wurde eng. Sie wandte sich dem Dicken zu und schaute ihn an. Sie schüttelte den Kopf.

»Nichts?«

Sie schüttelte den Kopf noch einmal.

Schweigen. Draußen zog die Welt vorbei.

»Warum haben Sie um dieses Treffen gebeten?«

»Ich habe mir Sorgen gemacht.« Sie sah ihn an und fragte sich, ob er wußte, daß sie log.

Schweigen. Offenbar wußten sie plötzlich nicht, was sie sagen sollten.

»Sie wissen sonst nichts – Sie haben *nichts* weiter herausgefunden?« fragte Allen schließlich.

Sie schaute die beiden Männer an, als ob sie sie angeklagt hätten.

Sie fragte sich, ob sie ahnten, daß sie ihnen etwas vorenthielt. Sie spürte, wie das Adrenalin in ihren Adern pulsierte. Sie war sehr nahe daran, mit allem herauszuplatzen, was Gerry gesagt hatte, aber aus irgendeinem Grund hielt sie sich zurück.

Sie schüttelte den Kopf, und sie verfielen wieder in Schweigen.

Im obersten Stock des Castlecourt-Parkhauses setzten sie sie ab. Sie betrat das Einkaufszentrum, und die Angst stieg wieder in ihr auf. Sie war überzeugt, daß sie beobachtet wurde, und schaute sich sorgfältig um. Sie ging hinüber zur anderen Seite der Einkaufsstraße und kramte ziellos in einem Benetton-Laden herum. Sie hielt den Kopf gesenkt, als würde sie ernsthaft glauben, daß sie so ihre Identität verbergen könnte.

Sie wandte sich ab, um dem fragenden Blick der Verkäuferin zu entgehen, und als sie den Laden verließ, sah sie ihn. Sofort zog sie den Kopf ein und ging eilig weiter. Sie fuhr die Rolltreppe hinunter und sah nicht nach, ob er ihr folgte. Dann eilte sie durch das untere Stockwerk zum Ausgang. Sie schlüpfte an den Sicherheitskräften vorbei, und als sie in die Fußgängerzone hinaustrat, erlaubte sie sich einen kurzen Blick zurück. Er war da. Er folgte ihr.

Sie bog rechts ab und mußte sich zwingen, nicht loszurennen, aber sie hörte die schweren Schritte eines rennenden Mannes und biß die Zähne zusammen. Er legte ihr die Hand auf die Schulter, und sie blieb stehen.

Ryans Gesichtsausdruck war streng. »Nicht hier«, sagte er. »Über dem Kaufhaus hinter mir ist ein Café. Du gehst jetzt da hin, und ich komme in fünf Minuten nach.«

Sie ging über die Straße, in das Kaufhaus und die Treppe hinauf, holte sich einen Milchkaffee und wartete. Sie war nicht fähig, klar zu denken. Der Raum war leer. Nach ein paar Minuten, die ihr länger vorkamen, spazierte er langsam herein und holte sich einen Kaffee. Sie sah ihn nicht an.

Ohne sie anzusehen, kam er mit einem Tablett auf sie zu, auf dem ein Becher und ein Teller mit Kuchen standen. Er machte eine Show daraus, sie zu sehen und ihr leise, aber wie einer lange vermißten Freundin hallo zu sagen, und dann fragte er sie, ob er sich zu ihr setzen durfte. Sie nickte und verabscheute das Affentheater.

»Wenn uns irgend jemand sieht, sagst du, daß du mich vor Jahren mal kennengelernt hast, klar?«

Sie schaute ihn ausdruckslos an.

»Denk dir eine Erklärung aus. Das kann doch nicht so schwer sein, oder?«

Seine Stimme klang scharf, und sie wollte sich gerade beklagen, als er sagte: »Wenn du uns etwas vorenthältst, dann hast du keine Ahnung, wie gefährlich dieses Spiel ist.«

Er sah sie an, und sie senkte den Kopf.

»Was geht vor?« fragte er.

Schweigen.

»Komm schon, Colette. Was ist los?«

»Ich weiß nicht, ob ich dir vertrauen kann. Ich weiß nicht, ob ich das tun soll.«

Sie hörte ihn seufzen, und als sie aufschaute, sah sie den Ärger in seinem Gesicht.

»Komm schon, Colette«, sagte er. »Das hatten wir schon mal.«

»Es ist nicht geklärt.«

»Was willst du denn?«

»Liebe.«

Schweigen. »Ist das eine ernsthafte Antwort?«

»Das ist doch alles, oder?«

Schweigen. Er sah sie jetzt an. »Wie meinst du das?«

Sie legte die Hände über ihr Gesicht und preßte die Mittelfinger in die Augenwinkel. »Ich meine«, sagte sie, »ich meine, die Welt ist so kalt.«

Er antwortete nicht, und sie ließ ihren Kopf in ihren Händen ruhen. Beinahe erwartete sie, daß er ihr die Hand auf die Schulter legen und ihr ein wenig Trost und Sicherheit schenken würde, aber als er sprach, klang seine Stimme barsch.

»Nimm dich zusammen, Colette, Herrgott noch mal. Wie ich dir vorhin schon erklären wollte, ist das hier unglaublich gefährlich. Es gibt … es gibt Dinge, die du nicht verstehst …«

»Willst du mir wieder angst machen?«

»Ich sage dir die Wahrheit. Ich versuche, *ehrlich* zu sein, wie ich es dir versprochen habe. Wenn wir herausfinden, daß du absichtlich Informationen zurückgehalten hast, die Leben hätten retten können, werde ich eine Menge zu erklären haben. Andere Leute könnten das nicht sehr menschenfreundlich finden. Wenn du *eine von uns* bist, bist du sicher. Wenn deine Loyalität in Frage gestellt wird …«

»Wenn du *keine von uns* bist, dann bist du der Feind.«

»Es gibt keinen Platz für Mehrdeutigkeiten.«

»Nicht in deiner Welt.«

»Nicht in unserer Welt.«

Sie haßte ihn. Am meisten haßte sie ihn dafür, daß er so tat, als wäre seine Welt dieselbe wie ihre.

Er sah sich über die Schulter um, aber es war nichts zu sehen. Der Raum war noch immer leer. »Ich muß dich bitten, daran zu denken, was du zu liefern versprochen hast.«

»Du drohst mir.«

»Ich *warne* dich. Du wirst mir schon vertrauen müssen.«

»Das hast du schon gesagt.«

»Das ist die Realität.«

»Ich vertraue dir nicht.«

Sie betrachtete sein ärgerliches Gesicht. »Gut«, sagte er. »Also, ich schlage energisch vor, daß du *sehr* genau über das nachdenkst, was ich gesagt habe.« Er starrte auf den Tisch.

»Sie sind hinter mir her«, sagte sie.

Er schaute auf.

»Sie sind hinter mir her«, sagte sie wieder. »Mulgrew war bei mir. Ich muß mich übermorgen in einem Haus in New Barnsley melden.«

»Wann?«

»Sieben.«

»Sie testen dich nur aus. Sie testen jeden aus ...«

»Herrgott.«

Er beugte sich mit angespanntem Gesichtsausdruck vor. »Wir sichern das, Colette. Behalt deinen Piepser bei dir, und unsere Leute werden in der Nähe sein. Sie fordern einfach nur alle heraus, sie wollen jemanden aufspüren ... klar?»

Sie stand auf und ging weg.

Ryan hatte seinen Kopf auf den Schreibtisch gelegt. Er spürte Alison Berrys Hand auf seiner Schulter. Sie lächelte. »Gehen wir was trinken?«

Er legte seinen Stift hin und stand langsam auf. »Warum nicht?«

Es war spät, und sie verließen das Büro als letzte. Ein paar Tage lang war es ausnahmsweise ruhig gewesen, und alle hatten die Chance genutzt, früh nach Hause zu gehen.

Berry besaß einen hellblauen Rover 620, und langsam verließ sie Stormont, fuhr auf die Ringstraße und weiter Richtung M1. Sie hatte ihm nicht gesagt, wo sie hinfuhren, und er hatte nicht gefragt.

Er konnte sie riechen: ein unverwechselbarer, weicher, schwerer Duft, den nur das Nikotin in ihren Kleidern und in ihrem Haar ein wenig beeinträchtigte. Sein Instinkt sagte ihm, daß er seine Wohnung vor morgen früh nicht wiedersehen würde.

Ob sie immer so lässig war oder nicht – heute abend schien sie wirklich gute Laune zu haben, und er entspannte sich etwas. Sie fragte ihn, wie lange er schon beim Service war, was er vorher gemacht hatte, wo er studiert hatte, wo seine Eltern wohnten. Er versuchte, das Gespräch auf sie zu bringen, aber sie hatte es offenbar nicht eilig damit, von sich zu erzählen. Sie war seit sieben Jahren beim MI5 und hatte in Oxford studiert – dann sprachen sie wieder über ihn.

Sie verließen die M1, nahmen die Straße nach Dublin und bogen dann rechts ab Richtung Hillsborough. Berry fuhr im Schneckentempo den Hügel zum Schloß hinauf und dann, gegenüber dem Schloßtor, in die Einfahrt des Plough Inn hinein.

Drinnen war es warm und angenehm, und sie nahmen einen ruhigen, versteckten Tisch in einem erhöhten Bereich an der Seite. Ein hübsches, dunkelhaariges Mädchen brachte ihnen die Speisekarte, und Berry bestand darauf, die Drinks zu übernehmen.

In der Bar spielte Musik, und Berry klopfte mit ihrem Feuerzeug auf den Tisch. Sie fragte ihn, was ihn so verstört hatte, ehe er ins Büro zurückgekommen war, und er dachte lange und genau nach, ehe er antwortete.

»Nichts Bestimmtes. Es ist einfach nur dieses ganze Ding. Es ist nicht leicht ... zermürbt einen irgendwie. Nichts ist einfach. Manchmal ist es schwer, nicht zu verzweifeln ...«

Sie lächelte ihn wieder an. »Wenn es dir irgendwie hilft, genau das ist mir auf meiner ersten Reise hierher auch passiert. Und du hast recht, es ist nicht leicht – vierundzwanzig Stunden täglich Verantwortung, und man fragt sich immer, was mit den armen Schweinen passiert, wenn es sie dann schließlich doch erwischt, wenn man dann mitten in der Nacht auf irgendein finsteres Feld gerufen wird ...«

»Wen hast du geführt?« fragte er leise.

»Einen Provo.«

»Weißt du, ob es ihn noch gibt?«

»Ich hoffe, er liegt inzwischen auf dem Grund von irgendeinem Sumpf.« Sie lachte – ein kurzes, bitteres Lachen. »Nein, ich glaube, er lebt noch und läuft irgendwo im Süden herum. Er war ein kleiner Schweinehund. Hat mich am Schluß fast das Leben gekostet ...«

»Ist er wieder zurückgegangen?«

Sie lachte wieder. »Die Wahrheit ist, daß ich das wirklich nicht weiß. Er war so ein krankhafter Lügner. Hat wegen allem gelogen. Absolut *allem*. Er hat sich als vollkommen nutzlos erwiesen.«

Sie schüttelte sich vielsagend und stürzte ihren Drink hinunter. »Keine glückliche Zeit. Wie ist deiner? Genauso?«

Ryan schüttelte den Kopf. »Ich weiß nicht. Sie scheint in Ordnung zu sein – meistens.«

»Sie?«

»Ja.«

»Das sind alles Lügner – jeder gottverdammte einzelne von denen. Jeder Verbindungsführer denkt gerne, daß er oder sie den perfekten Agenten gefunden hat, der liefern wird. Aber es passiert einfach nicht. Sie sind alle Lügner.«

Er nickte. »Vielleicht.«

Ryan stand auf und ging, um noch einen Drink zu holen, und er wies Berrys Einspruch zurück. Er verspürte ein plötzliches und sehr starkes Verlangen, sich zu betrinken.

Berry trank Gin, und als er die Gläser auf den Tisch stellte, stellte er fest, daß er mehr über ihren Maulwurf wissen wollte. »Ihr Mann«, fragte er, »hatte der Angst?«

»Nein. Meistens nicht. Ich glaube, er ging davon aus, daß ihm nie etwas passieren würde – das tun sie alle. Ich wüßte nicht, wie man das sonst aushalten könnte. Aber dann sah er manchmal auch wieder so furchtbar verängstigt aus, daß ich dachte, er scheißt sich ein. Ich kann mich an einmal erinneren, wo er mit dem Kopf in meinem Schoß dasaß und weinte wie ein Baby ...«

Berry trank einen Schluck Gin und starrte versonnen vor sich hin, als hätte sie sich in ihren Erinnerungen verloren. »Zeitweise war ich alles für ihn: Briefkastentante, Schwester, Mutter, Geliebte – er hat immer über seine Frau gemeckert.« Sie hielt einen Augenblick inne, dann sprach sie weiter. »Aber das hat ihn nicht daran gehindert, zu lügen, zu lügen, zu lügen.«

Sie sah ihn an. »Ich weiß, was die Lehrbücher sagen, aber manchmal ist es verdammt schwer, nichts Persönliches daraus zu machen. Und irgendwie habe ich das Gefühl, daß du weißt, was ich meine.«

Ryan grinste. Langsam war er vom Guinness etwas angeheitert. Er spürte den Unwillen und die Aggression in seinem Körper, und er ertappte sich dabei, daß er wieder einmal Berrys Beine bewunderte. Sie trug schwarze Strumpfhosen oder Strümpfe und einen kurzen, cremefarbenen Rock. Er stellte fest, daß ihm auffiel, wie weich ihre Haut aussah.

Sie blieben bis zur Sperrstunde dort, und als sie zur Tür hinaustrudelten, dachte Ryan, daß Berry genauso besoffen sein mußte wie er selbst. Als sie die Straße entlangschlenderten, nahm sie seinen Arm. »Ich glaube, du hast die Wahl zwischen einem Taxi und meinem Sofa, weil ich nicht mehr in dem Zustand bin, dich irgendwohin zu fahren, und deine Freunde von der RUC wären wohl kaum besonders erfreut über einen betrunkenen ›Box‹-Ermittler am Steuer.«

Ryan wußte, daß Berry nicht die Absicht hatte, ihn mit dem Taxi nach Hause fahren zu lassen. Er spürte die Aufregung im Bauch. Wenn sie sich amüsieren wollte, konnte sie das heute abend tun, dachte er. Als sie an der Tür ihres Hauses am Fuß des Hügels ankamen, spürte er die Wärme ihrer Hand, die die seine nahm. Sie schloß die Haustür, legte ihm sanft die Arme um den Hals und küßte ihn. Langsam glitt ihre Zunge über ihre Lippen, ehe sie die seinen suchte. Sie schlüpfte aus ihrer kurzen Jacke und zog ihn sanft zur Treppe.

Ihr Schlafzimmer war klein mit schrägem Dach, und an der Wand stand ein großer Kiefernholzschrank, dessen Türen offenstanden. Die Kleider darin waren nachlässig auf große Haufen gepackt, die kurz davor waren, zu Boden zu fallen.

Ohne zu sprechen, legte Berry wieder ihre Arme um seinen Hals und begann, sanft zu tanzen. Sie wiegte ihre Hüften hin und her und dann langsam nach vorn. Sie kraulte sein Haar und setzte sich schließlich gelassen auf die große, rosafarbene Decke, die ihr Kiefernholzbett verhüllte. Sie zog ihre schicken, hochhackigen braunen Schuhe aus, schob ihren Rock hoch und ließ dunkelbraune Haut, einen weißen Slip und einen schwarzen Strapsgürtel sehen. Sie beobachtete sein Gesicht, während sie die Strümpfe herabrollte und den Rock auszog. Inzwischen ein wenig unsicher auf den Beinen, stand sie wieder auf, öffnete langsam die Knöpfe seiner Hose und ließ sie zusammen mit den Boxershorts zu Boden gleiten. Sie wollte sich hinknien, aber er hielt sie unter den Achseln fest und zog sie zu sich hoch. Er begehrte sie unglaublich. Er wollte sich von seiner Frustration befreien.

Danach lagen sie sich für eine Weile schweigend in den Armen und waren in ihre eigenen Gedanken vertieft. Berry hatte das Licht gelöscht, aber die Vorhänge waren noch offen, und von der Straße fiel Licht herein.

An der Wand hingen wenige Bilder, und es gab kaum Anzeichen, daß Berry in diesem Ort mehr sah als einen Platz zum Schlafen. Es war kein Zuhause. Es gab einen großen silbernen Rahmen mit dem Foto eines jung aussehenden Mannes mit einer schwarzen Krawatte. Er lachte. Ryan wandte seinen Kopf so, daß er mit ihr sprechen konnte, und er sah, daß sie ihn beobachtet hatte. Er versuchte, lässig und uninteressiert zu klingen. »Freund?«

»Ex.«

»Frisch?«

Sie seufzte, stützte sich auf ihren Ellbogen, drehte sich auf die Seite und sah ihn mit amüsiertem Grinsen an. »Ziemlich frisch. Wir haben uns an der Uni kennengelernt. Wir haben es lange zusammen ausgehalten, aber er ist Banker, und wir haben uns nicht oft gesehen. Das Warten hat ihn schließlich gelangweilt.«

»Die Liebe deines Lebens?«

Sie seufzte wieder und rollte sich auf den Rücken. »Vielleicht. Ach Gott, wer weiß. Ich habe ihn geliebt, aber ich glaube, es war unvermeidlich. Es ist schwer in diesem Job.«

»Du hättest zurück nach London gehen können.«

»Hätte ich. Ja, hätte ich, aber dann wäre ich mir selbst in den Rükken gefallen. Ich hätte gekämpft, um irgendwo anders hinzukommen.«

»Spielt das eine Rolle?«

Sie sah ihn ernsthaft an. »Für mich schon.«

Ryan stützte sich auf seinen Ellbogen und sah auf sie herab. Sie hatte sich die Steppdecke bis zum Hals hinaufgezogen, und ihr Kopf ruhte auf einem einzelnen zerknitterten Kopfkissen. Ihr Haar war zerzaust, und er spürte die Wärme ihres Körpers neben sich. Sein linkes Knie berührte ihren Oberschenkel. Er spürte, wie wieder Erregung aufkam, aber er wollte nicht noch einmal mit ihr schlafen. Er fragte sich, ob diese einsamen Paarungen ihr Los waren. Er wußte, daß er mehr wollte, und seine Karriere beim British Security Service fiel um einen weiteren Punkt auf seiner Prioritätenliste.

Gerry hatte die Gewehre an diesem Tag beim Abendessen in der Leeson Street erwähnt, aber sie hatten nicht weiter darüber gesprochen. Seitdem *hätte* er seinem Bruder sagen können, daß man eine Falle gelegt hatte und daß die Waffen von den *Peelers* abgefangen worden waren.

Er hätte Paddy sagen können, daß man nur ihm von den Waffen erzählt hatte und daß Internal Security hinter ihm her war, aber es gab gewisse Regeln und Konventionen, also tat er es nicht.

Wenn er seinen Bruder wirklich für schuldig gehalten hätte, dann vielleicht ...

Aber das hatte er einfach nicht ernsthaft in Erwägung gezogen. Es sah schlimm *aus*, aber es gab noch immer tausend andere Erklärungen – Überwachung, ein Maulwurf weiter unten in der Reihe ... Er war sicher, daß sich alles aufklären würde. Er wußte, daß Internal es nie wagen würde, es bei Paddy zu versuchen, weil man sehr viel mehr Beweise brauchte. Man würde noch mehr Fallen legen, und sie würden merken, daß sie einen Fehler gemacht hatten, und dann würden sie den wahren Übeltäter suchen.

Es war ärgerlich, aber er mußte das vergessen. Es standen nun einmal immer alle unter Verdacht. Keine große Sache.

Er saß mit Paddy zusammen im Obergeschoß der Rock Bar, aber er erwähnte es immer noch nicht. Es war schließlich wirklich keine große Sache.

Und es gab andere, viel wichtigere Geschäfte.

Gerry versuchte, seinem Bruder Begeisterung und Entschlossenheit einzuflößen.

»Die Würfel sind gefallen«, sagte er. »Wir sind unterwegs. Wie gesagt, wir haben South Armagh hinter uns.«

Paddy zündete sich eine Zigarette an der vorhergehenden an. »Wen noch?«

»Ich habe es sonst niemandem gesagt. Zu gefährlich.«

»Willst du die Führung übernehmen?«

Gerry schüttelte den Kopf. »Nein, ich glaube nicht. Das ist eine gefährliche Strecke. Wenn wir zurückkommen, müssen wir vorsichtig sein; wir müssen abwarten, was passiert. Der Friedensprozeß wird gestorben sein, und wir werden sehen, wohin die Stimmung ausschlägt. Die Leute werden einsehen, daß die Führung die Dinge falsch eingeschätzt hat und zur Seite rücken muß.«

Paddy sog den Rauch tief in die Lungen. Gerry sah, daß er nervös und unsicher war, aber er wußte, daß er alles tun würde, worum er ihn bat.

»Wie wird es laufen?«

»Ich muß jetzt die letzten Einzelheiten klären. Morgen treffe ich jemanden in Dublin. Er hat in London für mich gearbeitet, und jetzt sollte alles soweit sein. Ich werde da hinfahren, aber wir werden eine

Einsatzbesprechung in Paris oder in London haben. Ist dir klar, wo wir uns treffen, wie du hinkommst und was du machst?«

»Wir treffen uns in Paris?«

»Ja, oder, wenn wir das Rendezvous nicht schaffen, in London. Du holst deine Tickets in dem Reisebüro in Andytown ab. Du mußt Colette sagen, wo sie die Tickets bekommt und wo wir uns treffen, und dann reisen wir getrennt. Wir sehen uns erst da.«

Paddy nickte. Gerry drückte kurz seine Schulter. Dann stieg er in seinen Wagen und machte sich auf den langen Weg nach Dublin.

McIlhatton lümmelte wieder in seinem Sessel, aber er langweilte sich nicht.

Im Fernsehen kamen Bilder vom House of Commons Chamber, die er schon so viele Male gesehen hatte. Aber heute sah er mit Vergnügen zu, wie der Premierminister aufstand.

McIlhatton lächelte.

Er konnte nicht anders.

SIEBZEHNTES KAPITEL

Ma versuchte zu kochen und gleichzeitig Catherine festzuhalten. Das Kind war müde und erschöpft, und Colette dachte, daß Ma sie immer noch hielt, weil sie ihr damit etwas sagen wollte. Sie konnte sich nicht erinnern, sie jemals so wütend gesehen zu haben.

»Warum kannst du mir nicht sagen, was du vorhast?«

»Ich *kann nicht*, Ma.«

»Also rennst du wieder weg und läßt mich hier nach den Kindern sehen, und du sagst mir noch nicht einmal, was für ein verdammtes Grauen du diesmal anrichten willst.«

»Sag das nicht so.«

»So ist es aber, und ich will wissen, was du vorhast.«

»Ich kann nicht, Ma.«

»Du kannst.«

»Ich bin kein Kind mehr.«

»Dann benimm dich wie eine Erwachsene.« Ma seufzte und schob die Bratpfanne zur Seite. Sie sah sie nicht an. »Komm schon, Colette, ich muß das wissen.«

Colette spürte, wie der Zorn in ihr aufloderte. »Warum *mußt* du das wissen? Was hast du für ein Recht ...«

»Halt mir keinen Vortrag über Recht. Recht? Recht? Was für ein *Recht* hast *du*, gottweißwohin abzuhauen und irgendein unaussprechliches Gottweißwas anzurichten und dann von mir zu erwarten – von *mir* –, daß ich hinter dir herrenne und das Gekröse deines Lebens auflese, einschließlich der Fürsorge für deine eigenen Kinder. Weißt du was – ich bin deine Mutter, falls du das vergessen hast, und ich glaube, es steht mir zu, daß ich mir Sorgen mache, was zum Teufel du anstellen willst. Oder?«

Colette schüttelte den Kopf und schaute zu Boden. »Ich kann nicht«, sagte sie. »Es tut mir leid, aber du weißt, daß ich nicht kann. Und außerdem weiß ich es sowieso nicht – und das ist die heilige Wahrheit.«

Ihre Mutter schnaubte verärgert, und Colette studierte das ausgeblichene Linoleum auf dem Fußboden. Sie wußte jetzt, daß es beschlossene Sache war, und es gab keinen Ausweg. Paddy war heute morgen dagewesen, sie war selbst zum Reisebüro gegangen. Die Tikkets steckten in ihrer Handtasche.

Sie hatte Paddys Unsicherheit bemerkt, und das hatte ihre Sorge nur vergrößert.

Ma wendete die Würstchen und schob und schubste sie wütend herum. Der Geruch von verbrennendem Fett und Schweinefleisch war durchdringend. »Du mußt doch nicht fahren«, sagte sie leise.

»Doch.«

»Du sagst immer, daß sich alles ändern wird, und weg bist du wieder.«

»Ich habe keine Wahl.«

»*Natürlich* hast du eine Wahl. Jeder hat eine Wahl.« Sie senkte den Kopf wieder und stocherte schweigend zwischen den Würstchen herum. »Ich weiß sowieso nicht, warum du wieder damit angefangen hast«, fügte sie hinzu.

Colette seufzte. »Das habe ich dir doch schon erklärt. Als Davey gestorben war, wollte ich ...« Sie verstummte und stöhnte mißmutig. Sie wandte sich zum Gehen.

»Was ist mit den Kindern?« fragte ihre Mutter.

Colette drehte sich wieder um, und ihre Stimme war schwermütig und voller Selbstmitleid. »Du wirst dich sicher besser um sie kümmern als ich. Machst du doch immer.«

Ma setzte Catherine sanft auf den Stuhl am Tisch und versuchte, sie nicht aufzuwecken. Sie hatte noch immer den Holzlöffel in der Hand, und Colette konnte sehen, daß sie wütend und verletzt war. Sie sprach leise. »Du bist so egoistisch, manchmal kann ich es kaum glauben.«

Colette war getroffen. »Warum sagst du das? Warum sagst du das nach all der Zeit? Was habe ich denn für eine Wahl, Ma? Sag mir, was für eine Wahl?« Colette hörte, daß ihr Jammerton intensiver wurde. »Ich tue mein Bestes, aber ich habe keine Wahl.«

Die Stimme ihrer Mutter klang härter, als sie sie jemals gehört hatte. »Du *hast* die Wahl. Du hast die Wahl, dich um deine Kinder zu kümmern und ausnahmsweise einmal eine gute Mutter zu sein. Schau sie dir an. *Schau* sie dir an, Colette.« Sie zeigte auf Catherine, die auf dem Stuhl noch immer schlief und deren Kopf unbequem auf der hölzernen Lehne ruhte. »Genug ist genug. Du hast genug getan. Hör jetzt auf. Überlaß es den anderen, wenn es schon weitergehen muß.«

»Was sagst du da, Ma? Daß es uns nichts mehr angeht?«

»Ich sage, daß es Zeit ist, damit aufzuhören. Ich sage, daß es schon zu lange dauert und daß es aufhören *muß*. Ich sage, daß ich es leid bin und daß ich mir keine Sorgen mehr machen will, daß es einmal an meiner Tür klopft und daß es dann heißt, daß diese armen Kinder keine Mutter mehr haben oder daß man ihre Mutter für den Rest ihres Lebens ins Gefängnis sperren wird.« Sie stand am Herd und schubste wütend die Würstchen herum. »Du schuldest es schon den Kindern, aufzuhören.«

Colette spürte, wie ihr Zorn wieder aufflammte. »Du sagst das, weil ich eine Frau bin. Zu Gerry oder Paddy würdest du das nicht sagen.«

Ihre Mutter antwortete nicht.

»Ich habe dasselbe Recht dazu wie ein Mann, Ma. Daß du es nicht getan hast, heißt noch nicht, daß es nicht richtig ist.«

»Ich mache mir Vorwürfe.«

»Weswegen?«

Sie seufzte hörbar und drückte ihren Handrücken auf ihre Augen, als würde sie Tränen abwischen. »Ich mache mir Vorwürfe, weil ich dich nicht aufgehalten habe. Ich mache mir Vorwürfe, weil ich es zugelassen habe.«

Colette sprach leise, und ihre Wut verwandelte sich in Traurigkeit. »Das war nicht deine Entscheidung, Ma. Ich wollte beteiligt sein.«

»Du hast es gemacht, um Paddy und Gerry etwas zu beweisen. Du warst ein Wildfang, und du hast es gemacht, um ihnen etwas zu beweisen – und das versuchst du immer noch. Sie haben dein Leben zerstört.«

Colette spürte, wie ihr die Tränen in die Augen traten. »Wir hatten keine Wahl, Ma. Keiner von uns ...« Sie schaute ihre Mutter an, aber die antwortete nicht. Ihr Schweigen und ihre Haltung verrieten, daß sie anderer Meinung war. Colette hob Catherine hoch und setzte sich schweigend in das vordere Zimmer. Ihre Mutter war ihre Freundin gewesen und hatte sie immer unterstützt, manchmal war sie mißbilligend oder ängstlich gewesen, aber niemals wertend. Sie konnte sich nicht erinnern, wann sie das letzte Mal gestritten hatten, und es war Jahre her, daß sie sie so aufgeregt gesehen hatte.

Nach ein paar Minuten kam Ma herein und setzte sich auf den Stuhl ihr gegenüber. Der Beschluß, sich nicht zu ihr auf das Sofa zu setzen, war ein stilles, aber eindeutiges Zeugnis ihrer Gefühle. »Was hast du vor?« fragte sie.

»Ich weiß es nicht, und das ist die Wahrheit. Etwas Großes. Gerry ... er glaubt nicht an den Friedensprozeß, das weißt du ja.«

Colette sah zu, wie ihre Mutter die Hände rang und mit ihren Gefühlen kämpfte, und sie wußte, daß sie beide schrecklich müde waren. Sie wußte, worum sie jetzt bitten würde, und tief in ihrem Inneren wußte sie, daß ihre Mutter recht hatte.

Mas Stimme war schwach, als ob das Aussprechen ihrer Worte das Schwerste war, was sie je getan hatte. »Bitte, ich habe dich noch nie gebeten, aber ich bitte dich jetzt, aufzuhören und alles zu tun, was in deiner Macht steht, damit sie alle aufhören. Laß nicht zu, daß noch eine Generation da hineingezogen wird. Wir siegen nicht. Wir können nicht siegen. Wir müssen in Ehren um Frieden bitten.«

Colette hielt den Kopf gesenkt und kämpfte mit den Tränen, aber sie wußte, daß ihre Mutter die Hände ausstreckte.

»Bitte, Liebes, schau dir Catherine und Mark an, und denk an sie. Bitte, ich flehe dich an, laß nicht zu, daß sie da hineingezogen werden, laß nicht noch eine Generation damit leben.«

Colette wußte, daß sie weinen würde, daß sie es nicht verhindern konnte, also stand sie auf und legte Catherine in die ausgestreckten Arme ihrer Mutter. Sie weinte beim Packen, und sie weinte, als sie das Haus verließ. Sie verabschiedete sich nicht, und als sie fortging, murmelte sie unter Tränen vor sich hin: »Ich habe keine Wahl. Ich habe keine andere Wahl.«

In der Source Unit in Castlereagh herrschte eine entspannte Atmosphäre. Chief Inspector Ian Williams – Ryan war es zumindest gelungen, seinen Namen herauszufinden – hatte eine Flasche Bushmills hervorgeholt, obwohl es kaum Mittag war.

Die anderen waren entspannt, Ryan nicht. Sie hatten Colettes bevorstehendes Treffen mit Mulgrew in New Barnsley erörtert und besprochen, welche Art von Überwachung nötig sein würde. Die anderen waren es routinemäßig angegangen, beinahe lässig, und das hatte Ryan ein ungutes Gefühl gegeben.

Allen reichte ihm jetzt ein kleines Whiskyglas und schenkte sich selbst etwas ein. Ryan zündete sich noch eine Zigarette an und lehnte sich in seinem Stuhl zurück. Auch diesmal fiel es ihm schwer, seinen Blick von den Fächern an der Wand gegenüber loszureißen. Foxgloves' Fach war bedrohlich voll mit losen Blättern.

Ein Mann trat ein, ohne anzuklopfen. Er war kleiner als Allen, wahrscheinlich um die eins siebzig, und er trug lockiges dunkles Haar und einen dicken Bart. Ryan erkannte den anderen Verbindungsführer sofort wieder.

»Hallo, Sam«, sagte der Chief Inspector.

»Foxglove sagt, daß eine ganze Menge Scheiße läuft«, sagte Sam. »Gerry McVeigh ist unterwegs nach England, um irgendeinen Attentatsplan durchzuziehen, der den Friedensprozeß aufhalten soll.«

Der Mann hielt inne und warf seinen Regenmantel auf den Schreibtisch. »Er hat das mit Murphy, Mallon, Macauley und anderen geplant. Er benutzt seine Familie – einschließlich seiner Schwester.«

Ryan wünschte sich, daß der Boden sich auftun und ihn verschlingen würde.

Allen wartete nicht weiter ab; wenige Minuten später rasten sie aus Castlereagh heraus. Allen fuhr mit zusammengebissenen Zähnen.

»Verdammtes Miststück«, knurrte er.

Ryan antwortete nicht.

Sie schienen nur wenige Minuten zu brauchen. Ryan fiel auf, daß sie keinerlei Absicherung hatten.

Allen klingelte zweimal schnell hintereinander. Eine grauhaarige Frau öffnete die Tür, und Ryan erkannte sofort Colettes Mutter in ihr.

»Dürfen wir kurz hereinkommen?« fragte Allen höflich.

Sie standen im Flur, und Colettes Mutter kehrte der Treppe den Rücken zu. Ryan sah, daß oben auf der Treppe ein kleiner Junge saß und sie beobachtete.

»Wo ist Ihre Tochter?« fragte Allen.

»In den Süden gefahren.«

»Das glaube ich kaum.«

»Wenn Sie wissen, wo sie ist, brauchen Sie mich ja nicht zu fragen.«

»Bitte, Mrs. McVeigh, das hier ist ernst.«

»Sie hat mich gebeten, für ein paar Tage nach den Kindern zu sehen.« Die Frau schüttelte den Kopf. »Wenn Sie noch mehr wissen wollen, fragen Sie die Falsche.«

Allen wandte sich zum Gehen, und als Ryan ihm folgte, hörte er den kleinen Jungen weinen.

Gerry McVeigh betrat die Lobby des Shelbourne Hotels. Er trug einen schlichten grauen Anzug und einen weißen Trenchcoat und sah aus wie ein Geschäftsmann, der einen Kollegen erwartete.

Das Shelbourne lag am Stephen's Green und war das berühmteste Hotel in ganz Dublin. Künstler, Schauspieler und Minister frequentierten es gleichermaßen. Gerry entdeckte den Mann, den er treffen wollte, im Frühstücksraum. Er führte ihn aus dem Hotel hinaus in die Mitte der Grünanlage gegenüber. Wie schon Colette Wochen zuvor, setzte er sich auf eine Parkbank, betrachtete die Enten und verspürte Aufregung und Entschlossenheit. Er war kein Akademiker und wußte von der Vergangenheit nur das Wichtigste – oder das, was er für das Wichtigste hielt. Aber er hatte zunehmend das Gefühl, daß das, was er vorhatte, den Lauf der irischen Geschichte verändern würde.

Das gab ihm ein Gefühl der Macht. Er wußte, daß die Zeit jetzt reif war, also hatte er seinen Mann von London nach Dublin bestellt, um ihn ohne neugierige Blicke zu instruieren.

Er sah, daß Eddie McIlhatton nervös war, aber das überraschte ihn nicht. Er war damit groß geworden, daß seine Untergebenen ihn fürchteten.

Er war direkt und geschäftsmäßig. »Haben Sie die Ausweise?«

McIlhatton schob seine Hand unter seine Jacke und zog einen braunen Umschlag hervor. »Die Fotos, die das Reisebüro geschickt hat, waren nicht die besten.«

Gerry nahm den Umschlag und zog die weißen Ausweise hervor. Es waren drei: einer für ihn, einer für Paddy und einer für Colette. An allen waren Nackenkettchen befestigt. »Sie sind okay. Haben Sie den Mann benutzt, den ich genannt hatte?«

McIlhatton nickte.

»Waffen?«

Er nickte wieder. »Ich habe sie schon seit Monaten. Ich kann sie liefern, wann immer Sie sie brauchen.«

Gerry sah, daß McIlhatton noch etwas sagen wollte.

»Alles in Ordnung?«

»Es ist nur – ich habe nichts von irgend jemandem aus Dublin gehört, wissen Sie.«

Gerry wandte sich ihm zu, und seine Stimme war von eisiger Ruhe. »Das vergessen Sie, verstanden? Sie erhalten Ihre Befehle von mir und *nur* von mir. Es ist nicht nötig, in diesem Stadium irgendeine Verbindung mit Dublin aufzunehmen. Ich will kein Risiko eingehen, daß da irgend etwas schiefgeht.«

»Aber ich müßte doch etwas gehört haben, oder? Ich meine bei dem gegenwärtigen Klima und allem ... sie haben gesagt, keine Operationen.«

Gerry fiel ihm ins Wort, und beim Sprechen verzog sich sein Gesicht zu einem höhnischen Grinsen. »Vergessen Sie Dublin.«

»Ich will bloß einfach keinen Ärger.«

»Vergessen Sie's. Vergessen Sie's einfach. Sie erhalten Ihre Befehle von mir.«

Der Mann nickte bedrückt, und Gerry sprach weiter. Er erklärte, daß er die Operation selbst zusammen mit Paddy ausführen würde. In dem kurzen Moment, den sie haben würden, waren beide Waffen nötig – und Colette mußte sie decken, während sie schossen. Er ging mit McIlhatton viele Fragen durch. Er wollte wissen, wie leicht es sein würde hineinzukommen, wie die Anlage genau aussah und wie sie wieder herauskommen würden.

Sie saßen dort stundenlang, und der Mann zog Karten und Diagramme von bemerkenswerter Genauigkeit hervor.

Gerry dachte, daß sein Gegenüber nur ein junger Mann war. Ein Gauner und ein Feigling. Aber er mußte feststellen, daß er seine Hausaufgaben gemacht hatte, und zwar gut.

Sie beorderten Paddy in ein Haus in Ballymurphy. Er erwartete Gerry und Mulgrew und den Stab der Belfast Brigade, und als er O'Hanlon in der Küche stehen sah, fluchte er in sich hinein und schaute zu Boden.

Er wußte, daß er sich entspannen und gelassen bleiben sollte.

Aber O'Hanlon war der Feind.

Er hatte nicht viel Zeit zum Nachdenken. Instinktiv drehte er sich um und rannte weg, aber Chico holte ihn ein, ehe er die Tür erreichte. Es war noch ein anderer Mann aus East Tyrone dabei, dessen Gesicht er kannte, und sie traten seine Beine unter ihm weg, packten ihn bei den Haaren und drückten sein Gesicht in den grauen Teppich. An seinem Ohr hörte er O'Hanlons Stimme. »Großer Fehler, McVeigh. Großer Fehler. Nur die Schuldigen rennen weg«, flüsterte er.

Sie trugen ihn die Treppe hinauf, und diesmal wehrte er sich nicht. Er wußte, was jetzt passieren würde. Er konnte es kaum glauben, aber er war zu alt und zu erfahren, um sich über all das etwas vorzumachen – und er beschloß, Kräfte zu sparen. Er hatte das unangenehme Gefühl, daß er sie brauchen würde.

Sie brachten ihn in ein Schlafzimmer im Obergeschoß und fesselten ihn an einen kleinen Holzstuhl. Chico zog die Stricke fest an, und er zuckte vor Schmerz zusammen. Sie gingen kein Risiko ein.

Der Mann aus East Tyrone saß ihm schweigend gegenüber und rauchte. Paddy konnte Chico und O'Hanlon im Zimmer darunter reden hören.

Zunächst war Paddy eher wütend als ängstlich. Er wußte, daß er tadellose Referenzen hatte, und er konnte kaum glauben, daß er von einem niederen Emporkömmling wie O'Hanlon festgehalten wurde. Er schwor sich mehrmals, daß er O'Hanlon endgültig und ohne Rücksicht auf die Konsequenzen fertigmachen würde, sobald er wieder draußen war.

Der Mann aus East Tyrone saß da und schaute ihn an. Auf seinem Knie ruhte eine Browning, deren Lauf auf Paddys Bauch wies.

Paddy ignorierte ihn.

Aber als die Minuten sich zu Stunden dehnten, begann die Stille, an seinen Nerven zu zerren. In seinen Gedanken machte sich der Zweifel breit. Er hatte angenommen, daß Gerry früher oder später kommen und die ganze Sache schnell aufklären würde, aber inzwischen fragte er sich, wo Gerry blieb. Vielleicht waren Gerry und Colette auch schon von Dublin nach Paris unterwegs.

Und da war noch etwas. Er vermutete, daß das alles mit ihrem Plan zu tun haben könnte. In diesem Fall wären sie verraten worden. Aber von wem, fragte er sich? Nur sie drei hatten gewußt, daß die Operation in Planung war, und es war ziemlich undenkbar, daß Colette sie verraten haben könnte.

Er war verwirrt. Er konnte nicht klar denken, aber es wurde dunkel, und sein Instinkt sagte ihm, daß er entkommen mußte. Er sah den Mann aus East Tyrone an, der noch immer rauchte. »Gib mir was zu rauchen«, sagte er.

Der Mann überlegte einen Moment. Dann nahm er die goldene Benson-&-Hedges-Packung, zündete eine Zigarette an und steckte sie ihm behutsam in den Mund. Er war ein mächtiger, geradezu fetter Mann mit sorgenvollen Augen und rosa Wangen. Paddy sprach leise. »Wenn ich hier rauskomme, bist du tot.«

Die Stimme des Mannes war sanft und klang etwas geziert. »Wer sagt, daß du hier rauskommst?«

Paddy schauderte unwillkürlich. Er verspürte die ersten Anflüge von Angst. »Sei kein Arschloch.«

»Das geht mich nichts an, ich bin nicht der Boss, aber was ich so höre, wird das hier eine Einbahnstraße für dich sein.«

Paddy hatte wütend werden wollen. Er hatte dem Mann angst machen, ihn einschüchtern und benutzen wollen, um freizukommen, aber er spürte, wie die Sicherheit seinen Körper verließ. Langsam hatte er wirklich Angst. »Mach meine Hände los. Ich muß mal pissen.«

Der Mann schüttelte langsam den Kopf. »Glaubst du, ich bin von gestern?« Er gestikulierte mit der Pistole. »Piß in die Hosen.«

Paddy war still. Er wußte, daß es ernst war. Es gab keinen Respekt und keine Vorwarnung. Er dachte, daß der Mann recht hatte; das hier war eine Einbahnstraße. Aber er war verwirrt und unsicher. Wenn sie etwas über den Anschlag in London wußten, hatten sie dann auch Gerry und Colette geschnappt? Er nahm nicht an, daß sie sie alle töten konnten. Er nahm nicht an, daß sie mit einem Mord an Gerry durchkommen würden.

Die Nacht kam schnell, und niemand im Haus machte Licht. Als die Dunkelheit hereinbrach, wurde Paddys Angst größer, und als sie schließlich zu ihm kamen, war all sein Trotz verschwunden. Sie zogen ihm eine Kapuze über den Kopf und fesselten sorgfältig seine Hände, ehe sie ihn die Treppe hinunterführten und ihn grob auf die Ladefläche eines Lieferwagens stießen. Paddy spürte, daß einer der Männer neben ihm einstieg, und er spürte, wie seine Schließmuskeln schwächer wurden, während seine Angst weiterwuchs. Er hatte das Gefühl, in der Finsternis zu treiben, und seine Gedanken gerieten schon jetzt außer Kontrolle.

Als der Lieferwagen ansprang, wollte er schreien, aber er wußte, daß das zwecklos war.

Er kannte das Spiel und versuchte verzweifelt, sich zu beherrschen.

Er sagte sich, daß er ein hohes Tier war. Er sagte sich, daß sie keinerlei Beweise hatten. Er sagte sich, daß er ein harter Mann war und daß es war wie bei den *Peelers:* Sag nichts, und sie können dir nichts beweisen. Aber was er auch zu denken versuchte – er konnte sich nicht davon überzeugen, daß er keine Angst hatte.

O'Hanlon fuhr schnell, und Paddy verspürte die ersten Wellen der Übelkeit. Er wußte nicht, wo sie hinfuhren, aber er nahm an, daß sie ihn nach South Armagh brachten.

Das hätte er jedenfalls getan. South Armagh war am sichersten. Aber wie auch immer – ehe sie ankamen, wurde ihm schlecht. Die Flüssigkeit lief über sein Kinn, und der Geruch war übel und beißend.

Schließlich schienen sie von der asphaltierten Straße auf einen Weg voller Schlaglöcher abzubiegen. Nach einigen unangenehmen Minuten blieben sie stehen. Paddy hörte, daß die Türen geöffnet wurden, und er spürte die Hände, die ihn packten.

Sie zerrten ihn hinein und schnallten ihn an einem Stuhl fest. Das Haus hatte keine Heizung, und es war sehr kalt. Sie zogen seine Hosen und Unterhosen herunter, aber die Kapuze ließen sie, wo sie war. Er fühlte sich immer noch angeschlagen und wehrte sich nicht. Sie gingen kurz weg, und er hörte, wie sie den Lieferwagen entluden. Er hörte, wie einige Flaschen aneinanderschlugen und dachte, daß sie offenbar Vorräte mitgebracht hatten. Er dachte, daß sie sich vielleicht auf einen längeren Aufenthalt vorbereiteten.

Später kamen sie zu ihm, aber Paddy hatte kein Zeitgefühl mehr. Als er O'Hanlons sanfte Stimme hörte, verspürte er einen kurzen Anflug von Zorn. Er spannte seine Muskeln an, als ob er sich vorsätzlich befreien wollte. »Fick dich selbst, O'Hanlon«, sagte er leise.

Der Geruch in der Kapuze nahm ihm den Atem, und er mußte sich beherrschen, um nicht wieder zu würgen.

Die Stimme war fest, leise und rechthaberisch. »Du solltest nicht so reden, Paddy. Das wird dir nichts nützen, klar?«

»Fick dich selbst.« Ihm wurde wieder schwindlig.

»Schau mal, wir wollen es dir leichtmachen. Sag uns einfach alles, mach's dir nicht so schwer.«

»Verpiß dich.« Jedesmal, wenn Paddy sprach, atmete er tiefer ein und würgte fast.

»Nur die Ruhe, Paddy, nur die Ruhe. Wir werden lange hier sein, du und ich. Wir fangen mit dem Einfachsten an. Wenn du nett mit uns redest, nehmen wir die Kapuze ab. Wenn du so weitermachst, bleibt sie drauf. Verstehst du?«

Paddy schwieg einen Moment. »Verpiß dich.«

»Okay, dann bleibt die Kapuze drauf. Wir haben viel Zeit, Paddy. Viel Zeit.«

Paddy spürte, daß sein Zorn schwand und das Grauen wiederkam, aber er zwang sich, trotzig zu klingen. »Du bist verdammt noch mal tot, O'Hanlon. Du bist so verdammt tot!«

In der Dunkelheit klang die Stimme eisig. »Das werden wir noch sehen.«

Paddy hörte die Männer weggehen, und während die Minuten vergingen, versuchte er, ein Gefühl für die Zeit zu bekommen. Es war schwer, sich in der Dunkelheit zu orientieren. Aber er hatte seine Anti-Verhör-Ausbildung bei der IRA erhalten und wußte, daß er ein Gefühl für die Zeit und für das, was sie mit ihm vorhatten, behalten mußte. Er wußte, daß er sich auf ihre Taktik konzentrieren und sie Minute für Minute bekämpfen mußte. Er begann zu glauben, daß er sogar gewinnen konnte. Er war sicher, daß sie keine Beweise hatten, und selbst wenn sie welche hatten, hielt er es für unwahrscheinlich, daß es um ein sehr ernstes Vergehen ging. Er glaubte nicht, daß sie mit einem Mord an ihm durchkommen würden.

In seinem Kopf wirbelten die Gedanken durcheinander. Vielleicht arbeitete O'Hanlon für die Polizei oder für MI5 und hatte einen Tip von ihnen bekommen. Vielleicht war eines von seinen Gesprächen mit Gerry aufgezeichnet worden, und O'Hanlon war von seinen Verbindungsführern angewiesen worden, die Verschwörer um jeden Preis zurückzuhalten. Seine Verwirrung und seine Unsicherheit wuchsen.

Er nahm an, daß sie etwa zwei Stunden lang fort gewesen waren – das war seine Schätzung. Als sie zurückkamen, war die Stimme an seinem Ohr noch dieselbe. »Ich hoffe, wir sind jetzt ein bißchen kooperativer. Ich hoffe, wir hatten Zeit, uns die Sache zu überlegen.«

Der Gestank war schlimmer denn je. »Gerry wird euch das Fell abziehen.«

Die Stimme klang spöttisch, sarkastisch und selbstzufrieden, und plötzlich lief es Paddy kalt den Rücken hinunter. »Gerry? Gerry? Das glaube ich nicht. Gerry hat uns geholfen. Gerry hat uns bei unserem letzten kleinen Test geholfen.«

Jetzt hatte Paddy wirklich Angst.

»Gerry war sehr besorgt. Wirklich. Hat natürlich nicht geglaubt, daß du es bist. Nein, keine Sorge, er war sehr loyal. Wird ihm ziemlich schwerfallen, zu akzeptieren, daß sein Bruder ein Maulwurf ist.«

»Wovon redest du?«

Die Stimme klang jetzt noch rechthaberischer, wie die eines Kindes. »Na, na, na. Wir wollen doch mit der Verstellung aufhören, ja? Gerry war sehr hilfsbereit. Er hat dir von einer Waffenlieferung in die Hugo Street erzählt, aber du hast einen Fehler gemacht, denn er hat es *nur* dir erzählt. Sonst wußte es niemand, weil es in Wirklichkeit gar nicht passiert ist. Es war ein Test, Paddy, ein *Test.* Ich muß sagen, es war nicht sehr clever von deinen Verbindungsführern, so eine Straßensperre *gleich* neben der Hugo Street aufzustellen und den Medien zu erzählen, daß es ein Zufallstreffer war. Unsere kleinen Spione haben alles gesehen. Du liebe Zeit, nein, nicht sehr schlau. Ich glaube nicht, daß du ihnen sehr viel bedeutest, Paddy, denn sie waren nicht sehr subtil ...«

Paddy versuchte, die Stimme auszublenden. Er brauchte Zeit zum Nachdenken. Das ergab alles keinen Sinn.

Sie warteten immer noch. Colette stand auf und zündete sich noch eine Zigarette an. Sie waren jetzt seit zwei Stunden hier, und ihre Nervosität war in jeder Minute gewachsen.

Auf Gerrys Gesicht konnte sie die Wahrheit sehen. Es gab Probleme. Es war etwas passiert. Paddy kam nicht.

In Paris war es beinahe warm, die Abendsonne schien durch eine langgestreckte Wolke und fiel von links auf ihr Gesicht.

Sie sah den Kindern zu, die vor ihr im Sandkasten spielten, und sie lächelte, ohne es zu bemerken. Sie war noch nie zuvor in Paris gewesen, und sie war überwältigt von dem, was sie nun gesehen hatte: die schönen Boulevards, die Cafés, die auf die Straße quollen, der Lärm und der Betrieb. Sie setzte sich wieder auf die Bank und lauschte dem Pulsschlag der Stadt.

In dem kleinen Park am Ende der Rue Mouffetard waren nur wenige Leute. Sie stand wieder auf und spazierte an den Obstständen entlang, die sich in der Mitte über die ganze Länge der Straße zogen. Gerry sah ihr nach, aber er sagte nichts.

Beim Gehen träumte sie davon, ohne Angst und Panik hier zu sein. Vielleicht einfach nur einkaufen oder ... einfach nur spazierengehen. Vielleicht mit dem *Brit* ...

Dumme Idee.

Sie drehte sich um, und als sie in den Park zurückkam, wirkte Gerry nervös und ärgerlich. Schweigend gingen sie zum Hotel zurück und auf ihr Zimmer.

Sie saßen auf dem Bett und spielten Karten, bis es draußen dunkel war. Gerry sagte wenig, aber er war freundlich zu ihr. Als sie gerade eine Karte nahm, fragte sie ihn schließlich: »Werden wir sterben?«

Er schüttelte den Kopf. »Nein.«

»Es ist keine Selbstmordmission?«

»An so etwas glaube ich nicht.« Er sah sie an, und sie bemerkte, wie schmutzig seine Brille war. Sie dachte, daß sie so viel verbarg. Er hob einen Mundwinkel, als könnte er nicht wirklich lächeln.

»Du trägst Verantwortung und ich auch. Das würde ich dir nicht antun.«

»Ich glaube, ich könnte es nicht aushalten, wieder ins Gefängnis zu gehen«, sagte sie.

»Das mußt du nicht.«

»Ich glaube, ich will, daß das das letzte Mal ist, weißt du ...«

Er nickte. »Du hast deinen Teil getan.« Er warf seine Karten hin und berührte ihre Schulter. »Wir müssen ein bißchen schlafen«, sagte er.

Sie ging sich die Zähne putzen – Gerry machte sich nicht die Mühe. Dann zog sie sich bis auf ihr T-Shirt und ihren Slip aus und legte sich neben ihn ins Bett. Sie breitete Laken und Decke über sich und versuchte, seinen Körper nicht zu berühren. Es war kalt, und sie fröstelte. Gerry schien schon zu schlafen, und sie hörte ihn leise schnarchen.

Sie mußte daran denken, wie es wäre, ohne ihn hier zu sein. Sie dachte daran, mit dem *Brit* in diesem Zimmer zu sein. Sie fragte sich, was er machte.

Sie fragte sich, ob er wußte, daß sie fort war. Sie stellte sich seine Wut vor und wußte nicht, was sie das eigentlich anging.

Sie stand auf und schaute auf das Bett zurück. Gerry schlief immer noch. Er war nackt bis auf die Unterhose, lag auf dem Bauch und hatte Laken und Decke lose um sich gewickelt. Sie zog ihren Pullover an, ging zum Fenster und schaute auf die Rue des Gobelins hinunter. Sie war verlassen und still. Sie starrte eine Weile über die verfallenen Dächer hinweg, dann drehte sie sich wieder um und sah Gerry an.

Rechtfertige dich, du Mistkerl, dachte sie.

Sie fragte sich, ob er der Preis der Freiheit war, aber in ihrem Herzen wußte sie, daß es um viel mehr ging als das. So viel Geschichte. Sie dachte an die Träume, die sie gequält hatten, und sie versuchte, sich irgendein Bild von dem zu machen, was sie war. Wieder verspürte sie einen tiefen Fatalismus, und sie fragte sich, ob es so das beste war.

Sie hatte Angst vor morgen. Du *kannst* dich retten, sagte ein Teil von ihr.

Ein anderer Teil sagte, daß es vorbei war. »Du bist eine tote Frau«, flüsterte sie.

ACHTZEHNTES KAPITEL

Paddy versuchte, es zu vergessen, aber er konnte seine Gedanken nicht von der Tatsache abwenden, daß er pissen mußte.

Er fühlte sich wie ein Idiot, wie er mit den Hosen und Unterhosen um die Knöchel dasaß. Er konnte seine nackten Beine nicht sehen, aber er spürte die Erniedrigung. Es war eine kleine Sache, aber es schwächte seinen Widerstand und sorgte dafür, daß er sich ausgeliefert fühlte.

Er mußte pissen, und er hatte Hunger – und er fror. Es war unglaublich kalt. Er konnte nur raten, wie spät es war. Vielleicht war es Morgen. Er nahm an, daß es Morgen sein mußte, denn er war sehr müde. Er brauchte dringend Schlaf, aber jedesmal, wenn er eine Stütze für seinen Kopf gefunden hatte, schüttelte ihn jemand und stieß ihn in den Stuhl zurück.

Mehr als alles andere verabscheute er die Dunkelheit unter der Kapuze.

Er beschloß, daß er es nicht länger aushalten konnte, und ließ das Wasser in einem dicken warmen Strahl aus seinem Penis schießen. Er spürte, wie es gegen seine Beine spritzte. Als er gerade fertig war, hörte er die Stimme wieder. »Oh je, oh je. Keine Selbstkontrolle, was?«

Er antwortete nicht. Es war schwach und verwirrt, und die Nachtstunden hatten wenig Aufklärung gebracht.

»Wirst du uns jetzt helfen? Können wir das in zivilisierter Weise hinter uns bringen? Das können wir bestimmt, denke ich. Nimm dem Mann die Kapuze ab, Chico, und laß ihn das Tageslicht sehen.«

Paddy war sehr erleichtert, als der Sack abgenommen wurde und er die saubere, kalte, frische Luft einatmen konnte. Er hielt die Augen noch für einen Moment geschlossen und genoß das Gefühl der Freiheit. Langsam öffnete er sie. Alle drei waren da. O'Hanlon stand mit gespreizten Beinen und den Händen in den Hüften mitten im Zimmer vor ihm. Er wedelte mit einer Hand vor seiner Nase herum. »Was für ein Geruch.«

Paddy sah, daß er in einem Schlafzimmer war. O'Hanlon setzte sich auf das kleine Doppelbett, schlug die Beine übereinander, zündete sich eine Zigarette an und betrachtete ihn. »Ich hoffe, du bist jetzt ein bißchen kooperativer – oder wir tun den Sack gleich wieder drauf.«

Paddy sah ihn ausdruckslos an. Er genoß noch immer die frische Luft, und er traute sich nicht zu, etwas zu sagen, ohne jemanden zu verärgern. O'Hanlon zog an seiner Zigarette und wies dann damit in Paddys Richtung. »Laß uns vorne anfangen. Wann bist du rekrutiert worden?«

Ohne zu sprechen starrte Paddy ihn an. O'Hanlon wirkte leicht verärgert. »Laß uns jetzt weitermachen, oder der Sack kommt wieder drauf – für immer.«

Er sprach mit ihm wie mit einem Kind, aber vorläufig war Paddy zu müde, um Angst zu haben. Gegen sein besseres Wissen schüttelte er unwillkürlich den Kopf und sagte: »Ich weiß nicht, wovon du redest.«

O'Hanlon beugte sich vor, und sein Gesichtsausdruck war plötzlich lebhaft und angeregt. »Ich will dir das hier leichtmachen, Paddy, wirklich, glaub mir. Aber du machst es uns sehr schwer. Ich werde dir weh tun müssen, und das will ich nicht. Ich stelle die Frage noch einmal. Von wem bist du rekrutiert worden und wann?«

Paddy schüttelte den Kopf. »Hör mal, du kannst so weitermachen, du kannst mich fertigmachen, aber du wirst nichts aus mir herauskriegen, weil es nichts zu sagen gibt.«

Jetzt schüttelte O'Hanlon den Kopf. »Nun ja, darüber sind wir wohl geteilter Meinung. Ich glaube, du hast eine Menge zu sagen. Die Frage ist nur, wie lange ich hier sitzen muß, bis du es sagst.« Plötzlich schien er die Geduld zu verlieren. Er stand auf und machte eine lässige Handbewegung in Paddys Richtung. »Gebt's ihm.«

Als er die Tür hinter sich schloß, sah Paddy Chico an, und zum ersten Mal spürte er, wie echte Angst sein System durchströmte. Mit einem Übelkeit erregenden Schauder wurde ihm klar, daß er einem langsamen, schmerzhaften Tod entgegenging und daß seine Unschuld sein Martyrium wahrscheinlich verlängern würde. Chico kam dämlich grinsend auf ihn zu. Er sah, daß der dicke Mann aus East Tyrone aufstand und durch eine Seitentür verschwand, die er bis jetzt noch nicht bemerkt hatte. Er hörte, daß ein Bad eingelassen wurde, und schauderte wieder.

Sie zerrten ihn ins Bad und beugten ihn über den Rand, und die Emaille war kalt auf seiner Haut.

Das Wasser war noch kälter, und für einen Moment genoß er das Gefühl, sauber zu sein. Dann sagte ihm sein Körper, daß er atmen wollte. Er versuchte, durchzuhalten und abzuwarten, aber der Druck wuchs, bis er verzweifelt um Atem kämpfte. Seine Lungen und sein Kopf schienen zu bersten, und er drängte mit all seiner Kraft zurück. Aber sie hielten ihn fest. Seine Lungen explodieren, als sie ihn plötzlich an seinen triefnassen Haaren hochzogen.

Sie ließen ihn drei- oder viermal Atem holen, dann wurde er wieder eingetaucht. Diesmal waren seine Lungen schwächer und die Schmerzen größer. Er kämpfte, und Entsetzen und Verzweiflung nahmen zu. Nur Augenblicke, ehe seine Lungen nachgaben und das Wasser einsogen, zogen sie ihn heraus. Er konnte es nicht länger ertragen.

Aber er tat es. Er wußte nicht, wie lange es weiterging, aber es schien eine Ewigkeit zu sein. Sie mußten ihn zwanzig- oder dreißigmal eingetaucht haben – jedenfalls kam es ihm so vor. Als sie ihn zu dem Stuhl zurückbrachten, wollte er weinen.

Chico setzte sich auf das Doppelbett. Paddy schloß die Augen und versuchte, die Wirklichkeit auszulöschen, die ihn umgab. Als er sie wieder öffnete, kniete Chico vor ihm und lächelte dümmlich. Paddy kämpfte, aber sie hatten seine Hände an die Stuhllehne gefesselt, und er stellte fest, daß er sich nicht rühren konnte. Er kippte zur Seite und fiel zu Boden. Wegen des dicken tiefroten Teppichs war der Aufprall nicht zu hören. Sie richteten ihn wieder auf, und Chico nahm seine Hoden in die Hand. Er spielte sanft damit und sah auf. »Ein hübsches Paar.«

Paddy sah auf ihn hinunter. Er war entsetzt. Chico grinste. »Wäre ein Jammer, sie kaputtzumachen.«

Er drückte zu, und Paddy fühlte, wie ein scharfer Schmerz durch seinen Körper schoß. Mehr aus Schreck als aus irgendeinem anderen Grund schrie er auf, und der Mann aus East Tyrone trat vor und schlug ihn ins Gesicht.

Chico lockerte seinen Griff und spielte wieder mit Paddys Hoden, und nach dem Schmerz tat diese Geste merkwürdig gut. Chico grinste immer noch. »Du mußt hier nicht schreien, Paddy. Das bringt nichts, weil niemand dich hören kann und weil niemand dir helfen wird.«

Er drückte zu, und Paddy schrie wieder auf. Er glaubte, daß er noch nie solche Schmerzen verspürt hatte, und als Chico seinen Griff lokkerte, kamen die Worte wie von selbst aus seinem Mund. Er wollte, daß es aufhörte. Er dachte, er würde alles tun, damit es aufhörte. »Herrgott, hör auf«, sagte er. »Bitte hör auf.«

Er fühlte sich jämmerlich und war gedemütigt, und Chico grinste ihn immer noch an. »Denk darüber nach, Paddy. Das kann wochenlang so weitergehen. Jeden Tag ein kleines bißchen Schmerz.«

Er wurde von O'Hanlon gerettet, der kurz seinen Kopf durch die Tür steckte. »Wagen kommt. Haltet ihn ruhig.«

Die Stille war ein Segen. Chico grinste immer noch und ließ langsam seine Fingerknöchel knacken, aber für eine Weile fühlte Paddy sich zumindest nicht akut bedroht. Die Fenster waren hinter ihm, und als sie ihn aus dem Badezimmer zerrten, hatte er gesehen, daß die Vorhänge geschlossen waren; aber er hörte den Wind. Er dachte, daß draußen ein schrecklicher Tag war. Wenn es noch Tag war.

Er hörte, wie die Haustür aufging, dann entfernte Stimmen, die sich eindringlich unterhielten. Es dauerte zehn oder fünfzehn Minuten, dann schlug eine Tür, und der Wagen wurde wieder angelassen. O'Hanlon kam in das Zimmer zurück. Er schickte Chico weg und setzte sich Paddy gegenüber auf das Bett. Er wirkte verdutzt. »Merkwürdig. Sehr merkwürdig.«

Paddy starrte ihn verständnislos an.

»Dein Bruder ist verschwunden.«

Paddy antwortete nicht. Er versuchte, ein ausdrucksloses Gesicht zu machen.

»Kaum zu glauben, daß ihr *beide* Maulwürfe wart.«

Paddy fühlte, daß sein Zorn wieder aufstieg. »Du Arschloch.«

O'Hanlon stand auf und schlug ihm mit dem Handrücken ins Gesicht. »So nicht.«

Paddys Gesicht schmerzte, aber sein Zorn blieb. »Herrgott noch mal. Keiner von uns ist ein verdammter Maulwurf. Ich weiß nicht, wonach zum Teufel ihr sucht.«

»Und wo ist dann dein Bruder, hm? Was macht er am Flughafen in Dublin ohne daß jemand weiß, wo er hinwill?«

»Das geht dich verdammt noch mal nichts an.«

O'Hanlon schlug ihn noch fester. »Ich fürchte, es geht mich etwas an. Es geht mich verdammt viel an. Er verläßt das Land, weil er ein Maulwurf ist. Ihr zwei seid ein dreckiges Paar Maulwurfratten.«

»Er macht Geschäfte.«

»Aber niemand weiß was davon.«

»Er ist genausowenig ein Maulwurf wie ich.«

»Das hat nichts zu bedeuten. Wenn er nicht abhaut, was macht er *dann?*«

Paddy verzweifelte. Er wußte, daß er in diesem Wahnsinn gefangen war, und er sah keinen Ausweg. Er wußte, daß er hier sterben würde, und zwar wegen des irren Geredes eines Verrückten, den er mehr verabscheute als jeden anderen auf der Welt. »Ich habe dir doch gesagt, er macht Geschäfte.«

»Was für Geschäfte, Paddy? Maulwurfgeschäfte? Also, du weißt doch sicher alles darüber.«

Paddy nahm all seine Kraft zusammen. »Dafür wirst du bezahlen, O'Hanlon. Glaub mir, er wird ...«

Colette erhob sich zu schnell, und sie spürte, daß Gerry an ihrer Seite zupfte. Als sie sich wieder hinsetzte, flüsterte er »Vorsicht« in ihr Ohr.

Alle anderen waren jetzt aufgestanden, obwohl das Flugzeug noch nicht zum Stehen gekommen war. Die Fächer für das Handgepäck wurden geöffnet. Ein Mantel fiel ihr auf den Kopf, und ein Mann bückte sich, um sich zu entschuldigen. Sie lächelte ihn mechanisch an.

Das Flugzeug kam zum Stehen, und wenig später begannen die Leute, sich langsam zum Ausgang zu schieben. Gerry stieß sie an, und sie stand auf. Sie wartete auf eine Lücke in der Schlange, trat auf den Gang und griff nach ihren Reisetaschen.

Sie gingen zum Ausgang. Die Stewardessen lächelten und verabschiedeten sich, und sie nickte ihnen zu, ohne zu sprechen.

Jetzt waren sie im Terminal, und in ihrer Angst lag auch eine seltsame Aufregung. Aber als sie den Kontrollbereich betraten, herrschte die Angst vor. Es gab eine Schlange, und sie warteten.

Sie spürte wieder die Enge in ihrer Brust.

Sie war da. Sie wühlte in ihrer Tasche und zog den kleinen roten Paß hervor. Es war ein falscher Name und eine falsche Identität, aber sie wußte, daß sie auf dem Foto hübsch aussah. Sie lächelte den Mann an, aber sie sagte nichts.

Er lächelte nicht zurück. Er schaute auf den Paß herab und dann wieder auf. Er schaute ihn noch einmal an und legte ihn dann für sie auf den Schalter. Er wandte seinen Blick Gerry zu. Sie ging langsam, wartete auf Gerry und widerstand der Versuchung, wegzurennen.

Sie spürte Gerry an ihrer Schulter und hörte ihn flüstern. »Bingo.«

Sie gingen zur U-Bahn hinunter. Sie mußten nur einige Minuten warten, dann kam ein Zug, und sie stiegen ein. Sie warteten kurz, dann nickte Gerry. Sie stiegen wieder aus und gingen den Bahnsteig entlang zum anderen Ende des Zuges, und währenddessen sah Gerry sich über die Schulter um. Colette stieg ein, und Gerry wartete auf dem Bahnsteig. Kurz bevor sich die Türen schlossen, sprang er hinein und setzte sich neben sie.

Sie saßen schweigend da, und Colette betrachtete die vielen Werbeanzeigen für Theater und Bücher und Filme. Hier war so viel los.

Als sie in die Station Piccadilly Circus einfuhren, stieß Gerry sie an. Sie hob ihre Tasche auf und folgte ihm ins Gedränge. Draußen war es schon dunkel, und die hellen Lichter von Piccadilly verbreiteten ihre Botschaften an die Menschenmenge unter ihnen. Sie folgte Gerry an der Eros-Statue und an einer japanischen Touristengruppe vorbei, die für die unvermeidlichen Urlaubsschnappschüsse posierte. Sie warteten, bis sie die Straße überqueren konnten, und gingen weiter zum Regency Crest Hotel. Sie trugen sich als Mr. und Mrs. Peter Jennings ein und belegten ein Doppelzimmer für 59 Pfund die Nacht. Colette führte das Gespräch. Ihr englischer Akzent war überzeugender.

Das Regency Crest war nicht besonders luxuriös. Seine langen anonymen Korridore führten zu kleinen, frisch gestrichenen, aber immer noch schäbigen Zimmern. Colette stellte ihre Tasche auf den Boden, legte sich auf das Bett und schloß die Augen. Sie schlief ein, und als sie aufwachte, stand Gerry neben ihr und schlug vor, etwas essen zu gehen. Sie nickte müde, und sie gingen zu Pizzaland am Ende der Lower Regent Street. Sie bestellten, und Gerry sah sich sorgfältig um, ehe er sich vorbeugte und mit ihr sprach. Der Raum war leer, aber sie hatte Mühe, ihn zu verstehen.

Er erzählte, daß er viele Monate lang an einem Plan gearbeitet hatte, einen Mordanschlag auf den Premierminister zu verüben, während er im House of Commons Fragen beantwortete. Er sagte, daß sie mit gefälschten Pässen in den Pressebereich gehen, im entscheidenden Moment auftauchen, schießen, dann über die Terrasse fliehen und die Themse entlangrennen würden. Ein kleines Schlauchboot würde auf sie warten.

Er sagte ihr, daß er einen seiner besten Leute schon vor über sechs Monaten geschickt hatte, um die Sache vorzubereiten und zu planen.

Colette war schlecht.

Sie entschuldigte sich und verschwand im Damenklo. Sie schloß sich in eine der Kabinen ein und setzte sich mit dem Kopf zwischen den Knien auf den Sitz.

Sie dachte, daß er verrückt sein mußte.

Sie ging zurück zum Tisch und bat ihn, den Plan noch einmal im Detail durchzugehen. Er äußerte sich ungenau – absichtlich, dachte sie – und sagte ihr, daß sie ihm einfach vertrauen sollte. Nach einer Weile versickerte das Gespräch, und sie rührte schweigend in ihrem Cappuccino. Sie leckte den Schaum von ihrem Löffel und dachte über den Mann nach, der ihr gegenübersaß. Es fiel ihr schwer, zu glauben, daß sie so viel Zeit ihres Lebens mit dem Versuch verbracht hatte, ihn zu beeindrucken und seinen Respekt zu erlangen. In diesem Augenblick dachte sie, daß sie ihn haßte.

Sie versuchte noch einmal, zu ihm durchzudringen, als ob sie unbewußt nach einem Grund suchte, um es sich anders zu überlegen.

»Was wird die Führung denken, wenn das funktioniert?« fragte sie.

»Es *wird* funktionieren.«

Sie rührte in dem Rest ihres Kaffees und zuckte mit den Schultern. »Ich weiß, ich weiß, aber ich meine, was werden sie denken?«

Gerry rückte seine Brille zurecht und sah sie eindringlich an. »Ich werde unterstützt. Ich bin nicht allein.«

»Aber was werden sie machen?«

»Sie werden gar nichts machen. Ihr sogenannter Friedensprozeß wird erledigt sein, und sie werden weiterkämpfen müssen.«

Colette versuchte, ermutigend zu klingen. »Aber sie werden dir nichts tun – ich meine uns?«

»Sie werden uns nicht anrühren. Das werden sie nicht wagen.«

Colette verstummte. Als ihr zweiter Cappuccino kam, versuchte sie es wieder. »Wann hört das auf, Gerry?«

Sie sah, daß sein Kiefermuskel zuckte. »Wie gesagt, es hört auf, wenn es soweit ist. Es hört auf, wenn wir gewonnen haben. Es hört auf, wenn wir die *Brits* vertrieben haben, wenn wir ihren Willen gebrochen haben, zu bleiben – wie lange es auch dauert, ob fünf, fünfzig oder fünfhundert Jahre.«

Gerry hielt unvermittelt inne. Er hatte die Stimme ein wenig erhoben und mehr gesagt, als er sollte, und er sah sich prüfend um, ob jemand zugehört hatte. Er stand auf und gab Colette ein Zeichen, daß sie ihm folgen sollte. Sie bezahlten am Tresen und gingen auf ihr Zimmer zurück.

Nachdem Gerry das Licht ausgeschaltet hatte, lag sie bis spät in die Nacht wach und dachte nach. Sie glaubte nicht, daß sie imstande sein würde zu schlafen. Sie überlegte gerade, ob sie aufstehen sollte, als sie Gerry schniefen hörte und merkte, daß auch er wach lag. »Ich hoffe, Paddy geht es gut«, sagte er nur.

Ihr fiel auf, daß sie an Paddy kaum gedacht hatte.

Als sie die Kapuze wieder zur Hand nahmen, wußte Paddy, daß er erledigt war. Wenn er Zeit gehabt hätte, wäre er am Ende vielleicht tapfer gewesen. Aber das Ganze war ein derartiger Schock und eine derartige Überraschung gewesen – und eine Untat, denn er wußte, daß er unschuldig war –, daß er keine Zeit gehabt hatte, sich zu sammeln.

Wenn er an etwas anderes als an den Schmerz denken konnte, dann dachte er, daß sie wahrscheinlich Befehl hatten, ein Geständnis aus ihm herauszuprügeln, irgendein Geständnis – denn sie hatten offenbar vorsätzlich alle Hemmungen abgelegt. O'Hanlon hatte er nicht mehr gesehen.

Das Geständnis ergab keinen Sinn. Er stimmte einfach allem zu, was sie ihm vorhielten.

Zum Beweis nahmen sie es auf.

Als sie ihn zum Lieferwagen zerrten, wollte er kämpfen, aber er bettelte nur noch. Sie warfen ihn hinein, und er schlug mit dem Kopf gegen die metallene Strebe des Sitzes. Es blutete, und das Blut lief ihm in die Augen. In der Dunkelheit, in seiner Blindheit und Angst begann er zu weinen wie ein Baby. »Bitte, mein Gott, bitte. Bitte! Bitte ...« Er wußte nicht, wer neben ihm saß, und es war ihm gleichgültig. »Bitte. Ich bin kein Maulwurf. Ich hasse Maulwürfe mehr als jeder andere.«

Es kam keine Antwort. Sein Dasein bestand aus Schmerz, Dunkelheit und Verzweiflung. Er schrie, aber niemand antwortete. In der letzten Stunde seines Lebens verweigerte man ihm den Trost einer menschlichen Stimme. Er zitterte heftig und rollte sich zu einer Kugel zusammen, als ob er in die Geborgenheit des Mutterleibs zurückkehren wollte. Er bettelte. »Jesus, bitte. Bitte, lieber Gott. Fragt Gerry – fragt irgend jemand – ich bin kein Maulwurf. Bitte, bitte, bitte ...«

Er hörte nichts und sah nichts. Ihm war schwindelig, sein Kopf war benommen von den Schlägen und von der Fahrt. Sie schien ewig zu dauern, aber er hörte nicht auf zu flehen. Es war jenseits von Vernunft und Logik. Er wußte, was geschehen würde, aber er hatte seine Würde und seinen Mut verloren. Er hätte nie gedacht, daß es so sein würde, nie gedacht, daß es so langsam und unvermeidlich kommen würde. Er hätte nie gedacht, daß er den Vormarsch des Todes erkennen und begreifen würde, nie geglaubt, daß er dem Tod ins Gesicht sehen und keine Möglichkeit haben würde, ihn aufzuhalten. Er weinte die ganze Zeit. Er weinte, als ob das noch einen Unterschied machte, als ob es einen lange verschütteten Sinn für Menschlichkeit und Mitgefühl in den Herzen seiner Peiniger erwecken könnte.

Der Lieferwagen blieb stehen. Sie zogen ihn an den Füßen auf den Asphalt, und der Aufprall nahm ihm den Atem. Sie zogen ihm die Turnschuhe und die Socken aus, und er wußte, daß der Zeitpunkt näher war als je zuvor. Er kämpfte kurz, dann weinte er wieder. »Oh Gott. Oh Jesus. Bitte. Nein. Bitte nicht, bitte ...«

Sie zerrten ihn auf die Füße, und er spürte den Schlamm zwischen seinen Zehen. Er war hilflos, aber er konnte und wollte nicht aufgeben. Er flehte weiter, und seine Schreie wurden immer jämmerlicher und verzweifelter.

Sie trieben ihn zu Fuß mindestens eine Meile weit, und am Ende bluteten seine Füße, obwohl er den Schmerz nicht spürte. Er war merkwürdig benommen, und seine Verzweiflung linderte den Schmerz.

Sie zwangen ihn auf die Knie, und er weinte heftiger denn je. Er flehte, murmelte noch immer zusammenhanglos und rief nach seiner Mutter. Er spürte den Lauf der Pistole an seinem Hinterkopf. Den Schuß hörte er nicht.

Die Männer gingen lachend weg.

Vor Grants Büro stand eine kleine Gruppe, und als Ryan hinzukam, verstummten alle.

Es war ihm gleichgültig. Er sagte sich, daß es ihm einfach gleichgültig war. Er war verlegen und sogar wütend, aber es war ihm nicht wichtig genug, um ihm wirklich etwas auszumachen. Die anderen waren Karrieremänner, und er betrachtete sie mit Verachtung. Er hob sich von ihnen ab.

Grant war in seiner distanzierten Art geschäftsmäßig. Er wirkte zerstreut, aber sein Geist war scharf. Es war nicht genügend Platz für alle, also mußten manche stehen, einschließlich Ryan.

Grant spielte mit seiner Lesebrille und deutete auf ihn. »Lassen Sie uns das eben durchgehen, ja? Was ist die Erklärung? Was wissen wir?«

Ehe Ryan den Mund aufmachen konnte, gab Jenkins Antwort. »Wir wissen, daß einer unserer Agenten ein Gauner ist. Wir wissen, daß die Überwachung zusammengebrochen ist.«

Grant unterbrach ihn mit eisiger Stimme. »Ich bin zu diesem Zeitpunkt nicht an Schuldzuweisungen interessiert, Jenkins. Ich möchte durchgehen, was wir wissen.«

Ryan machte Anstalten, etwas zu sagen, und besann sich dann eines Besseren. Jenkins sprach weiter. »Wir wissen von der RUC« – er sprach die Buchstaben aus, als ob sie ansteckend wären –, »daß ein Killerkommando der IRA, einschließlich ihrer Frau, auf dem Weg nach London oder schon *in* London ist. Wir wissen, daß sie mindestens zu zweit sind, aber es können auch mehr sein. Wir wissen, daß sie in den nächsten zwei oder drei Tagen zuschlagen sollen – oder zumindest *glauben* wir, das zu wissen. Und das ist ungefähr alles, was wir *wissen*. Wir glauben, daß das Ziel ein Royal sein könnte, möglicherweise Prinz Charles.«

Jenkins legte eine Kunstpause ein. Ryan dachte, daß er es genoß, und seine Abneigung gegen ihn stieg um einen weiteren Punkt. »Eine Sache wissen wir: Sie reisen über Paris. Wir haben sofort Jefferson in der Botschaft alarmiert, und er hat dann unsere französischen Kollegen eingeteilt. Sie haben beide Flughäfen und alle Kanalhäfen besetzt. Sie sind sehr gründlich.«

Grant unterbrach ihn wieder. »Haben sie Fotos?«

»Ja, und unsere Leute auch. Wir haben eine massive Operation eingeleitet, und alle Zugänge werden voll überwacht. Wenn sie nicht schon drin sind, haben sie kaum noch eine Chance.«

Grant spielte wieder mit seiner Lesebrille und stellte Jenkins eine Frage, deren Antwort er schon kannte. »Wissen wir, wie viele im ganzen beteiligt sind – und wer für die Sicherung sorgt?«

»Nein.« Jenkins schob das oberste Blatt Papier zur Seite und schlug einen Computerausdruck auf. »Ziele. Gut, wir können nicht ganz sicher sein, aber es sieht so aus, als sollte das tatsächlich in London stattfinden – diese Information haben wir jedenfalls von der RUC. Wie Sie wissen, ist die Queen in Neuseeland, und es gibt morgen nur eine wichtige königliche Verpflichtung.« Jenkins hielt wieder inne und schaute auf, ehe er sein As ausspielte. »Prince Charles wird mit Thabo Mbeki im South Africa House zu Mittag essen.«

Grant grunzte vielsagend. Er sah sich in der Runde um. »Irgendwelche Vorschläge, meine Herren?«

Schweigen. Einer der Ermittler am anderen Ende des Tisches sah sich um, ob irgend jemand antworten würde. Dann sprach er aus, was alle dachten. »Das wird er doch sicher absagen?«

Jenkins antwortete knapp. »Wir haben gefragt. Wird er nicht.«

Der Ermittler wollte weiterreden, aber Jenkins machte eine lässige Handbewegung. »Er denkt gar nicht daran. Das haben wir schon durch. Wir müssen der Polizei nur sagen, daß sie die Sicherheitskräfte aufmotzen soll.«

Grant saugte an einem Brillenbügel. »Das ist auch nicht gerade leicht. Schwierig, die ganze Gegend mit Sicherheitskräften zu überschwemmen, ohne daß die Leute peinliche Fragen stellen. Ganz zu schweigen von der Schwierigkeit, die Quelle für unsere Freunde von der RUC zu schützen ...«

Jenkins grinste. »Unter den gegebenen Umständen müssen wir uns darüber wohl keine übermäßigen Sorgen machen.«

»Vielleicht nicht. Und der Gedanke, daß sein Mittagessen stattfindet, macht mich verdammt nervös, muß ich sagen. Wenn wir nun mal davon ausgehen, daß er nicht das Ziel ist – wer dann?«

Jenkins sah auf das Blatt Papier, das vor ihm lag. »Suchen Sie sich einen aus. Minister, frühere Premierminister, der gegenwärtige Premierminister, wer auch immer. Honoratioren, frühere Militärpersönlichkeiten, die in Nordirland gedient haben. Die Liste ist naturgemäß ziemlich lang.«

Grant sah Jenkins unmittelbar an. »Der Premierminister?«

»Heute nichts. Morgen nur Fragen beantworten im House.« Jenkins lächelte beinahe. »Wir haben schon gefragt. Er will nicht absagen. Besonders, weil das Thema, das er wohl gerne ansprechen will, dieses Propaganda-Pfadfindertreffen ist, an dem sich in Amerika gerade ein gewisser Gerry Adams erfreut.« Jenkins beugte sich wieder vor, und er wirkte jetzt todernst. »Es ist so: Wir müssen annehmen, daß Prinz Charles das Ziel ist, und morgen die maximalen Sicherheitsvorkehrungen treffen – wenn er immer noch darauf besteht, dieses lächerliche Mittagessen durchzuziehen. Wir haben den Palast bearbeitet, daß sie versuchen, ihn zur Vernunft zu bringen. Für den Premierminister werden wir entsprechende Maßnahmen ergreifen. Aber meiner Ansicht nach ist unsere vornehmliche Hoffnung, diese Leute zu schnappen, bevor sie loslegen. Wir hatten intensive Gespräche mit der Polizei und der Army. Wir haben die Fotos in Umlauf gebracht. Überwachungsteams sind schon an Ort und Stelle. Alle relevanten Telefone werden abgehört, einschließlich das der Familie McVeigh in Belfast. Wir haben nur den einen Vorteil, daß die nicht wissen, daß *wir* es wissen. Hoffen wir, daß wir Glück haben.«

Vom anderen Ende des Tisches aus sah Grant der Reihe nach in die Gesichter derer, die ihn umgaben, aber niemand sprach. Einige nickten schweigend mit den Köpfen. Er mußte gehen und den Staatssekretär, seinen Chef und andere treffen, und er entließ sie eilig – außer Ryan. Der war mitten im Zimmer stehengeblieben, während die anderen hinausmarschierten.

Wieder fühlte sich Ryan an die Schule erinnert. Das Gefühl war anders. Er spürte Reue. Grant sprach leise und beinahe sanft, und Ryan dachte, daß er sehr müde klang. »Was ist schiefgelaufen, David?«

»Ich weiß es nicht, Sir.«

»Nennen Sie mich nicht Sir.«

Ryan lächelte kurz. »Tut mir leid.«

»Die RUC sagt, daß Sie vielleicht zu nahe dran waren. Jenkins sagt, daß Sie inkompetent sind.«

»Ich habe mich für unsere Agentin eingesetzt.«

Grant setzte seine Brille auf und betrachtete die Papiere auf seinem Tisch – ein Akt der Entlassung, den Ryan schon kannte. Er machte noch eine Bemerkung, als Ryan die Tür erreichte. »Ich hoffe, es zahlt sich aus, sonst sind wir alle erledigt. Schlafen Sie neben diesem Telefon, und beten Sie, daß es klingelt.«

Ryan ging zurück in die Einsatzzentrale und setzte sich an den Schreibtisch. Er schaute auf die Themse hinunter und konnte den Fluß in der Dunkelheit gerade eben sehen. Er fragte sich, wo zum Teufel sie war und was sie tat. Er fühlte sich merkwürdig einsam.

Im Raum war es still, denn die anderen waren längst in die Wohnungen gegangen, die für diese Art von Notfällen vorgesehen waren.

Das Gebäude war neu, und Ryan war hier noch nie gewesen. Vor zwei Wochen hatte man seinen Schreibtisch von Gower Street hierhergebracht. Die neuen Räume und Büros waren eine gewaltige Verbesserung, obwohl er die Veränderung noch kaum zur Kenntnis genommen hatte.

Er fragte sich jetzt, ob es sein Fehler war und ob er es hätte verhindern können. Shadow Dancer war seine Agentin – *seine* –, und er fragte sich, ob er es versaut hatte.

Er fragte sich, ob sie für ihn verloren war.

Er konnte die Gesichter von Hopkins Long, Brian Allen und sogar

Grant nicht aus seinem Hinterkopf vertreiben. Er wußte, daß sie alle ihm die Schuld gaben, und er wußte, daß sie vielleicht nur noch wenige Stunden Zeit hatten. Er schaute das Telefon an und betete, daß es klingeln würde.

NEUNZEHNTES KAPITEL

Colette schlief unruhig, und als sie aufwachte, stand Gerry schon völlig angezogen am Fenster. Sie war schlaftrunken und nahm an, daß es schon spät war. Sie stand auf, ging ins Badezimmer und schloß die Tür hinter sich.

Zuerst putzte sie sich die Zähne, dann duschte sie. Zum ersten Mal seit Wochen, seit Monaten sogar, legte sie etwas Make-up auf. Sie schaute in den Spiegel und sah, daß sie hübsch war, aber sie hielt das nicht für ein Gnade. Sie hatte ihr Leben lang gegen die oberflächlichen Urteile derjenigen gekämpft, die von ihrer Schönheit beeindruckt waren. Sie hielt sie eher für eine Last, die man tragen mußte, als für ein schätzenswertes Geschenk.

Aber als sie ihr Spiegelbild betrachtete, war sie zumindest sicher, wohin sie gehen würde. Sie hatte sich jetzt entschieden, und es gab kein Zurück.

Sie kam aus dem Bad, und Gerry saß auf der Bettkante und hielt den Telefonhörer an sein Ohr. Seine Knöchel waren weiß, und sie wußte, daß etwas nicht stimmte. Eine schreckliche Vorahnung überkam sie. Sie setzte sich leise auf die andere Seite des Bettes, wandte sich um und sah ihn an. Er legte den Hörer auf. »Ich habe Ma angerufen«, sagte er.

Sie schaute ihn neugierig an.

»Paddy ist tot.«

Die Zeit blieb stehen.

Sie senkte den Kopf und schloß vor Schmerz die Augen.

Es war, als hätte sie ihr ganzes Leben lang darauf gewartet – die Pessimistin in ihr, die immer vom Schlimmsten ausging.

Ihre Gedanken zerflossen. Eine kurze Hoffnung, eine Ahnung, daß es nicht wahr sein konnte, daß es zu ungeheuerlich war, um wahr zu sein, ging in dem panischen Gefühl absoluter Gewißheit unter.

Sie preßte ihre Hände auf die Augen und drückte zu, bis sie den Schmerz deutlich spürte.

Sie wollte, daß es dunkel blieb.

Sie wurde sich bewußt, daß es still im Zimmer war.

Sie hörte sich fragen, warum, und sie schaute auf und sah die Härte in Gerrys Gesicht. »Weil er ein Maulwurf war.«

Für einen kurzen Moment hatte sie die Kraft, ihn mit vollkommener Verachtung anzusehen. Er sprach mit säuerlicher Stimme weiter, vielleicht als Reaktion auf ihren Gesichtsausdruck. »Sie haben ihn verdächtigt, und wir haben uns einen einfachen Test ausgedacht – einen dummen Test. Nur ein paar Waffen, die in die Stadt kommen. Nur er wußte davon. Nur er und ich und Internal. Viel Polizei war da und hat alles abgesucht. Er muß ihnen einen Tip gegeben haben.«

Colette konnte sich nicht beherrschen. Sie rannte zur Toilette und würgte heftig. Ihr Körper schüttelte sich, und ihre Beine versagten. Sie sank auf die Knie.

Schließlich bemerkte sie, daß Gerry hinter ihr stand. Er sprach leise. »Es tut mir leid, Colette«, sagte er. »Es ist schwer für uns alle.«

Nein, ist es nicht, wollte sie sagen. Nicht für dich, du Mistkerl, und nicht für mich, weil ... Noch eine plötzliche Welle der Übelkeit kam über sie.

Das hätte ich sein sollen, dachte sie.

Sie kniete noch immer und wandte sich ihm wieder zu. »Macht es dir *gar nichts* aus?«

»*Natürlich* macht es mir etwas aus. Natürlich. Aber wenn wir Maulwürfe am Leben lassen, können wir nicht überleben. Er kannte die Strafen besser als jeder andere.«

»Er ist unser *Bruder.*«

Gerry schwieg für ein paar Sekunden. »Er *war* unser Bruder«, sagte er leichthin. »Aber wenn er ein Maulwurf ist, ist er nichts.«

Zwischen Haß und Verzweiflung gefangen, sah sie ihn an.

»Er war ein Maulwurf, Colette. Verstehst du, was ich sage? Verstehst du, was das bedeutet? Das heißt, daß jedes Unglück, das wir ertragen haben, jeder Mann und jede Frau, die wir verloren haben, jedes Opfer, das wir gebracht haben, und jedes Jahr, das wir im Gefängnis abgesessen haben, umsonst war. Er hat alles gewußt, er hat alles beobachtet, und bei jedem Schritt, an jedem Tag hat er uns verraten. Er hat uns verraten, als Davey starb. Er hat uns verraten, als du ins Gefängnis gingst.«

Colette strich sich das Haar aus den Augen. »Er ist immer noch unser Bruder«, sagte sie leise.

»Nein, nach all dem nicht mehr. Nicht, nachdem er alles verraten hat, was wir jemals getan haben. Alles, wofür wir jemals gestanden haben. Was ist mit dem loyalistischen Anschlag auf Ma? Vielleicht war er das auch?«

»Er ist kein Maulwurf.«

»Dazu ist es jetzt zu spät.«

Sie schluchzte unkontrolliert. »Er war es nicht«, sagte sie. »Er war es nicht.«

»Er *war* es, Colette. Die Wahrheit ist, daß ich ihn schon eine Weile verdächtigt habe – seit dem Anschlag auf Henderson, und vielleicht schon früher. Ich wollte es nicht wahrhaben, es vor mir selbst nicht zugeben. Niemand will so etwas glauben. Man tut alles, um es nicht zu glauben.«

Er ging zur Tür. »Wir müssen gehen«, sagte er, aber sie hatte die Augen wieder geschlossen und versank in tiefste Verzweiflung. Sie spürte seine Hand auf ihrer Schulter, zuerst ganz sanft. Er drückte kurz zu, und dann schob er die Hand unter ihren Arm und zog sie hoch. »Komm schon, Colette«, sagte er.

Sie wollte sich losmachen, aber plötzlich faßte er sie hart an, zog sie zu sich hin und schlug ihr fest ins Gesicht.

»Wir haben einen Job zu erledigen«, sagte er, »und wir erledigen ihn, ob unser Bruder ein Verräter war oder nicht.«

Ihr Gesicht tat weh, und sie legte die Hand auf ihre Wange, um den Schmerz zu stillen. Sie spürte wieder Tränen in ihren Augen, und als er jetzt nach ihr griff, wehrte sie sich nicht.

Er zerrte sie beinahe den Korridor entlang und in den Aufzug. Es war sonst niemand darin, und sie konnte kurz ihr Spiegelbild in den Eckleisten aus Messing sehen. Sie sah verheerend aus.

Unten in der Halle hielt sie sich hinter Gerry, der zur Rezeption ging und um die Rechnung bat. Sie konnte nicht klar denken und wartete mit gesenktem Blick.

»Ist alles in Ordnung, Madam?« hörte sie jemanden fragen.

»Es geht ihr gut«, sagte Gerry.

»Ist alles in Ordnung, Madam?« fragte die Frau wieder, und ihre Stimme klang diesmal etwas härter.

Colette schaute auf und sah eine rundliche blonde Frau, die mit besorgtem Gesichtsausdruck am Schalter lehnte.

Colette versuchte zu lächeln, und als sie sich Gerrys Unbehagen vorstellte, verspürte sie einen kurzen Anflug von Vergnügen. »Es … es ist alles in Ordnung«, sagte sie langsam. Die Frau riß widerwillig ihren Blick von ihr los und ging zum Drucker, um die Rechnung abzureißen. Niemand sagte mehr etwas, und Colette hielt den Blick gesenkt.

Als sie wenig später das Hotel verließen, spürte Colette wieder Gerrys Hand an ihrem Arm, und sie ging mit ihm.

Sie kamen an dem rosafarbenen Dunkin'-Donuts-Laden vorbei, und der Duft wehte ihnen nach.

Bei Boots blieben sie stehen und warteten, um die erste Hälfte der Straße zu überqueren. Sie ging rechts von Gerry, und rechts von *sich* bemerkte sie einen Mann im grauen Anzug, der an einer Säule lehnte. Er hatte sein Gesicht halb von ihnen abgewandt und sprach in ein Mobiltelefon. Sie fragte sich, ob er zu einem Überwachungsteam gehörte.

Die Fußgängerampel wurde grün. Sie gingen hinüber und warteten auf der Verkehrsinsel, um den nächsten Abschnitt zu überqueren. Rechts von ihr stand jetzt eine Familie mit amerikanischem Akzent und Scheitelkäppchen – jedenfalls die Jungen. Sie hob ihren Blick ein wenig und sah einen Mann im Nadelstreifenanzug, der sie anschaute. Er war mittleren Alters und ein wenig übergewichtig, und für einen Moment fragte sie sich, ob er sie beobachtete. Aber er sah sie zu lange an, und sie mußte schmerzlich feststellen, daß es die üblichen Gründe hatte.

Während sie warteten, fuhr einer der alten roten Busse mit dem riesigen Bild eines Babys an der Seite an ihnen vorbei. Ein schönes Baby.

Die Ampel wurde grün, und sie gingen los. Sie erinnerte sich an den Tag, als Pa ein Modell eines dieser alten Busse von einer London-Reise mitgebracht hatte. Sie erinnerte sich an die Begeisterung – sie bekamen nicht oft Geschenke – und an ihre Enttäuschung, als sie merkte, daß es für Paddy und Gerry war und nicht für sie. Sie erinnerte sich, daß Paddy und Gerry um das Ding gestritten hatten und daß Gerry wie immer gewonnen hatte.

Als sie an der Eros-Statue vorbeikamen, hielt Gerry sie noch immer am Arm fest, und er führte sie zu einem großen Gebäude, auf dessen Fassade in großen grünen Buchstaben »Lillywhites« stand.

Drinnen erkannte sie schnell, daß es ein Sportgeschäft war, und Gerry befahl ihr, sich umzusehen, als würde sie etwas kaufen wollen. Mechanisch ging sie los und prüfte sorgfältig die Hemden um sie herum. Sogar hier, sogar jetzt, konnte sie nicht umhin, die Qualität der Stoffe zu spüren und daran zu denken, wie glücklich der kleine Mark wäre, wenn sie ihm ein Geschenk mitbringen würde.

In dem Laden verlor sie jedes Zeitgefühl. Sie schienen sich ewig umzuschauen und durch die verschiedenen Stockwerke zu gehen, aber schließlich führte Gerry sie wieder auf die Straße. Es war ein schöner Tag, und als sie auf den Gehweg traten, sah sie von weitem das Dach der Houses of Parliament, und ihr Magen krampfte sich zusammen. Davor stand eine schmale Säule mit der Statue eines Mannes auf der Spitze, der mit der lässigen Arroganz dastand, die man von einem britischen Kolonialisten erwartete. Die Säule sah aus wie eine kürzere Ausgabe von *Nelson's Column.*

Sie gingen ein paar Schritte, und beim Anblick eines Bank-of-Ireland-Schildes verspürte sie einen kurzen Anflug von Freude. Ihre Bank. Betroffen merkte sie, daß sie seit Wochen nicht an das neue Konto, an *deren* Geld gedacht hatte. So viel Geld. Genug, um alles zu verändern.

Sie überquerten die Straße an ihrem Ende und gingen langsam die Stufen bei der Statue hinunter. Sie kamen an einer Gruppe Touristen vorbei, die japanisch sprachen und ihren Stadtplan studierten.

Sie überquerten The Mall und betraten St. James' Park. Zu dieser Jahreszeit waren die Bäume kahl, und sie empfand die Trostlosigkeit des Winters. Ein älterer Mann, der eine merkwürdige Mütze mit Federn trug, kam ihnen entgegen und paffte eine Zigarette. Als er vorbeiging, fragte sie sich wieder, ob sie beobachtet wurden.

Sie überquerten noch eine Straße, und diesmal gingen sie auf eine Sicherheitsabsperrung zu. Colette verspürte unwillkürlich die Stiche der Nervosität. Sie schaute in Gerrys gelassenes Gesicht und konnte nicht umhin, eine gewisse Bewunderung für seinen Mut zu empfinden. Sie gingen an dem Kontrollpunkt vorbei und betraten einen riesigen, kiesbedeckten Hof mit einem langen, unglaublich eleganten Gebäude.

Sie erinnerte sich, wie sie vor vielen Jahren hier vorbeigekommen war, als sie nach einer der Überwachungsaktionen die Sehenswürdigkeiten besichtigt hatte.

Unter dem Torbogen trat ein Soldat hervor, der in seinen schwarzen Stiefeln, den weißen Reithosen und dem dunkelblauen Uniformrock absurd aussah. Eine lächerliche Touristenattraktion, außer ...

Sie schauderte innerlich und war plötzlich bedrückter als je zuvor. Es war, als ob eine fatalistische Wolke über ihr hing. Als sie auf Whitehall zugingen, kamen sie an einem weiteren Soldaten vorbei, diesmal zu Pferd. Das Tier neigte den Kopf, um die Hand eines Touristen zu beschnuppern, und für einen kurzen Moment sah sie ihm in die Augen. Es waren vertrauensvolle Augen.

Sie schloß ihre Augen wieder und wollte sich in Dunkelheit hüllen.

Ryan stand auf, um wieder einmal den kurzen Weg zur Kaffeemaschine zu gehen.

Um ihn herum herrschte helle Aufregung, aber es hatte über Nacht noch keine wirklichen Entwicklungen gegeben. Die Atmosphäre war gespannt, und die Nerven lagen blank. Beim morgendlichen Treffen hatte es nichts Neues zu besprechen gegeben. Alle warteten.

Ein paar Minuten, nachdem er mit dem Kaffee zurückgekommen war, meldeten die Government Communications Headquarters, daß im Haus der McVeighs in Belfast angerufen worden war und daß man den Anruf in das Regency Crest Hotel in der Nähe von Piccadilly Circus zurückverfolgt hatte.

Ryan hielt nicht inne, um sich zu fragen, ob er am Telefon bleiben sollte. Er nahm seine Jacke und rannte los.

In London war schönes Wetter, und wie immer um diese Zeit waren die Straßen noch voll mit Leuten, die zur Arbeit gingen. Ryan rannte das erste Stück, aber seine Beine und seine Lungen ermüdeten, deshalb lief er im Dauerlauf weiter. Es war nicht warm, aber als er Piccadilly Circus erreichte, schwitzte er.

Er stürzte in die Hotelhalle und sah den Gesichtsausdruck des Detective, der mit dem Rücken zur Rezeption stand. Er trug einen beigefarbenen Regenmantel, und Ryan kannte ihn von einer der vielen Anti-Terrorismus-Konferenzen, an denen er teilgenommen hatte. Aber er wußte seinen Namen nicht mehr. Der Mann erwartete nicht, daß sie sich vorstellten. Er lächelte nur und zuckte mit den Schultern. »Weg. Weg, fürchte ich. Haben vor zehn Minuten ausgecheckt. Könnten inzwischen überall sein.«

Als Ryan ging, hatten sie das Zimmer genau unter die Lupe genommen und nichts gefunden. Sie schwärmten aus, um die umliegenden Straßen zu durchsuchen, aber Ryan war überzeugt, daß sie eine Stecknadel im Heuhaufen suchten.

Er überquerte die Straße und blieb bei der Eros-Statue in der Mitte von Piccadilly stehen. Es war jetzt ziemlich sonnig, und ein paar südamerikanisch aussehende Mädchen lagen erschöpft am Brunnen. Er sah sie eine Weile an und betrachtete dann die Schilder hoch über ihm: McDonald's, Foster's, Coke, Samsung, Carlsberg. Er drehte sich um und schlenderte langsam in Richtung Pall Mall und St. James' Park davon – es schien keinen Grund zur Eile zu geben. Er schaute sich sorgfältig um, studierte Gesichter und wußte, daß er keine Chance hatte, sie zu finden.

Er kam an der Bank of Ireland vorbei und erschrak bei dem Gedanken an das Konto, das sie dort einzurichten versprochen hatten. Das war natürlich noch nicht geschehen. Würde es jetzt wahrscheinlich auch nicht mehr.

Er fragte sich, ob sie das Geld immer noch verdient hatte – wenn das überhaupt *jemals* der Fall gewesen war. Er spürte dieses Gefühl von nagendem Zweifel und von Mißlingen, das ihn plagte, seit er die Nachricht bekommen hatte – und sogar länger. Wo hörte die Wahrheit auf, und wo begann die Lüge, fragte er sich. Hatte es überhaupt Wahrheit gegeben? Er fragte sich, ob sie ihm jemals wirklich über irgend etwas die Wahrheit gesagt hatte. Er überquerte Pall Mall und ging an der Statue von Frederick, Duke of York vorbei, dem jüngeren Bruder von George III. Er wußte das, seit er sich einmal die Mühe gemacht hatte, stehenzubleiben und die Inschrift zu lesen. Er umging St. James' Park, ließ das Northern Ireland Office links liegen und hielt auf den großen Platz vor den Horseguards zu. Er ging durch einen Torbogen Richtung Whitehall, sah die Soldaten in all ihrer Pracht und spürte die Galle in seinem Bauch. Vielleicht war es nur gerecht, wenn sie starb. Könnte irgend jemand behaupten, daß sie es nicht verdiente? Als er Parliament Square erreichte, hatte sich dieser Gedanke verfestigt. Plötzlich war ihm schlecht.

Sie tranken Kaffee im Obergeschoß von Grandma Lee's. Das Café befand sich neben der U-Bahnstation Westminster und genau gegenüber dem Palace of Westminster. Gerry war nervös, nervöser, als Colette ihn je erlebt hatte. Vom Fenster aus hatte er die starke Präsenz der Sicherheitskräfte erkannt – sie war kaum zu übersehen, denn es wimmelte jetzt von Polizisten –, und er hatte Paddy leise verflucht. Er dachte, daß die ganze Operation möglicherweise gefährdet war.

Sie hatte den Mann, der sie erwartet hatte, noch nie gesehen, obwohl Gerry sagte, daß er aus Belfast kam. Er sah aus, als hätte er sich der englischen Gesellschaft angepaßt, denn er trug einen schicken Anzug und sprach mit englischem Akzent. Er war gut rasiert und frisiert, und er und Gerry sprachen im Flüsterton miteinander, obwohl niemand sie hören konnte. Gerry war noch immer aufgeregt. »Was ist mit den ganzen Sicherheitsleuten?« fragte er.

Der Mann war noch nervöser als Gerry, und seine Augenbrauen zuckten. »Ich weiß es nicht. Ich weiß es nicht. Ich finde, wir sollten abbrechen.«

Gerrys Stimme war fest. »Auf keinen Fall.«

»Herrgott noch mal, es wimmelt hier von *Peelers*. Sie müssen etwas wissen ...«

»Das kann hundert Gründe haben.«

Der Mann wurde immer aufgeregter. »Kann es nicht! So war das noch nie. Noch nie!«

»Ich habe nein gesagt, und damit hat es sich. Wir sind schon weit gekommen, und wir werden es zu Ende bringen.«

»Um Gottes willen ...«

Gerry beugte sich vor und grub seine Finger in den Unterarm des Mannes. Seine Stimme klang bedrohlich. »Ich sagte *nein*, verstanden? Nehmen Sie sich jetzt zusammen. Geben Sie mir die Pistolen.«

Der Mann konnte an Gerrys Ausdruck erkennen, daß jede weitere Diskussion zwecklos war. Er schaute sich vorsichtig um und reichte ihm unter dem Tisch das kleine, schwarze Umhängeetui.

»Offensichtlich ist irgendwas passiert, das die Leute aufgeregt hat«, sagte Gerry leise, »aber es ist *gerade eben* passiert, also sind sie immer noch ohne Deckung. Wir verlegen alles vor und gehen jetzt rein. Kapiert?«

Der Mann sah aus, als würde er an seiner Nervosität ersticken. »Um Gottes und um Christi willen, wir müssen das abbrechen. Es ist Wahnsinn. Sie sind hier überall.«

Gerrys Stimme klang fest. Colette fiel auf, daß der Muskel in seiner Wange nicht mehr zuckte. »Es wird klappen. Sie können unmöglich irgendwas Genaues wissen, also wird es klappen. In der Unterführung werden nicht so viele Sicherheitsleute sein.«

»Es ist hoffnungslos. Sie haben keine Chance.«

»Es wird funktionieren. Wir müssen nur die Nerven behalten – *Sie* müssen nur die Nerven behalten.«

Der Mann konnte offenbar nicht glauben, was er hörte, und er hielt einen Moment inne, ehe er weitersprach. »Aber selbst wenn Sie reinkommen, kommen Sie nicht wieder raus.«

Gerry sah ihn verächtlich an. »Das überlassen Sie uns. Schaffen Sie einfach das Boot da hin.«

»Auf dem Fluß wird es von Polizei wimmeln, und da oben ist ein Hubschrauber, Herrgott noch mal.«

Gerry erhob zum ersten Mal die Stimme. »Sorgen Sie für das Boot!« Er sah sich um. Der Raum war immer noch leer. »Schaffen Sie's hin, oder ich bringe Sie eigenhändig um.«

Der Mann stand auf, und die Drohung hing noch immer in der Luft. Colette fragte sich, ob ihre Beine ihr gehorchen würden, aber Gerry schob wieder seine Hand unter ihren Arm und zog sie geradezu von ihrem Platz hoch. Er starrte den Mann grimmig an und führte sie dann zur Treppe.

Unten lockerte er seinen Griff, und als sie auf die Straße traten, überlegte sie, ob sie losrennen sollte – aber warum und wohin? Trägheit und Fatalismus drückten sie nieder.

Sie ging neben Gerry die Treppe zur Unterführung hinunter und zögerte einen Moment, als sie die *Peeler* am Tor zum House of Commons sah. Es waren zwei, und sie spürte, wie ihre Angst zurückkehrte. Sie sah, daß Gerry einen halben Schritt vor ihr selbstbewußt und zügig auf sie zuging. Er nahm seinen Ausweis und hob ihn etwas an, sie tat dasselbe. Gerry lächelte – mein Gott, dachte sie, er würde den Teufel um den Finger wickeln, wenn es darauf ankäme –, und sie schaute ihn an und nicht die Männer, die vor ihr standen.

»Morgen«, sagte Gerry und lächelte noch immer. Sein Akzent war in Ordnung, aber sie wußte, wenn er mehr sagen mußte …

Sie standen jetzt auf gleicher Höhe, und sie sah zu den Gesichtern der Männer auf. Sie waren älter oder alterten zumindest, und beide hatten weißes Haar und wirkten entspannt. Der mit der Brille trat einen Schritt vor, um ihre Ausweise genauer zu betrachten, aber Gerry ging einfach langsam weiter und tat so, als ob die Prüfung der Ausweise Routine wäre und er es eilig hätte.

Der Mann warf nur einen kurzen Blick auf sie und sah ihnen dann ins Gesicht – ein unkomplizierter Blick, in dem kein Mißtrauen zu liegen schien.

Dann waren sie durch, und Colette stellte fest, daß ihre Trägheit schwand. Vielleicht lag es an der Angst und am Adrenalin oder vielleicht auch an der Erregung – schwer, das zuzugeben.

Sie gingen unter den Bögen hindurch, und rechts von ihnen war der gepflasterte Kreisel, der den Autos als Zufahrt zum House of Commons diente. Ein Mann kreuzte ihren Weg, und Colette verspürte einen weiteren Stich von Angst und Aufregung, als sie feststellte, daß sie ihn kannte. Bestimmt ein Minister, obwohl sie sich an seinen Namen nicht erinnern konnte. Rechts von ihnen fuhr ein Taxi vor, und ein großer Mann und eine hübsch angezogene Frau stiegen aus. Sie verspürte Abscheu.

Sie gingen durch eine Tür und betraten eine Art Eckturm. Sie stiegen eine enge Treppe hinauf. Die Wände dort waren schmutziggelb und der Teppich ausgeblichen grün, und Colette geriet schnell außer Atem. Die Treppe wandte und wandte sich und schien kein Ende zu nehmen – dann erreichten sie einen Absatz, und sie sah ein Schild, auf dem »Lower Reporter's Gallery« stand. Sie standen jetzt vor einer Tür, und Colette hörte Stimmen und sah, daß der Raum heller war. Gerry drehte sich plötzlich um, nahm ihren Arm und begann, die Treppe hinunterzugehen. Als sie zwei Treppen gegangen waren, flüsterte sie: »Was ist los?«

Er blieb stehen. »Nichts – ich sehe nur nach. Sag nichts.« Er ging weiter, und wieder konnte Colette nicht umhin, seine Professionalität zu bewundern. Er schien zu wissen, wohin er ging und was er tat, jedenfalls machte er diesen Eindruck. Ein Mann im Anzug und eine gut angezogene Frau mit einer malvenfarbenen Jacke und einer cremefarbenen Bluse gingen vorbei, aber sie schienen keine Notiz von ihnen zu nehmen. Unten an der Treppe wandten sie sich nach links und gingen weiter in das House of Commons hinein. Sie kamen an einem kleinen Parkplatz vorbei, und Colette fiel auf, daß ein Lieferwagen auf einer raffinierten Metalltrommel im Boden gedreht wurde. Offenbar war nicht genug Platz, um anders zu wenden.

Zu ihrem Schrecken wandte Gerry sich wieder nach links und ging an einer Reihe von Kassen vorbei. Sie überquerten eine Art Straße und traten dann hinaus auf eine Terrasse, die sich an der Themse entlangzog. Es war fast niemand da, und sie drehten sich um und liefen einem Aufseher genau in die Arme. Gerry murmelte eine Entschuldigung, und der Mann sah ihn hochnäsig an. Er trat beiseite, um sie vorbeizulassen. »Zutritt hier *nur* für Mitglieder, Sir.«

Sie gingen denselben Weg zurück und stiegen die Treppe wieder hinauf. Noch ein Mann im Anzug ging an ihnen vorbei und sagte »Morgen«, aber ehe sie wußte, ob sie antworten sollte oder nicht, war er verschwunden. Colette spürte, wie die Erregung nachließ.

Als sie das Schild »Lower Reporter's Gallery« erreichten, kamen zwei Männer mit Papieren in den Händen aus dem Raum vor ihnen. Sie schienen es nicht eilig zu haben, und ihre Blicke fielen zufällig auf Colette. Sie hatte das Gefühl, sich innerlich aufzulösen, und versuchte, ein Lächeln zustande zu bringen. Gerry blieb stehen, damit sie die nächste Treppe hinaufgehen konnten, und einer von ihnen sah sich über die Schulter nach ihr um. Es war harmlos – neugierig und vielleicht bewundernd.

Sie kamen zu einem anderen Schild, auf dem »Upper Reporter's Gallery« stand, und diesmal ging Gerry geradeaus. Die beiden Männer gingen weiter die Treppe hinauf, und als sie um die nächste Ecke bogen, sah derselbe Mann sich wieder nach ihr um.

Dann waren sie in einem schwach erleuchteten Korridor. Links entdeckte sie ein winzigkleines Büro, in dem sich am Fenster Zeitungen stapelten. Die Tür stand halb offen, aber sie konnte niemanden sehen, und auf dem Korridor war es still. Gerry stand da, als ob er nicht sicher wäre, was er tun sollte. Er nahm sie wieder am Arm und führte sie zu einer Tür am Ende des Korridors, auf der in Goldbuchstaben »Gentlemen« stand. Er hielt kurz inne und schob sie dann hinein. Es war ein kleiner Raum mit zwei Urinalen und einer einzelnen Kabine. »Perfekt«, sagte er. Er zog sie in die Kabine, ließ den Klodeckel herunter und gab ihr Zeichen, sich zu setzen. Er schloß die Tür und lehnte sich an die Wand.

Sie schwiegen, und sie beugte sich vor und legte den Kopf in die Hände. Sie wollte weinen, aber es kamen keine Tränen.

»Wenn mir etwas passiert«, sagte Gerry, »ist das die Stelle, wo das Fluchtboot wartet – die Terrasse, wo wir gerade waren. Das ist der Weg dorthin. Erinnere dich an den Weg und renn wie der Teufel. Das Boot wird da warten. Wenn es sein muß, springst du einfach ins Wasser, und er holt dich raus.«

Für einen Augenblick war sie versucht, die Dreistigkeit seines Plans zu bewundern, aber andere Instinkte herrschten vor, und sie empfand Zorn. Es war ohne Frage Selbstmord. Es war schon unter normalen Umständen riskant – ihr Kopf war klar genug, um das abschätzen zu können. Aber heute war es Selbstmord. Sie fragte sich, was die erhöhte *Peeler*-Präsenz verursacht hatte, und kämpfte eine Weile um eine rationale Erklärung, aber sie konnte es nicht begreifen. Sie fragte sich, ob sie beobachtet worden waren, ob man sie überwacht hatte, aber was machten sie dann hier? Wie wären sie so weit gekommen? Es ergab keinen Sinn. Woher wußten sie überhaupt irgend etwas? Sie hatte ihnen nichts gesagt. Niemand wußte irgend etwas. Außer Gerry. Und Paddy.

Paddy. Der Name explodierte in ihrem Kopf, und sie spürte, daß ihr die Tränen in die Augen traten.

Sie stellte sich den Augenblick vor, in dem sie zu ihm gekommen waren. War er überrascht? Hatte er gekämpft? War er ängstlich gewesen oder wütend oder beides? Hatte er geweint und gebettelt?

Sie fragte sich, was sie getan hätte. Was, wenn *ich* es gewesen wäre, fragte sie sich. Ihr kam ein Gedanke. Selbst wenn er die Wahl gehabt hätte, selbst wenn sich Paddy aller Tatsachen bewußt gewesen wäre, wäre er immer noch an ihrer Stelle gegangen. Seine Courage war so gutartig, wie Gerrys böse war. So kam es ihr jetzt jedenfalls vor.

Sie fragte sich, was sie ihm angetan hatten. Obwohl sie vertrauliche Dinge wußte und eng mit der Organisation verbunden war, hätte sie nicht sagen können, was sie eigentlich *taten*. Nicht viele Leute wußten das. Vielleicht war das Absicht. Das war ein Teil der Angst.

Sie stellte sich die letzten Augenblicke vor. Darüber wußte sie Bescheid, und sie konnte es sich lebhaft vorstellen. Hatte er dann geweint? Kann es überhaupt Courage geben im Augenblick des ...?

Sie stellte sich vor, wie sie ihn zogen. Sie stellte sich die Angst in seinen Augen vor und die Kapuze und die Feuchtigkeit und die Kälte des Schlamms. Sie stellte sich die Einsamkeit und die Grausamkeit und den Haß und die Dunkelheit vor ...

Sie wollte schreien.

Sie schloß mit Gewalt die Augen.

Sie stellte sich Gerry vor, der mit dem Unterleib auf ihrer Augenhöhe vor ihr stand. Sie wollte ihn schlagen.

Sie merkte, daß sie eine Grenze überschritten hatte. Sicher hatte sie sie verraten, aber ihre Instinkte waren menschlich gewesen – sie wollte Mark und Catherine beschützen. Sogar vorher, sogar ehe der Verrat begann, hätte sie niemanden hingerichtet, weil er ein Maulwurf war. Vielleicht abgelehnt, sogar gehaßt. Aber sie hätte dafür nicht ihren eigenen Bruder zum Tode verurteilt. Sie glaubte, daß Paddy das auch nicht getan hätte.

Sie fand, daß Gerry ein Monster war. Ihre Augen waren jetzt trokken. Sie schaute auf und sah, daß er gelassen an die Wand hinter ihr starrte. »Wie spät ist es?« fragte sie.

Er sah auf die Uhr. »Fast soweit«, sagte er, und sie haßte ihn noch mehr. »Bleib hier«, fügte er hinzu. »Ich muß noch ein letztes Mal nachsehen. Ich klopfe dreimal.« Er öffnete die Kabinentür und war fort, und die Tasche lag noch immer zu ihren Füßen.

Sie drückte das Schloß zu.

Es war still. Sie sah die Tasche an und zog sie zu sich hin. Sie hob sie auf und spürte das Gewicht des Metalls.

Sie dachte an den kleinen Mark und sein Spielzeuggewehr, und ein plötzlicher Konflikt zwischen Angst und Hoffnung lähmte sie.

Bis auf das Tropfen des Spülkastens hinter ihr war es still im Raum.

Sie stand auf, löste das Schloß an der Kabinentür, öffnete sie ein wenig und lauschte. Sie hörte nichts. Jetzt wünschte sie sich, eine Uhr zu haben. Vorsichtig ging sie ein Stück, bis sie sich im Spiegel sehen konnte. Ohne einen weiteren Gedanken fragte sie sich, ob sie ihr eigenes Bild zum letztenmal sah. Sie ging durch den Waschraum zur Tür, öffnete sie ein wenig und spähte hinaus. Der Korridor war leer und still. Sie ging hinaus. Die nächste Tür stand halb offen, und sie blieb davor stehen. Drinnen war niemand zu hören.

Vorsichtig öffnete sie die Tür und trat ein. Sie sah zwei Schreibtische, zwei Stühle, zwei Telefone und verschiedene Zeitungsstapel. Sie zog die Tür ein wenig zu und setzte sich an einen der Schreibtische. Die Angst hielt sie beinahe davon ab, den Hörer zu nehmen, aber nach einem Augenblick des Zögerns fand sie den Mut.

Sie wählte die Freephone-Nummer, und ein Mann antwortete. Ihre Welt drehte sich plötzlich langsamer, als ob sie in einer Traumwelt wäre. Sie sagte ihm, daß sie Shadow Dancer sei und mit dem jungen Mann sprechen mußte, dem Agenten – jetzt, dringend, sofort. Es geht um Leben und Tod, sagte sie. Der Mann sagte, daß es ihm leid täte, aber ihr Ansprechpartner sei nicht da, ob es der andere täte? Sie sagte, nein, es muß der junge Mann sein; es mußte Ryan sein. Leben und Tod, sagte sie.

Er bat sie zu warten. Sie hatte furchtbare Angst. Sie wartete darauf, daß ihr jemand auf die Schulter tippte und sie sich umdrehte und in Gerrys verdutztes und neugieriges Gesicht sah. Sie wagte es nicht, sich umzusehen. Warten. Warten, das eine Ewigkeit zu dauern schien. Dann wieder der Mann, der ihr sagte, daß es eine Nummer gäbe, ob sie einen Stift hätte. Immer noch wie im Traum wühlte sie in ihrer Handtasche, sie suchte etwas, worauf, und etwas, womit sie schreiben konnte.

Schließlich hatte sie die Nummer, und sie unterbrach die Verbindung und wählte neu. Es kam kein Ton. Sie versuchte es wieder, und dann jagte ein leichter Klaps auf ihre Schulter einen gewaltigen Schock durch ihr System.

Es war der Mann, den sie zuvor gesehen hatte – der mit dem Anzug, der sie angeschaut hatte.

Sie erholte sich. »Es tut mir sehr leid«, sagte sie, und irgendwie gelang es ihr zu lächeln. »Ich mußte einfach unbedingt telefonieren, ein persönlicher Anruf.«

Er runzelte kurz die Stirn, dann zuckte er mit den Schultern und lächelte beinahe. »Ich komme gleich zurück«, sagte er.

Sie hörte nicht auf zu denken. Sie wählte noch einmal, und diesmal kam ein Ton. Als sie seine Stimme hörte, weinte sie fast. »Shadow Dancer?«

»Ich habe keine Zeit. Ich bin in London.«

»Ich weiß.«

Seine Stimme klang ruhig, und ihre Nervosität legte sich.

»Wirst du uns rausbringen?«

»Ja.«

»Uns alle. Mich, die Kinder, Ma, wenn sie will?«

»Ja.«

»Schwörst du?«

»Ich schwöre. Ich habe gesagt, wir kümmern uns um dich.«

»Sagen reicht nicht.«

»Ich verspreche es dir – bei allem, was mir wichtig ist.«

»Bring die Kinder jetzt raus. Machst du es jetzt?«

»Wir machen es jetzt. Heute.«

Sie hielt kurz inne, ehe sie hastig weitersprach. »Es passiert jetzt, jede Minute. Wir sind durch den unterirdischen Presseeingang am Parliament reingekommen. Wir sind in der Pressegalerie. Der Premierminister, wenn er aufsteht –«

»Danke. Das vergesse ich dir nicht.«

Sie hängte ein, stand auf und triumphierte unvermittelt. Die Tür öffnete sich, und der Mann kam zurück. Er sah aus, als würde er eine Erklärung erwarten, aber sie lächelte strahlend und ging an ihm vorbei. »Danke«, sagte sie.

Sie stand wieder auf dem Korridor und sah sich nach beiden Seiten um. Wieviel Zeit noch? Sie fragte sich, ob der Mann in dem Büro hinter ihr hören oder sehen würde, wenn sie in den Waschraum am Ende ging, aber sie dachte, daß sie keine Wahl hatte. Eine Damentoilette war nicht zu sehen, und Gerry hatte ihr sowieso gesagt, daß sie warten sollte. Sie öffnete vorsichtig die Tür und sah erleichtert, daß der Raum leer war. Sie ging zur Kabine hinüber, aber die war verschlossen.

Sie wandte sich ab. Sie ging zum Waschbecken, drehte den Wasserhahn auf und benetzte kurz ihre Hände. Sie ging weiter, zog ein Stück von dem weißen Handtuch herunter und trocknete ihre Hände ab.

Sie dachte, daß sie draußen jemanden hörte, aber wer es auch war, er ging schnell vorbei.

Sie stand mitten im Raum. Es war still. Sie kauerte sich hin, um unter der Tür durchzuschauen, aber sie konnte nichts sehen. Sie verstand das nicht.

Sie ging zur Tür und legte ihre Fingerknöchel daran. Sie wartete eine Sekunde und klopfte dann dreimal.

Die Tür öffnete sich. Gerry kletterte vom Klo herunter, und sie sah den Zorn in seinem Gesicht.

»Wo zum Teufel warst du?« fragte er und zerrte sie brutal herein.

Sie hielt den Kopf gesenkt.

»Also?«

»Ich habe mir Sorgen um dich gemacht«, sagte sie. Sie hob ihren Blick und sah die Feindseligkeit, den Zorn und die Unsicherheit in seinen Augen. Zweifle an mir, sagte sie sich. Zweifle an mir und ruiniere deinen verdammten beschissenen Plan.

Sie fragte sich, was er gehört hatte. Sie fragte sich, ob er zugehört hatte. Wie konnte er es nicht gehört haben? Vielleicht war er weggegangen und auf einem anderen Weg zurückgekommen. Sie fragte sich, ob er sie töten würde. Konnte man, konnte sogar er so tief sinken?

Er sah auf die Uhr. »Es ist drei Uhr dreizehn«, sagte er. »Noch zwei Minuten, und dann steht der Scheißkerl auf.«

So bald. Sie hatte keine Ahnung gehabt. Sie fragte sich, ob sie es überhaupt rechtzeitig schaffen konnten. Wie würden sie hereinkommen? Wem würden sie es sagen und wie ...?

Gerry öffnete die Tasche und nahm die Pistolen heraus. Er prüfte das Magazin an ihrer und gab sie ihr. Sie steckte sie in ihre Jackentasche, ohne hinzusehen – und ohne ihn anzusehen.

Er öffnete die Tür und schob sie durch den Raum. Es kam ihr jetzt unwirklich vor, und als sie den Korridor betraten, dachte sie nicht mehr daran, wegzurennen. Das Gefühl von Fatalismus, das sie den ganzen Tag begleitet hatte, umgab sie wieder, und es war nicht unangenehm. Als sie an der Treppe ankamen, rannten ein Mann und eine Frau an ihnen vorbei, dic nur mit Notizblöcken bewaffnet waren.

Sie standen in der Nische und warteten, und Colette war sich plötzlich des wahren Wesens dieser Sache bewußt. Das war kein Teil von Gerrys Führungsambitionen, wie sie gedacht hatte. Das war Märtyrertum, ein Platz in der Geschichte.

Tod oder Gefangennahme.

Ich hoffe, sie erschießen dich, dachte sie.

Zurück in Millbank rannte Ryan den Korridor zur Einsatzzentrale hinunter und riß die Tür auf.

»Shadow Dancer hat angerufen. Es passiert heute. Jetzt.«

Er war außer Atem, und alle starrten ihn stumm an.

»Sie haben falsche Presseausweise und sind irgendwo in der Pressegalerie. Sie werden den Premierminister erschießen, wenn er im House of Commons aufsteht.«

Für einen Moment herrschte fassungslose Stille, und dann sah Ryan, wie Jenkins sich erholte und nach seinem Telefon griff.

Dann drehte er sich um, rannte los und nahm die Treppe zur Eingangshalle in riesigen Sprüngen. Jenkins hatte die Information jetzt bestimmt an das Kontrollzentrum bei Scotland Yard weitergegeben, aber Ryan rannte aus Instinkt.

Die Eingangshalle war voller Leute, die vom Mittagessen kamen. Er drängte sich mitten durch eine Gruppe hindurch, wartete ungeduldig, bis er in den Raumkapseln abgefertigt wurde, die als Sicherheitssperren dienten, und stürmte durch die Schwingtüren hinaus auf die Straße.

Dann rannte er weiter, und bald schmerzten seine Knie von der Wucht seiner Schritte. Aber er merkte es kaum. Er stellte sich vor, wie sie mit einer Pistole in der Hand langsam die Treppe hinunterging. Hatte sie noch immer Mord im Herzen?

Plötzlich prägte sich ihm der Augenblick auf den Mourne Mountains ein, in dem sie beide gewußt hatten, daß ihre Gefühle in eine völlig andere Richtung gingen. Er fragte sich, warum er es nicht zugegeben hatte, warum er ihr keinen Hinweis gegeben hatte.

Er fragte sich, warum er sie nicht geküßt hatte, als sie das wollte.

Er stellte sich vor, wie sie blutverkrustet auf dem Boden lag.

Er rannte schneller. Seine Krawatte flatterte über seine Schulter, und sein Haar wehte im kühlen Winterwind. Als er sich Parliament Square näherte, wollte er die Straße überqueren und wurde fast von einem Auto überfahren, das aus einer Seitenstraße kam.

Er rannte auf den Haupteingang zu. Er wußte nicht, wohin er sich wenden oder was er tun sollte. Wo war die Pressegalerie?

Außer Atem rannte er durch das Tor und hörte hinter sich einen Polizisten rufen. Er blieb stehen und sah den Zorn und den Schrecken im Gesicht des Mannes.

»Wo ist die Pressegalerie?« fragte Ryan und versuchte, zu Atem zu kommen.

»Was zum Teufel ...«

»Ich bin vom Security Service. *Wo* ist die Presse –?« Er sah, daß hinter ihm eine Gruppe bewaffneter Polizisten auf eine Ecke des Platzes zustürmte. Er rannte los und ignorierte den Protest des Polizisten hinter ihm.

Colette setzte ihren Fuß auf die erste Stufe.

Hinter sich hörte sie schwere Schritte und sah sich erschrocken um, aber es war nur ein Journalist, der sich beeilte, um die Worte des Premierministers zu hören.

Sie konnte die Kammer jetzt hören. Sie hörte den Premierminister reden, und sie hörte das Gebrüll von der Oppositionsbank, als seine Gegner Blut rochen.

Sie dachte an den Mann. Trotz allem, was er repräsentierte, war er für sie eine neutrale Figur. Sie hatte ihn so oft gesehen, aber sie wußte nichts über ihn. Hatte er eine Familie? Hatte er Freunde? Was machte er ...

Die Welt drehte sich langsamer.

Sie dachte an Ryans Stimme, die so nah und so beruhigend und so zuversichtlich geklungen hatte.

Wie konnte er es aufhalten? Wie konnte irgend jemand es jetzt noch aufhalten?

Sie steckte die Hand in die Tasche, spürte den Griff der Pistole und suchte nach dem Abzug. Plötzlich wollte sie weinen und um Verzeihung bitten.

Sie stellte sich vor, wie Ryan mit starrem Gesicht rannte und bereit war ...

Nein, das konnte nicht sein.

Gerry war stehengeblieben und schien sich zu sammeln.

Sie stand neben ihm, und es war ihr egal, daß sie zusammen sterben würden. Es gab einen Moment der Klarheit. Was muß ich sagen und denken, ehe ich gehe, fragte sie sich. Was werde ich vorfinden, wenn ich fort bin? Der Tod, den sie immer so sehr gefürchtet hatte, schien plötzlich alltäglich zu sein. Es war keine Zeit für Angst oder Panik. Es war unvermeidlich. Vielleicht, dachte sie, ist es genau das, was ich verdiene.

Sie spürte, wie ihr wieder Tränen in die Augen stiegen. Ihre Ruhe begann zu bröckeln. »Na dann«, sagte Gerry und ging weiter die Treppe hinunter.

Sie erreichten den Fuß der Treppe.
Sie betraten die Vorhalle der Kammer.
Sie sah, daß der *Brit* auf sie zukam. Überall waren Polizisten. Sie wollte eine Warnung schreien oder um Hilfe rufen, aber ihr Mund war erstarrt.
Gerry drehte sich zu ihr um, und sie betrachtete sein Gesicht, in dem die Wahrheit dämmerte. »Das Mädchen nicht«, schrie der *Brit*.
Dann war es dunkel.

ZWANZIGSTES KAPITEL

Colette hörte der Uhr zu. Sie betrachtete die Zeiger, aber die schienen sich nicht merklich zu bewegen.
Sie nahm ihr Buch und versuchte zu lesen. Wieder einmal erreichte sie das Ende der Seite, ehe sie bemerkte, daß sie nichts aufgenommen hatte.
Sie legte das Buch hin. Sein zerfledderter Umschlag zeigte einen Mann und eine Frau, die auf dem Gipfel eines Berges standen, und eine behandschuhte Faust, die drei Patronen umklammerte. Es war eine Art Liebesgeschichte über einen *Brit* und eine republikanische Frau aus West Belfast. *Er* hatte es empfohlen, und sie hatte es in der örtlichen Bücherei gefunden – die Frau am Schalter hatte von *Harry's Game* gehört. Was ihr daran am besten gefiel, war der Geruch und das Gefühl von Heimat. Die Beschreibung der Straßen war greifbar. Es tat ihr innerlich weh.
Sie dachte daran aufzustehen, aber die Lethargie hielt sie auf dem Sofa fest. Sie sah wieder auf die Uhr. Die Zeit kroch.
Sie hatte immer so viel Zeit.
Sie hörte einen Wagen und sprang instinktiv auf. Sie rannte zum vorderen Fenster und erwartete, daß er in die Schottereinfahrt einbog, aber er fuhr vorbei. Das Geräusch wurde schwächer, als er sich den Hügel hinab vom Dorf entfernte. Sie blieb am Fenster stehen, bis es wieder still war.
Sie ging durch das Zimmer zum hinteren Fenster und sah hinaus in den Garten. Sie konnte immer noch die Wärme des Sommers spüren.
Die Einsamkeit hüllte sie ein wie ein Umhang.
Sie ging in die Küche und dann durch die Hintertür auf die Terrasse.

Sie blieb stehen und roch an der Rose, die sich an der hinteren Wand des Hauses emporrankte. Die Blütenblätter waren weich und kühl auf ihrer Haut. Sie betrat das Gras und ging zur Mitte des Rasens. Deutlich empfand sie den Frieden des Gartens. Sogar nach sechs Monaten war dieser Frieden noch ein Segen.

Schließlich ging sie zurück ins Wohnzimmer und setzte sich auf das linke Ende des Sofas. Die Polster waren wie für sie gemacht.

Mit kühler Gleichgültigkeit sah sie sich im Zimmer um. Es gab helle, geblümte Vorhänge und ein Bild von einem großen alten Doppeldecker, das die Wand gegenüber dominierte. Die Möbel waren dunkel. Die Uhr war dunkel. Die Sofas waren altmodisch. Nur den Fernseher hatte sie ausgesucht. Sie hatte darauf bestanden.

Sie schloß die Augen. Sie hörte noch einen Wagen und verabscheute die überwältigende Aufregung, die das allein schon hervorrief. Sie zwang sich sitzenzubleiben, aber diesmal hörte sie, wie er langsamer wurde und in die Schottereinfahrt einbog. Sie lief schnell zum Fenster und sah, wie der unverwechselbare grüne Rover zum Stehen kam. Sie trat zurück und bückte sich, um sich im Flurspiegel zu betrachten. Sie strich sich eine Haarsträhne aus den Augen. Ehe sie die Tür öffnete, zählte sie bis zehn.

Er trug Jeans und ein weißes Baumwollhemd. Er lächelte strahlend, und als sie die echte Freude in seinem Gesicht entdeckte, hatte sie Schmetterlinge im Bauch.

Er küßte sie auf die Wange. Sie dachte, daß er sich gerade rasiert haben mußte, weil seine Haut weich war und nach Seife roch.

Er ging ins Wohnzimmer und schaute in den Garten hinaus. Er ging weiter. Dann drehte er sich um und betrachtete das ganze Zimmer, als ob er seine Umgebung zum ersten Mal genau prüfte, als ob er in Gedanken etwas Unsichtbares abwog. »Sind die Kinder im Bett?« fragte er leise.

Sie nickte. »Möchtest du was trinken?«

Er sagte ja und folgte ihr in die Küche.

Sie schenkte ihm ein Bier ein, dann standen sie sich schweigend gegenüber.

Sie öffnete den Kühlschrank wieder, nahm sich eine Cola und goß sie langsam und umständlich in ein Glas.

»Wie ist es im Büro?« fragte sie schließlich.

»Gut. Viel zu tun. Es tut mir leid, daß ich eine Weile nicht vorbeigeschaut habe, aber ...«

»Ist schon gut«, sagte sie scharf. »Ist ja kein Zwang.«

Er sah aus dem Fenster. Sie war sich der Vogellaute aus dem Garten bewußt.

»Wie kommst du zurecht?« fragte er schließlich.

»Ganz gut«, sagte sie. »Eigentlich müßtest du stolz auf mich sein. Ich habe neulich morgens von Mrs. de Montforts Angebot Gebrauch gemacht.«

»Und wie war es?«

»Ich glaube, sie war ein bißchen bestürzt. Sie wollte, daß ich sie Vera nenne! Ich glaube, sie weiß nicht genau, was sie von mir halten soll.«

»Was hast du ihr gesagt?«

«Daß mein Mann gestorben ist und daß ich woandershin wollte. Ich glaube, sie ist mißtrauisch. Wir haben wirklich nicht viel gemeinsam, oder?«

Er schaute zu Boden, und sie dachte jetzt, daß sie seine Anspannung sehen konnte.

»Was wird bei dem Prozeß passieren?« fragte sie.

»Was meinst du?«

»Es wird Bilder geben.«

»Nicht außerhalb des Gerichts, da nicht. Du fährst hinten in einem Lieferwagen hin, das wird dir sicher gefallen. Über alte Bilder weiß ich nichts – aber du siehst jetzt so anders aus, und die Leute in dieser Gegend schauen sich die Nachrichten ohnehin nicht so genau an. Mit etwas Glück wird sich Gerry schuldig bekennen.«

»Riesenchance.«

»Ich glaube, du wirst feststellen, daß die Führung ihn gebeten hat, sich stillschweigend einlochen zu lassen.«

»Wie geht es ihm?«

»Ich habe gehört, daß sein Arm sich wieder ganz erholt hat. Außerdem ist er im großen und ganzen rehabilitiert. Ein wahrer republikanischer Held.«

»Du klingst wie die.«

»Wie wer?«

»Deine Besitzer.«

Sie sah, wie er sich umdrehte, um aus dem Fenster zu schauen, und sie wußte, daß es weh getan hatte. Sie dachte, daß sie das gewollt hatte. Sie schwiegen.

»Kann ich dich umstimmen?« fragte er schließlich.

Sie schüttelte den Kopf.

»Ich verstehe das nicht«, sagte er, und sie antwortete nicht. Die Stille wuchs.

»Vielleicht ist mir etwas entgangen«, sagte er leise und fast wie zu sich selbst, »aber was bringt es, Selbstmord zu begehen? Paddy ist schon lange tot und begraben, und irgendeine Büßerfahrt zu seinem Grab bringt ihn nicht zurück.«

»Das ist es nicht.«

»Nein?« Ryan sah sie durchdringend an. »Ich habe dir schon oft gesagt, daß es nicht an dir lag.«

Ryan seufzte und sah verzweifelt aus. Sie lächelte ihn an. »Mir wird nichts passieren.«

»Wird es doch. Sie wissen, wer du bist, sie werden herausfinden, daß du da bist, und sie werden dich töten.«

»Mir wird nichts passieren.«

»Um Himmels willen, Colette.« Er fluchte in sich hinein. »Du wirst keine Begleitung haben, keine Sicherheitskräfte.«

»Ich will auch keine.«

»Ich habe gefragt. Sie sagen, es ist Selbstmord, und wenn du gehst, ist es dein ...«

»Begräbnis?«

»Es ist Wahnsinn. Du bist in Gefahr. Sie wissen, wer du bist, und sie haben eine Vorstellung davon, was du getan hast. Wir sind erbitterte Feinde.«

»Wir?«

»*Wir* – weil sie dich schröpfen könnten. *Ich*, weil sie dich töten werden.«

»Du denkst immer so professionell.«

»Das wird das Ende meiner Beschäftigung mit irischem Terrorismus sein.«

»Ich dachte, das ist sowieso vorbei?«

»Nicht unbedingt für immer.«

»Ich dachte, du hast Scheiße gebaut.« Sie lachte bitter. »Du bist ein egoistischer Mistkerl.«

»Du begehst Selbstmord.«

»Ich schaffe es.«

»Das wirst du nicht.«

»Ich bin da und wieder weg, ehe sie es merken.«

»Das bist du nicht.«

»Ich das jetzt eine Drohung?«

»Sei nicht so dumm.«

Schweigen. Sie hatte ihren Kopf gesenkt.

»Das ist ein freies Land«, sagte sie schließlich. »Ich will mich einfach verabschieden, ich will Paddys Grab sehen, ich will Ma sehen …«

»Sie könnte herkommen. Wir haben gesagt, wir arrangieren –«

»Das ist es nicht. Ich habe es dir schon gesagt. Ich möchte mich ein letztes Mal zu Hause fühlen.«

Wieder Schweigen.

»Na gut, wenn du unbedingt willst«, sagte er, und dabei dachte sie, daß sie etwas in seinen Augen sah. Schmerz vielleicht, oder Sorge – oder vielleicht nur Schuldgefühle. Sie konnte nicht sicher sein. »Geh, wenn du willst«, sagte er, »aber ich *sage* dir …«

»Ach, komm.«

»Aber warum denn? Haben wir nicht genug getan?«

»*Warum? Warum?* Verstehst du das nicht? Hast du denn *gar* keine Ahnung?« Er war überrascht von der Gehässigkeit und der Leidenschaft in ihrer Stimme.

»Weißt du, was mein Leben hier *ist?* Weißt du, was ich *mache?* Weißt du, was ich *bin?* Ich bin nichts. Ich *mache* nichts. Ich *bin* nichts. Ich gehöre nirgendwohin.« Sie zeigte auf ihn. »Ich weiß, was ich für dich bin: eine Plage, eine Exagentin, ein ungelöstes Problem, aber was bin ich für mich? *Wer* bin ich? Was mache ich hier? Wo gehöre ich hin? Ich bin ein Niemand – staatenlos, sinnlos, ohne irgendeine nennenswerte Existenz. Was mache ich den ganzen Tag? Nichts. Nichts. Nichts, nichts, nichts. Ein Leben unter einer Decke aus Einsamkeit, und ich frage mich, wer ich bin und wozu ich gut bin. Und du fragst mich, warum? Ich fahre nach Hause, um echt zu sein, um herauszufinden, wer ich bin, und wenn ich getötet werde, was in Gottes Namen verliere ich schon?«

Wo sie Mitleid erwartet hatte, sah sie jetzt nur feindselige Erstarrung in seinem Gesicht. Sie wußte inzwischen, was das hieß. Er schaute weg. »Ein bißchen Dankbarkeit wäre nicht unangebracht«, sagte er leise, als würde er mit einem Dritten im Hintergrund des Zimmers reden.

»Dankbarkeit?« sagte sie bitter. »*Wofür?*«

Er sah sie an. »Dafür, daß wir dein Leben gerettet haben.«

»Ihr habt mich so sicher umgebracht, als ob ihr auf mich gezielt und abgedrückt hättet.«

»*Du* hast gewählt.«

»Ich habe gar nichts gewählt. Ich hatte keine Wahl.«

»Du *hattest* die Wahl. Und jetzt beklag dich nicht über das, was sie aus dir gemacht hat.«

Wieder starrten sie einander an, dann stürzte sie an ihm vorbei und schlug die Tür hinter sich zu. Sie lief die Treppe hinauf, betrat ihr Zimmer und schloß leise die Tür. Sie setzte sich auf den Stuhl neben dem Bett und schob ihn an die Wand zurück. Von ihrem Mittagsschlaf her waren die Vorhänge noch halb zugezogen, die Steppdecke war zurückgeschlagen und ordentlich am Ende der Matratze aufgerollt. Sie hatte das Laken wieder festgesteckt, und im verblassenden Licht sah es frisch aus. Sie konnte sehen, wie das Sonnenlicht vom Spiegel am Kleiderschrank reflektiert wurde. Sie lehnte sich zurück und schloß die Augen.

Als sie sie wieder öffnete, war das Zimmer dunkler, und die Schatten waren länger. Die rosa-blau geblümten Vorhänge hatten ihre Farben verloren, aber nicht ihr Muster. Ein schlechtes Geschäft, dachte sie. Ein klein wenig wehten sie träge im Wind, als ob sie tanzten. Sie betrachtete ihr Bett und dachte daran, sich hinzulegen, die Decke über den Kopf zu ziehen und zu schlafen.

Sie trug ein schwarzes Baumwollkleid mit schmalen weißen Ringeln. Sie zog es bis über die Knie hoch und streckte ihre langen braunen Beine aus. Sie berührte sie. Ihre Haut war weich. Sie schloß die Augen wieder.

Sie hörte seine Schritte auf der Treppe. Er ging langsam, als ob er im Gehen nachdachte oder unwillig war, oder einfach müde. Auf dem Holzfußboden waren seine Lederstiefel laut.

Er war oben angekommen, und sie hielt den Atem an.

Er hielt inne. Sie hörte, daß er einen Schritt machte, dann noch einen.

Sie wartete darauf, daß der Türriegel sich hob.

Er ging weiter. Seine Schritte waren langsam und bedächtig.

Sie öffnete die Augen, wandte sich zum Fenster und lauschte. Von nebenan kam kein Laut.

Sie hörte, daß er sich bewegte, noch immer Leder auf Holz, aber seine Schritte waren jetzt leiser. Sie nahm an, daß er den Sonnenuntergang betrachtete. Sie stand auf, ging langsam zum Fenster und stellte sich vor, daß sie neben ihm stand.

Die Sonne war verschwunden, und die roten Streifen am Horizont wurden nur von ein paar kleinen Wolken unterbrochen, die auf einem langen Nachhauseweg zu sein schienen. Die heraufziehende Dunkelheit war erregend; als wäre die Nacht unendlich und der Morgen nur eine ferne Möglichkeit.

Sie wartete darauf, daß er sich rührte, aber sie hörte keinen Laut.

Sie sah, wie das Licht am Himmel verblaßte.

Sie drehte sich um und ging barfuß und leise zur Tür. Geräuschlos hob sie den Riegel an, schlüpfte in den Flur und sah nur kurz auf seine Tür. Es war kein Licht zu sehen. Sie ging drei Schritte zum Badezimmer und ließ warmes Wasser in das Becken laufen. Im Halbdunkel wusch sie langsam ihr Gesicht und genoß das Geräusch des Wassers, das durch ihre Hände rann. Sie nahm die Seife, rieb sie und trug den Schaum sanft auf ihr Gesicht auf. Sie senkte den Kopf und wusch ihn sorgfältig ab. Sie hielt die Augen geschlossen und tastete zu ihrer Linken nach dem Handtuch. Es war angenehm weich. Sie trocknete sich ab und ließ es dann auf die Kiste fallen, die neben ihr stand.

Sie ließ das Wasser ab, und es gluckerte davon. Sie putzte sich die Zähne und trank einige Schlucke von dem kühlen Wasser.

Sie drehte die Hähne ab, und das Haus war wieder still.

Sie trocknete ihr Gesicht noch einmal ab und betrachtete sich im Badezimmerspiegel.

Sie hängte das Handtuch ordentlich gefaltet über die Stange neben dem Becken und ging zu ihrem Zimmer. Im Türrahmen blieb sie einen Augenblick stehen und schaute zurück in den Flur.

In ihrem Fenster stand eine Kerze, und sie nahm ein Streichholz und steckte sie an. Sie flackerte in der Brise, aber sie hielt ihr stand. Sie trat zurück, griff nach dem Saum ihres Kleides und streifte es über den Kopf. Darunter war sie nackt.

Sie betrachtete sich in dem hohen Wandspiegel. In diesem Licht sah ihre Haut dunkel aus. Sie stellte sich vor, daß ihr Bauch schwoll, und dachte an ihre Schwangerschaften. Sie sah sich von der Seite an.

Sie ging zum Bett, drehte ihr Kopfkissen um und zog ein dünnes, weißes Baumwollnachthemd hervor. Sie schlüpfte mit den Armen hinein und ließ es dann über sich fallen.

Sie wollte sich gerade dem Spiegel am Schrank zuwenden, als sie innehielt.

Sie sah sein Gesicht, das sich in dem halboffenen Fenster nebenan spiegelte.

Wie lange hatte er sie beobachtet?

Sie hielt seinem Blick stand.

Sie blies die Kerze aus und wandte sich mit klopfendem Herzen ab. Sie legte sich auf ihr Bett.

Im Haus war es wieder still.

Sie schloß die Augen.

Sie atmete tief und langsam ein.

Sie hörte ein Schlurfen, dann war es wieder still.

Sie hob ihre Knie an, öffnete die Augen und schloß sie dann wieder. Sie war besorgt und aufgeregt. Sie dachte daran, wie es gewesen war und wie es hätte sein können. Sie fragte sich, was die Dunkelheit verbarg und was der Morgen bringen würde. Sie dachte an die Folgen – an das Danach. Das schien eine ebenso ferne Möglichkeit zu sein wie der Morgen.

Sie fragte sich, ob er noch immer Haß im Herzen trug. Sie fragte sich, warum ihr das gleichgültig war.

Sie horchte. Sie konnte nur den großen, alten Kastanienbaum hören, der leise rauschte.

Sie hörte leise Schritte im Flur – barfuß.

Sie stand auf und traf ihn im Türrahmen. Sie warf ihm die Arme um den Hals, und ihre Zähne stießen zusammen, als sie ihn wütend und leidenschaftlich küßte, seinen Hinterkopf griff, ihre Nägel in seine Kopfhaut grub und ihre Finger durch sein frisch gewaschenes, lockiges Haar gleiten ließ.

Sie sprang hoch, schlang ihre Beine um ihn und brachte ihn kurz aus dem Gleichgewicht. Beide kippten zurück gegen die Tür, die laut an die Wand schlug. Er spreizte die Beine und hielt sie mit einer Hand fest. Ihr Gesicht lag jetzt an seinem Hals. Er trug ein T-Shirt und Boxershorts, aber ihr Nachthemd war hochgerutscht, und sie spürte seine Hand auf ihrem Fleisch.

Sie hörte einen Schrei in der Nacht – Mark war von dem Lärm erwacht. Sie hielten beide inne und lauschten.

Sie warteten. Sie konnte seinen Atem spüren und hören, und seine Brust hob und senkte sich leidenschaftlich.

Im Haus war es wieder still.

Sie drückte ihren Kopf an seine Brust, schloß die Augen und klammerte sich an ihn.

Als er schließlich sein Gesicht zu ihrem hinunterbeugte, spürte er die Tränen auf ihren Wangen.

Er drückte sie an sich und setzte sie sanft ab.

Langsam küßte er sie.

Sie strich über die weiche Haut seines Oberarms und schob ihre Finger unter sein T-Shirt. Sie ließ ihre Hände seitlich in seine Boxershorts gleiten und zog sie langsam hinunter. Sie hob das Ende seines T-Shirts an, und er zog es sich über den Kopf, während sie seine Brust und seine Arme betrachtete.

Als er das Nachthemd zusammenraffte und anhob, spürte er die Biegung ihres Rückens.

Für einen Augenblick standen sie getrennt da.

Sie berührten sich. Sie schloß die Augen und atmete schwer.

Sie nahm seine Hand und zog ihn mit sich auf die kühlen Baumwoll-Laken. Ihre Beine waren aufgestützt, und er lag fast auf ihr, küßte sie zärtlich und streichelte ihr Gesicht so sanft, als würde er etwas Unbezahlbares berühren. Wieder suchte er ihre Lippen, dann drückten sie sich fest aneinander. Sie erhob sich, streckte sich über ihm aus und ließ ihr Haar in sein Gesicht fallen.

Sie drückte sich an ihn, krümmte ihren Rücken und schloß die Augen wieder. Sie atmete tief, langsam und unregelmäßig – es war ihr gleich, ob die Ekstase eine Zukunft hatte.

Später saß sie dicht neben ihm in der Dunkelheit.

Sie war nicht sicher, wie spät es war, aber es war kühler geworden, und die Nacht kam ihr irgendwie dunkler vor. Sie saß mit untergeschlagenen Beinen da und berührte ihn nicht. Er lag auf dem Rücken und atmete leise, und sie nahm an, daß er fest schlief.

Seine Brust war nackt, und das Laken bedeckte ihn nur bis zur Taille.

Sein Gesicht war abgewandt, und sie mußte der Versuchung widerstehen, ihm durchs Haar zu streichen.

Sie hatte das Gefühl, ihn zu beschützen.

Sie fragte sich, ob er vor dem Einschlafen Zeit zum Nachdenken gehabt hatte. Was würde der Morgen ihm bringen? Was konnte er ihnen beiden bringen? Sie hatte nie Ekstase erlebt. Sie wußte nicht, ob sie eine Zukunft *hatte.*

Sie wachte auf und sah die ersten Sonnenstrahlen, die schüchtern ins Zimmer drangen. Der Wind war nicht stärker geworden, und die Vorhänge tanzten noch immer träge vor sich hin.

Sie lag still und genoß seine Wärme an ihrem Rücken.

Sie schlüpfte leise aus dem Bett und stellte sich neben ihn. Er lag mit abgewandtem Gesicht auf dem Bauch. Das Laken war jetzt lose um ihn gewickelt, als ob er die Intimität der Nacht vor dem Morgenlicht hatte schützen wollen. Seine Füße schauten hervor. Sein Körper sah lang aus.

Sie fühlte sich schuldig, als hätte ihr sorgloser Schlaf das Vergehen der Nacht erlaubt.

Sie ging um das Bett herum und blieb vor ihm stehen. Sein Haar war zerwühlt, und sein Gesicht war vom Druck des Kopfes gegen das Kissen leicht verzerrt. Sie lächelte, weil er plötzlich so häßlich war. Sie hob ihr Nachthemd vom Fußboden auf und legte es auf den Stuhl.

Sie ging zum Spiegel und betrachtete sich von der Seite, aber sie streckte den Bauch nicht mehr heraus.

Sie sah zum Fenster. Das Licht schien vor ihren Augen heller zu werden. Sie sah ihn noch eine Weile an und hörte seinem Atem zu, dann nahm sie ihr schwarzweiß geringeltes Kleid, zog es an und ging zur Tür.

Sie zauderte, und ihr Entschluß kam ins Wanken. Sie betrachtete die Tasche zu ihren Füßen, und es kam ihr vor, als hätte sie sie in einer anderen Zeit gepackt.

Sie wartete.

Sie hob sie auf, ging weiter und schloß leise die Tür hinter sich.

Er mußte gehört haben, daß sie frühstückten. Er trat ein und lächelte sie an, und unsicher versuchte sie zurückzulächeln. Er kraulte Catherines Haar, aber Mark rührte er nicht an.

Sie beschäftigte sich und sah ihn nicht an. Sie räumte die Schüsseln der Kinder ab, stellte sie in die Spülmaschine, schloß leise die Tür und schaltete sie ein. Sie nahm die Frosties-Packung vom Tisch und stellte sie in die Ecke neben den Toaster. Sie bat die Kinder leise, ihre Jacken zu holen und im Wagen zu warten. Sie gingen schweigend hinaus.

Sie wusch sich die Hände und trocknete sie ab.

Sie drehte sich um und sah ihn an. Er lehnte sich gegen die Anrichte und hob die Augenbrauen. Einen unschönen Moment lang dachte sie, daß er sie auslachen würde.

»Wir sollten gehen«, sagte sie, wandte sich ab, faltete das Geschirrtuch und legte es neben die Spüle. Sie senkte den Kopf und ging zur Tür.

Sie hatten nur zwei Taschen; er kam ihr zuvor und hob sie beide im

Flur auf. Sie folgte ihm nach draußen, zog die Eichentür hinter sich zu und fragte sich, ob sie sich die Mühe machen sollte, sie abzuschließen.

Sie stand in der Mitte der Schottereinfahrt und blickte zurück. Ihr Schlafzimmerfenster stand noch offen, aber sie wollte nicht mehr zurückgehen, um es zu schließen. Es war ein schönes Haus – roter Backstein, gelbe Rosen, niedrige Türen. Es war ein perfektes Haus. Sie drehte sich um.

Er fuhr den Wagen. Sie saß hinten zwischen Mark und Catherine. Die Fahrt dauerte über eine Stunde, aber niemand sprach. Anfangs dachte sie, daß einer von ihnen etwas sagen mußte, aber als sie nach fünfzehn oder zwanzig Minuten die Autobahn erreichten, kam es ihr nicht mehr so unnatürlich vor.

Vielleicht war es so, weil sie wegging, dachte sie.

Wie hätte es auch anders sein können?

Als sie am Flughafen vorfuhren, berührte sie unwillkürlich seine Schulter. Er suchte zuerst einen Gepäckwagen, nahm dann die beiden Taschen aus dem Wagen und stellte sie darauf. Einen Augenblick lang standen sie sich verlegen gegenüber, und Mark und Catherine standen auf dem Gehweg neben ihm. Sie dachte, daß er etwas sagen würde, und trat auf ihn zu, um ihn daran zu hindern. Als er sie fest in die Arme nahm, dachte sie, daß sie weinen würde.

Sie ging fort. Marks Hand lag in ihrer und Catherines in seiner. An der Drehtür blieb sie stehen und sah zu, wie er davonfuhr. Als der Rover aus dem Blickfeld verschwand, schaute er sich einmal um und winkte.

Sie stand da und sah ihm nach, bis Mark an ihrem Ärmel zupfte. »Komm schon, Ma, komm schon.«

Sie gingen durch den Terminal. Das Einchecken und die Sicherheitskontrollen wirkten reinigend auf sie. Sie gewann Abstand.

Der Mann auf der anderen Seite des Ganges im Flugzeug hatte sehr braune Arme, und sie verspürte das nahezu unwiderstehliche Verlangen, hinüberzugreifen und sie zu berühren. Sie fragte sich, warum Mark und Catherine so still waren, wo sie doch Aufregung erwartete. Es war, als ob sie etwas in ihr ahnten, das sie selbst nicht wahrnehmen konnte.

Sie aß, was man ihr vorsetzte, und mußte unwillkürlich wieder an die Ferien in Donegal denken. Sie stellte fest, daß sie viel Zeit damit verbrachte, in ihren Kindheitserinnerungen zu leben. Es war, als wäre das die einzige akzeptable Realität.

Als das Flugzeug zur Landung ansetzte, schaute sie über die grünen Felder und spürte das erste aufgeregte Flattern in ihrem Bauch. Mark und Catherine schienen die Veränderung ihrer Stimmung zu spüren. Als das Flugzeug landete, drückte Catherine ihre Hand.

Sie waren fast die letzten, die ausstiegen.

Als sie den Gang entlanggingen fragte sich Colette, wie ihre Mutter zu ihr sein würde. Sie hatten telefoniert und sich geschrieben, aber sie hatten nie erwähnt, was sie *getan* hatte. Sie hatten über Paddys Beerdigung vor vielen Monaten und über Gerrys bevorstehenden Prozeß gesprochen, als ob diese beiden Ereignisse nicht das geringste mit ihr zu tun hätten. Sie hatten oft miteinander gesprochen, und Colette hatte manchmal gedacht, daß sie sich noch nie näher gewesen waren – als hätte das unausgesprochene Grauen über sie und ihre Tat sie in einer Weise zusammengeführt, für die sie keine Worte hatte.

Sie sah ihre Taschen auf dem Gepäckband und zerrte sie auf ihren Gepäckwagen. Jetzt rannte sie – rannte durch den neuen Ausgangstunnel mit seinem lächerlich gemusterten Teppich und versuchte, nicht vor Aufregung zu weinen. Die Kinder waren bei ihr, Catherine saß oben auf den Taschen, und Mark fiel beim Rennen hinter sie zurück.

Sie erreichte die Doppeltüren und platzte fast vor Freude, als sie hinaus in die Nachmittagssonne trat.

Sie blieb stehen. Ma war nicht da. Sie hatte erwartet, ihr in die Arme zu fallen, und sie war nicht da.

»Hallo, Colette.«

Sie drehte sich um. Er trug eine Sonnenbrille, aber mit seinem rotblonden Haar war er unverkennbar.

»Hallo, Martin«, hörte sie sich sagen.

An ihren Beinen spürte sie Mark und Catherine. Sie sah Mulgrew und Chico an und spürte, wie die Angst in ihr aufstieg.

»Wo ist Ma?« fragte sie.

Mulgrew lächelte. »Wir kümmern uns nur ein oder zwei Stunden um sie. Aber es gibt keinen Grund zur Sorge. Chico nimmt die Kinder mit zu ihr, und wir beide machen einen kleinen Ausflug und plaudern ein bißchen.«

Chico streckte die Hand aus, aber Mark klammerte sich an Colettes Bein. Hinter ihnen fuhr ein Wagen vor, und Chico ging und öffnete die Tür.

Sie alle standen schweigend da. Niemand rührte sich.

Colette verspürte eine plötzliche, überwältigende Resignation und Abscheu vor sich selbst. Langsam bückte sie sich. »Alles in Ordnung, Schatz«, sagte sie. »Es ist alles in Ordnung. Es ist nur für ein paar Stunden.«

Als man sie auf den Rücksitz setzte, schaute sie in ihre Gesichter, und sie spürte, wie ihr die Tränen über die Wangen liefen. Mark schien im letzten Moment zu ahnen, daß irgend etwas furchtbar falsch war, und er öffnete den Mund, um zu schreien. Aber Chico legte seine Hand darüber, zerrte ihn vom Fenster weg und blaffte den Fahrer an.

Colette spürte Mulgrews Hand auf ihrer Schulter, und sie wollte schreien oder rufen oder wegrennen. Sie sah, wie Chicos Wagen zur Ausfahrt raste, und sie spürte, wie der Schmerz in ihr brannte.

Sie krümmte sich zusammen, und ihr Gesicht war zu einem stummen Schrei verzerrt.

Mulgrew kniete neben ihr. »Alles in Ordnung, Colette«, sagte er. »Es ist alles in Ordnung.«

EPILOG

Der Constable sah ihn an und wartete.

Brian Allen nickte, und der junge Mann machte sich an die Arbeit. Er schnitt den Sack langsam von dem Ende her auf, das aussah ... das aussah wie das Kopfende.

Der Regen wurde stärker und fiel in großen Tropfen auf sein Gesicht. Sein Haar war triefnaß. Der junge Mann sah wieder zu ihm auf, und Brian Allen atmete tief durch und kauerte sich hin. Einen Moment lang betrachtete er den Sack, dann zog er die Plastikfolie langsam zurück. Sie fühlte sich naß und glitschig an.

Sie war es, das sah er sofort. Sie war es ganz sicher. Ihr Gesicht war weiß, und ihr Haar war dunkel von der Feuchtigkeit des Erdreichs.

Er wollte zurückweichen, aber er war sich der Gesichter der jungen Männer und Frauen um ihn herum bewußt. Er zog die schwarze Folie zurück, wandte sich an den jungen Constable, der den Sack aufgeschnitten hatte und gab ihm mit der ausgestreckten Hand ein Zeichen, daß er das Messer haben wollte. Der jungen Mann trat vor und gab es ihm.

Langsam schnitt er den Sack weiter auf.

Sie war nackt, und er sah die Brandwunden von den Zigaretten auf ihren Brüsten sofort – zehn, vielleicht mehr; kleine schwarze Male auf ihrer Haut.

Er fragte sich, was sie ihnen wohl über sich und David Ryan gesagt hatte.

Er war froh, daß Ryan nicht hier war, um das zu sehen.

Er hörte auf zu schneiden, als er an ihrem Unterleib angekommen war. Er sah jetzt, daß sie völlig nackt war.

Er sah in ihr Gesicht. Die Austrittswunde war auf der anderen Seite, und von hier aus sah sie beinahe friedlich aus. Sie war von einer Art gefrorener Schönheit.

Er schaute wieder hin und versuchte, die schwarzen Male um ihre Brustwarzen für einen Moment wissenschaftlich zu betrachten. Er zählte zwölf. Er bewunderte ihre Tapferkeit. Sie hatte es ihnen nicht leichtgemacht.

Er fragte sich, wie es im Augenblick der Dunkelheit gewesen war. So oft kommt der Tod schnell, dachte er, aber sie hatte sicher Zeit gehabt, alles genau zu überdenken. Sie mußte Zeit gehabt haben, in die Finsternis zu starren. Sie hatte es verhindern wollen, und sie hatte es nicht gekonnt.

Die Männer müssen das genossen haben, dachte er.

Für ihn war es eine Art akademische Disziplin, sich zu fragen, wie es ihr am Ende ergangen war. Es war sein Lebenswerk: das Studium der menschlichen Natur in der Not.

In diesem Fall war es schwer zu sagen. Die Verbrennungen sprachen für sich. Nur die sehr Tapferen, oder die sehr Leichtsinnigen, waren noch zu einer letzten Trotzhandlung fähig.

Er stellte sich die beiden Kinder am Grab ihrer Mutter vor, windzerzaust, einsam und verlassen, und er empfand eine kurze Aufwallung von Gefühl.

Er stand auf. »Gut«, sagte er. »Macht weiter.«

Er ging langsam den Hügel hinauf und fragte sich, ob die Frau dort noch immer irgendwo war. Er konnte nicht verstehen, warum sie hierhergekommen war und wie sie es herausgefunden hatte. Er nahm an, daß jemand sie gesehen und das der IRA gemeldet hatte, und die hatten es ihr gesagt.

Wenn die nur die *wirkliche* Wahrheit wüßten, dachte er.

Er stieg in den Wagen und betrachtete das Bild, das sich ihm bot. Er dachte an die Mutter und an die Ironie der ganzen Sache. Dies war die

Wahrheit: Als Ryan ihn zum ersten Mal fragte, wer Foxglove war – der andere Maulwurf –, hatte er es nicht gewußt, aber er hatte es genossen, so zu tun, als wäre er allwissend. Das war eine der wenigen Freuden im Umgang mit einem unerfahrenen jungen Mann von der anderen Seite des Wassers.

Aber er hatte die Akten gelesen, und mittlerweile wußte er, daß die Mutter Foxglove war. Sie hatten sie nach dem Tod ihres Sohnes Sean rekrutiert, und zu dieser Zeit hatte es so ausgesehen, als würde ihr anderer Sohn Paddy wegen Mordes lebenslang ins Gefängnis gehen. Sie hatte den Krieg gehaßt, und sie hatte es all diese Jahre getan, um ihre Kinder zu schützen.

Für eine Weile hatte es funktioniert: Paddys Fall wurde wegen eines Formfehlers fallengelassen, und er war dem Gefängnis entronnen. Aber man kann seine Kinder nicht vor sich selbst beschützen, dachte Allen bitter. Nicht für immer.

Er dachte an die Leiche in dem Sack und an die Frau, die dagestanden und zugesehen hatte. Mutter und Tochter. Er fragte sich, was jede getan hätte, wenn sie von der anderen gewußt hätte.

Er sah zu, wie sie Colettes Leiche unsicher anhoben und zu dem wartenden Krankenwagen trugen. Wieder war er froh, daß Ryan nicht da war, um das mit anzusehen. Er hatte seit ihrem Verschwinden einmal mit ihm gesprochen. Ryan war natürlich kompromittiert, und seine Karriere hier war beendet, aber Allen hatte gehört, daß er zum Middle East Department versetzt worden war. Also war er vielleicht ehrgeiziger, als er bislang hatte zugeben wollen.

Allen fragte sich, was zwischen ihm und Colette vorgefallen war. Er fragte sich, ob die Gerüchte wahr waren.

Er nahm es ihm nicht übel.

Ryan trug die Last einer Schuld, dachte er, aber er hatte überlebt. Allen glaubte fest daran, daß das alles war, was zählte.

Er ließ den Granada an, wendete und fuhr vorsichtig aus dem Steinbruch heraus auf die Straße.

Einige hundert Meter weiter hielt er den Wagen in einer Parkbucht an und ließ den Kopf auf das Lenkrad sinken.

»Mein Gott«, flüsterte er.

Er dachte wieder an Colettes Kinder und sagte sich, daß wenigstens sie es besser haben würden.

Er sagte sich, daß es nicht ewig dauern konnte.

Er dachte an den nackten weißen Leichnam und an die verletzliche junge Frau, die sie einmal gewesen war – denn das war das Bild, das ihm jetzt vor Augen trat. Für *sie* verspürte er jetzt ein tiefes und schwermütiges Mitleid.

Er nahm sich zusammen. Er richtete sich auf und sah sich kurz über die Schulter um.

Er sah sie kommen.

Er stand in einer Kurve und konnte sie sehen, ohne den Hals zu rekken. Das Fenster beschlug, also wischte er es vorsichtig ab. Sie ging langsam und mit gesenktem Kopf, und sie sah krumm und geschlagen und alt aus.

Er öffnete das Fenster, um den Regen zu hören und die kalte Luft zu spüren.

Als sie näher kam, hörte er ihre Schritte auf dem Schotter. Er fragte sich, ob sie ihn ansehen würde. Er fragte sich, ob er mit ihr sprechen sollte, und wenn, was er sagen sollte.

Sie kam näher. Plötzlich war er nervös und unsicher.

Er fragte sich, ob er aussteigen sollte. Er legte seine Hand auf den Griff, aber er öffnete die Tür nicht.

Sie war fast bei ihm. Er wollte wegschauen, aber er konnte es nicht.

Als sie an ihm vorbeiging, sah sie auf. Für einen Moment sah er deutlich die Qual und die Schönheit in ihrem Gesicht.

Dann war sie fort, und er betrachtete ihren Rücken und sah zu, wie sie sich konsequent von ihm entfernte. Das lebendige Bild ihrer Qual war in sein Gedächtnis eingebrannt.

Er dachte, daß sie aussah wie Colette, oder Colette wie sie. In ihren Zügen lag eine unverwechselbare Schönheit und Eleganz.

Er legte seine Hände auf das Lenkrad und sah, daß sie zitterten. Er beobachtete die Gestalt vor ihm und fluchte leise in sich hinein. Er stieg aus dem Wagen und stand eine Weile am Straßenrand. Er ging ein paar Schritte zurück zum Steinbruch und atmete tief ein. Als er sich umdrehte, war die Frau verschwunden.

Er betrachtete die leere Straße, die vor ihm lag, und spürte, wie der Regen über sein Gesicht lief.

Er zwang sich in die sichere Welt seiner Vergangenheit zurück.

Er stieg wieder in den Wagen, wendete und fuhr in Richtung Flughafen. Die Wärme im Wagen, der Schlag der Scheibenwischer und die Dunkelheit der Nacht waren irgendwie tröstlich. Er stellte fest, daß es ihm gelang, abstrakt an die Opfer zu denken, an all die vielen tausend, und währenddessen spürte er, wie sein Herz sich verhärtete und die

Schwermut verschwand. Es gab soviel, an das man sich erinnern mußte: so viele ermordete Kollegen, so viele verstörte Kinder, so viele beraubte Ehefrauen, so viele zerfetzte Unschuldige, so viel Leid in zahllosen Arten über so lange Zeit.

Was hatte er zu ihr gesagt? »Denn wer das Schwert nimmt …«

Als er die Autobahn erreichte und Richtung Belfast fuhr, hatte er alles Mitleid hinter sich gelassen.

Gary Krist

Aus der Traum

Roman

Aus dem Amerikanischen von Irene Rumler

Band 14495

Wo ist Joel? Bis zu jenem Abend, als ihr Mann Joel spurlos verschwand, glaubte sich Kate Baker in einer glücklichen Ehe und in ihrem Haus in einem Washingtoner Vorort in Sicherheit. Nachdem in der folgenden Nacht auch noch in ihr Haus eingebrochen und die Dateien auf Joels Geschäftscomputer gelöscht werden, wird Kate klar, daß sie vor den Trümmern ihres bisherigen Lebens steht. Denn Joel führte offenbar ein zweites geheimes Leben. Kate ahnt anfangs nur einen Zusammenhang mit den lukrativen Geschäften, die Joel per Internet betrieb. Als ehemalige Polizistin sie es nun selbst in die Hand, hinter Joels Geheimnis zu kommen – und erst allmählich wird ihr klar, in welche Gefahr sie sich damit begibt. Denn Kate weiß: Auch wenn die Wahrheit grausam ist, nur damit kann sie weiterleben.